Contando Estrelas

Contando Estrelas

LUCIANE RANGEL

1ª Edição

Santa Catarina - 2017

Copyright © 2017 Qualis Editora e Comércio de Livros Ltda

Todos os direitos reservados e protegidos.
Nenhuma parte deste livro, poderá ser reproduzida ou transmitida sejam quais forem os meios empregados sem prévia autorização dos editores.

Esta é uma obra de ficção. Nomes, personagens, lugares e acontecimentos descritos são produto da imaginação da autora. Qualquer semelhança é mera coincidência.

Editora Executiva: Simone Fraga
Editora Assistente: Júlia Caldatto Malicheski
Revisão Editorial: Qualis Editora
Revisão Ortográfica: Sônia Carvalho
Ilustração de Capa: Ana Paula Salvatori
Design de Capa: Renato Klisman
Projeto Gráfico: Qualis Editora
Diagramação: Marcos Jundurian

DADOS INTERNACIONAIS PARA CATALOGAÇÃO NA PUBLICAÇÃO (CIP)

R185c
    Rangel, Luciane, 1983 -
        Contando Estrelas/ Luciane Rangel. – [1. ed.] –
    Florianópolis, SC: Qualis Editora e Comércio de Livros Ltda, 2017.
        264 p. : il. ; 23 cm.

    ISBN 978-85-68839-49-2

    1. Romance Brasileiro I. Título

                                                    CDD – B869
                                                   CDU - 821.134.3(81)-31

1ª edição - 2017

Qualis Editora e Comércio de Livros Ltda
Caixa Postal 6540
Florianópolis - Santa Catarina - SC - Cep.88036-972
www.qualiseditora.com
www.facebook.com/qualiseditora
@qualiseditora - @divasdaqualis

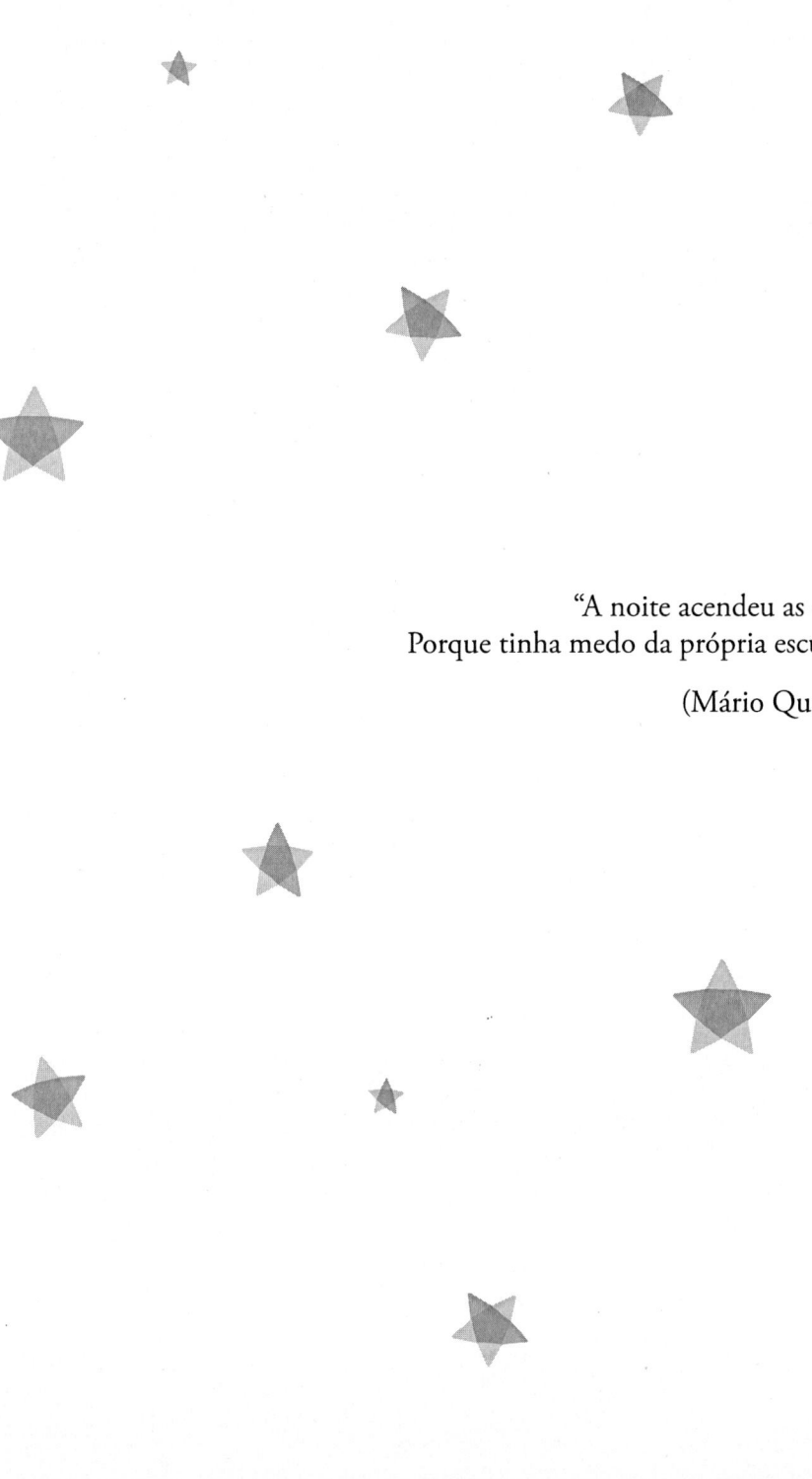

"A noite acendeu as estrelas
Porque tinha medo da própria escuridão"

(Mário Quintana)

DEDICATÓRIA

Para o meu meu irmão, Fábio.

Aquele que na minha vida não representa nada além do mais puro e verdadeiro amor.

Prólogo

Um simples nó em uma tira deu início a mais um dos meus trabalhos. Mais do que um desafio, a dobragem e a transformação do papel em pequenas e coloridas estrelas tornou-se uma terapia na minha vida. Ou uma espécie de missão, talvez. Não que aquilo pudesse criar um mundo melhor ou mesmo mudar a vida de alguém. Minhas mãos ou minha mente nunca tiveram esse poder. Eu sempre fui apenas uma garota normal. Nada mais do que isso.

995...

Deitada aos pés do banco onde eu estava, minha velha cachorrinha dormia profundamente e completamente despreocupada. Às vezes movimentava as orelhas ou as pontinhas das patas, aparentando se divertir em um sonho.

996...

Era incrível como, enquanto dobrava aquelas delicadas tiras de papel, eu também me sentia um pouco livre de preocupações. Aquilo me relaxava, tranquilizava e me mantinha subitamente carregada de um sentimento de paz interior. Peguei-me sorrindo enquanto refletia sobre isso. Tinha sido dessa forma que *ele* dissera sentir-se, quando me ensinou a fazer aquele origami.

Na verdade, a minha única preocupação era a de não perder a conta. Cada estrela finalizada era batizada com o seu número na contagem e depositada dentro de um grande e quase lotado pote de vidro.

997...

Outra contagem que eu nunca perdia era a do tempo.

Quatro anos e nove meses. Quase meia década havia se passado desde que eu dobrei a minha primeira *Lucky Star*. E um pouco mais tempo do que isso desde que conheci *aquela pessoa*. Hoje já era bem diferente da menina mimada e egoísta que fui até os 16 anos. Agora, há alguns meses de completar os meus 21, era quase outro ser humano.

998...

Sentia saudades, com certeza. Mesmo não sentindo falta de quem eu era, lembrava sempre dos tempos de escola e das coisas que passei. Principalmente do que vivi ao lado *dele*.

As mãos pararam por um momento, ao mesmo tempo em que senti as primeiras lágrimas surgirem.

As lembranças *dele*...

Não importava quanto tempo passasse, aquelas seriam sempre as minhas mais preciosas memórias.

CAPÍTULO UM

Esquisitão

O caminho a pé da minha casa até o colégio não dava mais do que dez ou quinze minutos, mas eu nunca negava a carona que minha mãe me oferecia, mesmo que o trabalho dela ficasse em uma direção completamente oposta à da escola. A pequena cidade de Bela Aurora[1] onde sempre morei tinha um clima geralmente ameno, mas os meses de verão eram quentes, e a ideia de ficar suada e com a maquiagem borrada não era, definitivamente, uma opção.

Quando o carro parou em frente ao portão do Colégio Machado de Assis, desci, acenei para a minha mãe e irmã e, após dar uma rápida ajeitada nos cabelos longos e castanhos, comecei a caminhar em direção à escola. Mal passei pelo grande portão de ferro e avistei uma das minhas amigas no pátio.

— Ei, Elisa! — ela chamou ao também me ver, acenando alegremente.

Fui até ela, cumprimentando-a com dois beijos no rosto.

— Caiu da cama hoje, Ju?

Juliana fez careta.

— Passei o fim de semana com o meu pai. Sabe como ele é chato com horários.

— Alguém precisa ser, já que não é o seu caso nem o da sua mãe.

— Elisinha, hoje é segunda-feira, não me venha com sermões, *please*!

Preguiçosa, resolvi seguir a sugestão. Afinal, sabia que aquela discussão seria inútil. Conhecia Juliana e Natália — minhas duas melhores amigas — desde a creche, estudamos juntas a vida inteira, e eu sempre fui a mais disciplinada e pontual do trio. Ah, e a única que tirava notas decentes também. Não que

---

1 Cidade fictícia.

eu fosse mega inteligente nem nada do tipo, mas pelo simples fato de ser mais atenta à aula e, ao contrário delas, gostar de estudar e prezar por boas notas. Essa talvez fosse a maior diferença entre nós, porque, no restante, tínhamos basicamente os mesmos gostos, os mesmos ídolos e opiniões constantemente parecidas.

Seguimos juntas até um banco do pátio, onde conversamos até o sinal tocar. Daí fomos para a sala e sentamos, como sempre, uma ao lado da outra, juntando as carteiras para ficarmos mais próximas.

— Você vai no meu aniversário, não vai? — Ju perguntou enquanto mexia no celular.

Tive que rir. Já estava mais do que cansada de responder a essa pergunta todo santo dia.

— Pelo amor de Deus, Ju! Ainda faltam dois meses!

— Um mês e dezesseis dias! E eu acho que já está mais do que na hora de a senhorita começar a correr atrás de vestido, sapato, escolher o penteado...

— É seu aniversário, Juliana. Não é um casamento nem uma coroação real.

— Exatamente: é *meu* aniversário. E será a maior festa que essa cidadezinha já viu!

Novamente ri, embora soubesse que a afirmação não era falsa. Primeiro, porque eu precisava mesmo correr atrás de vestido e sapatos novos, já que abominava a ideia de repetir roupas em eventos importantes. Segundo, porque as festas de aniversário da Ju eram sempre um acontecimento. Todos os anos os pais dela alugavam a maior casa de festas da cidade, e a coisa era tão grandiosa que nem mesmo o prefeito deixava de comparecer.

Talvez essa fosse uma das maiores, e poucas, vantagens de ter pais divorciados que se odeiam. Os da Ju faziam de tudo para atender às vontades dela, como se vivessem em um eterno duelo de quem fazia mais. Meus pais também se divorciaram, mas, ao contrário dos da Juliana, conseguiam viver em uma relação pacífica e civilizada. Porém, nunca tive motivos para reclamar. Apesar de não realizarem extravagâncias como os pais da Ju, os meus não costumavam negar as minhas vontades.

— Vê se não vai aparecer lá com um vestido repetido! — Juliana advertiu, chamando de volta a minha atenção.

Fui sarcástica:

— É claro que não! Jamais cometeria a heresia de repetir uma roupa justo no *seu* aniversário!

— Acho bom! A Nat já mandou fazer o dela. Ela me mostrou o modelo, é lindo!

— Falando de mim? — falando nela, Natália chegou!

Enquanto Ju explicava o assunto, permiti-me analisar minhas amigas por um rápido momento. Outro aspecto no qual éramos bem diferentes era na aparência.

Eu provavelmente tinha o ar mais sério e formal das três. Tinha a pele branca em contraste com os cabelos castanho-escuros, longos e volumosos, e olhos castanhos por trás de um par de óculos de grau. Tinha astigmatismo e hipermetropia desde a infância.

Já a Juliana, tinha um quê mais "patricinha", com seus cabelos loiros (tingidos!) e lisos, num corte desfiado pouco acima dos ombros e os olhos verdes e bem expressivos, que eram destacados por uma maquiagem sempre muito bem feita. Ela e Nat tinham exatamente a mesma altura: 1,68, enquanto eu era um pouco mais baixa, com os meus 1,64 (e meio!).

Lembrando que este meio centímetro nunca, jamais deveria ser omitido dessa informação.

Natália era sempre o alto astral em pessoa, carregando em seu rosto o sorriso mais alegre do mundo, o que era encantador. E chamava muito a atenção pela beleza. Tinha a pele negra, olhos bem expressivos e um belo cabelo cacheado.

O assunto do vestido teria rendido se o professor mais rigoroso que tínhamos não tivesse entrado na sala. Todo mundo se apressou para ajeitar-se em seus lugares e, enfim, dar início à aula do dia.

— Bom dia — ele disse. — Antes de começarmos, quero anunciar que a partir de hoje teremos um novo aluno na sala.

Um anúncio um tanto inusitado, diga-se de passagem. Estávamos em outubro, o que, por si só, já tornava o fato curioso, mas o mais incrível era que a direção do Colégio Machado de Assis sempre foi extremamente rígida e não costumava aceitar alunos fora dos períodos de matrículas. Aliás, com exceção dos estudantes antigos, que tinham uma certa "prioridade" nas inscrições, as demais eram quase que disputadas a tapas. Apesar de ser uma escola particular, tinha vagas limitadas e bem cobiçadas na região.

O professor pediu que o novo aluno entrasse. Lógico que todo mundo olhou e comigo não foi diferente. Um garoto novo na escola e provavelmente na cidade – naquela cidadezinha onde nada acontecia – era praticamente um evento público! Principalmente para as garotas, claro. Não sei se a expectativa foi alta, mas a verdade é que, em um primeiro momento, não vi absolutamente nada de especial no novato. Certo, não era feio. Na verdade, olhando bem, vi que ele era até bonitinho. Era bem alto, moreno, tinha belos olhos, que mesclavam um castanho claro ao verde, e cabelos castanhos e compridinhos, com a parte de trás cobrindo a nuca e, na frente, um pouco mais curto, caindo sobre os olhos. Confesso que odiei o corte, e isso automaticamente fez a beleza dele cair consideráveis pontos no meu conceito. De qualquer maneira, ele não chegava aos pés do Miguel.

Mas, quem chegaria?

Miguel era a minha paixão suprema desde o primeiro dia de aula do oitavo ano. Mais de três anos que eu sonhava com o dia em que seríamos namorados, que ele ignorava quase que completamente a minha existência e eu fingia fazer o mesmo com relação a ele, sem nunca ter coragem para puxar assunto. Eu podia ser ótima nos estudos, falar bem em público, fazer apresentações de trabalho como ninguém, não ter qualquer problema de socialização... mas, quando se tratava de romance, eu era a criatura mais tímida, medrosa e insegura do universo.

Bem, voltando ao Miguel, era óbvio que aquele novato jamais chegaria sequer aos pés dele. Afinal, além de ser o garoto mais bonito que já conheci na vida, ele era o que minha avó chamaria de "bom partido": filho do maior fazendeiro da região. Logicamente havia um abismo de diferença entre aqueles dois.

Aliás, tive ainda mais certeza disso ao analisar o novato um pouco mais. Percebi que, apesar do uniforme novo, obviamente recém-adquirido, ele usava uma mochila jeans surrada e rabiscada que aparentava ter mais tempo de existência do que ele de vida. Isso sem contar os tênis que pareciam algum dia já terem sido brancos, mas que agora estavam desbotados e velhos. Sério, como esse cara tinha coragem de usar aquilo para frequentar uma escola como a Machado de Assis? Bom senso mandou lembranças...

— Tá vendo o que eu tô vendo? — sussurrou a voz de Juliana ao meu ouvido.

— E-ca... — murmurou Natália do meu outro lado. — De que guerra esse moleque saiu?

Apenas movi a cabeça em uma negação, fazendo um esforço para controlar a cara de nojo que tenho certeza que estava fazendo.

O professor o apresentou: "Fábio-qualquer-coisa". Fiquei tão perplexa com a situação que sequer prestei qualquer atenção ao sobrenome. Então, ele se dirigiu ao seu novo lugar, a única cadeira vaga que havia, nos fundos da sala. Graças a Deus, bem longe de mim! E a aula do dia, enfim, teve o seu início.

Logo o assunto "aluno novato" foi completamente esquecido. Eu me esforçava para prestar atenção à aula, enquanto Nat e Ju, como sempre, cochichavam nos momentos em que o professor não prestava atenção na turma. Confesso que aquilo me irritava um pouco, porque já podia prever o que aconteceria na véspera da prova: elas me encheriam a paciência para fazermos um intensivão e eu ter a dura missão de tentar ensinar, em algumas horas, tudo o que elas não se importaram em aprender em dois meses. Era sempre assim.

O restante da manhã passou na naturalidade de sempre e logo chegou a hora da saída.

— Elisinha, me empresta o seu caderno? — O pedido da Juliana já era mais do que comum.

— Pede o da Nat — retruquei, embora já soubesse qual seria a reação.

— E quem disse que eu copiei alguma coisa? Vou xerocar o caderno da July, logo que ela xerocar o seu.

— Acho que estão esquecendo que o ano está acabando, só temos mais um bimestre e as notas de vocês estão um completo caos.

— Tá legal, *tia* Elisa, valeu pela dica — devolveu Juliana, sarcástica. — Agora me empresta logo as suas anotações.

Vencida, destaquei do meu fichário as folhas onde havia anotado as matérias do dia e entreguei-as para a minha amiga irresponsável, que abriu um largo sorriso em agradecimento.

— E aí, onde vamos almoçar?

— Que pergunta, Ju! — Coloquei minha bolsa no ombro e saí andando à frente delas, em direção à porta da sala — No nosso novo "lugar de sempre", oras!

Elas concordaram e, animadas, me seguiram. Antes de sair, dei uma última olhada para o local e algo chamou a minha atenção. Curiosamente, o aluno novato ainda estava lá, sentado no fundo da sala e dobrando uma tira de papel. Os olhos vidrados naquilo como se fosse algo de extrema importância.

— Garoto estranho... — murmurei, antes de sair.

Como de costume, saímos da escola e fomos almoçar juntas. Íamos sempre a um restaurante ou a uma lanchonete das redondezas e, depois, Natália sempre ligava para que o seu motorista particular fosse buscá-la, e a gente aproveitava a carona, embora morássemos tão próximas à escola.

Neste dia, optamos por uma lanchonete que tinha inaugurado há pouco mais de um mês. Há algumas semanas que íamos ali todos os dias e o motivo principal não era a culinária do lugar.

— Cadê ele? — perguntei pela décima vez, embora não tivéssemos chegado ali há mais do que cinco minutos.

Sentada à minha frente, Natália tentou me tranquilizar:

— Amiga, calma! Sabe que o Miguel sempre chega aqui depois da gente.

— É, eu sei. Tomara que hoje ele venha sozinho, sem aqueles amigos malas dele!

Por mais que desejasse, no fundo eu sabia que isso não aconteceria. A lanchonete era o mais novo *point* de encontro de Miguel e seus amigos – alguns de outras turmas, e de outras escolas. Por isso, não fazia qualquer sentido cogitar que ele pudesse ir para lá sozinho. Mas isso não importava. Parecia loucura, coisa de romances ou de filmes água com açúcar, mas a verdade é que eu já me sentia completamente feliz apenas em vê-lo. Estudávamos na mesma turma e respirávamos o mesmo oxigênio durante quatro horas por dia, mas, para mim, isso não era o suficiente. Na escola existia um sistema de regras, lugares marcados, uma disciplina imposta. Ali, não. Fora dos muros do colégio, Miguel era bem mais descontraído e exibia mais o seu sorriso lindo. Eu adorava poder olhá-lo às escondidas, pelo canto dos olhos, fingindo-me de distraída sempre que ele voltava o rosto em minha direção, ao mesmo tempo em que tentava controlar a pulsação acelerada, o tremor das pernas e a queimação do rosto todas as vezes em que isso acontecia.

No fim das contas, por mais que me considerasse uma garota inteligente, moderna e tudo mais, no fundo eu não passava de uma mocinha romântica à moda antiga. Não acreditava em príncipes encantados, e sabia que Miguel estava um pouco longe – tirando a beleza – de se enquadrar nesse perfil. Era namorador e um tiquinho – só um tiquinho – irresponsável. Não que o fato de ele, com apenas 16 anos, já ter uma moto e andar com ela pela cidade a uma velocidade um pouco alta para as normas fosse algo que assombrasse muito, nos tempos atuais. Ele era o que se podia chamar de "filhinho de papai" em uma cidade pequena, onde quase todo mundo se conhecia, e, portanto, isso passava meio "despercebido" a todos. E não seria eu a me incomodar.

De qualquer maneira, eu ainda tinha os meus planos românticos. Não importava que já estivesse com quinze, quase dezesseis anos e fosse a única dentre minhas amigas que nunca teve um namorado. Eu esperaria, o tempo que fosse, para que nada fosse menos do que completamente perfeito. Meu primeiro beijo, meu primeiro namoro, minha primeira vez... Tudo seria com o garoto que amava desde os meus 12 anos. Como meu primeiro e único amor. Com o garoto mais perfeito do mundo!

Enfim, o Miguel chegou ao local. E eu não precisava estar olhando para a porta para perceber isso. O grupo, geralmente com seis, sete ou oito garotos, sempre chegava falando e gargalhando alto. Mas o que sempre me entristecia era o fato de costumeiramente as vozes deles se mesclarem a vozes femininas.

Sempre tinha garotas. Duas, três, às vezes até mais. E estas nunca voltavam muitas vezes, estavam sempre mudando. De vez em quando alguma delas era acompanhante exatamente de Miguel, e, sempre que isso acontecia, eu saía de lá arrasada, chorava, e passava a noite na internet desabafando com minhas amigas sobre isso. Para o meu alívio, tais garotas nunca ficavam muito tempo com ele. Miguel não parecia gostar de nutrir relacionamentos sérios. Mas eu acreditava, ou melhor, tinha certeza de que isso logo iria mudar. *Eu* faria com que isso mudasse.

Por sorte, neste dia Miguel não trazia uma acompanhante. E constatar isso me fez soltar um suspiro aliviado.

— Os amigos mala nunca deixam de vir — comentou Juliana, olhando discreta o grupo.

Natália, que tinha ido ao banheiro, retornava nesse momento, sentando-se ao lado da Ju e, dessa forma, também de frente para mim.

— Certo, vamos começar mais um dia em que almoçamos vigiando o "príncipe" da Elisa, e que ela não toma vergonha para se declarar, pra variar.

— Fala como se fosse fácil. — Suspirei, desanimada.

— Verdade, Nat! — Juliana argumentou. — Pense que ela só não teve, ainda, tempo para se declarar. Eu já comecei e já terminei quatro namoros nesse mesmo período, mas a Elisinha ainda não teve tempo!

As duas riram, para aumentar o meu desânimo.

— Não é fácil assim para mim, vocês sabem!

Percebendo que as brincadeiras de fato me magoavam, Nat segurou a minha mão por cima da mesa e tentou me confortar:

— Não esquenta, amiga. Desse ano não passa! Mês que vem é aniversário da July, e ele estará por lá. Vá bem bonita que vamos armar alguma para deixar vocês dois sozinhos. Ele não vai resistir!

Eu não sabia se gostava ou me desesperava com os planos. Porém, passados mais de três anos naquela paixão platônica, a possibilidade de poder enfim ter a chance de me declarar parecia uma boa coisa, no fim das contas. Apesar de morrer de medo do que minhas amigas malucas poderiam aprontar para possibilitar isso.

— Mudando de assunto... — A frase era sempre dita por Juliana, geralmente para dar início a alguma fofoca. — E aquele aluno novo, hein?

— Eca! — exclamei. Assombrei-me com o assunto ter ido do lindo e perfeito Miguel diretamente para aquela criatura esquisita que agora tínhamos como colega de turma. — De onde aquele ser saiu?

— Na certa é bolsista — opinou Natália.

— Acha mesmo?

— Claro, Elisa! Viu o perfil de pobretão do moleque? O que eram aquele tênis e aquela mochila?!

Juliana concordou:

— Verdade! A escola tem uma cota de alunos bolsistas, que esse ano não foi preenchida. Na nossa turma, mesmo, não tem nenhum.

— Agora temos! — resumiu Nat, achando graça da situação. — Mas já que não paga a escola, deveria ao menos economizar para uma mochila nova, né?

— Tem gente que não liga para essas coisas — rebati, embora sinceramente não desse muita atenção ao assunto.

— Pois é — concordou Juliana. — Gente esquisita!

— Esquisito e pobretão — concluí.

Nesse momento, uma garçonete se aproximou, trazendo os pedidos, e começamos a comer os lanches, enquanto ainda conversávamos sobre o aluno novo. Logo, como era de costume, o assunto mudou, uma, duas... várias vezes. Volta e meia, eu voltava meus olhos para Miguel, que também parecia se divertir com os amigos.

Pensei em como ele era ainda mais perfeito quando sorria.

O dia seguinte começou como todos os outros. A rotina na escola não variava muito, o que tornava os dias altamente tediosos. Por mais que adorasse estudar, amasse a companhia das minhas amigas e ainda mais a visão de Miguel, eu já contava os dias para chegarem as férias e finalmente poder dormir até mais tarde, viajar, assistir minhas séries favoritas, ler livros que não fossem da escola.... Enfim, descansar um pouco daquela rotina monótona.

Cheguei, como sempre acontecia, bem cedo. Então aproveitei o tempinho extra antes de começar a aula para ir ao banheiro dar uma ajeitada na maquiagem. Eu não usava muita coisa, mas achava importante, para não dizer fundamental, dar uma retocada no batom e na máscara de cílios. Se queria, de alguma forma, chamar a atenção do Miguel, não poderia estar de cara lavada ou descabelada.

Por falar nisso, também aproveitei para dar uma penteada e passar um reparador de pontas. Eu tinha um cabelo enorme, volumoso e bonito, mas as pessoas não faziam ideia do trabalho que dava deixá-lo comportado. Ele era bem ondulado e, se eu não tivesse todo um ritual de cremes e secagem adequada, ele ficava super armado. E é claro que eu me empenhava em nunca deixar isso acontecer em público.

Visual checado, saí do banheiro, caminhando em direção à sala. Andava pelo corredor quando fui detida por um "psiu!". Instintivamente me virei para ver quem era e avistei um faxineiro da escola, parado e apoiado em uma vassoura. Automaticamente descartei a hipótese daquele "psiu" ter sido dirigido a mim, até que ele sorriu e fez um sinal com a mão para que eu me aproximasse. Intrigada e hesitante, atendi ao pedido.

Ao chegar mais perto, percebi que nunca tinha visto aquele funcionário ali. Não que eu prestasse atenção aos faxineiros da escola, mas acho que teria percebido caso o tivesse visto outras vezes, porque ele tinha algumas características bem marcantes. Primeiro, era um senhor de, sei lá... uns quase 70 anos, talvez. Segundo, porque ele tinha traços orientais. Fato que ficou ainda mais evidente quando ele começou a falar, com um sotaque japonês bem forte:

— A menina estuda naquela sala? — ele apontou para a porta da minha sala de aula.

Movi a cabeça em afirmação, ainda tentando descobrir o que aquele senhor poderia estar querendo comigo. Ele continuou:

— Aluno novo... Chegou um aluno novo na sua turma, né?

Será que ele era parente do esquisito pobretão? Bem, não parecia fazer muito sentido, porque o novato não tinha olhos puxados nem nada do tipo.

— É, entrou ontem um aluno novo. Não lembro o nome dele.

Ele sorriu e eu me vi subitamente cativada. Parecia um senhorzinho simpático. O sorriso dele lembrava um pouco o meu avô, que morava em uma cidade da Região dos Lagos, no Rio de Janeiro, e que eu só via duas ou três vezes por ano, no máximo. Sentia saudades...

— Espero que ele se adapte bem aqui. — Ele olhava para o nada, como se perdido em um devaneio. Até que voltou a me olhar e a sorrir — Acho que a menina vai ajudá-lo nisso.

Daí fui eu que tive que rir. Eu, ajudando o esquisitão? Até parece!

— Acho que não, senhor. Preciso ir para a sala agora, tchau!

Virei-me para seguir até a sala de aula. No entanto, fui surpreendida pela mão dele, que segurou a minha. Tornei a olhá-lo, surpresa.

— Sabe, menina? Nem sempre nós sabemos o que é melhor para as nossas vidas. Mas tudo fica mais fácil quando você passa a enxergar o mundo com outros olhos.

Eu quase podia jurar que, depois do conselho filosófico completamente sem contexto, o velhinho japonês iria, "puf", desaparecer como o Mestre dos Magos.

Não foi exatamente isso que ele fez, mas chegou perto: virou-se e foi embora, arrastando a vassoura pelo chão e assobiando uma música qualquer.

— Velho esquisito... — resmunguei.

Nesse momento o sinal tocou e eu me apressei em, finalmente, ir para a sala. Parei na porta e resolvi, por qualquer motivo, virar-me novamente para olhar o velhinho. Só que ele não estava mais lá. Achei estranho, porque o corredor era enorme, e achava pouco provável, naquele horário, com o sinal da entrada tocando, ele ter se enfurnado em alguma sala de aula. Para onde tinha ido, então?

— Além de esquisito, é ninja... — murmurei, tentando não dar importância para o fato.

Vai que ele tinha, de fato, feito "puf" e desaparecido? Eu, hein...

A primeira aula correu normalmente. O professor falou durante quase duas horas, praticamente sem pausas para nos deixar fazer anotações. Por mais que eu não tivesse nada contra a Matemática, precisava admitir que aquela tinha se tornado a matéria mais chata por conta do professor. No entanto, a segunda aula das terças-feiras costumava compensar um pouco a chatice da primeira.

A nossa professora de História se chamava Melissa S. Freitas, tinha trinta e dois anos e, embora não fosse a funcionária mais jovem do colégio, sem dúvidas era a mais jovial. A aparência física não negava suas origens sulistas: pele bem branquinha, olhos azuis e cabelos loiros, cacheados e curtos. Parecia uma boneca de tão linda. O sotaque, no entanto, apesar da forte presença gaúcha, volta e meia se misturava ao uso inconsciente de palavras estrangeiras. Não era para menos: ela já havia viajado o mundo inteiro e até mesmo morado em vários países. Contava que, com apenas 16 anos, teve sua primeira experiência de morar sozinha durante quase um ano em que estudou no Japão. Eu estava há dois meses de completar essa mesma idade e não ia sozinha nem da escola para casa. Imagine ter que se virar completamente por conta própria, com tão pouca idade!

— Bom dia, meus amores! — ela cumprimentou logo que entrou na sala.

A gente sempre respondia ao seu "bom dia" com empolgação e descontração. Ela era a única capaz de quebrar um pouco o clima formal que todos os outros professores de lá insistiam em manter. Algum aluno sempre comentava sobre o esmalte colorido de suas unhas, sobre alguma peça de roupa (nesse dia, o alvo dos comentários foi uma camiseta de Star Wars), ou perguntava se ela tinha assistido ao último episódio de alguma série qualquer. A conversa inicial geralmente se estendia por uns dez minutos, até que ela pedisse para a gente se comportar com o intuito de iniciar a aula.

Os primeiros quarenta minutos foram gastos na correção oral de uns exercícios que ficaram para casa. Tinha acertado todos, o que não era nenhuma surpresa. Nat e Ju deixavam para copiar as respostas na hora da correção, o que, também, não me espantava. Passada essa etapa, a professora anunciou o assunto do dia:

— Sei que vocês já estão saturados dessa chatice de provas. Por isso, minha última avaliação será um trabalho, que vocês já podem, ou melhor, já devem começar a preparar.

Alguns alunos não gostaram muito da ideia, mas a maioria aprovou. Dentre eles, Ju e Nat vibraram, torcendo para que o trabalho em questão pudesse ser realizado em grupo. Óbvio que eu acabaria fazendo tudo sozinha.

— Antes de anunciar o tema — a professora prosseguiu — vou fazer uma pergunta: quem aqui já realizou algum tipo de trabalho voluntário?

Mas que diabos de pergunta era aquela? Acho que eu não fui a única a estranhar, porque logo um silêncio instalou-se na sala. Todo mundo olhava ao redor, procurando por alguém que tivesse levantado a mão. Nessa busca, olhei para os fundos da sala e percebi que apenas uma pessoa tinha se manifestado: o aluno novato, que, com uma expressão um tanto entediada no rosto, mantinha a mão levantada. Tornando a olhar para a professora, percebi que ela sorriu levemente para ele. Instantes depois, mais um aluno levantou o braço. Dessa vez, fui eu quem sorri, admirada.

Algo conseguia torná-lo ainda mais perfeito!

— Você, Miguel? — a professora mostrou-se surpresa. — E que tipo de voluntariado você já fez?

Ele passou a mão pelos lindos cabelos loiros e curtos, antes de explicar, orgulhoso:

— Todos os anos o meu pai faz uma boa doação em dinheiro para a Cruz Vermelha. — Ué, isso valia?

— Ah, que interessante! Mas não foi isso o que eu perguntei. Quero saber que tipo de voluntariado *você* já realizou.

— O dinheiro também é meu, professora! — ele rebateu, explicando o óbvio. — É uma doação feita em nome da família.

Com isso, alguns outros alunos começaram a levantar suas mãos, falando ao mesmo tempo sobre doações que suas famílias já tinham feito. Até eu fiz o mesmo, mas a professora pediu silêncio para retomar a palavra.

— O tema aqui não é doação. Dinheiro é importante, fico feliz que suas famílias apoiem algumas causas, mas... Não é disso que estou falando. Falo de trabalho. De ação, envolvimento, participação. Algum de vocês já foi voluntário em alguma causa?

Novamente, todos nós olhamos ao redor, procurando por alguém que levantasse a mão. E, mais uma vez, percebi que apenas o novato fez isso.

A professora Melissa moveu a cabeça em uma negativa.

— Isso vai ser mais difícil do que eu imaginava. Mas não impossível.

Uma aluna que eu não lembrava o nome levantou a mão, fazendo o questionamento que se passava pela mente de todos nós:

— Nosso trabalho será sobre voluntariado, então?

— Que diabos isso tem a ver com História? — sussurrou Nat.

Sem ouvir tal sussurro, a professora respondeu à pergunta:

— Não. Vocês não vão apenas escrever sobre trabalho voluntário. Vocês vão realizar algum trabalho voluntário.

O choque foi grande e eu logo percebi que não foi só meu. Um grande desencontro de vozes e reclamações se fez ouvir. A professora levou quase um minuto para conseguir conter a turma e, dessa forma, explicar a sua proposta:

— Vocês ainda têm dois meses até o final do ano. Considerem o conteúdo finalizado; nossas aulas, a partir de agora, serão apenas para tirar dúvidas e conversar sobre os trabalhos que vão realizar. Vão poder se dedicar durante esse tempo inteiramente à ação que escolherem. Fiquem à vontade para decidir em qual instituição vão trabalhar, e podem, inclusive, optar por mais de uma. Orfanatos, asilos, hospitais, abrigos, creches comunitárias... O que preferirem.

Se a explicação tinha o intuito de nos acalmar, não deu muito certo. O falatório recomeçou. Estávamos todos ao mesmo tempo confusos e incrédulos em relação à atividade proposta.

Optei por não fazer parte da discussão, apenas pensando em como a ideia, além de extremamente trabalhosa para uma simples avaliação escolar, também era completamente idiota. Oras, eu já fazia a minha parte pela melhora do mundo. Não jogava lixo no chão, anualmente doava roupas que não usava mais para as funcionárias da minha mãe, frequentava um clube que revertia parte de seus lucros a instituições carentes (que eu não fazia ideia de quais eram, mas o que importava é que eram carentes) e, quando lanchava na rua, doava sempre as moedinhas de troco para aquela caixinha que ficava no balcão, que na certa iria para algum orfanato, asilo, ou coisa do tipo. Preciso confessar que fazia isso pelo fato de odiar ter que carregar moedas, mas sabia que minha atitude deveria estar ajudando certas pessoas em algum lugar do mundo. Se, como dizem por aí, pequenas atitudes contavam, eu já fazia mais do que o suficiente!

— Para o trabalho ficar mais interessante — a professora continuou, enfim conseguindo conter o falatório — vocês poderão realizá-lo em duplas.

Juliana imediatamente levantou o braço, e mal esperou que a professora a olhasse para disparar:

— Por que não em trio, professora? Nós meio que já temos nossa "equipe" formada — apontou para Natália e para mim.

Sempre simpática, a professora sorriu, mas discordou:

— Sinto muito, minha querida. Mas, além de ser em dupla, vocês não poderão escolher o colega para a atividade. Os pares serão formados por sorteio.

Tinha como a coisa ficar pior? Houve novamente um grande burburinho de reclamações e queixas. Diante disso, apenas bufei e optei por não engrossar o coro dos pedidos. Já estudava com a professora Melissa há três anos, tempo suficiente para saber que ela nunca voltava atrás em suas decisões e ideias malucas.

Embora nenhuma proposta tivesse sido tão maluca quanto aquela.

Olhei ao meu redor, tentando pensar em com quem terminaria tendo que fazer o tal odioso trabalho. Esperava não ter que ficar ao lado de um dos garotos do grupinho dos idiotas nem dos badernadores. Enquanto fazia tal análise, percebi, um pouco chocada, que apesar de estudar na mesma escola a vida inteira, com praticamente os mesmos colegas, havia pessoas ali com quem eu jamais tinha trocado uma palavra. Minha mente teve que fazer um certo esforço até mesmo para lembrar dos nomes de alguns. Nessa análise, meus olhos acabaram se deparando com o estranho novato, que parecia alheio a tudo, novamente amassando um pedaço de papel. Seria alguma promessa religiosa ou coisa do tipo?

Seria trágico se no sorteio a minha dupla fosse exatamente aquele esquisitão. Porém, logo descartei a hipótese. Isso seria azar demais e a vida não seria tão cruel comigo.

No entanto, seria ótimo se pudesse fazer dupla com o Miguel. Mas, sabia que isso seria contar demais com a sorte.

Finalmente o sorteio começou. O bonitinho do Luiz (não tão gato quanto o Miguel, mas...) ficou com a Larissa, que não era lá tão bonita, mas era bem simpática e comunicativa.

A representante de turma, Daniela, que tinha notas quase tão boas quanto as minhas, ficou com Felipe, o melhor amigo do Miguel.

Uma menina tímida que sempre sentava no cantinho e a qual eu nem me lembrava o nome foi sorteada para fazer dupla com a Luíza, que era amiga da representante.

Logo na quarta rodada, Miguel foi sorteado. E eu nunca senti uma tensão tão grande quanto no momento que antecedeu o sorteio do próximo nome. Enquanto o papel com o segundo nome escrito era desdobrado, usei toda a fé que possuía para torcer com todas as minhas forças para que eu fosse a contemplada. Imaginei como seria perfeito passar dois meses inteiros realizando um trabalho ao lado do meu príncipe. Por mais idiota que aquele trabalho fosse, seria maravilhoso se eu estivesse ao lado dele.

— Miguel e Juliana — a professora Melissa anunciou, como se jogasse um balde de água fria sobre a minha cabeça.

Olhei para a minha amiga ao meu lado, desejando com todas as forças que pudesse trocar de lugar com ela.

— Fica calma, Elisinha — pediu a Ju, sussurrando para que ninguém mais ouvisse. — Não percebe o quanto isso pode ser ótimo? Vou poder sondá-lo pra você!

Pensando nisso, eu me tranquilizei um pouco. De fato, era bem melhor que Miguel ficasse próximo a uma pessoa de confiança, do que terminar com qualquer uma das *periguetes* da turma. Tinha sido um bom resultado, afinal.

Não me restando mais opções, passei a torcer desesperadamente para que fizesse dupla com a Natália. Aos poucos, vi todas as pessoas com quem tinha o mínimo de simpatia sendo sorteadas, e minha última esperança passou a ser ficar com minha amiga.

Porém, tal esperança foi completamente despedaçada quando o nome da Nat saiu no sorteio para fazer dupla com um tal de Diego, que identifiquei como sendo um dos integrantes do "grupo dos idiotas do fundão". Triste fim o da minha amiga. E o meu, certamente, não seria muito diferente.

O suspense se estendeu até a última rodada do sorteio. Fui a última a ser sorteada, para fazer dupla com um tal de Fábio, que seria...

Rodei mais uma vez os olhos pela sala, tentando identificar quem era o desconhecido. Meu sangue gelou ao ver um garoto no fundo da sala com o braço levantado.

Como a vida poderia ser tão cruel comigo?

— NÃO! — gritei, levantando-me de súbito. Não aceitava isso, ter que passar dois meses inteiros fazendo um trabalho ao lado daquele novato pobretão e esquisito! — Professora, por que não me deixa ficar com as minhas amigas? Nós faremos um ótimo trabalho, eu lhe garanto!

Sempre simpática e paciente, a professora Melissa voltou a sorrir.

— Não duvido que você faça um ótimo trabalho, Elisa. Mas talvez seja bom para suas amigas, pela primeira vez, de fato fazerem o trabalho, e não somente ganharem nota sem contribuir com nada.

Ok, esse era um argumento que, por mais que eu quisesse, não seria capaz de rebater. Sempre acabava por carregar minhas amigas nas costas, sempre, desde os primeiros anos de escola. Talvez dessa vez não fosse diferente. Aquele garoto não tinha a menor aparência de ser disciplinado, estudioso... tampouco de se empolgar com um trabalho voluntário. Oras, era só um pobretão, o que teria a oferecer para alguém? Se fosse assim, seria simples: eu faria o trabalho e não me importaria em dividir a nota com ele, desde que ficássemos bem longe um do outro.

— Antes de tudo, preciso esclarecer algumas coisas importantes — disse a professora. — Todo o trabalho deverá ser documentado. Quero fotos, vídeos e um diário detalhado. Na verdade, dois diários, cada aluno escreverá o seu. Não quero um trabalho formal e digitalizado. Quero apenas a documentação do cotidiano de vocês nessa função, que deverá ser feita, no mínimo, duas vezes na semana.

— "Apenas"? — Pela primeira vez na vida, eu me vi elevando a voz para um professor. — O ano está terminando, temos outras matérias para estudar, trabalhos para fazer e temos uma vida pessoal também.

Tranquilamente, ela rebateu:

— *Dear*, eu não queria ter que entrar nesse mérito, para não dizer o que todo professor acha de desculpas como essa. Mas, já que você levantou a questão, minha opinião é a seguinte: isso não é problema meu.

Logo que tais palavras foram ditas, o sinal tocou, anunciando o final da aula. A professora pediu que, antes de sair, cada um passasse em sua mesa para pegar uma pequena apostila que explicava todo o funcionamento da atividade. Em um clima de reclamações, todos foram se levantando e começando a guardar seus pertences, pegando, revoltados, a tal apostila antes de sair. Enquanto isso, continuei sentada, completamente atônita com a resposta que tinha acabado de ouvir. Mais do que isso: negava-me a acreditar que aquilo fosse verdade e que tivesse que passar os próximos dois meses da minha vida trabalhando de graça ao lado de um esquisito pobretão.

Levantei o rosto e olhei para a porta aberta da sala. No corredor, avistei novamente aquele faxineiro oriental, usando uma vassoura para passar um pano no chão. Enquanto passava, percebi que ele olhou para dentro da sala por um rápido instante e tive quase certeza de que olhou diretamente para mim.

Por qualquer razão, aquilo me fez sentir um súbito arrepio na espinha.

CAPÍTULO DOIS

Inacreditável

— Quanta idiotice! — Natália praticamente gritou, de tanta revolta. Sentada ao seu lado em um banco do pátio, eu não estava menos irritada.

— Estamos no segundo ano. Logo teremos vestibular, ENEM e tudo mais... E ela nos faz perder dois meses de estudo fazendo caridade!

— Idiotice pura! — Natália reforçou.

De pé à nossa frente, Juliana tentou nos acalmar:

— Sabem que não adianta ficar assim. A professora Melissa é cabeça dura sempre, ela não vai mudar de ideia. Vamos ter que fazer essa chatice de trabalho, não tem jeito.

— Para você é fácil aceitar! — rebati. — Vai ter o lindo do Miguel como dupla.

Ela riu.

— Elisinha, não começa com ciúme. Sabe que eu tô em outra. E, além do mais, o Miguel não faz o meu tipo.

Eu sabia, mas não conseguia evitar o ciúme. Eu é que deveria fazer dupla com o Miguel, eu! Seria a oportunidade perfeita para que a gente pudesse passar um tempo sozinhos, conversar melhor, conhecer um pouco mais um do outro. Digo, ele conheceria mais a meu respeito, porque eu já o perseguia há tempo suficiente para saber até a cor de suas meias preferidas.

— Pelo menos você está com alguém civilizado — comentou Natália. — Eu vou ter que fazer dupla com aquele garoto babaca que só sabe fazer piada com tudo e zonear as aulas.

— Tá reclamando? — rebati. — E eu, que vou ter que ficar com aquele esquisito pobretão?

O argumento pareceu, enfim, ter comovido aquelas duas.

— Coitadinha de você, Elisinha — Juliana passou uma das mãos pelos meus cabelos.

Natália suspirou, concordando:

— Sei que eu também não fiquei numa situação muito boa, mas... Acho que, de fato, a sua é pior, amiga. Aquele moleque é muito, muito esquisito!

Como de costume, Ju tentou animar a situação:

— Vamos olhar pelo lado bom? Elisinha, eu vou poder vigiar o Miguel pra você! Mais do que isso, vou poder falar de você pra ele!

Senti meu sangue gelar diante da ideia.

— Não vai contar a ele sobre os meus sentimentos, né?

As duas riram, na certa achando graça na forma em que eu me referi às questões amorosas.

— Fique fria, Elisinha — Juliana me tranquilizou, ainda rindo. — Confie em mim. Logo você e o Miguel serão um casal.

— O casal mais fofo que essa escola já viu! — Natália completou.

Bufei, incomodada com as brincadeiras. Porém, que alternativa eu tinha? Precisava confiar.

Eram quase três da tarde quando o motorista da Nat me deixou em casa. Eu morava bem próximo à escola, na chamada "área nobre" da cidade, em um condomínio de classe média alta. Entrei e, como de costume, encontrei minha mãe no quintal, montando um arranjo de plantas. Seu mais novo *hobby*.

— Filha, chegou em uma ótima hora! — Ela me olhou, animada. — Olha, o que achou?

Voltei os olhos para a "obra de arte". Um amontoado de galhos secos retorcidos, com uma flor sem graça bem no meio. O vaso, pelo menos, era bonito. Minha mãe tinha bom gosto para as coisas que comprava. O mesmo não se podia dizer das que ela fazia.

Olhei para a varanda, onde, sentada no degrau estava Érica, minha irmã de nove anos. Mesmo com a considerável diferença de idade, a gente não se dava muito bem. Ela era uma criança chata, irritante, mimada e pirracenta e, embora minha mãe sempre dissesse que eu era ainda pior naquela idade, sinceramente não conseguia ter muita paciência. No entanto, em uma coisa eu e minha irmã éramos sempre cúmplices: na arte de tentar não ferir os sentimentos da mamãe com opiniões sinceras sobre os *hobbies* que ela inventava. Embora ela não tivesse talento algum para trabalhos manuais.

— Está uma graça, mãe! — respondi, por fim, optando por uma mentira caridosa.

— Que bom que achou! Anda, me ajuda a colocar no jardim!

Eu a ajudei a carregar o grande vaso até a área gramada do quintal, onde minha mãe pretendia montar o seu novo jardim. O triste era que eu sabia que nem uma mísera flor teria tempo de crescer ali antes que mamãe mudasse de ideia e iniciasse um novo *hobby*. Era sempre assim.

— E aí, como foi na escola? — Ela enxugou o suor do rosto com as costas das mãos enquanto dava uma bela olhada em seu nada belo arranjo.

— Ah... foi... sei lá. Escuta, mãe... a senhora já fez trabalho voluntário?

Ela tornou a me olhar e seus olhos castanhos brilharam de empolgação.

— Não, mas que ideia linda! Podemos fazer as duas juntas!

E era assim que os novos *hobbies* surgiam...

— Não, mãe. Digo, eu vou fazer, mas não contigo. É um trabalho de escola.

— Ah, que coisa mais graciosa! Tenho certeza de que vai se sair muito bem nisso, filha. Que tal algo relacionado ao plantio de árvores? — Abriu a boca, assombrada e empolgada com a própria ideia — Já sei! Por que não se filia ao Greenpeace? Imagina só, aquelas missões na Amazônia! Posso ir com você!

— Não... Mãe, presta atenção! Você não vai comigo, e eu não vou a lugar algum. Digo, até vou, mas... Vou tentar achar um local bem mais perto.

— Entendi... — Sem reduzir a animação, mamãe olhou para o relógio de pulso. Vendo que estava atrasada, arrancou o avental que cobria suas roupas e voltou até a varanda, pegando a chave do carro sobre a mesa. — Peguei um horário grande de almoço hoje, mas preciso voltar para a loja. Sabe que aquelas meninas ficam perdidinhas se eu não estiver por perto.

Apesar de sempre ouvir isso, eu duvidava muito que fosse verdade. Minha mãe era dona de uma joalheria no centro da cidade e, mesmo sem precisar, fazia questão de estar na loja todos os dias. Mas ela, muito provavelmente, era mais "perdidinha" do que suas funcionárias.

Ela deu um beijo na testa de Érica, que, sentada no degrau, brincava distraída com algum joguinho em um *tablet*. Ao passar por mim, deu-me um beijo no rosto e sugeriu:

— Por que você não fala com a Joana? Talvez ela te indique um bom lugar para fazer o seu trabalho. Volto de noite!

Enquanto ela seguia para a garagem, pensei no quanto era bom ter Joana de volta ao comando da cozinha. Há algum tempo, mamãe cismou de se aperfeiçoar em culinária e passou a preparar cada prato horrível! Graças a Deus que, como todas as suas manias, essa passou bem rápido.

Joana era a única funcionária da minha casa e o braço direito da minha mãe, principalmente depois do divórcio. Trabalhava ali desde que eu tinha dois ou três anos e era, praticamente, uma pessoa da família. Porém, já conhecendo-a bem e sabendo que era tão empolgada quanto a minha mãe, optei por não pedir orientação alguma para o meu trabalho. Sendo assim, quando entrei em casa e passei pela cozinha, não toquei no assunto com Joana. Apenas cumprimentei-a, comentei sobre o arranjo bizarro que minha mãe tinha feito, peguei um copo de água e segui para o meu quarto, onde passei o dia estudando. Deixei de lado a odiosa apostila com as regras para o igualmente odioso trabalho em dupla. Deixaria para me preocupar com aquilo no dia seguinte.

Eu sabia que o sofrimento seria grande.

Além de regras, a bendita apostila também estava cheia de datas. A primeira delas determinava que na próxima terça-feira, durante a aula de História, as duplas deveriam reunir-se para traçar as metas do projeto.

E a ideia de me reunir com aquele esquisitão não me animava nem um pouco.

Confesso que até cheguei a cogitar a hipótese de, antes disso, puxar algum assunto com ele, para me apresentar formalmente e, talvez, até adiantar um pouco dos planos para o trabalho. Porém, simplesmente não consegui. Estava irritada demais com toda a situação, e ainda achava aquele garoto extremamente estranho para sentir qualquer vontade de tentar uma aproximação. Quando o vi pela primeira vez, imaginei que ele logo fosse mais um a integrar o grupo dos garotos do fundão ou, mesmo que isso não acontecesse, que nos intervalos se uniria aos outros alunos bolsistas como ele (que sempre costumavam andar juntos). Mas nada disso aconteceu. Ele era um completo antissocial, parecia que não tinha feito uma única amizade na escola e nem se importava em fazer. Estava sempre num canto dos fundos da sala, prestando atenção aos professores ou, nos intervalos entre uma aula e outra, dobrando um pedaço estúpido de papel — fato que ainda me intrigava bastante.

Foi apenas na semana seguinte, na aula de História, que eu tomei coragem para fazer o que devia ser feito. Logo que a professora Melissa entrou e nos mandou usar o tempo de aula para discutir sobre o trabalho que começaríamos ainda naquela semana, eu me levantei e fui até os fundos da sala, sentando-me em uma cadeira vaga ao lado do novato.

— Oi — eu o cumprimentei.

Ele me olhou de volta, mas não pronunciou uma única palavra. Fiquei em silêncio, aguardando que falasse algo ou que respondesse ao cumprimento. Nada. Continuou calado, olhando-me como se esperasse que eu dissesse mais alguma coisa.

Sendo assim, fui mais direta no assunto:

— Sou a sua dupla do trabalho da professora Melissa.

— E eu com isso?

"E eu com isso"? Era tudo o que o esquisitão tinha a dizer? Mas qual era, afinal, o problema dele? Além de esquisito ainda era mal-educado, antipático e insolente!

— Adoraria que você não tivesse nada a ver com isso. Mas temos um trabalho para fazer, então... Um pouco de boa educação não faz mal a ninguém, sabia?

Determinada, abri a apostila sobre a mesa da carteira dele e comecei a apontar itens marcados com caneta marca-texto rosa, enquanto os citava em voz alta:

— O primeiro ponto é decidir em qual lugar vamos agir. Acho que um orfanato é a melhor opção. Afinal, criancinhas órfãs sempre trazem comoção e, por consequência, devem nos render uma boa nota. Então precisaremos determinar os dias. O mínimo, de dois dias, está mais do que perfeito. Tenho natação às segundas, balé às quartas e costumo ir ao clube às sextas. Finais de semana estão fora de cogitação, então será nas terças e quintas. Quero ter meu horário de almoço preservado, então iniciaremos após as 15 horas. E não quero ficar até tarde, então... uma hora por dia está mais do que suficiente. Eu fico responsável pelas fotos e entrevistas com envolvidos, você pode preencher só o seu diário que está de bom tamanho. Só precisamos, então, achar o tal orfanato e começar nosso trabalho. Certo?

Terminada a listagem, eu o olhei, aguardando por uma confirmação à minha pergunta obviamente retórica. E, novamente, ele apenas continuou a me encarar como se aguardasse que mais alguma coisa fosse dita.

— E é só isso? — ele falou, por fim.

— Alguma ponderação a fazer?

O breve silêncio da parte dele fez com que eu me perguntasse se ele saberia o significado da palavra "ponderação".

— Na verdade, tem um ponto que parece não ter ficado muito claro.

Sabia! Ele deveria ser bem burro mesmo. Que parte, de toda a explicação detalhada, ele não havia compreendido?

— E o que foi que não ficou claro?

— Essa parte... onde está? — ele correu os olhos e o dedo indicador pela primeira página da apostila, até parar no título. — Aqui! Esse ponto é o que parece não ter ficado claro.

Li o título em voz alta:

— "Trabalho em dupla"? O que você não entendeu nisso?

— Não entendi que parte disso diz que você pode decidir tudo sozinha.

Subitamente, senti o meu rosto queimar, não saberia dizer se por raiva ou algum tipo de constrangimento. Quem aquele esquisitão achava que era para falar comigo daquele jeito?

No entanto, tentei manter a calma ao explicar:

— Não estou decidindo sozinha. Estou te comunicando sobre as minhas...

— Decisões?

— É. Digo, não! Sobre as minhas... opiniões... E vendo se você concorda ou não.

— E eu tenho a opção de discordar?

— É claro que tem. Estamos em uma democracia, não é?

— Não sei. Por um momento você me pareceu uma ditadora.

— Eu não sou uma... — Percebendo que tinha elevado um pouco o tom de voz e que alguns alunos mais próximos nos olhavam, fiz um esforço para me controlar e, assim, passei a falar mais baixo. — Não estou ditando nada. Você pode discordar de alguns pontos, se quiser.

— Certo. Então... eu discordo.

— Do quê, exatamente?

— Deixe-me ver... — Ele pegou a apostila, percorrendo os olhos pelas minhas anotações a lápis feitas ao lado de cada tópico. Após uma leitura silenciosa de uns dois minutos, colocou a apostila de volta à mesa e completou. — De tudo.

Ele abriu um odioso sorriso, enquanto eu o encarava de forma completamente incrédula. Esperava que ele fosse dizer que estava brincando, mas percebi que não parecia inclinado a isso.

— Como... assim? — Minha pergunta saiu baixa e entre os dentes.

— Discordo de tudo. Talvez os dias da semana até possamos manter. Não quero atrapalhar as suas valiosas idas ao clube.

Respirei fundo, enquanto apertava as mãos, num estado de raiva que dificilmente alguma pessoa conseguia me deixar. Aquele garoto não era apenas esquisito e mal-educado. Era um completo insuportável!

— Olha só... Fábio, não é? ...Então, Fábio... Eu já tenho nota boa o suficiente para conseguir passar de ano em História, e só estou aceitando fazer esse trabalho idiota para não deixar baixar a minha média geral do ano. Infelizmente sou obrigada a fazer isso com você, então agradeceria muito se resolvesse colaborar. E, na boa, acredito que você deve estar precisando desta nota bem mais do que eu, então, vê se colabora, tá bom?

Ele riu e isso fez a minha raiva aumentar. Talvez o moleque simplesmente não soubesse que, em sua condição de bolsista, tirar boas notas era vital. Ou talvez não se importasse muito com isso. Tinha gente que definitivamente não dava valor às oportunidades.

— Está bem... Elisa, não é? Vou tentar "colaborar". Mas discordo de algumas... "opiniões" suas.

— Certo. Então pode explicar em que pontos e porque discorda?

— Vamos começar pela instituição. Tenho uma para indicar e não é um orfanato.

— E por que sua opção é melhor do que a minha?

— Porque eu tenho a instituição certa, e você não tem um orfanato certo. E a que tenho é de confiança, conheço as pessoas de lá e isso pode ajudar a facilitar o seu 10.

O último argumento me convenceu. Certo, o esquisito até que tinha razão.

Ele continuou:

— Quanto aos horários, o tempo que você vai passar lá comigo, por mim, realmente tanto faz. Só que esse trabalho também é meu... e eu, da mesma forma que você, sei tirar fotos e fazer entrevistas.

Foi a minha vez de rir. Peguei um celular de um modelo antigo e com a tela rachada que estava sobre a mesa e mostrei para ele.

— E é com essa belezinha que você vai tirar as fotos?

— Não é tão bom quanto o seu iphone, não é?

Não fazia ideia de como aquele garoto sabia que eu tinha um iphone. Na verdade, não sabia como ele poderia reconhecer um, mas deixei isso de lado e optei por esforçar-me para chegarmos a um consenso. Sabia que, na hora, tudo iria funcionar como eu queria. Não deixaria o esquisitão arruinar a minha nota.

— Tá, te deixo brincar um pouco de tirar fotos, se é assim que você quer. Mas então, qual a instituição que você indica, afinal?

— A coisa perde um pouco da graça quando se tira o elemento-surpresa. Te encontro às 3 da tarde, em frente ao colégio, pode ser?

Abri a boca para responder. No entanto, nesse momento, o sinal tocou, abafando a minha voz. Os outros alunos, incluindo o tal Fábio, começaram a guardar o material nas mochilas. Eu permaneci imóvel, pensativa, até que tive coragem para perguntar a respeito da ideia aterrorizante que se passou pela minha mente:

— Escuta, esses lugares que você conhece, não são tipo... Recuperação de menores infratores ou reabilitação de drogados, né?

Ele já terminava de fechar o zíper da mochila, mas parou o que fazia, voltando a ficar de frente para mim. Apoiou os cotovelos sobre a mesa e inclinou o tronco para frente, ficando, assim, mais próximo. Eu senti um leve temor diante daquilo. Os olhos castanho-esverdeados dele me encaravam de uma forma tão profunda que chegava a me assustar. O que ele pretendia com aquilo? Parecia querer ler a minha mente ou, pior: a minha alma.

Senti-me estremecer quando a voz dele foi novamente ouvida:

— Talvez. Quem sabe eu não te apresente, lá, alguns amigos meus, há?

Bem que eu tentei disfarçar o medo, mas dessa vez soube que isso não era mais possível. Senti meus olhos se arregalarem e percebi que, num movimento inconsciente e involuntário, acabei recuando o tronco um pouco para trás, afastando-me dele.

Já ele, riu, enquanto movia a cabeça de forma negativa.

— Você é inacreditável, garota — Ele se levantou, colocando a mochila em um dos ombros. — Te encontro às três. — Ele saiu da sala.

Juliana e Natália se aproximaram, chamando-me para irmos embora juntas, como sempre fazíamos. No entanto, eu permaneci estática, assustada demais para ter qualquer reação.

— Elisa? — Ouvi a voz da Nat me chamando, preocupada. — Elisa, algum problema?

Olhei para as minhas amigas, mas não respondi. Em vez disso, levantei-me e corri, alcançando a professora Melissa já na saída da sala.

— Professora, por favor! — supliquei, impedindo a saída dela.

— Elisa, o que aconteceu? Está pálida, menina!

— Professora, eu nunca te pedi nada. Eu sou uma ótima aluna, a melhor, minhas médias são as maiores de todo o ensino médio... por favor, me libere desse trabalho maldito. Ou me deixe fazê-lo sozinha, por favor!

Ela me analisou em silêncio por alguns instantes. Até que, passados alguns segundos, que para mim mais pareceram horas, respondeu:

— "Maldito" é uma palavra muito forte para ser dita por uma menina tão jovem. Quer saber? Existe muito rancor nesse seu coração e tenho certeza de que esse trabalho lhe fará muito bem. Agora me dê licença, marquei de almoçar com o meu noivo antes de ir para a outra escola onde trabalho. Até semana que vem!

Sob os meus protestos, ela simplesmente virou as costas e saiu.

Juliana e Natália se aproximaram, olhando preocupadas para o abatimento que caía sobre mim. Aliás, isso era pouco. Sentia como se o mundo estivesse desabando sobre as minhas costas.

CAPÍTULO TRÊS

Vitória

Conforme o combinado, às três da tarde eu cheguei ao portão da escola. Como de costume, tinha almoçado com as minhas amigas, porém nesse dia dei o azar de não encontrar Miguel na lanchonete de sempre, o que me fazia pensar em duas coisas:

1 - Ele havia encontrado outro *point*, e agora, mais uma vez eu precisava me desdobrar para descobrir qual seria. Não era a primeira vez, mas era uma chatice!
2 - Aquele, definitivamente, não era o meu dia de sorte. Era um alerta divino para que eu voltasse para casa e dormisse pelo restante da tarde.

Mas eu obedeci? Não, lógico! A obrigação daquele trabalho idiota falou mais alto.

Como haveria de ter sorte, naquela situação? Sequer sabia o que me aguardava.

Depois do almoço, tinha passado em casa para tomar um banho e trocar de roupas. Substituí o uniforme da escola, composto por camisa branca com detalhes em vinho, calça jeans e tênis preto, por uma calça preta, blusa rosa e sandálias com salto baixo.

Enquanto esperava, peguei a apostila e comecei a reler as regras do trabalho. Um amontoado de palavras que muito diziam, mas pouco explicavam sobre que diabos de relação toda aquela palhaçada tinha a ver com História. Não li muita coisa, pois logo meu parceiro de trabalho chegou. O visual dele não mudava muito usando roupas que não eram o uniforme do Machado de Assis. O tênis surrado ainda era o mesmo, tão velho quanto a camiseta desbotada e a calça jeans batida que ele usava. Eu não esperaria nada melhor vindo dele.

— Vai para a guerra? — não resisti à pergunta. Já tinha desistido de tentar forçar qualquer cordialidade.

— Foi mal não vir muito elegante, mas é que eu não fui convidado.

— Convidado para o quê?

— Pra festa que você está indo.

Olhei para o meu próprio corpo. Claro que eram peças boas, de marca, relativamente novas... Mas nada de extravagante.

Parecendo ler os meus pensamentos, ele explicou:

— Não sei se você entendeu o propósito, mas... estamos indo trabalhar.

— Acho que estou bem vestida para trabalhar.

— Inacreditável — ele murmurou.

Senti-me mal por aquele adjetivo que, pela segunda vez em um mesmo dia, era usado para referir-se a mim. Mas deixei isso de lado. Tinha algo mais importante para questionar:

— E então, será que agora você pode me dizer em que lugar vamos trabalhar?

— Não sei se vamos. Primeiro temos que ir até lá, conversar com os responsáveis. Embora já tenha explicado tudo pelo telefone, precisamos apresentar a proposta pessoalmente, e ver se está tudo bem para eles.

— Fala sério! Esse povo está podendo recusar ajuda?

— Como você pode saber? Nem sabe quem é "esse povo". Vamos, o lugar fica em Santa Luzia.

Franzi a testa. Santa Luzia era um bairro que não ficava muito distante do centro, onde eu morava e estudava. Porém, era um bairro de classe baixa, onde eu nunca tinha ido. Que motivos teria para ir, aliás?

Quando percebi que Fábio caminhava em direção ao ponto de ônibus, fui mais rápida em fazer sinal para um táxi que passava. Tá, até parece que eu ia pegar um ônibus sujo até o fim do mundo. Quando o veículo parou, corri para entrar, chamando o meu "parceiro":

— Vamos logo. Não esquenta que eu pago!

Olhei-o por um instante e percebi que ele não parecia muito satisfeito em me seguir. Porém, vendo que não tinha escolha, ele apenas entrou no carro e guiou o taxista até o local. E até que era bem menos longe do que eu sempre achei que fosse.

Quando descemos do táxi e atravessamos a rua, eu ainda demorei um pouco até entender que estávamos indo justamente para *aquele* lugar. Pensei que devia haver algum engano e que ali ao lado deveria ter alguma portinha estreita que levasse a qualquer outro tipo de instituição. Porém, quando Fábio empurrou a grande porta de vidro para entrar no hospital, eu simplesmente parei de andar. Travei, completamente.

Não acredito que eu teria que trabalhar *ali*!

— Você está de brincadeira, não é?

Segurando a porta, ele me olhou, confuso.

— Do que você está falando?

Apontei para o letreiro no alto do prédio de três andares.

— Hospital Infantil.

— É, embora você possa duvidar, eu sei ler.

— Eu não vou entrar aí!

Ele bufou, impaciente. Antes que pudesse perguntar qualquer coisa, eu me adiantei em explicar:

— Eu passo mal quando vejo sangue, tenho fobia de agulhas e sou capaz de morrer se der de cara com uma fratura exposta ou uma pessoa baleada.

— Primeiro: você não é médica, nem enfermeira. Segundo: você também não é paciente, ninguém vai querer te dar injeção. Terceiro: a única coisa exposta aqui é a sua chatice.

Dito isso, ele virou as costas e entrou no prédio. Como ousava falar assim comigo?

Por motivos que eu não queria relembrar naquele momento, eu odiava hospitais! Não tinha coragem nem de assistir a seriados médicos, muito menos ter que frequentar um lugar como aquele!

Murmurei um xingamento qualquer antes de, após respirar fundo e tomar coragem, segui-lo. Enquanto Fábio se dirigia ao balcão de informações e conversava com uma atendente, comecei a analisar o local. A ampla sala de espera até que não era das mais desagradáveis. Piso branco, paredes de um verde clarinho, decoradas com quadros com fotos de crianças fofinhas, uma TV que exibia um programa infantil e cadeiras acolchoadas, onde cinco ou seis pessoas aguardavam, algumas lendo revistas, outras mexendo no celular... apenas um senhor já idoso prestava atenção à tevê. Nesse meio tempo, ainda pude ver algumas enfermeiras passarem pelo local. Tudo calmo, sem sangue, sem feridos, sem pessoas chorando... nada do que eu via nos filmes e seriados.

Menos mal. Porém, aquela era apenas a sala de recepção. Eu não estava disposta a explorar mais aquele ambiente.

Logo Fábio retornou, informando:

— Agora temos que passar na sala da doutora Amanda, diretora daqui, para conversar com ela. Fica no segundo andar. Ela mesma vai nos orientar sobre o trabalho.

Tive uma ideia melhor:

— Quem sabe a mocinha da recepção esteja precisando de ajuda também?

Fábio cruzou os braços e inclinou a cabeça para o lado, parecia tentar controlar uma irritação que eu não via motivos para existir.

— Qual é o seu problema?

— Eu já falei: não gosto de hospitais! Vamos encontrar outro local.

— Acho que você não entendeu: eu liguei para cá, já agendei com a diretora-médica, e ela está aqui além de seu horário apenas para nos receber.

— Então você vai lá na sala dela, agradeça pela gentileza, e vamos embora procurar outro local.

— Não vamos procurar... — ele se calou com o "psiu" da atendente, que pedia silêncio. Respirando fundo, reduziu o tom de voz. — Não vamos procurar outro local porque já estamos comprometidos em ajudar aqui.

— Está certo, então! — Caminhei até uma das cadeiras, onde sentei-me, cruzando os braços. — Vai lá que eu espero.

— Você... espera? — Novamente ele pareceu se controlar para não voltar a elevar o tom de voz.

— É. Tiro umas fotos da recepção, preencho o diário, entrevisto a galera que está aguardando aqui... enquanto isso você vai fazendo o trabalho lá em cima.

— Achei que o trabalho fosse em dupla.

— Pois é. Só que você escolheu o local sozinho. Então vai trabalhar assim também.

Ele ficou em silêncio por alguns instantes, mas, por fim, apenas riu. Queria saber qual era o motivo da graça, mas não estava com paciência para perguntar. Apenas o segui com os olhos enquanto ele virava as costas e seguia para as rampas, até que desaparecesse do meu campo de visão. Quando isso aconteceu, suspirei, aliviada. Livrar-me da presença daquele esquisitão era uma verdadeira bênção.

Porém, a consciência voltou a bater. Sabia que deixar todo o trabalho – e a minha nota – nas mãos dele definitivamente não era uma opção muito agradável. Sendo assim, decidi por, de fato, fazer o que tinha dito. Peguei o meu iphone na bolsa e comecei a registrar o ambiente. Voltei para a rua, de onde tirei algumas fotos da fachada do prédio, e depois voltei a entrar, pegando vários ângulos da sala de espera. Se as notas fossem atribuídas pela qualidade fotográfica, eu não tinha qualquer dúvida de que a minha seria excelente. Amava imagens. Aliás, pensei que, na próxima visita, seria bom trazer, além do celular, a minha máquina profissional que tinha ganhado do meu pai no meu último aniversário. Seria uma ótima oportunidade para usá-la.

Porém, ali não havia muito o que ser registrado, meu trabalho logo terminou. Parti, então, para a próxima etapa: entrevistar a recepcionista. Fiz-lhe algumas perguntas bem técnicas e diretas, e anotei todas as respostas. Depois, agradeci e voltei a sentar-me. E fiquei mexendo no celular até que Fábio retornasse. Já era tempo!

— Achei que tivessem te internado — disparei.

— Estava trabalhando — ele devolveu. E não aguardou pela resposta, apenas virou-se e seguiu caminhando até a saída.

Eu me levantei e me apressei em segui-lo.

— Eu também estava trabalhando. Fiz os registros.

— Ah, os registros da recepção. Nossa, que incrível!

Bufei, irritada, mas optei por não responder à provocação. Quando chegamos à rua, apenas comentei:

— Você disse que ia apenas conversar com a diretora. Por que levou esse tempo todo? Já são quase cinco da tarde.

— A conversa rendeu bastante.

Achei estranho. Se era só para conversar sobre o voluntariado, precisava tanto tempo?

Ele emendou:

— Disse a ela que voltamos na quinta. Nossa supervisora será a Gabriela, que é a Assistente Social daqui.

E, sem dar tempo para respostas e despedidas, ele simplesmente correu até o ônibus que estava parado no ponto e entrou. Eu segui o veículo com os olhos, vendo-o se afastar até sumir ao virar em uma curva. Nossa, muito educado da parte dele me largar sozinha naquele lugar desconhecido.

— Mal-educado e babaca... — resmunguei.

Peguei o celular na bolsa e usei um aplicativo para chamar um táxi. Em poucos minutos o carro chegou e eu pude, enfim, ir para casa.

Dois dias se passaram mais rápido do que eu gostaria e, quando me dei conta, já era quinta-feira, e eu seria novamente obrigada a aturar a presença do aluno novato e babaca.

Como da outra vez, nos encontramos às 3 da tarde em frente ao colégio e, também como ocorrera na ocasião anterior, eu me apressei em chamar um táxi para que a gente voltasse ao bairro Santa Luzia. No caminho, coloquei fones nos ouvidos e fui ouvindo músicas da minha banda favorita em um volume capaz de abafar qualquer outro ruído externo. Não queria ouvir a voz daquele idiota nem mesmo nas orientações que dava ao taxista.

Sabe aqueles dias em que a gente parece sentir raiva do mundo? Era exatamente como eu me sentia hoje. Raiva da professora Melissa por ter inventado aquele trabalho estúpido, da minha sorte infeliz que me fez cair no sorteio junto com um completo idiota, raiva deste mesmo idiota por ter entrado em um ônibus e me largado sozinha dois dias atrás... e também pelo simples fato de ele existir... Raiva de eu não ter encontrado com o Miguel no dia anterior e, por conta disso, ter optado por nem tentar vê-lo neste dia. Saí da escola e fui direto para casa, dormir um pouco, já que tinha passado a noite anterior em claro estudando para a prova de Matemática. Raiva da Matemática, do professor de Matemática, da fome que eu agora sentia por não ter almoçado... Raiva da vida!

Quando chegamos ao hospital, fui direto a uma poltrona, onde me sentei, começando a mexer no celular enquanto continuava a ouvir música. Eu me distraí por alguns poucos segundos até que alguém, nada delicadamente, puxou o fio, arrancando os fones dos meus ouvidos.

— Droga, por que fez isso? — falei alto demais, logo ganhando um "psiu" de uma enfermeira que passava na hora.

Droga de lugar onde nem falar alto eu podia!

— Temos que trabalhar — Como se aquele pobretão tivesse qualquer moral para me dar ordens!

— Já falei que odeio hospitais. Você decidiu pelo local, então faça sozinho o trabalho.

— Eu já dei o seu nome na lista de voluntários e estão contando com o seu trabalho aqui.

— Então contem com ele em um outro dia. Hoje eu não estou a fim!

Voltei a focar a minha atenção no celular e, pelo canto dos olhos, vi quando Fábio se afastou, na certa indo para o tal trabalho.

O que mais me irritava era saber que, cedo ou tarde, eu precisaria me envolver naquilo também. Eu poderia muito bem fingir que trabalhava, forjar umas fotos e me conformar com uma nota seis ou sete. Porém, era mais forte do que eu e não conseguiria fazer algo assim. Eu me esforçava para tirar 10, sempre! Por isso eu precisava controlar minha irritação e meu medo de hospital, engolir o orgulho e fazer a coisa como devia ser feita.

Precisava, mas não seria nesse dia. Estava irritada demais para isso.

Navegando pela internet do celular, distrai-me com uma matéria sobre a minha *boyband* favorita e aproveitei para compartilhá-la nas redes sociais, marcando as amigas que também eram fãs. Focada nisso, acabei não percebendo quando alguém parava ao meu lado. Por isso, levei um susto quando ouvi a voz infantil perto de mim:

— Ih, a minha prima também gosta desses caras.

Assustada, virei subitamente o rosto, encontrando uma criança ali. Era uma menina que parecia ter uns sete ou oito anos, pele pálida, olhos negros e curiosos por trás de um par de óculos enormes. O rosto redondo era emoldurado por um cabelo comprido, cacheado e bem cheio.

— Como é? — foi o que eu consegui dizer, com o coração ainda acelerado devido ao susto.

A menina apontou para a tela do celular.

— Minha prima é fã desses caras, tem até o CD deles. Não são eles que cantam aquela música assim...

Antes que a criança começasse a cantar, eu a interrompi:

— Não te ensinaram que é feio assustar as pessoas? Aliás, não é legal ficar olhando o celular dos outros também.

— Foi mal. Meu nome é Vitória.

Animada, ela estendeu a mão. Hesitei em apertá-la e, apenas quando o fiz, percebi que a menina estava em uma cadeira de rodas. Provavelmente era uma paciente dali, ou chegando ou recebendo alta. Pelo jeito parecia bem disposta e na certa era a segunda opção.

— Er... Prazer, Vitória. Cadê a sua mãe, seu pai... sua prima, sei lá? Não está sozinha aqui, está?

— Ah, não, minha mamãe está logo ali — apontou para o balcão da recepção, onde uma moça preenchia um amontoado de papéis. Ainda passou pela minha cabeça a ideia de perguntar os motivos que a levaram a ir para o hospital, mas optei por deixar isso de lado. Já estava chateada demais nesse dia para me deixar deprimir por histórias de doenças infantis.

— Tá. Entendi.

Guardei o celular, mas não quis dar brecha para que a menina puxasse mais algum assunto. Sendo assim, peguei um livro na bolsa – um romance sobrenatural que tinha comprado no dia anterior – e retomei a leitura parada ainda nas primeiras páginas. Achei que, assim, iria me ver livre de qualquer interrupção, mas logo percebi que estava enganada.

— Minha mamãe tem esse livro.

Grande coisa! Um monte de gente devia ter aquele livro!

— Aham... — resmunguei, tentando desestimular a pirralha a continuar falando.

— Sempre que ela lê um livro, ela me conta um pouco dele, e esse é bem legal.

— Sei...

— Já chegou na parte em que a mocinha encontra o bonitão no cemitério?

Ironicamente, eu estava, no momento, lendo exatamente essa parte, mas preferi não responder. Achei que, se ficasse completamente calada, fingindo não ouvir, a menina se cansaria e ficaria quieta.

Porém, contrariando a lógica, a chatinha continuava a falar:

— Mamãe diz que foi emocionante ela ajudando ele a tentar descobrir quem era o assassino. E que não esperava que a irmã do carinha bonitão na verdade estivesse viva e fosse cúmplice do bandido.

Fechei o livro subitamente, voltando os olhos, perplexos, para a criança. Não podia acreditar no que ela tinha acabado de fazer.

Ela tinha... me contado... o final... do livro.

Respirei fundo. Uma, duas... sei lá quantas vezes.

Era uma criança...

Uma criança pequena...

Uma criança pequena em um hospital...

Repeti mentalmente essas observações dezenas de vezes, só assim me controlando para não voar no pescoço dela ou, no mínimo, dar uns belos gritos e xingá-la de todos os nomes ruins possíveis.

Não acreditava que ela tinha me contado o final do livro!

Contive-me em descontar a raiva apenas fechando violentamente o livro e jogando-o na cadeira ao lado da minha. O estrondo do impacto me fez ganhar outro "psiu" de advertência da enfermeira que parecia passar ali de propósito todas as vezes em que eu fazia algum barulho mais alto. E isso, aliás, só ajudou a aumentar a minha raiva.

— Tá se sentindo mal, moça? — perguntou a menina.

Dei um olhar nada amigável como resposta.

— Eu estou ótima. Mas, você, por que não fica perto da sua mamãe, lá no balcão?

— Porque ela tá ocupada. Na verdade, eu estou nervosa porque estou com muita sede.

— Ótimo, vá beber água, então!

— É que os bebedouros ficam lá em cima, e não consigo subir sozinha as rampas nem alcanço os botões do elevador.

E eu compreendi exatamente no que ia dar o olhar tristonho que a menina me lançou. Mas tentei ser mais rápida e mais esperta, antes que o pedido viesse:

— Não precisa ir lá em cima. Tem um bebedouro perto do banheiro, logo ali! — apontei para a direção de um corredor, onde, ao alto, havia uma placa indicativa de bebedouros e sanitários.

— É, eu sei, mas o dali tá com defeito. — E, antes que eu pudesse dizer mais alguma coisa, o pedido veio. — Vai, moça, me leva lá em cima. É rapidinho, estou com muita, muita sede!

Dizer "não" seria muito fácil, mas eu simplesmente não conseguia. Oras, era uma criança! Uma criança pequena em um hospital. E com sede! Jamais seria cruel para negar-lhe água.

Eu podia não ser a mais bondosa das criaturas, mas também não era ruim a esse ponto. Embora, claro, eu estaria mentindo se dissesse que foi com alegria que pratiquei a boa ação. Na verdade, suspeito que até tenha batido o pé enquanto me levantava e começava a empurrar a cadeira de rodas até o elevador. Cheguei a perguntar se ela não queria avisar a mãe antes de irmos, mas ela garantiu que não seria necessário, já que costumava mesmo transitar livremente pelo hospital.

Subimos para o segundo andar e, de lá, deixei que a menina me guiasse até o local onde ela afirmava haver um bebedouro. Andava distraída, mas fiquei intrigada ao perceber que passávamos por uma porta. Tínhamos entrado em uma sala. Atrás de uma mesa havia, de fato, um bebedouro. Mas tive dúvidas sobre o local ser aberto ao público.

— Tem certeza que é *esse* o bebedouro? — perguntei, desconfiada.

— É um bebedouro, não tá vendo? Pega água lá pra mim!

Olhei para a menina, demonstrando que não me animava muito em receber ordens, ainda mais de uma criança. Por trás das enormes lentes que cobriam quase o rosto inteiro, os olhos dela brilharam em uma expressão de dar pena até no mais insensível dos seres humanos.

— Por favooooor... — ela pediu.

Certo... Como eu já estava ali mesmo, não custava pegar a bendita água para aquela pequena chata. Desviando da cadeira de rodas, fui até o canto da sala, onde ficava o bebedouro. Peguei um copo descartável no suporte ao lado do galão e comecei a enchê-lo. Com o copo na mão, virei-me para a menina, e foi aí que algo muito bizarro aconteceu. A cadeira de rodas não estava lá. Não havia ninguém lá. Olhei para a porta no mesmo momento em que esta era violentamente fechada. Corri até lá, numa tentativa frustrada de abri-la.

Eu estava trancada ali dentro.

CAPÍTULO QUATRO

Aposta

Ok, eu estava presa.

Presa, tem noção? Quais as chances disso?

Sabia, sabia que eu devia ter seguido minha intuição e ficado em casa nesse dia. Podia estar dormindo, lendo um livro (e descobrindo o final por conta própria) na minha cama, assistindo a um filme, ou mesmo ajudando minha mãe nos arranjos horrorosos dela. Mas, em vez disso, eu estava ali, presa em uma sala de hospital.

O que dizem mesmo que devemos fazer em situações como essa? Bem, manter a calma é sempre o primeiro passo, o primordial. Por isso, eu estava determinada a ficar tranquila e não entrar em desespero.

— SOCORRO! — gritei, com toda a força dos meus pulmões.

Claro que a prática é bem diferente da teoria e óbvio que eu entraria em pânico. Pensei um monte de coisas naquele momento. Que eu ficaria ali trancada para sempre, que o ar iria acabar e me matar asfixiada, que eu teria um ataque cardíaco, que ratos ferozes invadiriam a sala...

A última teoria é a que menos fez sentido, eu sei. Mas fica menos estranho quando conto que morro de medo de ratos.

Enfim, eu gritei. Tão alto que não levou mais do que dois minutos até que a porta se abrisse. Lá estava uma mulher de jaleco branco – médica, provavelmente. Parecia bem jovem, devia ter, sei lá, uns vinte e poucos anos. Tinha os cabelos bem pretos, presos por um coque e olhos claros por trás de um par de óculos de grau. Atrás dela, devia ter umas vinte pessoas, dentre médicos, enfermeiros, pessoal de limpeza e pais de pacientes, todos olhando assustados para mim. Dentre eles, estava o Fábio. A preocupação no rosto dele, no entanto, logo deu lugar à raiva. A mesma que a médica trazia nos olhos.

— O que está acontecendo aqui? — ela perguntou. Tinha uma voz grave e um jeito frio de falar, como se calculasse cada palavra dita.

Senti medo, confesso. Até mais do que do ataque de ratos.

— A garotinha me trancou aqui... — respondi, com a voz chorosa. Minhas mãos ainda tremiam.

Os olhos dela analisaram-me de baixo a cima, até que ela disse:

— Essa é a desculpa mais ridícula que eu já ouvi. Quem diabos é você e por que se trancou na minha sala?

Fiquei tão assustada que não consegui responder. Cheguei a abrir a boca, mas nenhum som saiu. Por mais louco que possa parecer, quem me ajudou foi o Fábio.

— Essa é a Elisa. É a colega de trabalho que eu mencionei.

Ela voltou a me analisar de baixo a cima.

— Bem que você falou que ela era inacreditável.

De novo aquela droga de adjetivo com um sentido nada elogioso! O que era aquilo, um complô?

As pessoas atrás começaram a dispersar, ficando apenas a médica e Fábio à minha frente, ambos me olhando com um jeito nada amigável.

— Elisa, por que você se trancou na sala da doutora Amanda?

— Eu já falei! Uma garotinha na recepção me guiou até aqui, pedindo água, e aí...

— Tem bebedouros na recepção — a doutora me interrompeu.

— Mas não estão funcionando!

— É lógico que estão!

Bem, isso não vinha ao caso. Continuei a narrar a história:

— Daí eu empurrei a cadeira de rodas dela até aqui, e enquanto fui pegar a água, ela fugiu e me trancou aqui dentro.

A médica bufou e cruzou os braços, mostrando não acreditar muito nas minhas palavras. Fábio questionou:

— Então uma garotinha que precisa de uma cadeira de rodas para se mover conseguiu ser rápida o suficiente para te trancar aqui dentro e fugir?

— É o que parece!

— Fugir em sua possante cadeira de rodas?

Do lado de quem aquele garoto estava? Que droga!

— Olha, eu não sei como ela fez isso, tá? Mas o fato é que fez! E eu posso provar isso!

Determinada, saí da sala, caminhando a passos firmes. Desci pelas rampas, sendo seguida por aqueles dois, e fui até a recepção. Infelizmente, a mãe da menina não estava mais lá, mas a recepcionista ainda era a mesma, então era a minha prova perfeita.

— Você poderia, por favor, confirmar para esses dois que tinha uma menina de cadeira de rodas aqui?

A atendente continuou a me olhar por alguns instantes. Depois olhou para Fábio e para a médica, piscou, parecendo confusa, e voltou a me olhar, indagando:

— Desculpe... que menina de cadeira de rodas?

Como assim "que menina"? Será que ela era tão cega que não tinha visto?

— Tá, esqueça a menina. A mãe dela estava aqui conversando contigo até agora há pouco. Uma moça loira... estava preenchendo uma papelada.

A atendente sorriu e, por um momento, eu achei que fosse me ajudar. Mas não parecia muito disposta a isso.

— Desculpe, mas esse hospital está um marasmo hoje. Só atendi duas pessoas, e eram dois senhores que vieram visitar os filhos internados.

Mas... qual era o problema daquela mulher? Era tão lerda e esquecida assim, ou estava querendo me sabotar?

— Ela estava conversando com você, não tem nem vinte minutos! — insisti.

E teria continuado a falar, se Fábio não tivesse me segurado pelo braço e puxado para longe do balcão.

— Garota, para! Chega disso, não tem menina nenhuma!

— É claro que tem! Acha o quê, que eu inventei tudo isso? — Ele ergueu as sobrancelhas, o que me fez perceber que era exatamente o que pensava. — Eu não inventei nada disso! O que eu iria ganhar com isso?

Ele moveu a cabeça em negação. Que droga, ele não acreditava em mim! Ninguém acreditava, aliás! Nem eu mesma, se eu não fosse cética demais, esse era o momento de admitir crer em fantasmas e coisas do tipo. Eu tinha visto aquela menina, empurrei a cadeira de rodas dela, levei-a até a sala daquela médica, e ela me trancou lá! Eu vi, e a mocinha da recepção também. Então, por que estava mentindo?

Falando ao celular, a tal doutora Amanda começou a caminhar em nossa direção. Quando estava bem próxima, desligou a ligação, guardou o telefone no bolso do jaleco e falou, olhando para o Fábio:

— A Gabriela teve alguns contratempos e acabou se atrasando um pouco, mas já está a caminho.

— Sem problema, Amanda. A gente espera.

Peraí... "Amanda"? O que houve com o "doutora"?

Achei que ela, parecendo tão séria, ia encrencar com a falta de educação dele. Só que ela nem pareceu se importar. Ao invés disso, falou:

— Aproveite para comer alguma coisa, você me disse que não almoçou. E leva... — Ela finalmente me olhou, voltando a analisar-me de cima a baixo. Fazendo uma careta, tornou a virar-se para Fábio. — Leva a sua colega com você. Talvez um suco de maracujá ajude a acalmar os nervos dela, para ela parar de ver coisas e pessoas que não existem.

Como é que é? Quem ela achava que era para falar daquele jeito comigo?

— Pode deixar! — o pobretão concordou, o que fez meu ódio triplicar.

Mas não tive tempo de dizer nada, pois ela logo deu meia volta, indo em direção às rampas de acesso aos andares de cima.

— Vamos — disse Fábio, seguindo em direção oposta à que a médica tinha ido.

— "Vamos"? — Comecei a segui-lo, num misto de confusão e raiva. — "Vamos" para onde?

— Tem uma lanchonete aqui no hospital. Vou te pagar um suco de maracujá pra ver se, como disse a doutora Amanda, acalma os nervos para parar de ver coisas que não existem.

Não sei o que era mais humilhante: ele falar comigo daquele jeito ou insinuar que poderia pagar algo para mim. Aquele pobretão, até parece! Porém, eu também não tinha almoçado e estava com muita fome. Por isso optei por continuar a segui-lo.

— Eu não estou "vendo coisas que não existem". A menina estava aqui e armou essa para mim!

— Claro, claro...

Arg, que ódio! Só continuei a segui-lo porque realmente precisava comer, mas fiquei calada, deixando o assunto, por ora, de lado. Aquela criança existia, e eu ia provar a todos que não estava maluca!

Chegando a tal lanchonete, fui direto para o balcão fazer o meu pedido, enquanto o esquisitão ia ao banheiro. Pedi um suco, que não era de maracujá, porque eu não precisava, e um salgado que o carinha que atendia confirmou, entredentes, que era integral. Aliás, que sujeito mega antipático e nada educado. Não respondeu ao meu "boa tarde", não deu atenção às minhas perguntas sobre o menu e nem agradeceu a minha compra. Mas eu só prestei atenção a isso porque estava super irritada, e via tudo como motivo para aumentar o meu nervosismo. A verdade é que eu não estava nem aí para aquele atendente babaca.

Peguei o meu lanche e fui até uma mesa próxima à parede de vidro que dava vista para a rua. Olhei rapidamente para dentro da lanchonete e vi que Fábio já estava lá, certamente fazendo o seu pedido.

Após limpar as mãos com o álcool em gel que sempre trazia na bolsa, comecei a comer, sentindo um forte alívio por, enfim, estar colocando algo no estômago. Senti até que a minha irritação iria diminuir depois que matasse a fome que estava me matando.

Passados alguns minutos, voltei a olhar para o balcão. Não é que o esquisitão ainda estava lá, de papo com o atendente mal-educado? E, olha que estranho... percebi nesse momento que o carinha estava chorando, nitidamente emocionado enquanto falava alguma coisa com Fábio. Será que o esquisitão o tinha xingado ou coisa do tipo?

Bem, se tivesse, era muito bem feito, para deixar de ser mal-educado e atender bem os seus clientes.

Terminando de comer, comecei a mexer no celular e ainda levou alguns minutos até que Fábio chegasse, trazendo um salgado e uma lata de refrigerante. Sentou-se à minha frente e começou a comer, em silêncio, e eu agradeci mentalmente por isso. Não estava a fim de papo com aquele babaca.

Estava entretida demais, conversando com a Juliana por um aplicativo de mensagens. Ela perguntou onde eu estava, o que estava fazendo, e pareceu animada quando eu respondi que tinha vindo fazer um lanche. Daí me disse para esperar um pouco na lanchonete, porque eu teria uma surpresa. Não fazia ideia do que ela estava falando, mas deixei de lado e comecei, também com as perguntas. Só no dia anterior que ela e o Miguel tinham conseguido um local para o voluntariado deles, mas ela se recusava a me contar onde seria. Perguntei como estava o primeiro dia de trabalho, se ela tinha falado algo com Miguel a meu respeito, e um monte de outras coisas, que ela não respondeu. Só ficava mandando monossílabos ou carinhas felizes.

Eu teria continuado distraída na conversa, tentando arrancar algo dela, se uma voz não tivesse chamado a minha atenção.

— Você por aqui também?

Acontece que não era *qualquer voz*. Era uma voz que, mesmo raríssimas vezes tendo sido dirigida diretamente a mim, eu identificaria em meio a milhares de outras.

Sentindo meu coração acelerar, levantei lentamente o rosto. E ele não apenas estava ali, na minha frente, como estava falando comigo. Comigo!

— Er... Oi.... Miguel...

Eu devia falar com mais naturalidade. Talvez fazer um charme fingindo não lembrar o nome dele, ou me mostrando mais segura, quem sabe ousada... Talvez um monte de coisas! Mas, não! Eu fui a insegura, boba e tímida Elisa, gaguejando e apertando uma mão contra a outra, tentando fazer com que ele não percebesse que eu tremia loucamente.

Se ele percebeu, disfarçou muito bem. Continuou a sorrir e foi sincero:

— Desculpa, eu não lembro o seu nome. Nós estudamos juntos, na mesma sala. Você tá fazendo o seu trabalho de História aqui?

Meu Deus! Quais as chances de uma coisa maravilhosa como aquela estar acontecendo?

— Você também? — Controlei-me para disfarçar a minha empolgação na voz.

— Ah, não exatamente aqui. Estou no hospital de adultos. Fica no final da rua, e parece que é afiliado a esse. Lá tem uma lanchonete, mas a Juliana, meu par no trabalho, falou que a comida de lá é horrível e a daqui é muito melhor. Então vim comprar um lanche.

A Ju, claro! Como ela tinha conseguido armar essa para mim?

Bem, não importava! Precisava agora comprar um presente bem bonito para agradecer-lhe!

— Legal ter mais colegas fazendo trabalho por aqui. Digo, esse bairro é um fim de mundo, né? Com mais gente conhecida por perto a coisa fica menos pior! — Ele riu. Aquela risada gostosa que eu tanto amava ouvir! — Bem, vou pegar meu lanche e voltar pro hospital. A gente se vê!

Ele acenou, antes de virar e seguir para o balcão. Continuei olhando-o, completamente hipnotizada, enquanto ele comprava um lanche para a viagem e saía. Depois disso ainda fiquei olhando através da parede de vidro, até que ele saísse do prédio do hospital e seguisse pela calçada do outro lado da rua. Peguei de novo o celular e digitei uma mensagem para a Ju: "Por que não me contou?"

Em poucos segundos ela respondeu apenas com um "De nada!" seguido por uma carinha feliz. Meu Deus, ela realmente merecia um presente!

Voltei a olhar para a rua. Miguel já ia bem longe, mas continuei seguindo-o com os olhos até não conseguir mais.

— Vai molhar a toalha da mesa desse jeito — disse Fábio, trazendo-me de volta para a realidade. Até levei um susto, para falar a verdade. Tinha esquecido completamente da presença dele ali.

Eu o olhei, sem entender.

— Molhar a toalha?

— Com a baba que você tá derramando por causa do babaquinha loiro.

Numa reação instintiva, passei as mãos sobre a boca. Que absurdo, eu não estava babando! E o Miguel não era nenhum "babaquinha"!

— Não tem ninguém babando aqui! — retruquei, voltando a me irritar.

— Sério... você realmente acha que vai conseguir algo com aquele cara... desse jeito?

Pensei em perguntar quem ele achava que era para se meter na minha vida. Ou em dizer que ele não tinha nada que se referir ao Miguel como "aquele cara". Cogitei, até mesmo, negar que eu quisesse alguma coisa e encerrar aquele assunto.

No entanto, a curiosidade venceu, e o que eu realmente disse era tudo o que eu não poderia dizer:

— O que tem de errado com o meu jeito?

Ele tomou um longo gole do refrigerante, parecendo não ter a mínima pressa em me responder.

— Não vai conquistar ninguém com essa lerdeza toda.

— Está me chamando de lerda?

— O cara disse que não sabia o seu nome. E você não falou o seu nome para ele. Nada mais a declarar.

Calei-me. E não é que o esquisito tinha toda a razão? Inferno, eu tinha a maior média geral de todos os alunos da escola... Mas era uma completa tola para assuntos românticos!

— Foi um lapso! — rebati, não me dando por vencida. — Não vão faltar oportunidades para eu me apresentar a ele!

— Você é bem paciente quando quer, hein?

— Amor e paciência andam juntos.

Mal terminei a frase e me arrependi profundamente por tê-la dito. Fábio começou a gargalhar, me deixando furiosa e constrangida.

— Do que está rindo?

— Cai na real! O cara é o maior cafajeste. Provavelmente ele só vai querer ir para a cama com você antes de arrumar outra.

Senti meu rosto queimar, ainda mais constrangida e com muito mais raiva.

— Quem você acha que eu sou?

— No momento, estou te achando uma garotinha besta curtindo uma paixonite por um cara que nunca vai corresponder a isso.

— É claro que vai! — Bati a palma da mão sobre a mesa. — Eu vou conquistar o Miguel. E sem precisar ir para a cama com ele nem uma única vez antes que ele me peça em namoro.

— Tá... vai, sim... claro... — Ele voltou a beber o refrigerante, olhando-me com o mesmo tom irônico da sua voz.

— Quer apostar como vou?

Ele me olhou por alguns instantes. Colocou a lata já vazia sobre a mesa e inclinou o corpo mais para frente, fitando-me com atenção.

— Acho injusto fazer uma aposta que eu tenho certeza de que vou ganhar.

— Pois eu tenho certeza de que não vai. Quer pagar para ver?

Ele sorriu.

— Seria capaz de apostar qualquer coisa nisso?

— O que você quiser!

Confesso que, após dizer isso, senti um pouco de medo do que ele pediria. Vai que ele era um maníaco sexual ou coisa parecida?

Entretanto, quando ele fez a oferta, percebi que não era um maníaco. Era só um pobretão ambicioso.

— Seria capaz de apostar o seu estimado *iphone*?

Era um golpe baixo. Mas eu não entrava em uma briga para perder.

— Apostado.

Ele voltou a sorrir, e perguntou:

— E você? O que vai querer de mim no caso extraordinário de uma vitória sua?

— Nada além da satisfação da vitória. Um cara como você não tem nada que uma garota como eu possa querer.

O sorriso dele estremeceu, então eu percebi que minha provocação tinha surtido o efeito desejado de machucá-lo. E isso me trouxe uma inusitada sensação de satisfação.

CAPÍTULO CINCO

Caso mais ridículo

— A-há! Aí estão vocês!

A voz irritantemente alegre me deu um susto que quase me fez cair da cadeira. Olhei para aquela que tinha se aproximado de forma nada delicada e continuei sem entender o motivo da felicidade dela ao nos ver. Era uma total desconhecida!

Bem, pelo menos para mim. Já o Fábio, levantou-se e abraçou-a fortemente. Quem diria que o esquisitão tivesse amigos. Bem, o fato não era tão estranho assim, já que a garota também era bem estranha.

Ela tinha um cabelo liso, cortado de forma irregular e com inúmeras mechas azuis e rosa, piercing no nariz e no lábio inferior, além de ter os braços todos tatuados. Fiquei me perguntando de onde aquela criatura tinha saído e o que estava fazendo naquele hospital. Queria assustar as criancinhas?

Ao soltar-se do Fábio, ela me olhou e abriu um largo sorriso.

— Você deve ser a Elisa! Como vai? — E sem que eu tivesse tempo para qualquer reação, ela se abaixou e me abraçou. Assim, do nada, como se fôssemos amigas de anos. — Prazer, eu sou a Gabi. Estou morrendo de fome. Vou só comprar algo pra comer e já volto pra conversar melhor com vocês.

Dito isso, ela jogou a bolsa em uma cadeira vaga ao meu lado e foi para o balcão. Olhei para Fábio, que voltava a sentar-se.

— De onde saiu essa criatura?

Ele riu.

— Não ouviu? Ela é a Gabi!

— Esclarecedor! E quem diabos é a Gabi?

— É a assistente social, Gabriela, que vai liderar o nosso trabalho.

Mal pude acreditar no que ouvia.

— Aquela menina esquisita é assistente social?

— Você é mesmo inacreditável. Não para de julgar as pessoas pela aparência, nem por um minuto?

— Não estou julgando ninguém! — Ok, talvez eu estivesse. Mas não confessaria aquilo tão fácil. — Eu só acho que ela parece... nova demais. Ela deve ter... sei lá! Dezoito?

— Ela tem vinte e um. Mas não se formou ainda. É estagiária. Na verdade, a real função dela aqui no hospital é chefe do grupo de voluntários.

— Existem outros voluntários aqui, além de nós?

— O número de funcionários aqui é pequeno. A Gabi conseguiu organizar um grupo legal do pessoal de Medicina e Enfermagem da faculdade dela, e cada um doa duas ou três horas por semana para ajudar aqui.

— Ah... entendi.

— Mas, na função que ela exerce, não tem muitos voluntários no momento. Ela fica sozinha, nas terças e quintas à tarde, por isso nós vamos ajudar.

— E qual é, exatamente, a função que ela exerce?

Ele abriu a boca para responder, mas, nesse momento, a criatura sorridente de cabelo arco-íris voltou, trazendo uma bandeja com hambúrguer, fritas e refrigerante. Perguntei-me para onde iria tanta comida, porque a menina era, além de mais baixa que eu, bem magrinha.

— Servidos? — ela perguntou, enquanto começava a comer o hambúrguer.

Disse que não e agradeci. E aí me assustei ao ver que Fábio começava a comer as batatas, assim, sem qualquer cerimônia.

Pois é... aqueles dois pareciam realmente *bem* amigos.

— Fiquei muito feliz quando soube que você ia voltar a nos ajudar aqui, Fabinho — ela disse, enquanto comia.

— Pois é. Só sinto muito ter trazido uma mala a tiracolo.

— Ei! — protestei, percebendo que falava sobre mim.

A tal Gabi riu.

— Não esquenta com ele, Elisa. Você é muito bem-vinda aqui! Obrigada por vir ajudar.

Ajudar? Eu só queria garantir uma boa nota em História, nada além disso! Sendo assim, fui direta ao assunto que me interessava:

— E o quê, exatamente, terei que fazer aqui? Porque eu não entendo nada de área médica, e até passo mal quando vejo sangue!

— Não esquenta com isso. Estamos atualmente com cerca de vinte crianças internadas, além dos que vêm fazer quimioterapia e outros tratamentos de rotina. Como boa parte dos pais não podem ficar com eles tempo integral, nosso trabalho é meramente fazer companhia para os pequenos. A gente visita os quartos, conta histórias, brinca com eles, desenha, assiste tevê junto...

Ok, parecia um trabalho fácil. Mas eu sabia que apenas parecia. Não mudava o fato de aquilo ali ser um hospital.

— E será que vocês não estariam precisando de ajuda em outro setor mais... digamos, burocrático? — notei que Fábio me lançou um olhar nada amigável, mas não dei importância e continuei. — Sou ótima com computadores, e também com organização. Posso ajudar a organizar arquivos, pastas, mexer com a parte da papelada...

— Área administrativa, você diz? — ela indagou, curiosa.

— Isso! Área administrativa. Bem longe de criancinhas doentes e de possíveis áreas de contaminação.

— Inacreditável... — Fábio murmurou, alto o suficiente para que eu ouvisse e me irritasse.

— Será que você pode parar de usar essa palavra para se referir a mim?

Para a minha surpresa, a tal Gabi entrou na conversa para me defender.

— Para de implicar com ela, Fábio! Tadinha! — Olhou para mim e sorriu de forma carinhosa. — Olha, não se preocupa! Realmente é complicado para algumas pessoas, sei disso! Não precisa fazer o que não te deixar à vontade.

Graças a Deus! Alguém, enfim, me compreendia por ali!

— Então vou poder ficar na área administrativa?

— De jeito nenhum! — E foi sorrindo que ela me disse isso, dá para acreditar? — A chefe do setor administrativo é uma bruxa! Não admite nem estagiários, quem dirá voluntários!

— Então, o que vou fazer?

— Pode ficar na recepção vendo tevê, estudando pra escola... dá até pra tirar um cochilo naquelas poltronas, são tão confortáveis! Eu mesma já fiz isso algumas vezes! — Ela riu e comeu mais uma batata. — É só você se apresentar para a Amanda quando chegar e antes de ir embora. Ela tem o trabalho e as preocupações dela, não vai ficar prestando atenção no que você faz. Ela só precisa achar que você está fazendo o trabalho pra preencher o tal relatório que a professora de vocês pediu. Se ela me perguntar, vou dizer que está indo muito bem, não se preocupe!

Ela piscou um dos olhos para mim e voltou a comer. Mal pude acreditar em tudo o que ouvia. Eu não sabia se considerava aquela garota mega legal pela ajuda que estava me oferecendo, ou uma completa irresponsável pela forma tranquila de burlar algo estabelecido. Juro, eu não sabia o que pensar.

— Você não muda nunca, Gabi! — comentou Fábio, ainda ajudando-a com as batatas-fritas.

— Você também não, Fabinho — ela retrucou. — Continua o mesmo chatão de sempre!

Nisso eu tinha que concordar com ela. Bem, não na parte do "sempre", porque eu o conhecia há apenas alguns dias. Mas já era o suficiente para saber o quanto ele era irritante!

— Então, por mim tudo bem — respondi, por fim.

— Então fechou! — disse Gabi. — E, se em algum momento você quiser ajudar, sinta-se à vontade.

Fiz que sim, embora soubesse que tal momento não chegaria.

Juntando os restos de comida, as embalagens, latas e guardanapos – inclusive meus e do Fábio — em sua bandeja, Gabi anunciou:

— Bem, cheguei super atrasada hoje e os pequenos me esperam. Vem, Fabinho! Elisa, fique à vontade, viu? Só não esqueça de ir falar com a Amanda antes de ir embora. Foi um prazer te conhecer!

Percebi que ela também não se referia à médica como doutora, mas deixei isso de lado, porque ela era bem esquisita, então nada mais me assombraria. Os dois se levantaram e saíram da lanchonete. A Gabi ainda acenou para mim, mas o Fábio, mal-educado como sempre, sequer disse um "tchau". Não que eu me importasse.

Voltei a mexer no celular. Mandei mais algumas mensagens pra Ju, que ela não respondeu, na certa por estar trabalhando. Então decidi seguir o conselho da esquisita de cabelo arco-íris e ficar na recepção, onde as cadeiras, de fato, eram bem confortáveis. Peguei minha bolsa e me levantei. Ao passar pelo balcão, percebi que o atendente idiota e mal-educado ainda estava com os olhos vermelhos e parecia um tanto abatido. Fiquei me perguntando o que o Fábio tinha dito para deixar o cara tão mal.

Mas não me fixei muito nessa dúvida. A verdade, era que isso não me afetava. Por que eu me importaria com um total desconhecido?

Cochilar não fazia parte dos planos, mas foi o que eu, involuntariamente, acabei fazendo na cadeira da sala de espera. Acordei sobressaltada com o som do telefone da recepção (por qualquer motivo aleatório, já que aquele telefone tocava o tempo inteiro) e levei alguns segundos até processar onde eu estava e como tinha ido parar ali. Tateei a bolsa à procura do meu celular e vi que já eram quase seis da tarde. Faltava pouco para que o pobretão terminasse seu horário de trabalho e pudéssemos nos apresentar na sala da antipática doutora Amanda e irmos embora. Não via a hora!

Girando os olhos ao meu redor, acabei focando-me no balcão e tendo uma grata surpresa. Tinha uma mulher ali, preenchendo alguns papéis. Ainda tive dúvidas no primeiro momento, mas, ao esticar um pouco o pescoço, consegui ver um pouco do rosto dela, então tive certeza: era a mesma loira que aquela pirralha falsa cadeirante e sem caráter alegou ser sua mãe. Sem pensar duas vezes, levantei e me aproximei. Ela falava ao celular enquanto preenchia um relatório e, como quem não quer nada, prestei atenção na conversa:

— Hoje eu não pude ir, foi dia de consulta da Vitória — "Vitória"! O nome da pirralhinha farsante! — Eu avisei ao comprador que iria outra corretora no meu lugar, não se preocupe.

Ótimo. Uma informação que já me permitiria puxar algum assunto. O que se seguiu da conversa foi rápido e irrelevante e, logo que ela desligou, usei de minha melhor cara de pau para me manifestar:

— Desculpe, acabei ouvindo sem querer. A senhora é corretora de imóveis?

Ela sorriu para mim. Parecia uma mulher bem simpática e também era bonita. Devia ter uns trinta e poucos anos.

— Sou, sim.

— Ah, é que minha mãe está querendo comprar uma casa nova. Sabe, maior, com quintal grande e tudo mais... Você teria algum contato seu? Aí peço para ela te ligar.

Ela sorriu, mostrando-se bem animada com a expectativa de fazer uma nova venda. Abriu a bolsa, pegou um cartão de visita e me entregou. Li o nome em voz alta.

— Adriana. Bem, obrigada, Adriana.

— Imagina, eu é que agradeço. Diga a ela que, na hora que quiser, posso mostrar umas casas bem interessantes.

— Ah... sim... pode deixar, eu digo sim. Sua filha se consulta nesse hospital?

— É, sim.

Apesar de simpática e aparentemente comunicativa, ela não deu prosseguimento ao assunto. Óbvio, né? A filha provavelmente estava se recuperando de uma doença grave que ela, na certa, não gostava de lembrar.

— E ela já foi para a consulta? — questionei, como quem não quer nada.

— Acabou de sair. Mas ela deve estar passeando por aí. A Vitória não para!

Pois é... a menina era uma pequena peste, para falar a verdade. Forcei um sorriso e me afastei, pensando onde a criaturinha estaria. E eu teria ido procurá-la se, nesse momento, Fábio não chegasse à recepção, acompanhado pela doutora Amanda.

Fui até eles e contei:

— Chegaram em um ótimo momento! Estou com a prova da existência da menina!

— Que menina? — indagou Fábio. Não acredito que ele tinha esquecido!

— A menina da cadeira de rodas que me trancou na outra sala.

A doutora Amanda até estava com um ar mais leve, mas mal ouviu minhas palavras e voltou a me encarar de forma nada amigável.

— Acho que talvez seja prudente esquecermos essa história — sugeriu.

— Não vamos esquecer! Eu vou provar que aquela menina existe e é agora! — Empolgada, virei-me para o balcão. Mas minha animação foi por água abaixo ao ver que a Adriana não estava mais lá.

Indignada, fui com passos determinados até a mocinha da recepção.

— Cadê a Adriana? — perguntei como quem faz um interrogatório policial.

E quase tive um ataque cardíaco quando aquela infeliz me olhou, com a cara mais lavada desse mundo, respondendo-me com outra pergunta:

— Quem?

— Você sabe muito bem! A moça que estava aqui agora! Veio para a consulta da filha!

— A última pessoa que chegou para a consulta foi o senhor Otávio, trazendo o netinho, e isso tem mais de meia hora.

Tive que me controlar para não pular no pescoço daquela maldita. Sério, qual era o problema dela comigo? Queria fazer todo mundo, inclusive eu, acreditar que eu era louca? Mas eu não estava!

Ou estava?

Não, é claro que não! E a prova disso estava bem na minha mão! Virei-me para Fábio e a médica, que já estavam bem atrás de mim, e mostrei-lhes o cartão de visita.

— Olhem aqui, esse é o cartão da mãe da menina!

A doutora Amanda olhou para a minha mão por um rápido momento, voltando aos meus olhos em seguida.

— Claro. Um cartão de visita prova tudo. — Virou-se para Fábio, passando a me ignorar. — Te vejo semana que vem, Fábio. — E seguiu em direção aos elevadores.

— Mas ela nem olhou o cartão! — choraminguei, revoltada. Olhei para Fábio — Você acredita em mim, não é?

— Ah, claro! Crianças costumam ter amigos imaginários. E algumas os carregam pelo resto da vida!

Eu não tinha uma amiga imaginária. A menina existia, que inferno! E eu iria provar aquilo, antes que me convencessem de que eu, de fato, estava louca.

Nesse dia, optei por não insistir mais no assunto. Apenas saí do prédio, deixando Fábio para trás. Na rua, chamei um táxi pelo celular e este não demorou muito para chegar.

Que felicidade eu senti pelo dia seguinte ser uma sexta-feira e, portanto, eu não precisar me deslocar até aquele lugar longe com pessoas que achavam que eu era maluca ou via fantasmas.

O meu relacionamento com Fábio na escola não tinha mudado nadinha. Ainda éramos como dois completos desconhecidos e achava bom que continuasse assim. Eu já morria de vergonha do Miguel ter me visto com ele no hospital... imagine se ele achasse que éramos amigos? Deus me livre!

Por falar em Miguel, neste dia algo mágico aconteceu. Ele finalmente notou a minha presença e acenou para mim logo que chegou na sala. Eu sei, foi uma coisa rápida, um "oi" e nada mais, mas valeu tanto, mas tanto para mim. Eu tinha passado do *status* de desconhecida para alguém digno de ser cumprimentada por ele. Era o meu primeiro passo.

Se antes conquistar o Miguel já era uma missão de vida, a coisa ficou ainda mais urgente depois da aposta feita com o novato pobretão. Eu não perderia para ele, de jeito nenhum!

Nossa última aula de sexta era Educação Física. Para mim, aquilo representava praticamente um tempo vago. Nosso professor nos deixava bem livres pela área de esportes para fazer o que bem entendêssemos. Alguns alunos (na verdade, a maioria dos meninos) ficavam na quadra jogando futebol, outros iam para a piscina. Eu fazia parte do time dos que eram sem jeito para jogar e tímidos demais para usar roupas de banho na frente dos colegas. Então eu ficava sempre na arquibancada da quadra, vendo o Miguel jogar com os outros garotos e eventualmente estudando para alguma prova ou lendo um livro. Sentia-me um tanto solitária, já que a Juliana e a Natália nunca dispensavam a piscina. Neste dia, também fazia parte da turma da arquibancada o grupinho de nerds, outras três meninas e o esquisitão. Óbvio que estávamos bem longe um do outro. Praticamente um em cada ponta do banco.

Estava lendo um livro de Física, mas, em determinado momento, parei para descansar um pouco a visão. Foi aí que, percorrendo os olhos ao meu redor, acabei focando no novato. E lá estava ele, novamente dobrando um pequeno pedaço de papel. Curiosa, forcei um pouco as vistas, mas ainda assim não consegui enxergar. O que diabos ele estava fazendo?

O professor apitou e nós sabíamos exatamente o que aquilo queria dizer. Era o momento de parar as atividades e ir para os vestiários. Como eu não estava fazendo nada, continuei sentada e voltei a ler o meu livro. Sabia que ainda demoraria no mínimo meia hora até Ju e Nat estarem prontas para irmos embora.

Parei um pouco a leitura para me dar ao luxo de admirar Miguel um pouco mais, enquanto, em um clima de brincadeira com os amigos, ele caminhava até a área dos vestiários.

— Quer me dar o seu iphone agora ou prefere sofrer por mais tempo?

Levei um susto ao ouvir aquela voz. Fiquei irritada quando vi Fábio sentar ao meu lado.

— Eu já disse que não vou perder essa aposta. E não me assuste mais assim, achei que fosse um fantasma!

— Não, os fantasmas só aparecem lá no hospital.

Muito engraçadinho!

— Por que veio para cá? Já não basta eu ter que te aturar quatro horas por semana naquela palhaçada de trabalho voluntário? Não estou muito a fim de ser vista com você, vai pegar muito mal para a minha reputação.

Falei num tom de deboche, embora existisse uma meia verdade nas minhas palavras. Talvez uma inteira.

— Não quero estragar a sua reputação. Só queria levar uma palavra contigo.

Como se tivéssemos algum assunto em comum.

— Fala logo, então.

Ele fez uma breve pausa, até que foi direto ao assunto:

— Olha, apesar de a Gabi te dizer que está tudo bem você ficar à toa na recepção, isso não está sendo muito legal da sua parte.

O que me dava mais raiva é que eu sabia que ele tinha razão. Eu estava fazendo com ele a mesma coisa que Nat e Ju sempre fizeram comigo: largar todo o trabalho nas costas de uma só pessoa. Eu não gostava disso, mas não por qualquer dor na consciência de estar sendo injusta e egoísta, mas porque eu simplesmente não me sentia à vontade deixando a minha nota nas mãos de outra pessoa. Sempre fui esforçada e fiz o possível para ser a melhor no que quer que fosse.

Porém, quando ele voltou a falar, entendi que este estava longe de ser o ponto de vista dele.

— Acho que deveria dar uma chance a esse trabalho. Disse que não gosta de hospitais, mas a verdade é que ninguém deseja estar lá. Principalmente as crianças que estão internadas. Não faz ideia do bem que faria tentando ajudá-las um pouco a suportar isso.

A grande verdade é que eu não fazia, mesmo, ideia. Para mim, aquilo não passava de um sermão chato. Porém, mesmo que por razões bastante distintas, eu concordei:

— Me dá só mais um tempo, tá? Talvez na terça mesmo eu já me sinta bem para tentar subir para os quartos dos pacientes. Ou talvez leve um pouco mais de tempo. Mas eu não vou deixar esse trabalho todo por sua conta.

— E como vão as coisas com o carinha ali? — Ele apontou para Miguel. Fiquei intrigada com a pergunta, porque, diferentemente das outras vezes, tinha um tom real de curiosidade. Como se ele realmente quisesse saber como as coisas estavam indo.

Inconscientemente, dei-me o direito de baixar um pouco a guarda e ser sincera na resposta:

— Na mesma. Achei que ele fosse puxar algum assunto depois da nossa primeira conversa de ontem, mas... Enfim, o que importa é que agora ele já sabe que eu existo. Até me cumprimentou!

— Cumprimentar devia ser algo natural. As pessoas dessa escola não têm muito esse hábito.

— Lógico que temos! Eu sempre cumprimento as minhas amigas.

— E ignora o restante dos mortais.

— Não vou ficar falando com pessoas que eu mal conheço.

— Bem, se não falar com o carinha, não vai conseguir nada com ele.

— Eu vou falar. Vou esperar uma boa oportunidade para me aproximar e puxar assunto. E não pense que vai ganhar essa aposta, viu? Ficar com o Miguel é meu maior sonho, o que mais quero nessa vida, e não vou desistir tão fácil.

— O que você mais sonha? Sério?

— Sim, é o que eu mais quero.

Ele soltou com força o ar dos pulmões.

— Acho que você é o meu caso mais ridículo.

Eu era o quê?

— Como é?

— Digo... tanta coisa para se ter como sonho... e tudo o que você quer é namorar um idiota.

Tentei ignorar o fato de que ele estava chamando o *meu* Miguel de idiota e focar na parte mais estranha do que ele tinha acabado de dizer.

— O que quer dizer com o *seu caso*?

Ele não respondeu. Levantou-se e ficou ali, no alto da arquibancada, olhando para a quadra e a piscina lá embaixo.

— Dá para me responder? — insisti, revoltada. — Que papo é esse de "meu caso mais ridículo"?

Ele continuou a fingir que não me ouvia e juro que me deu vontade de empurrá-lo lá de cima, tamanha era a raiva que senti. Odiava ser ignorada! Percebi que a expressão no rosto dele tornou-se extremamente séria de repente e isso me intrigou. Abri a boca para perguntar o que estava acontecendo, mas antes que conseguisse ele, em um impulso, começou a descer as arquibancadas, pulando desesperado como quem está fugindo de zumbis. Vendo a direção para a qual ele seguiu quando chegou lá embaixo, segui os olhos mais à frente até alcançar a piscina. Achei curioso ainda ter uma pessoa lá, sendo que o professor já tinha dado o sinal para todo mundo ir se trocar, já era quase hora da saída. Observando um pouco melhor, notei que a pessoa que nadava estava curiosamente usando uniforme e não com roupa de banho. Levou menos de um segundo até que eu, enfim, processasse a situação. E gritei, apavorada:

— Ajudem! Tem uma menina se afogando!

As poucas pessoas que ainda estavam na quadra me olharam, incluindo o professor, que conversava com um aluno em um canto da quadra. E todos correram em direção à piscina. Mas eu ainda fiquei parada por alguns instantes, meio que sem reação, apenas observando enquanto Fábio chegava lá e, após arrancar os tênis dos pés, se jogava de roupa e tudo para salvar a menina. Quando percebi que ela não se mexia e estava desacordada, meu pavor aumentou. As chances de ela já estar morta eram enormes.

Tinha uma menina... da minha idade, da minha turma... morta na piscina na minha escola.

Sabem essas cenas tão irreais que parecem ter saído de um sonho confuso ou de um filme de terror? Era como eu me sentia no momento.

Respirei fundo e tomei coragem para, só então, sair correndo arquibancada abaixo, em direção ao ocorrido. Quando cheguei, a coisa estava ainda mais surreal. O professor parecia ter chegado segundos antes de mim e estava com o celular no ouvido, na certa ligando para pedir uma ambulância. O pessoal dos vestiários também tinha corrido para lá e se aglomerava na beira da piscina. Quando consegui aproximar-me, reconheci a menina. Era Daniela, a representante da nossa turma. Estava estendida no chão, já com o corpo arroxeado e sem qualquer indício de estar respirando.

O ar também pareceu me faltar diante daquela cena. Senti meus olhos umedecerem e minhas mãos começarem a tremer descontroladamente. Nat e Ju se aproximaram de mim e me abraçaram, então pude sentir que elas estavam tão tensas quanto eu.

Mas, novamente, o socorro veio de onde eu não esperava. Fábio aplicava uma massagem cardíaca, seguida por respiração boca a boca. Fiquei me perguntando se ele sabia o que estava fazendo. Bem, se não soubesse, ao menos fingia muito bem.

E, graças a Deus, deu certo.

Na terceira ou quarta vez que ele repetiu a sequência de movimentos, Daniela começou a tossir, vomitando uma enorme quantidade de água. Ainda falando ao celular, o professor se aproximou para apoiar as costas dela e ajudá-la a sentar-se. Algumas amigas mais próximas se ajoelharam ao lado, chorando loucamente. E eu enfim soltei um suspiro aliviado por tudo ter acabado bem.

O salvador dela não ficou muito tempo ali. Logo que se certificou de que ela estava bem, levantou-se, pegou seu tênis no chão e saiu andando em direção ao pátio da escola. Eu o segui com os olhos, sem conseguir entender ao certo o que eu sentia em relação a ele naquele momento.

Admiração, talvez? Mas era difícil admitir para mim que eu pudesse sentir isso com relação ao novato esquisitão.

Nesse momento o sinal tocou, anunciando o final de mais um dia de aula.

O dia mais tenso que já tinha vivido naquela escola.

CAPÍTULO SEIS

Celebridade

Eu não sabia por que eu tinha feito aquilo. Talvez tivesse sido movida meramente pela aflição da cena e tentado me afastar de tudo aquilo o mais rápido possível. Mas o fato é que, enquanto os demais alunos continuavam lá na beira da piscina acompanhando a recuperação da Daniela, eu me apressei em voltar para a sala, onde nossos materiais escolares ficavam à nossa espera durante as aulas de Educação Física, para que pudéssemos ir embora.

Eu sabia que Fábio, obviamente, também tinha ido para lá. Não sabia por quê, mas queria alcançá-lo. E consegui. Imaginei que o encontraria já com a mochila nas costas, preparado para ir embora, mas não foi exatamente o que aconteceu. Ele estava tranquilamente sentado na sua carteira, novamente enrolando uma tira de papel. Ao me aproximar, finalmente entendi do que se tratava. Uma pequena e delicada estrela de papel estava sobre a mesa, enquanto suas mãos, ágeis, moldavam outra. Imediatamente, associei que uma delas deveria ser para compensar a que ele tinha feito na quadra e que na certa tinha se perdido quando ele pulou na piscina para salvar a Daniela. E, agora, uma nova surgia.

— Por que faz essas estrelas? — Percebi que ele sobressaltou-se, pego de surpresa pela minha presença. Até então estava tão concentrado que nem tinha notado que mais alguém estava na sala.

— É só um passatempo — Voltou a se concentrar no trabalho.

Depois de completamente enrolada, ele apertou as laterais com as pontas dos dedos, surpreendentemente dando uma forma estrelada ao que antes não representava nada.

Bem, cada um com os seus passatempos...

— Como a garota está? — ele indagou, sem desviar os olhos do que fazia.

— Bem, eu acho. O professor ligou para o hospital e disseram que mandariam uma ambulância.

— É. É bom ter cuidados médicos.

— Sabe que... O que você fez foi...

Terminando com a segunda estrela, ele me olhou, esperando que eu concluísse a frase. Mas eu simplesmente não consegui. O que viria a seguir seria um elogio, e eu não me sentia nada à vontade em elogiá-lo. Sendo assim, mudei o foco das palavras:

— Digo, como você sabia o que fazer?

— Sei lá. Vi na televisão, eu acho. Ou na internet, sei lá.

Movi a cabeça em uma negativa.

— Você estava seguro demais para alguém que apenas viu isso em algum lugar.

Vencido, ele contou a verdade:

— Eu nasci em Bela Aurora, mas passei três anos morando em outra cidade com praias. Fiz um curso de salva-vidas no ano passado.

— Por quê? Quer trabalhar com isso?

— Não. Só achei que talvez algum dia pudesse ser útil.

— Já tinha feito isso outras vezes?

— Na verdade, não. Tirando os treinamentos, e... Como eu ia muito à praia, já ajudei uns três banhistas metidos a corajosos que enfrentaram o mar e quase se afogaram. Mas, isso de trazer alguém praticamente morto de volta... Bem, foi novo pra mim.

— Se saiu muito bem, então.

Ele sorriu com um canto dos lábios.

— Isso foi um elogio?

— Na verdade, eu ainda te acho um idiota esquisitão.

— Ufa, bom saber!

Vencida, acabei sorrindo também. Aquele tinha sido o maior momento de simpatia entre nós dois desde que tínhamos nos conhecido. E também foi a primeira vez que trocamos um "tchau", antes de eu pegar minha bolsa e sair, deixando-o sozinho na sala. Nesse dia, tinha dito a Natália e Juliana que não havia clima para passear e que iria direto para casa. Portanto, cheguei na rua e peguei um táxi.

Algo que eu abominava na vida era atraso. Exatamente por isso é que eu nunca me atrasava. Desde criança sempre fui muito pontual. Porém, nesse dia aprendi que uma característica do "sempre" é não ser uma unidade de medida exata. Às vezes ele falhava e, pela primeira vez, aconteceu comigo.

Acordei sobressaltada, como se algo me alertasse de que havia dormido demais. Tive a confirmação ao olhar para o relógio e ver que já estava no horário em que eu costumava sair de casa, e não acordar. Levantei num pulo, me arrumei na velocidade da luz e saí do quarto gritando e reclamando pela minha mãe não ter me acordado. Porém, ao chegar na cozinha, encontrei apenas Joana e minha irmã Érica.

— Cadê a minha mãe? — perguntei, enquanto ajeitava o cabelo com as mãos.

Joana pareceu assustada com a visão.

— Misericórdia, Elisa. O que aconteceu com você?

— Ninguém me acordou, foi isso o que aconteceu! — Sentei-me, começando a engolir uma torrada.

Joana, que até então estava sentada, levantou-se para preparar um suco para mim, enquanto falava:

— Como você sempre é a primeira a acordar, achei que não tivesse aula hoje, como a Érica.

É mesmo! O que aquela pirralha fazia em casa?

— Por que não teve aula hoje? Aliás, ninguém me respondeu, cadê a mamãe?

— Foi pra reunião da minha escola, por isso não tive aula.

— E por que ela não me acordou?

— Ela abriu a porta do seu quarto e te chamou, mas você ficou resmungando... Daí ela disse "estamos atrasadas, levanta logo!" e você respondeu "pode ir na frente, vou depois sozinha".

Não parecia o tipo de coisa que eu diria. Mas como eu sabia que tinha um sono super pesado e tinha a fama de resmungar coisas sem sentido enquanto dormia, cogitei a hipótese de a minha irmã estar dizendo a verdade.

Nada disso alterava o fato absurdo de eu estar atrasada. E, pior: sem carona!

Joana apresentou uma sugestão:

— Quer que eu te leve, querida?

Ok, eu amava a Joana. De coração mesmo! Ela estava na minha vida desde que eu me conhecia por gente, me viu crescer, era realmente como um membro da família, como uma segunda mãe para mim. Só que ela tinha um carro velho e caindo aos pedaços. E, não, eu não podia ir para a escola naquilo. Imagine se alguém me visse! De jeito nenhum.

— Obrigada, Joana, mas não precisa! Não pode deixar a Érica sozinha.

— Não me importo de ir junto — rebateu a pirralha, enquanto brincava distraída com cereais em uma tigela.

O pior é que ela, de fato, não se importava. Era uma criança sem noção!

— Não precisa mesmo, tá? — Levantei-me, peguei a bolsa que eu tinha jogado no chão e fui até Joana, dando-lhe um beijo no rosto. — Deixa que eu dou o meu jeito!

E saí, apressada.

Chegando na rua, peguei o celular para pedir um táxi por um aplicativo. Só que, para o meu azar completo, não consegui conectar a internet. Passados cinco minutos de tentativa, desisti e optei por ir para a escola a pé, quase correndo, na verdade. E fui amaldiçoando a vida a cada passo que dava até que, em pouco mais de dez minutos, cheguei ao portão da escola. Apesar de ser bem mais tarde do que eu costumava chegar, não estava oficialmente atrasada. Na verdade, faltavam três minutos para o sinal bater. Mas, no desespero de ir logo para a sala, eu sequer tive tempo para a minha passada diária no banheiro para ajeitar maquiagem e cabelo. Justo naquele dia, que eu mais precisava! Tinha feito a maquiagem mais corrida e mal feita da minha vida e, na corrida até a escola, já devia estar com a cara toda derretida. O cabelo eu simplesmente tinha amarrado de qualquer jeito.

Cheguei na sala já esbaforida e quase colocando o meu pulmão para fora. Parei na porta, tentando recuperar o fôlego. E a cena que encontrei me intrigou bastante. Estavam todos, todos os alunos aglomerados no canto da sala. Isso me assustou, pois logo pensei que tivesse alguém passando mal ou coisa do tipo. Mas logo notei que não era isso ao perceber que o pessoal sorria e que, seja lá o que falavam, a conversa estava bem animada.

— Aqui, Elisinhaaaa! — gritou uma das vozes, animadas, no meio do aglomerado. Era a Ju, ao lado da Nat. As duas acenavam para que eu me aproximasse, voltando em seguida a prestar atenção em qualquer coisa que estivesse no fundo da sala.

Fui até elas e fiquei ainda mais confusa ao ver quem era o alvo principal de toda aquela animação. Sentado em sua cadeira, Fábio parecia um pouco sem graça diante das duas amigas da Daniela, que narravam, empolgadas, como tinha sido o resgate no dia anterior.

— Que diabos é isso? — sussurrei para as minhas amigas.

Juliana respondeu, animada:

— E você ainda pergunta? Não lembra o que aconteceu nessa escola na sexta?

— Lembro, claro. E daí?

— Como "e daí"? — Dessa vez foi a Nat que falou. — Ele salvou a vida da menina! É um herói!

Herói? O cara era o "esquisitão" até semana passada, como isso era possível?

— Não é para tanto, né? — eu ainda sussurrava, enquanto olhava abismada para a animação com a qual as meninas continuavam a relatar a história, com todos ao redor observando sorridentes e soltando comentários elogiosos. — Aliás, e a Daniela?

— Segundo as amigas, está bem, mas em observação — Nat contou, com a voz baixa. — Só volta pra escola na semana que vem.

— E alguém sabe como foi que ela se afogou?

— Parece que passou mal. Queda de pressão ou coisa do tipo. Estava próxima à borda da piscina e foi lá que caiu, já desmaiada.

— Sabe o mais engraçado? — Juliana também sussurrou, mudando completamente o assunto. — Eu nunca tinha reparado que o Fábio é bem gatinho.

Mas... hein?

E o pior é que a Natália concordou:

— Eu já tinha notado isso, só não tinha dado muita confiança. Mas agora, depois de tudo...

Ela concluiu a frase com um suspiro, que foi repetido pela Ju. Sério, o que tinha dado nelas? Aliás, o que tinha dado na turma inteira, já que estava todo mundo olhando para o esquisitão como se fossem um bando de tietes em cima de uma celebridade? Observando ao redor, finalmente avistei o Miguel em meio ao aglomerado. Na verdade, estava um pouco mais afastado do fuzuê maior, em um canto, sentado sobre uma mesa e próximo a dois amigos. Quase morri de vergonha quando ele percebeu o meu olhar e também me notou. Senti meu rosto queimar e já me preparei para tentar disfarçar. No entanto, ele não me esnobou como costumava fazer até pouco tempo. Em vez disso, sorriu e me acenou, balbuciando um "oi". Acenei de volta, sentindo meu coração acelerar. Aquilo mais parecia um sonho de tão perfeito.

Um devaneio do qual Natália me acordou com um verdadeiro banho de água fria:

— Meu Deus, Elisa! O que aconteceu com o seu cabelo?

Meu Deus, o meu cabelo! Só então lembrei que estava horrível neste dia! Juliana a ajudou no bombardeio:

— Menina, de que guerra você veio? O que houve com os seus olhos?

Passei a mão pelos cantos dos olhos, suspeitando do que acontecia.

— Meu rímel está muito borrado? — indaguei, com a voz chorosa.

— Borrado? — Nat estava assombrada. — Elisa, você tá parecendo um panda! O que houve com você? Aliás, por que se atrasou?

Tomei fôlego para explicar – ou chorar, sei lá! – quando o professor entrou na sala, mandando todos sentarem-se em seus lugares para começar a aula. Obedecemos.

Enquanto o professor ficava de costas, escrevendo no quadro, aproveitei para pegar um lencinho na bolsa e passar pelo rosto, tirando a maquiagem arruinada.

Como sempre, Nat e Ju passaram a aula toda cochichando uma com a outra e eu não podia deixar de ouvir o assunto. E ele girava totalmente em torno do novo herói da turma. De esquisito pobretão a herói gatinho, quem diria! Em certos momentos, perguntei-me se eu não estaria ainda em casa, dormindo e tendo um sonho para lá de confuso e inexplicável. A realidade estava bem estranha naquele dia.

O Fábio não costumava sair da sala na hora do recreio. O bizarro foi que, nesse dia, quase todo mundo resolveu fazer exatamente o mesmo. O antes solitário novato agora estava cercado de candidatos a novos amigos. E o pior é que Juliana e Natália resolveram se unir ao grupo. Na verdade, elas engrossavam o coro das meninas que o observavam e suspiravam, enquanto os garotos ficavam puxando assunto.

Para mim, tudo aquilo já extrapolava o limite do ridículo. Eu não estava disposta a fazer parte daquilo. Por isso que, com ou sem companhia, decidi por sair um pouco, mesmo que fosse apenas para dar uma volta no pátio sem qualquer propósito, mas não iria ficar naquela sala observando o bando de puxa-saco do novato pobretão.

Segui para a área externa do colégio. Chegando lá, sentei em um banco e fiquei observando o movimento das pessoas, pensando no que estaria errado com o mundo, já que parecia que eu vivia em um universo paralelo naquela manhã. Percebi que alguém sentou-se ao meu lado, mas não dei atenção. Apenas olhei quando ele começou a falar.

— As amigas te abandonaram hoje?

E não é que era o faxineiro Mestre dos Magos? Tinha um tempo que eu não o via. Aliás, pensando melhor... eu só o tinha visto naquela vez... no mesmo dia que o novato chegou.

— Pois é. Elas estão, como todo mundo, tietando o seu amigo, que agora é a nova celebridade da escola.

Ele esboçou um sorriso e depois olhou para a frente, percorrendo os olhos pelos alunos que passavam pelo pátio. Após alguns segundos, voltou a falar:

— Você não parece muito feliz com isso.

— Mentira. Não estou nem aí — pensei um pouco melhor. — Antes, ninguém nem dava qualquer atenção para ele. E agora, de um minuto para o outro, ficam puxando o saco.

— E isso é ruim?

— Claro que é!

— Para quem?

— Há poucos dias, eu era a única que falava com ele!

— E não é bom mais pessoas falarem?

— Claro que não! Parece que deixaram de perceber que ele é um esquisito pobretão!

Ele riu e eu me senti mal pelas minhas próprias palavras. Às vezes eu tinha uns raros lapsos de consciência, e parece que naquele momento eu passava por um.

Talvez o problema não fosse apenas o fato do Fábio ser um esquisito pobretão. Talvez também não fosse por eu antes ser a única da escola que dirigia a palavra a ele, ainda que forçada por conta do trabalho. O que eu sentia, no fundo, era um tantinho de raiva pelas pessoas terem mudado com ele tão rápido. Eu só não entendia o porquê dessa raiva. Oras, as pessoas não eram assim? Qual o problema naquilo?

— Acho que você sabe a resposta, Elisa-*san*[2].

Voltei a olhá-lo, curiosa.

— Eu te disse o meu nome? — Aliás, o questionamento deveria ser: "Que resposta? Eu fiz alguma pergunta em voz alta?"

— Deve ter dito. De que outra forma eu saberia?

Eu não lembrava realmente de ter lhe dito o meu nome, mas fazia sentido: se ele sabia, é porque eu tinha contado, embora não lembrasse mais disso. Não importava!

Sendo assim, será que ele tinha me dito o dele também?

— Desculpe, mas não me lembro o nome do senhor.

Ele sorriu para responder. Velhinho simpático!

— Pode me chamar de Kazuo.

---

2 Sufixo japonês que, usado após o nome, dá um tom de respeito. Algo como "senhorita", "senhora" ou "senhor".

Um nome japonês, claro. Não entendia muito dessas coisas, mas resolvi usar do raso conhecimento que eu tinha para ser um pouco educada e, quem sabe, tirar a má impressão que minhas palavras podiam ter deixado.

— Kazuo-*san*?

— Kazuo-*san* está ótimo. — Ele riu. Vencida, esbocei um sorriso, mostrando-me um pouco mais simpática.

Subitamente, senti-me curiosa a respeito dele. Óbvio que ele era um funcionário novo, porque há até alguns dias eu nunca o tinha visto pela escola. Percebi uma vontade de fazer várias perguntas, saber há quanto tempo ele vivia no Brasil, como tinha ido parar no Machado de Assis, se tinha família... e um monte de outras coisas. No entanto, uma dúvida era mais forte do que todas as outras:

— De onde o senhor conhece o Fábio?

Ainda sorrindo, ele apenas me olhou, em silêncio, como se estivesse tentando ler os meus pensamentos. Quando enfim disse algo que não era exatamente o que eu esperava ouvir.

— Acho melhor voltar, menina.

— Voltar?

E para responder à minha dúvida, nesse momento o sinal tocou. Ele completou:

— Voltar para a sala. Já está na hora.

Vencida, concordei. Levantei-me do banco, despedi-me com um breve aceno e me dirigi para a sala. O velhinho japonês era, de fato, uma figura um tanto quanto enigmática. Porém, de certa forma isso não me incomodava. Talvez um pouco de mistério fosse bom, afinal, para tirar a vida da monotonia.

Contudo, talvez os segredos ao meu redor estivessem começando a ir longe demais. O faxineiro Mestre dos Magos, as estrelinhas do Fábio, a garotinha-peste metida à fantasma do hospital... Já era muita coisa para um intervalo de apenas duas semanas.

⭐

Por mais que eu quisesse, não consegui prestar muita atenção à última aula. Estava pensativa demais acerca de coisas que nada tinham a ver com Orações Subordinadas. Tanto que levei até um susto quando o sinal tocou, anunciando o horário da saída. Guardei rapidamente meu material e levantei-me, aguardando enquanto Nat e Ju se organizavam ao mesmo tempo em que tagarelavam sem parar sobre qualquer assunto que eu não dei a menor atenção. Olhei para o fundo da sala e avistei Fábio guardando o caderno na velha mochila. Diferentemente dos outros dias, a todo momento ele respondia ao aceno e à despedida de alguém. De fato, ele tinha se transformado, de um dia para o outro, do aluno mais solitário ao mais popular da turma. Uma mudança e tanto.

Decidi que precisava falar com ele e me aproximei, mesmo sem saber ao certo o que eu tanto precisava dizer. Ele já fechava o zíper da mochila, mas parou quando eu cheguei perto e me olhou, aguardando que eu dissesse algo.

— Está tudo certo para amanhã? — A pergunta tinha sido besta, confesso. Era lógico que estava tudo certo, por que não estaria?

No entanto, apesar do nosso compromisso ainda estar de pé, ele anunciou uma pequena alteração de rotina:

— Devo ir mais cedo, então nos encontramos direto no hospital dessa vez, pode ser?

— Ah... claro. Pode, sim. Prometo que vou tentar me empenhar um pouco mais.

Para a minha surpresa, ele sorriu, rebatendo com um tom de voz brincalhão:

— É uma boa notícia, embora eu duvide muito que você consiga.

— Quer apostar isso também?

— Ah, não. Uma aposta já está de bom tamanho.

Eu teria continuado a conversa, se Juliana não tivesse se aproximado nesse momento, empolgada.

— Elisinha, vamos! Descobri onde Miguel e os amigos estão indo almoçar.

Olhei para Fábio, sentindo-me subitamente sem graça, mesmo que não tivesse qualquer motivo para isso. Oras, ele sabia da minha paixão pelo Miguel, então eu não tinha qualquer motivo para me envergonhar de comentarem a respeito na frente dele, não é?

Tanto era assim que ele voltou a sorrir e provocou:

— Se ele te perguntar o seu nome, vê se responde dessa vez.

— É claro que vou responder.

— Sei não. Acho que vou ganhar um iphone antes mesmo do esperado.

— Se eu fosse você não contaria tanto com isso.

Ju fez cara de quem não entendeu o que a gente estava dizendo, mas também não se mostrou interessada em descobrir. Nesse momento Nat se juntou a nós.

— E aí, meninas, vamos? — Olhou para Fábio, sendo absurdamente simpática — Não quer almoçar com a gente? Vamos! Dizem que a comida de lá é uma delícia!

Fiquei me perguntando o motivo de tanta insistência. Já era estranho passarem a tratar bem um cara a quem jamais tinham dirigido a palavra, mas convidar para almoçar junto já estava passando um pouco dos limites, mesmo para mudanças drásticas.

Não foi surpresa nenhuma para mim quando ele negou, dizendo que já tinha outro compromisso. Nat lamentou, mas não insistiu.

— Que pena. Fica para a próxima, então. Oportunidades não vão faltar. Então vamos, meninas?

— Sim! — Juliana estava animada, como já lhe era padrão. — Vamos, Elisinha!

Olhei para Fábio por mais um momento, novamente tendo a estranha sensação de constrangimento que eu não fazia ideia de onde vinha. Ele me encarou seriamente por uns breves segundos, até que esboçou um sorriso e falou:

— Boa sorte lá.

Sorri de volta, ao mesmo tempo em que estranhava a improvável empatia que começava a surgir entre nós. Então, deixei-me ser puxada pelas minhas amigas sala afora. Não consegui deixar de observar que, como de costume, Fábio ficava para trás, ele era o último a ir embora, sempre sozinho.

Algumas coisas eram mais difíceis de serem mudadas.

CAPÍTULO SETE

Cara incrível

O novo *point* de almoço do grupinho do Miguel ficava um pouco mais longe da escola do que o anterior, tanto que a Nat ligou para o motorista dela ir nos buscar para levar até lá. Podíamos tranquilamente ter pegado um táxi, mas Nat não gostava, o que era algo compreensível para alguém que tinha um motorista particular à disposição desde criança.

Chegamos ao restaurante antes do Miguel, o que já era rotineiro. Provavelmente ele e os amigos tinham algum ponto de encontro onde esperavam todos chegarem para, só então, partirem para o local escolhido para o almoço. Então, enquanto esperávamos, fizemos os pedidos e ficamos conversando. Na verdade, Ju e Nat conversavam, já que eu estava especialmente desanimada neste dia. Mesmo depois de fazer o meu pedido, continuei olhando o cardápio, embora não estivesse necessariamente prestando qualquer atenção às palavras escritas ali, até que tive minha atenção voltada para o momento atual quando Natália me chamou:

— Elisa, presta atenção!

Um tanto assustada com a urgência da voz dela, levantei o rosto.

— Desculpe, estava distraída — Nesse momento um garçom trouxe os nossos pedidos, ajeitando-os sobre a mesa.

Para compensar os dias comendo *junk food* na outra lanchonete, resolvi pedir uma saladinha dessa vez.

— Percebi. Então, você vai ou não me ajudar?

— Claro! ...Com o quê? — Puxei o copo do meu suco para mais perto, começando a beber.

— A ficar com o Fábio.

Tão logo as palavras entraram pelos meus ouvidos, o suco que já descia pela garganta voltou com força total, fazendo com que eu engasgasse e começasse a tossir, aflitamente. Não era possível que eu tivesse ouvido aquilo, não era possível!

— De que Fábio você está falando? — perguntei, quando enfim consegui voltar a respirar.

Oras, era um nome bem comum, não era? Devia ter milhões pelo mundo, milhares no estado, centenas pela cidade, dezenas pela escola... Mas, infelizmente, apenas um na nossa turma. E é claro que era exatamente *daquele* Fábio que ela estava falando.

— Qual é o problema, Elisa? — Natália pareceu não ter entendido a minha reação.

Cara, mas não era óbvio?

— Você está a fim do novato esquisitão?

As duas riram e eu juro que não conseguia entender a graça daquilo. Foi a Juliana que me "explicou":

— Ele não é mais novato, e também não é tão esquisito assim. Na verdade, ele é um herói.

— E é um gato! — Natália completou. E soltou um suspiro para enfatizar a afirmação.

— Mas foi você mesma que disse que ele não passava de um esquisito pobretão, lembra?

— Eu não sou uma pessoa preconceituosa. Além do mais, antes de sair com ele, compraria um tênis e uma mochila novos de presente.

Juliana riu. Mas eu não achei a menor graça.

— Inacreditável... — murmurei. E percebi que estava usando a mesma palavra que Fábio usava comigo volta e meia. Será que eu também falava umas babaquices como aquela e nem me dava conta?

— Elisinha hoje tá de mau humor — resmungou Juliana.

E ela não deixava de ter razão. Que diabos estava acontecendo comigo? Só podia ter uma explicação.

— Desculpem. O dia hoje começou péssimo. Eu me atrasei, tive que ir a pé para a escola, não tive tempo nem de arrumar meu cabelo decentemente...

Elas aceitaram a desculpa. Até porque, fatalmente também não estariam felizes tendo um dia como o meu.

A conversa continuou e eu voltei a ficar na minha, ouvindo enquanto Natália suspirava pelo Fábio e Juliana dava a maior força. Até disse que o convidaria para a sua festa de aniversário. Coisas que, há alguns dias eu jamais esperaria ouvir delas.

Após alguns minutos, Miguel chegou com o seu grupo de amigos e consegui, enfim, desviar minha atenção da agonia que o assunto da minha mesa me causava. Novamente ele chegou acompanhado pelo seu grupinho de sempre e, também já mantendo a tradição, sequer notava a minha presença ali. Por que notaria, afinal de contas?

Mais de uma hora se passou. As meninas continuavam empolgadas em um assunto qualquer (que, graças a Deus, tinha mudado, embora volta e meia voltassem a falar do Fábio) e Miguel e seus amigos pareciam se preparar para irem embora. Ele foi ao banheiro e eu fiquei atenta esperando que ele voltasse, mesmo que fosse apenas para olhá-lo por mais alguns minutos antes que fosse embora. Aliás, isso era só o que eu fazia, já que nunca conseguia me aproximar ou puxar algum assunto. Pensando nisso, foi inevitável deixar de pensar no Fábio e lembrar das palavras dele: eu jamais ia conseguir nada com o Miguel se não tivesse coragem para falar com ele. Tão óbvio, mas que precisou que alguém me dissesse para eu entender.

Bem, não que ninguém nunca tivesse me dito aquilo. Ju e Nat falavam o tempo todo. Mas foi diferente vindo dele. Sei lá por quê.

E, que droga, lá estava eu pensando no novato de novo!

Miguel finalmente saiu do banheiro e seguiu para encontrar os amigos já na saída do restaurante. Não sei o que me deu naquele momento, só sei que foi o maior e mais inconsequente surto de coragem que eu já tive. Levantei-me e simplesmente corri até ele, alcançando-o antes que ele cruzasse a porta para fora do estabelecimento.

— Espera, Miguel!

Ele me olhou e, para a minha agradável surpresa, sorriu.

Aquele sorriso lindo sendo direcionado para mim! Precisei me concentrar para não perder o ar.

— Ah, oi! Tudo bom? — ele me cumprimentou. Aquela voz maravilhosa ainda ficou ecoando por algum tempo nos meus ouvidos.

— É que... Eu queria saber se você pretende continuar fazendo o trabalho lá no hospital e que dias você vai?

Era uma pergunta inútil, já que eu sabia muito bem a resposta. E eu me senti uma grande idiota ao me dar conta de que ele provavelmente também tinha ciência da minha sabedoria, já que a dupla de trabalho dele era justamente uma das minhas melhores amigas. Porém, ele foi educado o suficiente para não comentar a respeito e apenas responder:

— O trabalho é bem chato, mas fazer o quê? É obrigatório, né? Então, vamos nas quintas e sextas. E você?

— Ah, é... o trabalho é um saco mesmo — Como eu poderia saber se nem tinha trabalhado até então? Mas, senti que precisava concordar com ele.

— Meus dias são terças e quintas.

Ele sorriu novamente e balançou a cabeça. E tivemos aqueles breves segundos em que o assunto acaba e fica um olhando para o outro, em um clima levemente constrangedor. Sendo assim, tive que pensar rápido e por pouco não me arrependi do que disse a seguir:

— Estava pensando se não poderíamos lanchar juntos nas quintas. Bem, já que você vai mesmo para a lanchonete do hospital infantil. Digo, porque é meio chato comer sozinho, né? ...Assim, é legal ter uma companhia...

Forcei-me a me calar, antes que continuasse dando desculpas para o convite até o dia seguinte. A verdade é que estava morrendo de vergonha pela minha repentina atitude.

No entanto, para minha doce surpresa novamente, a resposta dele não podia ter sido mais linda:

— Claro! Passo lá na quinta. Vou pegar o seu telefone com a Juliana e te aviso o horário, pode ser?

Se podia ser? Ele queria o meu telefone e ainda me perguntava se podia ser? Óbvio que podia, devia, *precisava* ser! Senti minhas pernas começarem a tremer, mas me controlei bravamente para não deixar isso visível.

— Pode ser — respondi, por fim, tentando soar o mais natural possível.

— Te vejo na quinta então, menina! — Ele piscou um dos olhos e se virou para ir embora. Mas, antes que desse um único passo, eu novamente fui acometida por um surto de coragem.

— Aliás, o meu nome é Elisa.

Ele me olhou e voltou a piscar uma das pálpebras.

— Te vejo na quinta, Elisa!

E saiu, indo embora acompanhado dos amigos. Meio tonta, voltei para a mesa, recapitulando a lembrança do som da voz dele ao dizer o meu nome. Quando me sentei, percebi que as meninas me olhavam perplexas.

— O que foi aquilo? — assombrou-se Natália.

— Elisinha do céu! — Juliana não estava menos surpresa. — Você... falou com o Miguel?

Obviamente era uma pergunta retórica, afinal elas tinham me visto falar com ele. Mas é claro que não compreendiam de onde tinha saído aquela minha atitude. Nem eu sabia, para falar a verdade.

— Nós vamos lanchar juntos na quinta.

As duas soltaram um gritinho histérico e eu, animada, as acompanhei nisso.

E o dia em que tudo parecia dar errado de repente tinha dado uma guinada e tanto.

※

E por conta dos últimos acontecimentos da segunda, a terça já tinha começado com um astral um pouco melhor. Fiquei com o pensamento em Miguel durante toda a manhã, o que me fez ignorar um pouco a festa que a turma inteira ainda fazia em cima do Fábio. Mais animada, minha capacidade de concentração tinha aumentado e eu consegui voltar a prestar atenção às aulas, apesar de que a aula de História foi a mais chata de todos os tempos.

A professora Melissa voltou à ladainha do trabalho voluntário. Perguntou o nome das instituições onde cada dupla estava trabalhando, anotou todas no quadro e, um a um, foi questionando os alunos sobre o que tinham achado do local, as primeiras impressões, o trabalho realizado e tudo mais. Agradeci a Deus pelo fato das pessoas falarem demais e, por conta disso, o sinal da saída ter tocado antes que chegasse a minha vez. Afinal, eu não teria o que contar, já que não tinha feito ainda trabalho algum. Sem pressa de ir embora, fiquei conversando com minhas amigas – ainda sobre o Miguel, claro – enquanto calmamente guardava o meu material. Com isso, foi uma surpresa quando vi o Fábio saindo apressado da sala. Acho que era a primeira vez que o via sair tão rápido. Somente nesse momento lembrei que ele tinha me dito que iria mais cedo para o hospital. Lamentei, já que, por qualquer razão idiota, estava com muita vontade de contar para ele sobre a minha conversa com o Miguel no dia anterior. Bem, mas isso era o de menos, já que estaríamos no mesmo local em algumas horas.

Ainda levou uns minutos até que saíssemos da sala. Chegando à porta do colégio, paramos na calçada para aguardar pelo motorista da Nat, para irmos almoçar. Porém, no breve tempo em que passei ali parada, subitamente me veio um estranho impulso de deixar o nosso tradicional almoço para lá e ir mais cedo para o hospital. Nem eu sabia os motivos disso, mas, quando me dei conta, já estava falando com as meninas que não iria com elas e fazendo sinal para o primeiro táxi que passou. Nele, segui em direção ao Hospital Infantil em Santa Luzia.

Logo que cheguei lá, enfim compreendi o motivo daquele impulso. Se existia isso de sinal divino, aquele sem dúvidas tinha sido o maior de todos! Mal coloquei os meus pés na recepção do hospital e deparei-me com ninguém mais, ninguém menos do que aquela peste que, agora eu confirmava, não era cadeirante e tampouco um fantasma. Estava ali, sentada em uma das poltronas da recepção, brincando distraída com um *tablet*.

— Você! — eu praticamente gritei, ignorando o fato de estar em um hospital.

Ela levantou o rosto e, ao me ver, os olhos negros por trás de um enorme par de óculos arregalaram-se e ela, agilmente, levantou-se em um pulo e saiu correndo. Corri atrás dela, sendo seguida pela mãe, que chamava desesperada pelo nome da filha.

A perseguição não durou muito e foi terminar logo depois de darmos umas três voltas completas ao redor do grande balcão de atendimento. Em um pulo, eu agarrei a menina pela cintura e caímos as duas no chão.

— Peguei você, sua peste!

— Me larga, sua louca! Socorro! Mamãe, me salva!

E não é que a mãe ajudou mesmo? Juntamente com a recepcionista, elas me afastaram da menina, que em seguida correu e se agarrou às pernas da mãe.

— O que está fazendo com a minha filha? — A mulher parecia furiosa.

Ah, mas não tão furiosa quanto eu! Eu ia explicar o caso, mas, para facilitar um pouco mais a minha vida, enfim, nesse momento Fábio chegou ao hospital (achei estranho ele chegar depois, já que tinha saído da escola antes de mim. Porém, imaginei que isso tivesse ocorrido por ele, provavelmente, ter ido de ônibus) acompanhado pela antipática doutora Amanda. Apontei para a menina e desabafei:

— Eu disse que não estava maluca! Foi essa pirralha que me trancou naquele dia!

Adriana suspirou e olhou para a filha, como quem não se surpreende com o relato.

— Não acredito, Vitória! De novo aprontando?

"De novo"? "Aprontando"? Senti medo ao imaginar o tipo de coisa que aquela pequena peste devia fazer por aí.

Voltei a olhar para a doutora Amanda, que se manteve séria e apenas comentou:

— Ah, então é *essa* menina. Eu devia ter desconfiado — Olhou para a moça da recepção. — E você, novamente, foi cúmplice das armações dela, não é?

E a filha da mãe riu, como se não tivesse sido nada demais.

— Ah, doutora, eu não resisto às ideias da Vivi.

"Não resiste"? E ia ficar por isso mesmo? Não era possível!

Bem, pelo visto, sim! A médica simplesmente resmungou um "não faça mais isso, Vitória" e seguiu para o elevador. A mentirosa da recepção voltou, ainda rindo, para o seu posto. A Adriana, pelo menos, mostrou alguma consideração comigo, nitidamente constrangida.

— Desculpe por isso, por favor! — Olhou para a filha. — Nós vamos ter uma conversa muito séria, mocinha! — E seguiu, levando-a pela mão de volta até as cadeiras.

"Conversa séria"? A menina merecia, no mínimo, um castigo bem severo para nunca mais fazer algo assim! Onde já se viu?

Olhei para o Fábio, que era o único que permanecia ali perto de mim. Porém, longe de mostrar algum apoio à situação, ele começou a rir.

— Qual é a graça?

— Eu jurava que a Vitória já tivesse tido alta, por isso nem pensei que pudesse ser ela. Aquela monstrinha não mudou nada!

— Se você já sabia da existência daquela "monstrinha", então me diz por que não acreditou em mim? Preferiu acreditar que eu estava maluca!

— Para ser sincero, nunca achei que você estivesse maluca. Achei que fosse alguma artimanha sua para fugir do trabalho.

Que audácia! Tomei fôlego para retrucar, mas ele foi mais rápido ao mudar de assunto, fazendo uma pergunta que me deixou um tanto sem graça.

— Por que está aqui a essa hora?

Sabe que aquela era uma ótima pergunta que eu não sabia responder? Tive que pensar rápido.

— É que eu estava entediada e decidi vir direto da escola para cá.

— Sei. E, enfim, vai colaborar com o trabalho hoje?

— Vou sim. Bem, ao menos vou tentar.

Ele sorriu, com uma simpatia que ainda era um tanto recente sendo dirigida a mim.

— Fico feliz. Vai ver como isso vai te fazer bem.

Eu não entendia como trabalhar de graça poderia fazer bem a alguém. Contudo, precisava confessar que aquela satisfação dele com a minha decisão já me animava, nem sei por quê.

— Bem, eu só vou comer alguma coisa e já começamos o trabalho — ele disse, me fazendo lembrar que eu não tinha almoçado.

— Vamos juntos, então. Claro, se você não se importar.

Ele moveu a cabeça, mostrando que não se importava. Com isso, seguimos juntos para a lanchonete. No caminho fomos em silêncio, embora eu procurasse palavras para contar para ele o meu feito com o Miguel. Eu não entendia porque me sentia assim. Era como se ele fosse, de alguma forma, responsável por eu ter tido coragem de falar com o Miguel. E eu sentia que precisava contar isso a ele.

Fomos nos sentar à mesma mesa da semana anterior. Pendurei minha bolsa no encosto da cadeira e me preparei para levantar e ir ao balcão fazer o meu pedido. No entanto, detive-me ao ver que o atendente – o mesmo mal-educado da outra vez – estava vindo em nossa direção. Fiquei intrigada e ao mesmo tempo com medo do que aquele brutamontes diria. Ainda mais ao lembrar que Fábio o tinha feito chorar. Devia estar atrás de vingança, sei lá!

— A gente pode trocar uma palavra? — ele perguntou, dirigindo-se ao Fábio.

Meu sangue gelou. Mas ele, ao contrário, pareceu bem calmo.

— Claro, senta aí!

"Senta aí"? Como assim? Ele estava convidando aquele cara para sentar-se com a gente? Justamente o balconista grosso e mal-educado que poderia estar ali procurando por vingança? Mas qual era o problema dele?

O sujeito, incrivelmente, olhou para mim e pediu licença antes de puxar a cadeira e sentar-se. Um alívio. Ao menos ele parecia um pouco mais educado neste dia. Quando começou a falar, com a voz mansa, eu não sabia o que senti de mais forte: o aumento do alívio ou a surpresa.

— Queria te agradecer de novo pela conversa daquele dia, e te contar que eu criei coragem e me matriculei em um cursinho à noite.

Fábio sorriu.

— Estou certo de que, se você se dedicar bastante, vai conseguir passar na faculdade.

— Se não conseguir, vou continuar tentando. Você tinha toda a razão. Tenho trinta e quatro anos e um filho para criar, mas não posso usar isso como desculpa para desistir do meu sonho. Vai ser muito difícil conciliar tudo, mas vou dar um jeito e vou conseguir o meu diploma.

— É assim que se fala, cara. É assim que se fala!

Enquanto eles se abraçavam, eu fiquei ali, parada, olhando-os certamente com cara de quem não entendia absolutamente nada do que estava acontecendo. Depois o atendente se afastou, voltando para o seu posto de trabalho. Olhei para Fábio, exigindo uma explicação.

— Mas o que foi isso?

— Não ouviu? Ele decidiu entrar na faculdade.

— Tá, mas quem é ele?

— O atendente daqui.

— E vocês são amigos?

— Bem, acho que agora somos. Ele estava chateado outro dia, daí a gente conversou rapidamente, dei alguns conselhos... Que bom que ele resolveu segui-los.

Aquilo era... inusitado, talvez. O pessoal do colégio já o considerava um herói por ele ter salvado a Daniela do afogamento. Mas acho que ninguém imaginava que ele parecia ter quase que o hábito de ajudar outras pessoas.

— Já decidiu o que vai comer? — ele me perguntou, mudando o assunto. Movi a cabeça em uma negativa. — Bem, então vou lá adiantando o meu pedido enquanto você pensa aí.

Ele se levantou e foi até o balcão. O atendente o recebeu na maior alegria, com tapinhas nas costas e risos. Percebi que o pedido ia demorar um pouco para ser feito, mas não me importei. Fiquei pensando na felicidade do cara, embora isso fosse um grande exercício de empatia para mim. Meus pais tinham boas condições financeiras, eu sempre fiz ótimos cursos, já era fluente em inglês e espanhol, estudava a vida inteira na melhor escola da cidade e certamente não teria problemas para entrar em uma ótima universidade, até mesmo no exterior, como eu cogitava tentar. Então, para mim era estranho pensar em alguém que não teve as mesmas oportunidades e, portanto, imaginar a satisfação que ele sentia em correr atrás de uma coisa que, para mim, sempre foi tão simples e automática. Talvez eu, de fato, jamais conseguisse medir o grau de contentamento daquilo, mas ainda assim eu me sentia inesperadamente feliz em ver a alegria daquele homem.

E não consegui deixar de admitir, enfim, o quanto o Fábio era um cara incrível.

CAPÍTULO OITO

Pop Star

Tinha sido uma decisão minha, não tinha? Então, eu entraria naquele elevador e subiria até o andar das enfermarias. Era simples. Eu ia tirar aquele trabalho de letra.

— Você vai entrar ou não?

Já devia ser a terceira vez que o Fábio me perguntava aquilo, enquanto segurava a porta do elevador. Santa impaciência! Voltei a achá-lo detestável.

— Estou me preparando psicologicamente.

— Mas eu não posso segurar o elevador o dia inteiro. Se não quiser ir, é só ficar aí na recepção, como tem feito.

Que inferno! Eu não disse que iria trabalhar naquele dia? Era só uma questão de um pouquinho de paciência. Respirando fundo, entrei no bendito elevador e começamos a subir. Logo que a porta voltou a abrir, demos de cara com a Gabi, que nesse momento saía de uma sala diretamente no corredor. Ela sorriu ao nos ver. Especialmente ao *me* ver, pelo que percebi.

— Eu não acredito! Você subiu, que lindo!

"Lindo" era uma palavra um tanto forte para o momento. Eu não achava nada bonito ter que estar naquele hospital, sinceramente.

Quando nos aproximamos, ela me abraçou. Novamente senti-me constrangida com aquela demonstração de carinho de alguém que mal me conhecia. Na sequência, ela abraçou o Fábio, e esse abraço foi bem mais demorado e intenso, das duas partes. Isso novamente me chamou a atenção, sei lá por quê.

— Não se preocupe, Elisa — ela me disse, logo que soltou-se de Fábio. — Eu vou estar por perto e o Fabinho também. Qualquer coisa é só nos chamar, mas não tem segredo.

Se não tivesse segredo, eu não precisaria saber da opção de chamar por ajuda, para início de conversa!

— Tá. E onde eu começo? É só entrar nessas salas e ficar conversando com os pirralhos?

— Ainda não. Na verdade, antes de tudo nós começamos pela assepsia. Vem, eu ajudo você!

Comecei a segui-los pelo corredor. Os dois iam à frente, conversando animadamente sobre as crianças do hospital. Minha aflição apenas aumentava diante daquela coisa de assepsia. Precisava mesmo daquilo? Será que eu iria encontrar crianças em estado terminal, UTIs, ou com feridas graves, ou qualquer coisa que eu não gostaria nadinha de ver?

Eu odiava hospitais, já tinha dito isso um monte de vezes e detestava a ideia de estar em um. Até mesmo transitar por aqueles corredores cheirando a álcool e medicamentos já me deixava enjoada.

A parte menos ruim é que a tal assepsia era algo bem mais brando do que eu imaginei que fosse. Já estava pensando que ia ter que colocar luvas, máscara e roupas tipo de cirurgiões, mas não foi nada nem parecido com isso. Na verdade, apenas entramos em uma salinha, onde limpamos as mãos com algo que cheirava a álcool (de novo aquele cheiro!) e colocamos um avental bem parecido com o que a Gabi usava. Apenas isso. O que me fez respirar aliviada, concluindo que certamente não iríamos visitar nenhuma sala de UTI.

Por mais que eu ficasse bolando na minha mente mil hipóteses a respeito de como seria aquele trabalho, nenhuma delas incluía um violão. Porque foi exatamente o que a Gabi pegou, em um canto da sala, antes de voltar a sair, sendo seguida por mim e pelo Fábio. Iríamos a um quarto de hospital ou a um luau na praia, afinal de contas? Ela entrou em uma das portas no corredor e Fábio ia segui-la, quando eu o segurei.

— Que diabos ela vai fazer? — sussurrei.

— Estamos aqui para entreter as crianças, esqueceu? A *vibe* da Gabi é a música.

Legal. A minha *vibe* era estudar e comprar sapatos, nem por isso eu carregava livros de Física e pares de sandália para um hospital.

— E o que *eu* vou fazer?

— Fica tranquila, Elisa. Se não se sentir à vontade com as crianças, pode apenas observar, por enquanto. Não precisa fazer nada. Mas fique calma. Já disse que não vai ver sangue nem ter que aplicar injeções.

Nossa, ele não fazia ideia de como aquilo me tranquilizava. Sério, sem qualquer ironia. Mas ainda não era o suficiente para eu ficar realmente calma.

Finalmente entramos. O cenário que encontrei chamou bastante a minha atenção. Era uma enfermaria bem grande, com diversas camas. Haviam exatas cinco crianças espalhadas pelas macas, recebendo na veia algum tipo de medicação, cada um com um ou dois adultos – na certa os pais – ao lado. Outros adultos estavam sentados em sofás que circulavam o ambiente e um grupo de mais de dez crianças estava de pé, usando cada um uma espécie de camisola verde-clara. Além do traje, tinham outra coisa em comum: se aglomeravam ao redor da Gabi, abraçando-a e dando beijos, todos vibrando como se estivessem diante de uma famosa *popstar*. Ao terminarem de cumprimentá-la, eles correram para receber o Fábio com a mesma alegria, enquanto Gabi ia dar um beijo em cada uma das crianças que estavam nas camas.

— Oi! — disse uma vozinha.

Olhei para baixo e me deparei com um garotinho de uns quatro ou cinco anos. Roupinha de hospital, cabeça raspada, corpo bem magro... e um inusitado sorriso entre os lábios. Aquilo fez o meu coração se apertar como nunca antes. Aquele era o sorriso mais sincero que eu já tinha recebido em toda a minha vida.

— Oi — respondi, ainda impactada.

Ele continuou a sorrir para mim, até que teve sua atenção voltada para Gabi, que puxava uma cadeira até o centro da sala, onde se sentava.

— E aí, o que vamos cantar hoje?

Os pequenos, empolgados, começaram a falar (gritar seria o termo mais apropriado) ao mesmo tempo, fazendo suas sugestões de músicas. Gabi pareceu incrivelmente entender as opções e escolheu uma, começando a tocá-la no violão, enquanto as crianças cantavam alegremente. Percebi que tanto as enfermeiras quanto os pais e mães ali presentes acompanhavam juntos aquela música infantil que eu nunca tinha ouvido na vida, mas que parecia fazer um grande sucesso por ali. Os meninos e meninas que estavam de pé pulavam e dançavam, alguns mais enérgicos, outros mais contidos e debilitados. Os que estavam nas camas moviam as cabeças e os pés no ritmo da canção.

Uma garotinha interrompeu a cantoria para vomitar em uma vasilha oferecida por uma enfermeira. Depois limpou a boca com uma toalha e, milagrosamente, voltou a cantar e a sorrir, como se nada demais tivesse acabado de acontecer.

Não conseguia entender que tipo de sensação me dominava naquele momento. Só sei que uma agonia estranha pareceu me sufocar, fazendo com que eu não suportasse mais permanecer ali. Assim, virei-me e, aflita, saí da sala. Parei no corredor e apoiei as costas à parede, deixando que meu corpo deslizasse lentamente até me sentar no chão. Cobri o rosto com as mãos, sentindo como se meu corpo levitasse e tudo ao meu redor começasse a girar. Uma sensação horrível.

— Ei, você tá bem?

Assustei-me com a voz e descobri o rosto. Vi que Fábio tinha me seguido e se sentado no chão ao meu lado, agora me olhando com preocupação.

— Acho que minha pressão está baixa, sei lá.
— Quer que eu chame alguém? A Amanda pode ver isso.
— Não. Não é necessário. Acho que só precisava sair de lá.
— Fala, qual é o problema?

O tom de compreensão da pergunta fez com que eu me sentisse à vontade para tentar colocar em palavras todo aquele turbilhão de sentimentos e pensamentos que pareciam me sufocar.

— Eles são muito pequenos — comecei.
— Bem, é um hospital infantil, né? Só atende crianças até doze anos, eu acho.
— Eu sei. Mas eles estão... doentes.
— Pois é, Elisa. Como eu disse: é um hospital infantil. O que teria, senão crianças doentes?

Eu sabia. Isso era óbvio, não era? Apesar de ser algo que eu não gostaria de ver, era exatamente o que eu tinha a consciência de que encontraria ali. Não era isso o que mais me surpreendia, e sim o que eu disse a seguir:

— Mas eles estão... felizes.

Fábio me fitou em silêncio por alguns segundos, até que abriu um leve sorriso.

— É, eles estão. E eu sei que à primeira vista isso de certa forma assusta. Não é um susto ruim, é só...
— Difícil de acreditar — concluí.
— É. Exatamente isso. Entende agora a importância desse trabalho?

Enfim eu entendia, apesar de não acreditar que minha presença ali tivesse qualquer relevância. Voltei a pensar no quanto o Fábio era um cara incrível, e percebi que a Gabi não ficava nem um pouco atrás. Como ela conseguia chegar naquele lugar tão carregado de tristeza e sofrimento, e com um sorriso no rosto conseguir provocar alegria onde só havia dor? Como ela conseguia? Como aqueles dois conseguiam?

Será que eu poderia?

Eu não levava jeito com criança. Não sabia cantar, contar histórias ou inventar brincadeiras, no que poderia ser útil por ali? Lembrei, então, do garotinho que me recebeu com um "oi", um sorriso do tamanho do mundo e os olhinhos brilhando como quem acaba de ganhar um esperado presente de natal. E eu não tinha feito nada. Eu só estava ali.

Eu apenas estava ali. Que relevância isso tinha?

— Elisa... — Eu estava distraída, mas voltei a olhar para Fábio quando ele me chamou. — É estranho perceber que você não é uma pessoa tão fútil e egoísta quanto eu achei que fosse.

Seria aquilo um elogio?

— Devo dizer "obrigada" ou te xingar?

— Sabe que... quando eu era moleque, o meu irmão me dizia que quando fazemos o bem, isso volta para nós. E eu achava que era algo fantasioso e místico, como acreditar em carma ou coisa parecida. Tipo: se eu dou dinheiro para ajudar alguém, em algum momento da vida outra pessoa me dá o mesmo dinheiro de volta, algo tipo "lei do retorno". Demorei um pouco para entender que não era exatamente isso. De fato, é como uma lei do retorno, mas esse retorno não é literal. Não vem em coisas materiais ou oportunidades, e nem depois de algum tempo. É instantâneo. E vem bem aqui. — Ele levou a mão ao peito.

Se fosse há algum tempo atrás... Ou há apenas alguns minutos atrás, eu iria rir da cara dele e chamá-lo de "esquisito caretão". Mas, ao contrário disso, eu apenas movi a cabeça em uma afirmativa. Porque eu entendia exatamente o que ele queria dizer. Foi o que eu senti com o sorriso daquele menino. Um riso de felicidade e gratidão, que me foi dado em troca de um ato tão banal. Minha única atitude era a de estar ali. E minha agonia era a de saber que eu não era merecedora daquele retorno. Eu estava ali obrigada, apenas isso. Ainda agora, eu não saberia dizer se eu de fato gostaria de continuar naquele local, se queria voltar em qualquer outro dia da minha vida, se queria tornar a ver aquelas crianças debilitadas e aquelas mães que, em parte, não sabiam por quanto tempo ainda veriam os filhos vivos. Alguns deles iriam se salvar, se recuperar, e teriam uma vida normal. Outros, não chegariam à minha idade. E pensar nisso era doloroso até para uma pessoa "fútil e egoísta" como eu.

Percebi que o Fábio ainda me olhava aguardando uma resposta. Sendo assim, eu precisava dizer algo.

— Seu irmão deve ser um cara bem legal.

— É. Ele *era* um cara bem legal.

"Era"? Voltei a me sentir mal ao entender o que aquilo provavelmente queria dizer. Mas não cheguei a falar mais nada, pois Fábio se levantou, estendendo a mão para mim.

— E aí, vamos voltar lá pra dentro? Estamos perdendo o show da Gabi, isso é imperdoável.

— Eu... Não sei o que fazer, Fábio. Acho que não vou ser muito útil lá dentro.

— Então apenas sente em uma cadeira e assista ao show. Aproveite enquanto a Gabi não é famosa, pois logo um ingresso para assisti-la vai custar uma fortuna.

Sorri, vencida pelo argumento. Segurei a mão dele, aceitando a ajuda para me levantar. Senti que aquele primeiro contato corporal significava, enfim, uma trégua entre nós dois.

Ou talvez significasse o início de algo mais do que isso.

Preciso confessar que até eu me diverti no show da Gabi. Além de conhecer outra face do Fábio que eu jamais imaginava: ele era um palhaço.

Não, juro que dessa vez não quis ser ofensiva. Ele era um palhaço no sentido lúdico da palavra: um grande bobo brincalhão, tendo o maior jeito com as crianças. Enquanto a Gabi tocava, ele a acompanhava na cantoria, dançava com as crianças, ia brincar com as que não podiam levantar das macas... isso sem perder nem por um minuto o sorriso do rosto.

Quando a apresentação terminou, saímos da enfermaria e a Gabi passou pela sala da doutora Amanda (a mesma onde eu tinha ficado trancada dias antes. Péssimas lembranças!), onde deixou o seu violão e pegou uma pasta com alguns papéis dentro. Fábio me explicou que agora era o momento em que visitaríamos os quartos dos pacientes internos, mas apenas os do segundo andar, já que no terceiro ficavam as UTIs com os pacientes mais graves que não podiam receber visitas.

Bela Aurora era uma cidade pequena e aquele não era o seu único hospital infantil. Justamente por estar em um bairro mais distante do Centro, o número de internações dali não era muito alto. O que era bom, segundo a Gabi explicou, já que assim podiam oferecer melhores condições de atendimento e tratamento para todos os pacientes. Por isso, não tínhamos muitos quartos para visitar.

Porém, logo na primeira porta que abrimos, tive uma desagradável surpresa com a paciente que encontrei.

— Você! — Rosnei, furiosa.

Deitada em uma cama, com o braço preso por uma agulha a um suporte de soro, Vitória certamente percebeu que não teria como fugir dessa vez. No entanto, usou outra tática: agarrou-se à cintura da mãe, que estava de pé ao seu lado.

— Mamãe! Não deixa essa moça malvada me pegar! — Ela choramingou, em uma atuação digna de um Oscar.

Por sorte, todo mundo ali parecia conhecê-la bem o suficiente para não se comover com aquela carinha falsa.

— Meu amor, comporte-se. Já conversamos sobre isso, lembra? — disse a mãe, paciente e carinhosa, em um momento em que a pirralha merecia era um bom puxão de orelha.

Gabi e Fábio riram e se aproximaram da cama. Eu ainda fiquei próxima à porta, por questões de segurança. Não poderia garantir que não pularia a qualquer momento no pescoço daquela monstrinha.

Ela mostrou-se absurdamente feliz ao ver o Fábio.

— Você voltou! Estava com saudades!

Sorrindo, ele se debruçou sobre a cama, depositando um beijo na testa da menina.

— Também senti saudades, Vivi. Mas soube que você andou aprontando com a minha amiga Elisa.

Os olhos negros dela se voltaram para mim como os de uma criança possuída de um filme de terror.

— Ela é sua amiga, é?

Certo, eu tinha medo daquela menina.

Porém, a pergunta dela tinha todo um cabimento. Nós éramos amigos? Difícil saber, já que, até há poucos dias, eu o odiava mortalmente. Mas agora, até que a presença dele me era suportável ou até mesmo agradável.

Gabi tirou algumas folhas de dentro da pasta, entregando-as a Vitória.

— Aqui, Vivi, trouxe alguns desenhos para você. Seja bem-vinda de volta, mas esperamos que não fique por muito tempo, viu? Precisa melhorar logo, para voltar pra casa!

Incrivelmente, a pirralha parecia também não gostar muito da Gabi, o que de certa forma me trouxe o alívio de perceber que a situação dela comigo não deveria ser tão pessoal assim.

— Só quero os desenhos se o Fábio me ajudar a colorir!

E o bobão concordou.

— Mas é claro que vou te ajudar. Trouxe os seus lápis?

A mãe, parecendo animada, foi pegar o estojo de lápis na mochila da menina. Ao que tudo indicava aquele era o seu primeiro dia de uma internação aparentemente reincidente.

Gabi voltou para perto de mim e anunciou:

— Bem, já que a Vivi está em ótimas mãos com o Fábio, Elisa e eu vamos visitar as outras crianças. Divirta-se, Vivi!

A menina não respondeu. Estava animada demais deixando espaço na cama para que Fábio se sentasse ao seu lado. A mãe entregou-lhe uma prancheta e um estojo de lápis de cor e sorriu para nós, agradecendo e se despedindo. Fiquei aliviada ao sair daquele quarto e não correr o risco de cometer um homicídio.

— Garotinha insuportável! — desabafei, logo que voltamos ao corredor.

Gabi riu. Parecia concordar comigo, mas era boazinha demais para confessar isso.

— Se te ajuda a se sentir melhor, não é só com você. A Vitória já aprontou algumas comigo também, logo que comecei a trabalhar aqui.

Na verdade, aquilo só me fazia ter ainda mais raiva daquela pirralha.

Enquanto caminhávamos pelo corredor, Gabi explicou:

— É ciúme, nada mais que isso, coisa de criança, mas ela é completamente louca pelo Fábio. Quando viu que estávamos sempre juntos, achou que fôssemos namorados e, pronto, ganhei sua antipatia eterna. Certamente ocorreu o mesmo com você. Ela deve ter visto vocês chegarem juntos e resolveu aprontar contigo. Não leve tão a sério.

— Como não vou levar a sério? Ela me trancou na sala da... — Parei subitamente quando Gabi tirou uma chave do bolso, começando a abrir a porta *daquela* sala. — Ela me trancou *aí* dentro!

— É. E advinha de quem que ela roubou a chave? Pegou e devolveu sem que eu visse. Aquela menina é esperta demais! — Ela riu. Entrou na sala e segurou a porta, me olhando. — Vem, entra!

— Er... Não. É melhor eu te esperar aqui.

— Não seja boba, Elisa. Eu preciso tomar um café. Anda, me acompanha! Um intervalinho de dez minutos não faz mal a ninguém.

— Não, mas entrar nessa sala pode fazer mal a mim! A doutora Amanda quase me esfolou viva da última vez!

— Não esquenta, você tá comigo. Olha, a Amanda parece meio brava e tudo mais, mas é só fachada. Anda, entra!

Obedeci, meio a contragosto. Em um canto da sala havia uma pia, um frigobar e uma cafeteira, e Gabi começou a preparar um café. Depois sentou-se em um sofá, e fez um gesto para que eu ficasse ao seu lado. Novamente obedeci com certo receio de estar cometendo algum crime. Fiquei me perguntando por que ela tinha as chaves da sala da Médica-diretora do hospital, mas ao me lembrar que ela não fazia a menor questão de usar "doutora" para se referir à tal Amanda, deduzi que deviam ser próximas. Assim como, também, pareciam ser amigas do Fábio. Senti-me curiosa sobre a história daqueles três, e então lembrei da parte da Vitória sentir ciúmes por pensar que Fábio e Gabi fossem namorados. Não era algo muito difícil de ser verdade. Ela era mais velha do que ele, mas não parecia uma diferença de idade considerável a ponto de fazer dela uma pedófila. Ela era linda, ainda que um pouco esquisita com todos aqueles piercings e cabelo multicolorido. E ele, precisava admitir, também era um cara bonito. Formariam um belo casal, no fim das contas.

Sem conseguir controlar a minha curiosidade, acabei sondando-a com uma pergunta:

— Você, a doutora Amanda e o Fábio parecem ser amigos. Já se conhecem há muito tempo?

— Conheço os dois desde criança. Bem, o Fabinho eu conheço desde que ele usava fraldas. Era vizinha dele, crescemos juntos. Já a Amanda, eu conheci quando tinha treze anos. Ela era amiga de escola do Pedro e foi ele que nos apresentou a ela.

— E quem é Pedro?

A Gabi ainda sorria, mas percebi que o sorriso dela estremeceu diante da pergunta, ao mesmo tempo em que uma sombra de tristeza passou rapidamente pelos seus olhos.

— Irmão do Fábio.

O irmão! Seria aquele que *era* um cara legal? Pensei que talvez fosse um pouco indiscreto da minha parte perguntar aquilo, mas não sabia quando teria essa oportunidade novamente, então fui direta na pergunta:

— Eles não se falam mais, ou coisa do tipo?

— Ele não te contou?

— Ele mencionou sobre o irmão, mas... disse apenas que ele *era* um cara legal. Por que não seria mais?

Ela respirou fundo, confirmando a minha suspeita:

— O Pedro morreu. Há quase quatro anos. Então, logo depois o Fabinho se mudou, e... Bem, ficamos felizes quando ele voltou. Sentíamos muitas saudades dele. Ele nos ajuda a suportar melhor a falta que o Pedro faz.

Senti-me culpada pela minha indiscrição. A história era triste e eu não gostaria de ter mexido em um assunto que trazia sofrimento a alguém. No entanto, fiquei mais aliviada quando a Gabi continuou falando, embora mudando um pouco o foco do assunto. Afinal, se tinha uma coisa que ela parecia gostar de fazer, essa coisa era falar.

— Voltando à Vitória... Logo que começaram o curso de Medicina, a Amanda e o Pedro começaram a estagiar aqui. O Fabinho e eu viemos juntos, já com um trabalho voluntário. Éramos dois pirralhos! Bem, ele bem mais do que eu, né? Ele devia ter uns doze anos e só o deixaram entrar por ser irmão do Pedro. A Vivi era bem pequenininha, e já era paciente daqui. Na verdade, ela é paciente do hospital praticamente desde que nasceu. E o Fabinho, pra ela, foi amor à primeira vista, não largava do pé dele! Ela ficou muito triste quando ele se mudou. Tanto que a Amanda tinha sempre que liberar o celular para que os dois pudessem conversar. — Ela riu. — A menina é arteira e tudo mais... Mas é só uma criança, com uma doença grave. Não fique brava com ela.

Brava? Eu estava furiosa! Mas, claro, depois de ouvir toda a história, a coisa tinha amenizado um pouco. E, o mais engraçado: minha admiração pelo Fábio tinha subido ainda mais uns pontinhos.

Porém, uma dúvida ainda ficou na minha cabeça: ele e a Gabi, seriam mesmo só amigos? Como eu mesma já havia pensado, os dois fariam um belo casal. Mas, por algum motivo, a ideia de vê-los juntos me trazia um inusitado incômodo. O que era ridículo da minha parte e só se justificaria por uma possibilidade, que eu fiz questão de reforçar na minha mente: a Nat estava a fim dele. E, óbvio, entre ela e a Gabi, é claro que eu deveria torcer pela minha amiga.

Mas essa foi uma dúvida que eu não tive coragem de tirar. Logo a Gabi mudou de assunto, enquanto bebia o seu café. Daí saímos para continuar o trabalho. Ela levou mais desenhos para algumas outras crianças internadas, e passou um tempo com cada um, ajudando-os a colorir. Enquanto isso, eu apenas observava tudo, ainda não me sentindo à vontade para o trabalho.

Quando chegou a hora de ir embora, Fábio e eu descemos e saímos juntos do prédio. Na rua, como sempre acontecia, cada um seguia um rumo diferente: eu pegando um táxi enquanto ele ia embora de ônibus. Porém, diferente dos outros dias, desta vez trocamos um sorriso e um amigável "Até amanhã" de despedida.

CAPÍTULO NOVE

Primeiro beijo

Acho que nunca tinha esperado tanto por um dia quanto esperei por aquela quinta-feira em que eu e o Miguel teríamos, enfim, um encontro. Talvez não fosse exatamente um encontro, já que iríamos apenas fazer um lanche juntos na lanchonete do hospital. Mas, para mim, aquilo já valia demais. Estava nervosa, sem saber o que falar, como me portar ou o que vestir.

Acabei optando por algo básico, para não dar tanta bandeira assim. Uma calça jeans, sapatilha, uma blusinha lilás de alcinha (afinal, estava calor!), alguns poucos acessórios, cabelos soltos e uma maquiagem leve. Estava tão nervosa que nem tinha almoçado nesse dia. Fui da escola direto para casa me arrumar e, de lá, peguei um táxi para o hospital. Cheguei novamente mais cedo do que o horário padrão e fui direto para a lanchonete, onde me sentei no lugar de sempre.

Miguel tinha me mandado uma mensagem marcando às 14:30, então ainda passei meia hora esperando até que ele chegasse, pontualmente no horário combinado. Enquanto o via entrando e vindo em minha direção, senti um frio na barriga e uma vontade absurda de levantar e sair correndo. Engraçado que aquele era o momento que eu mais tinha esperado na minha vida. E, agora, em vez de estar apenas feliz, eu sentia medo. Na verdade, o que eu temia era que tudo desse errado. E se ele me achasse uma boba e não quisesse nada comigo?

Não podia permitir que aquilo acontecesse. Por isso, estava determinada a fazer o possível para que tudo desse certo.

— Oi. — Ele me cumprimentou, puxando a cadeira e sentando-se diante de mim. — Está esperando há muito tempo?

— Ah, não. Imagina, acabei de chegar! — Não ia contar que estava ali há meia hora, né? Não ia dar uma mostra do meu desespero.

Ele perguntou o que eu queria e, super educado, foi até o balcão fazer o pedido dele e o meu. Em alguns minutos voltou trazendo tudo em uma bandeja. Era um verdadeiro cavalheiro. Tão diferente do Fábio.

Fábio? Que diabos ele tinha a ver com aquilo? Repreendi-me pela comparação idiota. Se fosse para lembrar dele naquele momento, era só para imaginar a cara que faria quando eu contasse que ele tinha perdido a aposta.

Bem, para falar a verdade, também pensei nele por outro motivo: lamentei não ter contado sobre ter tido coragem para falar com o Miguel e convidá-lo para lanchar comigo. Apesar da nossa aposta, ele tinha me incentivado a criar coragem para aquilo. Por isso, decidi que, depois daquele "quase-encontro", ele seria a primeira pessoa para quem eu contaria tudo. Antes mesmo de mandar mensagem para as minhas amigas com todos os detalhes, como elas tinham me pedido – ou praticamente ordenado.

— Então, o que está achando do trabalho? — Tomei a iniciativa de puxar um assunto, enquanto ambos começávamos a comer.

De todas as respostas que imaginei ouvir, nenhuma era tão sincera:

— Uma droga. Que raiva perder o meu tempo com essa palhaçada.

— Sério? É tão ruim assim? — Talvez o trabalho fosse desagradável ou ele não gostasse de hospitais, como eu.

— Eu podia estar fazendo muita coisa melhor da minha vida do que trabalhar de graça para esse bando de doente pobre.

Ou talvez ele não gostasse de trabalhar de graça. Oras, perfeitamente aceitável. Ninguém gostava, nem mesmo eu.

— Por falar em pobre... — ele prosseguiu. — Como está sendo trabalhar com aquele aluno bolsista?

— Ah, ele até que é um cara legal.

Miguel riu.

— Você também entrou nessa de idolatrar o cara só porque ele bancou o herói outro dia?

Bem, eu não achava que ele ter salvado a vida de alguém era algo a ser definido com um "só". Mas também fui sincera ao responder:

— Na verdade, o que ele fez foi muito legal. Mas acho que a reação da turma foi um pouco demais. — Principalmente porque ninguém gostava dele ou sequer falava com ele antes disso, para começar! Mas não comentei essa parte.

— Ridículo. Um bando de puxa-saco. Na verdade, eu acho uma afronta aquele cara estar na nossa escola. Não sei por que o Machado de Assis mantém essa palhaçada de bolsa para alunos carentes. Acaba com a imagem da nossa escola.

Por qualquer razão, senti-me um pouco incomodada com aquelas palavras. Eu não era nenhuma defensora ferrenha do sistema de bolsas, até porque sequer parava muito para pensar nisso. Mas me chateou ver tanto ódio naquele discurso.

Ele voltou a falar:

— Se ele te chatear, você fala comigo, tá?

Senti o meu rosto queimar, pega de surpresa por aquela declaração. Esqueci até do incômodo das palavras anteriores. Mas, claro, eu não poderia ser injusta.

— Ah... ele não me chateia, não se preocupe. Mas obrigada mesmo assim.

— Estou certo de que não, mesmo. Ele não é nem louco de achar que pode ter alguma coisa com uma garota como você.

— Uma garota como eu... — repeti, confusa com o significado daquelas palavras.

Ele largou o restante do lanche e debruçou-se sobre a mesa, olhando-me mais de perto. Os olhos azuis me encaravam com tanta profundidade que pareciam querer ler a minha alma.

— É, uma garota como você. Uma garota inteligente, educada, elegante... e linda.

Se meu rosto já queimava antes, nesse momento foi como se pegasse fogo. Meu coração acelerou e minhas pernas tremeram. E tudo ficou ainda mais intenso quando Miguel debruçou-se um pouco mais sobre a mesa e, inesperadamente, tomou os meus lábios com os dele, em um beijo que começou de forma lenta, mas logo se intensificou.

Era o meu primeiro beijo, dado pelo garoto que eu gostava, pela minha primeira paixão. Deveria ser perfeito mas, ao invés disso, foi... estranho. Eu estava nervosa, não sabia o que fazer, como agir. Na teoria, eu já estava mais do que cansada de saber como aquilo funcionava. Lia a respeito nas revistas, nos livros, em blogs, minhas amigas contavam... Mas, quando chegou o momento, quando chegou a minha vez, eu me senti como uma perfeita idiota atrapalhada. E a forma um tanto brusca como a língua dele se movia em minha boca me fazia sentir um inesperado medo, e eu nem fazia ideia do quê.

E essa sensação piorou um pouco mais quando a mão que ele mantinha em minha nuca moveu-se com mais força. Como uma criança idiota e assustada, eu subitamente o empurrei.

Miguel voltou a sentar-se, olhando-me com uma expressão confusa, na certa sem entender a minha reação. Eu não o culpava, já que nem eu compreendia.

— Desculpe... — pedi, envergonhada, rapidamente pensando em uma desculpa convincente. — Aqui é um hospital infantil. Alguma das crianças pode me ver, e... bem, se isso for parar nos ouvidos da médica-diretora, pode pegar mal pra mim.

Ele sorriu e eu me senti aliviada por isso. Pareceu ter acreditado na minha desculpa. Que não era totalmente mentirosa. Digo, que outro motivo, além daquele, podia existir para aquela minha reação?

— Desculpe, não deveria ter feito isso. Mas não resisti. Sabia que já tem um tempo que estou de olho em você? — dizendo isso, ele voltou a comer, como se tivesse acabado de falar a coisa mais trivial e irrelevante deste mundo. Mal sabia que tinha dito tudo o que eu mais desejava ouvir na vida.

— Sério? — Foi a pergunta que eu consegui formular.

— É. Eu já tinha reparado que a gente quase todo dia almoça nos mesmos lugares — Ele piscou um dos olhos para mim e eu senti vontade de me enfiar embaixo da mesa, de tão sem graça que fiquei. E eu achando que era super discreta...

— Eu nem imaginava... Digo, você está sempre com garotas tão bonitas...

— Mas você é linda, já disse. — Terminando de comer o seu lanche, ele limpou as mãos e a boca em um guardanapo e, após amassá-lo, largou-o sobre a mesa, voltando a me olhar em seguida. — Tive uma ideia legal. Que tal deixarmos essa palhaçada de trabalho voluntário pra outro dia e irmos pra um lugar mais sossegado. Só nós dois?

Eu poderia ser uma garota inexperiente que tinha acabado de dar o meu primeiro beijo, mas não era idiota a ponto de não saber o que ele pretendia com aquele convite. Eu ainda sentia que o Miguel era o cara certo para mim, e eu queria que fosse o primeiro em tudo. Mas não daquela forma. Lembrei do que Fábio tinha me dito, no dia em que fizemos a nossa aposta: que o Miguel só ia querer ir para a cama comigo, e daí arrumaria outra. Lembrei, também, da minha resposta. Comigo não seria daquele jeito. Eu não teria nada mais sério com ele enquanto não fôssemos namorados, enquanto não estivéssemos oficialmente juntos. Eu podia ser uma boba romântica, mas não a ponto de achar que um simples beijo me tornava importante para ele.

— Desculpa, Miguel, mas eu preciso trabalhar.

Ele me encarou em silêncio por alguns segundos, tempo em que eu quase me arrependi da minha decisão. E o arrependimento só aumentou quando ele ameaçou se levantar.

— Tudo bem, eu entendo. Também tenho que voltar, deixei a Juliana lá sozinha.

— Espera! — praticamente gritei, segurando o braço dele com as duas mãos. Eu não podia estragar tudo, não podia! — Não fica chateado, por favor! Eu só... eu só...

Ele sorriu e me interrompeu. Ou não, já que eu nem sabia como terminaria a frase.

— Não esquenta, Elisa. Gostei muito da sua companhia no lanche. Podemos marcar mais vezes?

— Ah... Claro. Claro!

— A gente se vê, então.

Ele se levantou e deu a volta, indo até mim e me dando um beijo na bochecha. Um beijo bem mais fofo do que o primeiro, diga-se de passagem. Então, foi embora. Pela parede de vidro, eu o segui com os olhos enquanto ele caminhava pela rua, até que sumisse do meu foco de visão.

Sei que deveria dar pulos de alegria pelo que tinha acabado de acontecer, mas não me senti nem um pouco inclinada a isso. Mas o que havia de errado comigo? Eu tinha acabado de ganhar o meu primeiro beijo do cara com quem eu sempre sonhara beijar. Não foi perfeito, mas eu já tinha lido que quase nunca era. Eu devia estar me sentindo feliz, realizada, completa. Mas... não. Eu me sentia vazia.

Fechei os olhos e senti as primeiras lágrimas, quentes, descendo pelo meu rosto.

— Elisa?

Ouvir aquela voz foi como um estranho conforto. Abri os olhos, me deparando com o rosto conhecido a me olhar de forma preocupada. Há quanto tempo estaria ali?

— Aconteceu alguma coisa? — ele perguntou. Puxou a cadeira onde Miguel estava há até alguns minutos e sentou-se.

— Não é nada... — Forcei um sorriso, enquanto passava as mãos pelo rosto, secando as lágrimas. — Está aí há muito tempo?

— Não. Cheguei agora há pouco. Só passei na sala da Amanda pra dar um oi e vim aqui comer alguma coisa.

Olhei para a mão dele sobre a mesa e percebi que segurava alguma coisa. Não demorei para identificar o que era: algumas pequenas estrelas de papel.

— Qual é a dessas estrelas? — perguntei, sem a real intenção de mudar o assunto, apenas por curiosidade.

— Já te disse que é só um passatempo.

A desculpa não me convencia, mas não insisti. Se ele não queria me contar, estava em seu pleno direito. Assim como eu também não tinha que dizer o porquê de eu estar chorando. Mas, por qualquer motivo, senti vontade de falar a respeito.

— Você já quis muito uma coisa e, quando ela aconteceu, percebeu que não era tão legal quanto você imaginava?

Ele pareceu pensar na resposta.

— Bem... Talvez voltar a Bela Aurora tenha sido assim.

— E o que você fez para se sentir melhor?

— Não sei. Acho que... Deixei pra lá a parte ruim e tentei me focar no bom da situação.

Pensei se poderia tirar algo de bom do meu beijo com Miguel. Bem, tanta gente dizia que nem sempre o primeiro beijo é tão legal quanto idealizamos. Talvez os próximos fossem bem melhores, e agora eu tinha aberto a chance da existência dos próximos. Pensando nisso, esbocei um breve sorriso. Quando voltei a olhar para Fábio, vi que ele tinha percebido isso e também sorria, o que fez com que eu me sentisse um pouco melhor.

— Obrigada.

— Pelo quê? Não fiz nada. Você nem me contou porque está triste.

— É, mas... Mesmo sem saber, você parece que sempre tem a coisa certa a se dizer. Me ajudou bastante, obrigada.

— Ajudei? Então agora é sua vez de fazer algo por mim.

Ele tirou a mochila das costas e abriu o zíper. De lá pegou uma pasta e, dela, algumas tiras de papel. Entregou-me uma, ficando com outra. Já o tinha visto dobrar aquilo tantas vezes, que já sabia o que sairia dali, embora não acreditasse que eu seria capaz também. De qualquer forma, aceitei o desafio.

— Sabia que essas estrelas são como a vida?

— Como assim?

Ele começou esticando a tira e fazendo uma espécie de nó na ponta dela. Um pouco sem jeito, fiz o mesmo.

— Começamos a nossa vida 'enrolados'. — Devagar, ele começou a enrolar a tira, dando voltas ao redor do nó inicial. Continuei a repetir os gestos. — Temos um longo caminho a percorrer. À medida em que caminhamos, descobrimos que sempre somos levados para uma direção certa.

Percebi que eu estava fazendo alguma coisa de errado e Fábio também viu isso. Apanhou o papel da minha mão e me mostrou o que fazia: tirava as folgas que eu tinha deixado na tira. Depois me entregou de volta e continuou a explicar:

— Cabe a nós fazer os ajustes e não perder o objetivo de vista enquanto caminhamos. Ou seja: sem deixar folgas no papel à medida em que o enrolamos. No final, tudo se encaixa. — Ele dobrou a ponta que sobrou do papel, encaixando-a dentro de uma das dobras feitas ao redor do nó. Fiz igual. — E, mesmo que a vida apresente dificuldades... — Começou a "beliscar" as laterais. Repeti os movimentos e mal pude acreditar quando vi a forma que surgia ali — , todos podemos atingir nosso objetivo, que é ser uma estrela.

A minha ficou meio torta, mas, ainda assim, era uma estrela. Jamais imaginava que eu fosse capaz de fazer algo assim. Era tão linda, quem diria que fosse tão fácil de criar?

Voltei a olhar para Fábio, enquanto ele falava:

— Quer mesmo saber qual é a das estrelas de papel? — Movi a cabeça em uma afirmativa. Agora, queria mais do que nunca! — Faço uma a cada pessoa que, de alguma forma, eu consigo ajudar. Tem várias lendas coreanas e japonesas a respeito desse origami, e algumas delas falam sobre o poder que ele tem. A cada mil estrelas feitas e incineradas, você pode fazer um pedido e ele será realizado.

Achei graça.

— E você acredita nisso? Digo, já teve algum desejo realizado?

— Até já tive. Mas é engraçado perceber que a melhor parte não são os desejos, e sim a criação de cada estrela. Cada uma tem uma história. Cada uma, de alguma forma, por mais boba que possa parecer, mudou uma vida. Essa é a parte mais mágica de tudo isso.

Era engraçado acreditar na existência de mágica. Mas, naquele momento, isso me pareceu incrivelmente plausível. Senão, por que haveria tanto empenho de Fábio em dobrar aquelas estrelas?

— Então, essa sua estrela é por você ter me ajudado agora, certo? Mas a minha é inútil. Acho que eu nunca ajudei ninguém.

— Claro que ajudou. E o que fez anteontem, aqui no hospital?

— Eu não fiz nada. Eu só estava lá com vocês.

— Às vezes só estar com alguém já representa uma ajuda.

Voltei a sorrir. Era bom achar que eu pudesse ter sido útil, embora essa nunca tivesse sido uma intenção real na minha vida. Mas a sensação era tão boa que eu tive vontade de repeti-la. E de forma mais verdadeira dessa vez, já que eu ainda acreditava que poderia ajudar bem mais do que só com a minha presença.

— Legal. Então agora faltam apenas 999 estrelas para eu poder fazer um pedido!

— É bem menos difícil chegar lá do que você imagina. Só para te dar um incentivo: quando você conseguir dobrar suas cinco primeiras estrelas, eu vou te dar um presente.

— Não! Imagina, não faça isso! Não vai gastar dinheiro comigo!

Ele riu, o que fez com que eu me sentisse uma idiota pelo meu comentário. E olha que eu quis ser sutil. Poxa, ele era bolsista! Certamente não tinha dinheiro para ficar comprando presentes.

— Não se preocupe, não será nada caro. Nem tudo na vida gira em torno do dinheiro.

— Bem, se é assim... Tudo bem. Espero conseguir fazer as cinco estrelas antes do final do ano.

— Vai conseguir antes mesmo que você imagina. Aliás, pode tentar fazer mais algumas hoje mesmo. Vamos trabalhar?

Concordei. Enquanto saíamos da lanchonete, o atendente acenou para nós, com um grande sorriso no rosto que não lembrava nada do cara mal-humorado e grosseiro que conheci no meu primeiro dia. Fábio acenou de volta e eu, embora um pouco em dúvida se aquele cumprimento também seria para mim, fiz o mesmo.

Subimos juntos para o segundo andar e fomos direto para a sala da assepsia. Feito o procedimento, voltamos ao corredor, chegando ao mesmo tempo em que a porta da enfermaria se abria e de lá saía Gabi, carregando o seu violão. Ela nos cumprimentou da forma calorosa de sempre, mas dessa vez eu já não estranhei tanto assim.

— Foi mal, Gabi, não consegui vir mais cedo — disse Fábio, logo que a abraçou. —Perdi o seu show, não é?

— Não tem problema, Fabinho. O importante é que vocês vieram!

Ao olhá-la um pouco melhor, percebi que, apesar de sorrir, o rosto dela tinha um ar mais desanimado neste dia. Observando um pouco mais, reparei olheiras mal disfarçadas pela maquiagem, além dos olhos levemente vermelhos. E isso também não passou despercebido para Fábio.

— Quer tomar um café, Gabi?

— Valeu, Fabinho, mas hoje não posso. Acabei me atrasando, e não posso deixar de ver todas as crianças.

— Ah, não seja por isso! — Ele pegou a pasta de desenhos das mãos dela, entregando para mim. Peguei, sem entender. — Hoje a Elisa veio com vontade de trabalhar. Ela pode começar com a primeira criança enquanto a gente toma um café.

— Como é? — quase gritei, tamanho foi o meu susto. — Eu, sozinha com uma daquelas crianças?

— Só meia horinha, Elisa, você vai sobreviver. E, além do mais, pode ser uma ótima oportunidade para conquistar sua segunda estrela.

"Conquistar a segunda estrela"? O que ele achava que eu era? Personagem de vídeo game? Tomei fôlego para retrucar, mas ele se aproximou de mim, falando baixo:

— Por favor, fico te devendo uma.

Ah, ele devia! E como devia! Mesmo que eu é que ainda estivesse devendo uma para ele, pelo apoio com o caso do Miguel e tudo mais... Ainda assim, o que ele me pedia valeria muito mais! Infinitamente mais! E eu teria batido o pé e negado, se fosse por qualquer outro motivo. Mas a Gabi realmente não parecia bem, e seria bom ela tirar meia horinha para descansar e conversar com o amigo.

— Trinta minutos — enfatizei. — Nem um segundo a mais!

— Valeu! — Ele sorriu e me fez esquecer momentaneamente da raiva que eu sentia pela roubada em que ele estava me metendo. Ele tinha, mesmo, um sorriso bem bonito.

— Um intervalinho pode ser bom... — concordou Gabi. — Tudo bem mesmo pra você, Elisa?

— Ah, claro! Hoje vim... como disse o Fábio: "com vontade de trabalhar". — Na verdade, eu tinha era vontade de sair correndo dali. — Por qual quarto eu começo?

— Pelo 201, por favor.

Após o pedido, Gabi foi guiada por Fábio em direção à sala da doutora Amanda. Fiquei parada por algum tempo, observando-os enquanto se afastavam. Em determinado momento, Fábio a abraçou com um dos braços e ela debruçou a cabeça sobre o ombro dele, parecendo, pelo movimento das costas, começar a chorar. Diante da cena, não consegui deixar de voltar a pensar sobre a possibilidade de existir algo mais entre eles dois e, novamente, a ideia me incomodou.

— Seriam fofos juntos... — murmurei, tentando me convencer daquilo.

Enfim, decidindo que não tinha tempo nem motivos para pensar sobre aquilo, fui até o quarto de número 201. Ao abrir a porta, voltei a sentir a vontade de sair correndo.

Não acreditava que Gabi tinha me mandado exatamente para ficar com *aquela* paciente.

— Mamãe, a moça malvada voltou! — ela gritou, apontando severamente o dedo indicador para mim.

Se eu tivesse oportunidade, mostraria para ela como eu realmente podia ser uma moça malvada.

— Vitória! — a mãe a repreendeu. Depois olhou para mim e sorriu. — Desculpe novamente pelas malcriações da minha filha.

— Imagina... Coisa de criança... — rebati, embora minha vontade fosse a de enforcar aquela pirralha.

— Você vai ficar com ela hoje?

— É... tudo indica que sim. Por trinta divertidos minutos.

— Bom, então vou aproveitar para descer e comer alguma coisa. Vivi, se comporte com a Elisa!

E, sob os protestos da filha, ela saiu do quarto, deixando-me a sós com a monstrinha. Se ela soubesse do meu desejo secreto de estrangular aquela pequena vândala, duvido que nos deixaria sozinhas daquele jeito.

Voltei a olhar para Vitória, e ela me encarou. Ficamos assim por algum tempo, trocando farpas através dos olhos, até que desisti daquela batalha silenciosa e me aproximei, sentando-me na cadeira que ficava ao lado da cama. Tirei um desenho da pasta e o entreguei à menina. Ela o pegou a contragosto.

— Por que você está aqui? O Fábio prometeu que voltaria pra pintar comigo hoje.

— Ele teve outros compromissos mais importantes.

Percebi que ela pareceu triste, o que fez com que eu me arrependesse um pouco das minhas palavras, mas não o suficiente para pedir desculpas. Depois do que aquela pirralha tinha aprontado comigo, ela bem que merecia um castigo.

Vitória olhou para o desenho por alguns minutos. Tornando a me encarar depois, pareceu criar coragem para a pergunta que estava por fazer:

— Você e o Fábio são namorados?

— Mas é claro que não! — retruquei, revoltada. — Imagina, eu namorando aquele pobretão!

Ela me apontou o dedo indicador, como se fosse capaz de me fazer sentir medo diante daquilo.

— Não fala assim dele, sua... Sua... Sua chata!

Nossa, eu devia estar sentida com a ofensa?

Mas ela não pareceu muito convencida da minha resposta, tanto que insistiu:

— E por que eu deveria acreditar em você? Duvido que não morra de vontade de ser namorada dele!

— Sem chances, garotinha! Até porque... O meu futuro namorado é muito mais bonito e perfeito que ele.

— Duvido! Mas, então... você gosta de outro, é?

— É!

A expressão no rosto dela tornou-se um pouco mais amigável, além de curiosa.

— E como ele é?

Oras, até parece que eu ia ficar trocando confidências da minha vida sentimental com uma pirralha!

— Ele é o cara mais lindo da escola! — Certo, não resisti. Jamais resistia a uma chance de falar sobre o Miguel. — Sou apaixonada por ele há anos e agora, enfim, vamos ficar juntos!

— Você já beijou ele? — ela sussurrou, como quem faz uma pergunta bem indiscreta. O que era exatamente o que ela fazia, aliás.

Sorri antes de responder:

— Já, sim. Nós nos beijamos hoje. E sei que logo ele vai me pedir em namoro.

— E aí você não vai mais ficar de olho no Fábio, né?

— Eu nunca estive "de olho" nele, para início de conversa.

— Não? Bem... Você realmente não parece ser muito esperta.

Era outra ofensa, mas não pude deixar de rir. Aquela menina era uma peste, mas era engraçada, não podia negar.

— E aí? Vai pintar o seu desenho ou não?

— Você vai me ajudar?

— Bem... Acho que não pinto um desenho há, sei lá... uns quatro anos. Não sei se ainda lembro como é que se faz isso.

— Vai, você é tapada, mas nem tanto. Pega o lápis na minha mochila que eu te ensino.

Novamente optei por ignorar o xingamento e me levantei, indo pegar o estojo de lápis dela, juntamente a uma prancheta. Quando retornei, percebi que ela tinha chegado para o canto da cama, abrindo espaço para que eu me sentasse ao seu lado. Hesitei por um instante, mas, por fim, aceitei o lugar. E passei os próximos vinte minutos ali, observando enquanto ela coloria o desenho e recebendo broncas por não estar fazendo o mesmo de forma satisfatória.

CAPÍTULO DEZ

Boas ações

Eu não achava que iria conseguir tão rápido. Mas era com orgulho que eu segurava na mão fechada as minhas cinco primeiras estrelas de origami, enquanto contava os minutos para que a aula terminasse e eu pudesse mostrar para o Fábio o meu grande feito. Não fazia questão do tal presente, mas sentia certa necessidade de mostrar para ele que eu fui capaz de realizar aquele desafio. Tinha certeza de que assim ele confirmaria o que dissera no outro dia, que eu era uma pessoa bem menos egoísta do que ele achara a princípio.

Bem que eu tentei falar com ele antes, mas foi impossível. Ele ainda era a nova celebridade da turma, então um monte de puxa-sacos ficava cercando-o sempre durante o recreio. Por isso é que resolvi esperar pela hora da saída, quando todos fossem embora e ele, como de costume, ficasse enrolando para ser o último a sair da sala. Já tinha avisado a Ju e a Nat que não iria almoçar com elas nesse dia, com a desculpa de ficar estudando na biblioteca da escola. O que, aliás, não era mentira e eu pretendia de fato fazer. As provas estavam chegando e eu gostava de estudar na escola, onde eu não caía em tentação de ligar a TV ou o notebook e me distrair com a internet ou com as séries.

Quando o sinal tocou anunciando o final da aula, eu me despedi das minhas amigas e enrolei um pouco enquanto guardava o material, dando tempo para que todos saíssem da sala. Nesse dia o Miguel não tinha ido — o que era algo comum, aliás, já que ele era um dos alunos mais faltosos — e confesso que tinha ficado um tanto preocupada com isso, já que queria muito saber como ele iria me tratar depois do ocorrido no dia anterior, se ainda continuaria a sorrir e a me cumprimentar, ou se eu tinha colocado tudo a perder.

Porém, a minha animação com relação às estrelas era tanta que me ajudou a não pensar muito a respeito disso. Se fosse a alguns dias atrás, eu certamente estaria tendo um troço de tanta ansiedade.

Enfim, a última duplinha de puxa-saco se despediu de Fábio e saiu da sala. Só então ele fechou o caderno e começou a guardá-lo na mochila. Foi nesse momento que me aproximei, animada.

— Adivinha! — falei, com as duas mãos atrás do corpo.

Ele me olhou, confuso.

— Sou péssimo em adivinhações.

— Você me deve um presente! — Orgulhosa, mostrei as minhas mãos unidas, com as cinco pequenas e tortas estrelas de papel ao centro.

Ele olhou para as estrelas. Depois voltou a me olhar e ergueu uma sobrancelha, incrédulo.

— Como conseguiu tão rápido?

Animada, puxei uma cadeira e me sentei ao lado dele, começando a contar as minhas proezas:

— A primeira é a que eu fiz com você no hospital. A segunda foi por eu ter ajudado aquela monstrinha da Vitória a colorir o desenho dela. A terceira foi quando você queria conversar com a Gabi e me pediu para ficar sozinha com a Vitória, e essa, acredite, foi a maior das minhas boas ações. Você realmente me deve uma, sem dúvidas!

Ele cruzou os braços e soltou uma leve risada. Não entendi qual era a graça e até ia perguntar, mas ele me pediu para continuar a contar a respeito das outras estrelas.

— Ontem à noite eu desci para a cozinha e a Joana ainda estava colocando a mesa para o jantar. E eu a ajudei. Essa foi a minha quarta estrela. A quinta eu dobrei hoje cedo. A Ju esqueceu o estojo em casa, e eu emprestei uma das minhas canetas para ela.

Ele voltou a rir. Dessa vez, gargalhou com vontade.

— Certo, Elisa... A gente precisa definir melhor essa coisa de "boas ações". Olha, não se trata apenas de fazer um favor, de ser gentil, de emprestar alguma coisa, ou... simplesmente ajudar a arrumar a mesa onde você mesma vai comer!

Bem, agora eu tinha ficado confusa.

— Então se trata de quê? Tem que ser algo grande e relevante, é isso? Mas não é todo dia que aparece alguém se afogando na minha frente para eu salvar.

— Não precisa ser algo grande para ser relevante. Às vezes apenas um conselho já representa uma ajuda e tanto.

Pensei um pouco a respeito daquilo.

— Hoje a Nat me mostrou as fotos de dois vestidos que ela comprou, e eu a aconselhei sobre qual usar na festa que ela vai domingo. Foi um conselho.
— Acha que isso foi um conselho relevante?
— Com certeza. Um dos vestidos tinha um decote horrível, super malfeito!

Ele continuou a rir, mas parou ao perceber que eu estava falando sério. Tinha cara de quem brincava com coisas sérias como aquela? Eu jamais deixaria uma amiga minha sair com um vestido daqueles, não mesmo!

— Bem... Com o tempo você vai aprendendo melhor sobre o que é uma boa ação. Mas, enquanto isso, como você se esforçou, acho que merece, sim, o presente que te prometi.

Ele começou a mexer na mochila e fiquei preocupada. Eu estava só brincando, não queria mesmo que ele gastasse dinheiro comprando um presente para mim. Porém, quando ele tirou algo lá de dentro, percebi que era tarde demais. Aparentemente, o meu presente já estava comprado. Um pouco sem graça, peguei das mãos dele e percebi que, de fato, não era nada aparentemente caro, apesar de ser bem bonito. Era uma caixinha de madeira, toda decorada com patinhas de cachorro. Na tampa, tinha a foto de uma cachorrinha fofa, de lacinho na cabeça.

— Obrigada... — A voz saiu baixa devido à timidez. Para quebrar um pouco o constrangimento, resolvi comentar algo a respeito do presente — Que graça essa cachorrinha. Qual será a raça?

— Provavelmente é uma vira-lata. Uma conhecida minha faz essas caixinhas artesanalmente, com fotos dos cães do abrigo onde ela trabalha. A renda vai toda para o local.

— Entendi. E aposto que você fez uma estrela por comprar essa caixa.
— É claro que não. Eu queria comprar um presente, ela tinha algo legal para vender... Foi um ato consumista, não uma boa ação.

Aquilo de boa ação estava a cada minuto mais confuso. Voltando a me focar na caixinha, não demorei a ter uma ideia sobre que utilidade daria a ela.

— Vai servir para eu guardar as minhas estrelas.
— Pois é. Essa era a intenção.
— Mas não vai dar para muitas. Logo precisarei de um recipiente maior.
— Não seja por isso. Que tal outro desafio? Quando você chegar a 20 estrelas, te darei uma caixa maior.
— Sabe que vou chegar lá rapidinho, não é?
— Lembrando que não serão válidos: favores, empréstimos, relações de consumo ou conselhos sobre moda.
— E maquiagem?

— Não.

— Sobre os empréstimos... nenhum tipo? E se eu emprestar um livro para alguém? Livros a gente só empresta para pessoas que amamos e confiamos muito!

— Nenhum empréstimo.

— E se eu emprestar a alguém... sei lá... um milhão de dólares?

— Só se você doar para alguém esse dinheiro.

— Difícil. Eu não tenho um milhão de dólares.

Ele voltou a rir e dessa vez, vencida, o acompanhei no riso. Abri a caixinha para guardar as minhas estrelas e, do lado de dentro da tampa, me deparei com uma pequena etiqueta com algo escrito. Li em voz alta:

— "Brisa. Vira-lata. 6 anos".

— São os dados da cachorrinha da caixa. É um dos cães que está para adoção. Domingo terá uma feirinha de adoção do abrigo, na Praça Central. Vou dar uma força lá, como voluntário. Se quiser ir para conhecer a Brisa...

— Fala sério! Até no domingo você se mete a trabalhar de graça? Não me diga que é tudo por essas estrelas?

— Claro que não. Essas estrelas apenas me ajudam a... perceber que a vida ainda vale à pena.

Subitamente, eu me vi sem resposta. Percebi um quê de melancolia naquela frase, que me fez sentir... sei lá... acho que "pequena" seria a palavra certa. Pequena, ao lado de um cara tão legal. Fiquei ali, sem saber o que falar, apenas observando-o. Até que ele também me olhou e o encontro dos nossos olhares fez o meu coração de repente acelerar. Durou apenas alguns segundos, pois ele logo se levantou, colocando a mochila nas costas e anunciando:

— Bem, eu preciso ir. Marquei de almoçar com a Gabi e já está quase na hora.

A Gabi, claro! Tinha esquecido de perguntar sobre ela!

— E como ela está? Eu a vi chorando ontem, naquela hora que foram conversar, mas nem consegui perguntar depois se ela estava melhor.

— Ah, ela está com alguns problemas. Coisa pessoal, mas... do jeito que ela adora falar, tenho certeza de que qualquer hora vai te contar.

— A Gabi é uma garota bem legal.

— Ela é. Ela é incrível.

Percebi que os olhos dele brilharam ao fazer aquele elogio. Se eu já desconfiava de algo, nesse momento tive mais certeza. E não me contive em confirmar:

— Você gosta dela, não é?

O sorriso no rosto dele estremeceu e, então, eu tive a confirmação para a minha suspeita.

— Claro que gosto. Ela é minha melhor amiga. Ela e a Amanda.
— Você entendeu! Não me refiro a esse tipo de "gostar".
— Isso não tem qualquer importância. Bem, preciso ir. Se resolver aparecer na feirinha domingo, será às duas da tarde, na Praça Central.

Forcei um sorriso, embora no fundo não me sentisse bem para isso.
— Não devo ir, mas... se eu mudar de ideia, apareço por lá.

Ele moveu a cabeça e, após dizer um "tchau", virou-se e saiu. Continuei na sala, sozinha, pensando sobre toda aquela situação. Então, ele gostava mesmo da Gabi. Mas, pela reação dele à pergunta, ficava meio claro que tal sentimento não era correspondido. Talvez ela já gostasse ou, pior: já namorasse outro cara. Senti pena e, ao mesmo tempo, me identifiquei com ele. Afinal, de paixão não correspondida eu entendia bem.

Porém, o que eu sentia não era apenas pena ou identificação. Tinha algo ali, mais forte, que me corroía o peito de uma forma estranha. Algo que eu não era capaz de identificar.

Pelo canto dos olhos, percebi que era observada e olhei rapidamente para a porta da sala. Ali, parado, com uma vassoura na mão e um sorriso no rosto estava o faxineiro Kazuo. Ele acenou para mim, antes de seguir varrendo o corredor.

Meus planos para o domingo eram completamente diferentes. Meu pai morava em uma cidade vizinha e tínhamos a vida inteira o acordo de que a cada quinze dias Érica e eu passaríamos o final de semana com ele. Só que a prática era bem diferente da teoria e o padrão era que ele ligasse, geralmente na sexta à noite, contando alguma desculpa para o fato de ter que adiar o nosso fim de semana juntos. Já tinha quase um mês que eu não o via, mas, sinceramente, já não me incomodava mais com isso, estava acostumada.

Para compensar, ele sempre depositava um dinheiro a mais, além das nossas mesadas, na nossa conta e, para ele, o assunto estava resolvido. Há muito tempo eu tinha decidido que teria o agrado financeiro a mais como uma resolução para o problema. Só que eu tinha quase dezesseis anos. A Érica tinha apenas nove e, claro, ela não conseguia aceitar a situação tão facilmente. A droga é que, com isso, ela passava o dia resmungando, choramingando e torrando a minha paciência.

Ela tinha feito umas cinco cenas durante o almoço. Minha mãe tinha uma paciência de ferro, mas eu estava no mais completo oposto daquilo. Isso fazia com que a gente batesse boca a todo momento, tornando o clima dentro de casa insuportável. Foi aí que minha mãe teve a brilhante ideia de sairmos um pouco para dar uma volta por aquela cidade onde nada acontecia e que não tinha coisa alguma de interessante para ser vista. Foi aí que lembrei que haveria, sim, algo acontecendo nesse dia e sugeri que fôssemos para a praça central. Joana não trabalhava nos finais de semana, mas Érica ligou para ela, perguntando se queria ir conosco. Ela topou, animada, dizendo que estava entediada em casa. Então, passamos na casa dela para buscá-la, e nos acompanhar no passeio. A presença dela colaborou para que a minha irmã se animasse um pouco mais.

Era a principal praça da cidade e era enorme. Ficava localizada, como o próprio nome já sugeria, bem no centro, e era uma área com parquinho, jardins, chafariz... tudo o que não pode faltar em uma praça interiorana. E lá, um pequeno aglomerado de pessoas e faixas indicativas mostravam que ocorria a tal feirinha de adoção. Joana e Érica logo se distraíram em alguns cercadinhos cheios de filhotes. Minha mãe, comunicativa como era, puxou assunto com a responsável pelo evento. Enquanto isso, eu continuei a andar, devagar, percorrendo os olhos ao meu redor à procura de um rosto conhecido em específico. Não demorei a avistá-lo, com uma prancheta na mão, preenchendo algum tipo de relatório ao lado de uma família: um homem, uma mulher, e um menininho que abraçava, empolgado, um cachorrinho filhote. Aproximei-me devagar, chegando no momento em que a família ia embora, nitidamente feliz com o novo mascote. Fábio pareceu surpreso ao me ver.

— Pois é, mudei de planos — anunciei, já entendendo o que se passava pela cabeça dele.

— Seja bem-vinda. Se chegasse há cinco minutos, teria encontrado a Gabi e a Amanda. Elas acabaram de ir embora.

A Gabi, claro! Sempre a Gabi!

— Elas vieram adotar um bichinho?

— Elas já têm gatos. Mas sempre vêm trazer uma doação de ração e fazer um carinho nos peludos.

— Ai, meu Deus! Era para trazer doação? Você não me falou, eu não trouxe nada!

— Se "fosse" pra trazer, não seria doação, e sim imposição. Relaxa, existe sempre a outra forma de ajudar.

— Que outra forma?

Ouvimos um grito animado de uma criança e nos viramos para a direção de onde vinha. Não foi surpresa para mim ver que era a minha escandalosa irmã, brincando com os filhotes que mordiscavam sua mão.

— Ah, é minha irmã. Sempre super discreta.

Ele riu.

— Bem, ao menos ela já entendeu sobre a outra forma de ajudar.

Ah, então era aquilo? Embora eu achasse que ração ajudaria muito mais do que ficar esmagando os pobres bichinhos com as mãos como minha irmã Felícia fazia, tinha que admitir que os cachorros pareciam felizes em receber a atenção das pessoas.

— Vem, quero te apresentar alguém.

Ele me levou até um dos cercados. Lá, havia apenas um cão, que eu logo reconheci. Inclusive exibia, novamente, um lacinho na cabeça, preso a um tufinho de pelo. Era uma fêmea de porte médio, marrom e preta. Um detalhe, no entanto, eu não tinha conseguido ver através da foto da caixa: ela mancava, e logo vi o motivo daquilo: ela não tinha uma das patinhas de trás.

— Ai, meu Deus... — murmurei, sentindo vontade de chorar. — O que fizeram com ela?

— Pelo que me contaram, ela já nasceu assim. Ela é bem alegre e nem parece sentir falta de uma das patas. O problema é que, com isso, ela sempre acaba sobrando nas feiras de adoção.

Era uma pena, porque ela, de fato, era uma cachorrinha muito bonita e aparentemente alegre. O rabo dela começou a balançar freneticamente desde que eu me aproximei e não parou mais. Mas eu não cheguei muito perto, nem toquei nela, porque tinha medo. Tive uma cachorrinha quando criança, mas era uma yorkshire... bem pequena e delicada. Cães maiores me deixavam um pouco apreensiva, por pura falta de costume.

— Tomara que alguém a adote logo... — comentei. Mas não tive qualquer resposta. Olhei para Fábio e vi que ele tinha se distraído com alguma coisa.

Ele olhava fixamente para um ponto qualquer, então segui os olhos na mesma direção, sem enxergar nada de incomum. Tinham várias pessoas ali, e eu não conseguia identificar para qual, exatamente, ele estava olhando. Até que ele murmurou um "já volto" e seguiu em direção ao aglomerado. Dentre eles, tinha uma mulher abaixada diante de um dos cercados e Fábio se abaixou ao lado dela. Percebi que ele sorriu e puxou algum assunto. A princípio eu ainda pensei que pudesse ser uma conhecida dele, mas logo descartei a hipótese quando o vi estender a mão para ela, visivelmente se apresentando. Daí eles ficaram algum tempo conversando. Sei lá... uns dez minutos, ou talvez mais. Percebi que ela trazia no rosto um semblante confuso e até um pouco atordoado, mas que aos poucos foi se tranquilizando. Uma cena que seria incomum, se eu já não tivesse presenciado antes. Era bem parecido com o que ele tinha feito com o atendente da lanchonete e até lembrava um pouco, também, do ocorrido com a Gabi no hospital. Neste último caso, claro, era diferente pelo fato deles serem amigos, mas, ainda assim, a rapidez com que ele percebeu que ela estava triste e a levou para conversar tinha sido um tanto rápida até para a mais sensível das pessoas.

Então, passados aqueles dez ou quinze minutos, eles se levantaram e ela disse algo, que pareceu um "obrigada", antes de se virar e ir embora.

Voltei a olhar para a Brisa, fingindo estar distraída, enquanto o Fábio voltava a se aproximar.

— Então, o que achou da Brisa? — ele perguntou, notoriamente tentando puxar um assunto aleatório para disfarçar.

— Ah, ela é uma graça. Tomara que seja adotada ainda hoje.

— É, tomara.

Alguém tocou o meu ombro. Era a minha mãe, que se aproximava com um sorriso.

— Querida, Érica quer tomar sorvete, então vamos ali na sorveteria do outro lado da rua. Nos espera aqui ou quer ir com a gente?

— Ah, eu vou com vocês. — Olhei para o Fábio e percebi que ele e minha mãe se entreolhavam, sorrindo levemente, certamente esperando que a mal-educada aqui fizesse as apresentações. — Ah, mãe... esse é o Fábio. É o meu colega naquele trabalho de voluntariado.

O sorriso no rosto dela aumentou e ela apertou a mão dele, parecendo encantada.

— Ah, é você! Elisa me falou sobre o hospital e as crianças... e que você já trabalhava lá como voluntário. Achei tão lindo! Parabéns!

— Imagina... Prazer em conhecê-la.

— O prazer é todo meu! Não me diga que também ajuda o abrigo de cães?

— Não muito, pra falar a verdade. Mas costumo dar uma força nas feiras de adoção.

— É um lindo trabalho. Lindo! Elisa, o que acha de adotarmos um filhotinho?

Lá estava a minha mãe, novamente, se empolgando com uma ideia nova.

— Mãe, tá louca? Você passa o dia todo na loja, eu tenho a escola e meus cursos... Um cachorro requer tempo e cuidados! — E lá estava eu, bancando a adulta da família.

— Mas tenho certeza de que a Joana não iria reclamar de cuidar dele. E a Érica pode ajudar. Vamos conversar com elas sobre isso, mas tenho certeza de que vão adorar a ideia! — Que elas adorariam, eu tinha certeza. Eu só não podia garantir é que a minha mãe ainda se lembraria da ideia após atravessar a rua. Ela olhou para Fábio, ainda sorrindo — Quer nos acompanhar no sorvete? É por minha conta!

Ele pareceu sem graça com o convite, tanto que recusou:

— Obrigado, mas preciso voltar ao trabalho.

— Entendo. Fica para a próxima, então. Elisa, querida, não deixe de convidá-lo um dia para sair com a gente, ou pra almoçar lá em casa. Agora vamos, que a Érica está impaciente pelo sorvete. Prazer em conhecê-lo, querido!

Dito isso, ela saiu andando devagar. Movi a cabeça em uma negativa e me desculpei com o Fábio:

— Foi mal. Minha mãe é meio louca, não repara.

— Que nada, ela é simpática. E parece bem mais alegre que você, aliás.

— Ela é mais alegre do que qualquer um. Não existe no mundo alguém mais empolgado do que ela!

Eu ri, e ele riu junto. Senti vontade de perguntar sobre a mãe dele, mas me contive, porque achei que seria um tanto indiscreto da minha parte. Mas a verdade é que eu adoraria saber mais sobre a vida dele. E, no fundo, também queria poder ficar mais algum tempo ali. O que era idiota, porque estudávamos na mesma sala e passávamos duas tardes por semana juntos no hospital. E também porque... eu não tinha motivos para querer tanto ter a presença dele, certo? Sendo assim, eu me despedi e segui a minha mãe, indo para a tal sorveteria. Mas passei o restante da tarde pensando na cena que eu tinha presenciado com a mulher lá na praça, e tentando entender o que era aquela estranha magia que o Fábio parecia exercer sobre as pessoas.

Embora eu soubesse que essa coisa de magia não existisse.

CAPÍTULO ONZE

Super herói

Conforme o prometido, a professora Melissa não estava mais dando matéria. As aulas dela eram destinadas aos assuntos do trabalho. Porém, pela primeira vez a turma de fato usou esse horário para se dividir em duplas. Todos tínhamos relatórios acumulados para preencher e, incrivelmente, a turma, em sua maioria, estava empolgada. E eu me encaixava nesse grupo.

Sentei-me ao lado do Fábio e começamos a escrever os relatórios, ao mesmo tempo em que eu mostrava algumas fotos que eu tinha tirado do meu celular e elas sempre rendiam algum assunto. Fábio conhecia todas as crianças e tinha histórias para contar sobre cada uma delas.

De vez em quando, nos intervalos das conversas, enquanto escrevia o relatório diário, eu olhava discretamente para Miguel. Ele e Juliana pareciam conversar sobre diversas coisas que não tinham qualquer relação com o trabalho. A Ju já tinha me contado que o grupo de voluntários do hospital onde eles ficavam era enorme, e por isso eles passavam o horário estipulado fingindo fazer alguma coisa enquanto ela forjava algumas fotos. Com relação aos relatórios, eles não se preocupavam, já que a Ju tinha repassado tal tarefa para a secretária do seu pai, que era quem volta e meia fazia os trabalhos de escola para ela.

— E como vão as coisas com o babaquinha? — Fábio perguntou, na certa percebendo os meus olhares para o Miguel.

Fiz bico e retruquei:

— Ele não é um babaca!

— Vai mesmo enrolar até o final do ano para me dar o seu iphone?

— Você não vai ganhar o meu celular. Essa aposta já é minha!

— Teve algum progresso, então?

É verdade! Lembrei que ainda não tinha contado sobre o beijo. Não que eu devesse satisfações dos meus progressos, mas, por qualquer motivo, eu sentia que ele precisava saber. Ele merecia depois de todo o apoio que tinha me dado. Sendo assim, ignorei a vergonha e contei:

— Semana passada eu finalmente tive coragem para falar com ele e convidá-lo para lanchar comigo no hospital.

— E aí? — A pergunta tinha um tom neutro, de modo que eu não tinha como saber se havia algum interesse real naquilo e, caso tivesse, que interesse seria esse. Será que torcia por mim? Ou queria que nada desse certo, para que ele pudesse ganhar a aposta?

De qualquer forma, continuei contando a história:

— Bem... Aí na quinta nós nos encontramos na lanchonete do hospital. Acabou rolando um clima, e... nos beijamos.

Ele ergueu uma sobrancelha, em outra reação que eu não tinha como imaginar o que se passava pela sua cabeça.

— E então?

— E então foi só isso. Só um beijo, mais nada.

— Não marcaram de sair de novo?

— Nem voltamos a nos falar depois daquilo. Ainda pensei em mandar uma mensagem para ele, mas... Não é tão fácil assim, entende? Ele disse que marcaríamos outras coisas, então achei que ele fosse me procurar, porém... Quando me encontra na escola, ele só sorri, diz um oi, e segue andando como se nada tivesse acontecido entre nós.

— Vai ver, pra ele, nada aconteceu mesmo.

— Pode ser que você tenha razão. Acha que eu devo desistir?

Ele ficou em silêncio, apenas me observando. E foi um olhar bem diferente dos outros. Era atento, minucioso... parecia querer ler a minha alma.

Para falar a verdade eu o tinha visto, sim, com aquele olhar, mas não direcionado a mim. Era o mesmo jeito com que ele olhou para a Gabi no hospital, quando ela estava chorando. E, também, para aquela mulher desconhecida na feira de adoção. Apesar da indiscrição, eu não me senti acuada ou assustada. Pelo contrário: fiquei até com uma estranha sensação de paz.

Ele enfim pareceu relaxar daquele "olhar de inspeção de alma" (resolvi chamar assim porque, sinceramente, não imaginei nenhum termo melhor) e disse alguma coisa:

— Não, não desista. Não é o que você mais deseja?

Nem precisei pensar para responder:

— Já disse que sim. Meu maior sonho é ser a namorada do Miguel.

— Então não desiste. Há até pouco tempo ele nem reparava que você existia, olha o passo enorme que você já deu.

Movi a cabeça, concordando. Ele tinha toda a razão, mais uma vez. E parecia idiota, mas... só em ele falar para eu não desistir já me dava impulso para continuar tentando até alcançar aquilo que eu mais sonhava.

Voltamos para os relatórios. Uns vinte minutos se passaram até que o sinal tocasse. Após guardar o meu material, ia falar para o Fábio que, depois de almoçar, o encontraria novamente direto no hospital. Mas daí encontrei-o olhando fixamente para a professora Melissa.

O mesmo olhar. Ele estava fazendo aquilo de novo. Seja lá o que fosse aquilo!

Como já o tinha visto assim outras vezes, não me surpreendi tanto. Contudo, se antes eu já estava curiosa, agora a coisa era um pouco mais grave: eu estava terrivelmente intrigada.

— Vamos, Elisinha? — chamou Ju. Só então percebi que ela e Natália já estavam de pé na minha frente.

— Ah, meninas... Vão vocês. Hoje eu vou almoçar em casa.

— De novo? — indagou Nat, preocupada. — O que está acontecendo, Elisa? Já faz dias que você não almoça mais com a gente.

— Ah, é que... Eu ando meio sem grana.

As duas riram e eu me senti uma idiota pela desculpa esfarrapada. A minha mãe podia até me controlar um pouquinho mais, mas o meu pai nunca me deixava sem dinheiro, e elas sabiam disso. Fui rápida em pensar em outra desculpa:

— Com esse negócio de trabalho voluntário, tenho passado menos tempo em casa e sabem como a minha mãe é, né? Fica fazendo drama. Não me custa almoçar em casa para passar mais tempo com ela.

— Sua mãe precisa desapegar! — opinou Natália. — Quero ver quando você e o Miguel começarem a namorar.

Juliana concordou:

— E isso não vai demorar muito. Tenho falado muito de você pra ele e, adivinha só? Eu o convidei para o meu aniversário e ele garantiu que vai!

Sorri, realmente animada com a notícia. O aniversário da Ju seria a oportunidade perfeita para, quem sabe, o Miguel me pedir em namoro. Depositava todas as minhas esperanças nisso. Porém, meu desânimo voltou logo em seguida quando vi a Nat cutucar o braço da Ju, que falou para o Fábio:

— Você também está convidado, viu, Fábio?

Só então ele parou de olhar para a professora, voltando a atenção à nossa conversa.

— O que tem eu?
— Está convidado para o meu aniversário. Será no dia 19 do mês que vem. Vou trazer um convite pra você.

Ele sorriu, notoriamente sem graça. E o motivo daquilo era óbvio: ele e a Ju mal se conhecem! Porém, ele estranharia bem menos caso soubesse que ela costumava convidar metade da cidade para as suas festas.

Ele causou alguma surpresa quando declarou:
— Acho que a minha mãe já recebeu o convite para o seu aniversário.

Quando eu disse "metade da cidade", me referi à metade mais influente e endinheirada, gente que a Ju na maioria das vezes nem conhecia, mas que era convidada pelos seus pais. Era um tanto estranho a família do Fábio ter sido incluída.

Juliana foi a menos discreta na sua cara de estranheza.
— Sua mãe?
— Bem, ela me mostrou essa semana e eu acho que é seu, sim. É de uma Juliana e a festa é no mês que vem.
— Ah, deve ser outra pessoa. Meu nome é tão comum! Mas não se preocupe, vou te trazer o convite logo! — Voltou a olhar para mim. — Nos vemos amanhã então, Elisinha. Tchau-tchau!

Eu me despedi e elas foram embora. Não sem antes, claro, a Nat acenar e fazer um charminho para o Fábio. Céus! Pelo visto ela ainda não tinha desistido daquela ideia.

Voltei a me virar em direção ao Fábio, na intenção de me despedir para ir embora. Então, percebi que ele tinha voltado a olhar para a professora.
— Você está fazendo isso de novo!

Ele me olhou, um tanto assustado com o meu tom de voz.
— Fazendo o quê?
— Isso de observar as pessoas que estão tristes. Depois vai lá, conversa com elas, e elas ficam bem. É assim que você faz as suas estrelas, né? Não faço ideia de como isso funciona, mas sei que consegue fazer as pessoas se sentirem melhor.
— Essa é a coisa mais ridícula que eu já ouvi na minha vida.

Ele estava com a razão. Era a coisa mais ridícula que eu já tinha dito na vida. Mas só porque era ridículo, não queria dizer que não fosse verdade.

Ele apontou para a professora Melissa e argumentou:
— Ela por acaso te parece triste?

Ponto pra ele. Nesse momento a professora ria enquanto conversava com dois alunos. Mas isso não alterava a minha opinião.

— Pode não parecer, mas tenho certeza de que ela está triste, sim. Assim como a Gabi na semana passada, ou aquela moça na feira de adoção domingo... Ah, e o carinha da lanchonete! Aposto que você olhou pra ele desse mesmo jeito antes de ir ajudar.

— E como eu o ajudei? Não fiz nada!

— Você conversou com ele. Eu vi! Não sei o que disse, mas depois disso ele resolveu retomar os estudos e ficou feliz.

Fábio riu e moveu a cabeça em uma negativa, como se achasse absurdo tudo o que eu dizia. Concordo que era muito estranho, mas era exatamente o que acontecia!

Ele voltou os olhos para a professora e acompanhei na mesma direção, vendo que ela começava a juntar os livros sobre a mesa, preparando-se para ir embora.

— Anda, vai logo! — avisei. — Antes que ela vá embora!

— Por que não vai você, já que está tão preocupada e achando que ela está triste?

— Porque eu não tenho esse dom louco que você tem.

Ele arregalou os olhos, na certa achando que eu era maluca. "Dom", realmente, era um termo meio forte. Por isso, resolvi me explicar:

— Não falo de um dom tipo os superpoderes do Batman ou dos outros heróis da Marvel.

— Você não entende muito de super-heróis, né?

— Como sabe?

— Faz ideia da quantidade de erros graves dessa sua frase?

— Depois você me conta. Agora vai lá falar com a professora! Te encontro mais tarde no hospital!

Já sabendo que ele não iria enquanto eu ainda estivesse ali, apressei-me em pegar a minha bolsa e sair da sala. Parei no corredor, escondida ao lado da porta, apenas para confirmar as minhas suspeitas: ele, de fato, foi até a mesa da professora e os dois começaram a conversar. Agora, sim, eu podia ir embora. Enquanto caminhava e pensava em tudo aquilo, percebi que sorria como uma boba.

⭐

Quando cheguei ao hospital, Fábio já estava lá. Ele e Gabi me esperavam na sala da doutora Amanda, onde agora, pelo visto, também era a sala dos voluntários. Logo que os encontrei, percebi que conversavam animadamente, e isso me trouxe uma inesperada e infundada sensação de tristeza. Mas ignorei isso quando Gabi sorriu para mim e se levantou para me abraçar.

— Que bom que veio de novo mais cedo! E chegou na hora certa. Estávamos preparando a nossa escala.

Por qualquer razão, eu não tinha gostado daquela palavra.

— Como é isso de escala?

E foi Fábio quem me explicou:

— Chegaram pacientes novos.

— Na verdade, apenas um novo — Gabi o corrigiu. — Os outros dois tiveram alta da UTI e vão ficar em observação por alguns dias antes de voltarem para casa. — A notícia foi dada com empolgação. E eu também fiquei feliz em ouvir aquilo.

Fábio tomou a palavra novamente:

— Então, como agora são mais crianças, não vamos dar conta de ir em todos os quartos. A não ser que a gente se divida. Tudo bem pra você?

"Dividir" significava ficar sozinha com uma criança durante meia hora? Se era isso, não estava tudo bem. Não estava nada bem, na verdade!

— Eu não acho que seja uma boa ideia — argumentei. — Não tenho muito jeito com crianças. — Minha irmã concordaria com essa afirmação.

— Imagina se não! — Gabi discordou. — Você se saiu muito bem com a Vivi naquele dia. Vai, Elisa, por favor! Meia hora já é tão pouco tempo, não queremos reduzir ainda mais.

Perante à súplica, vi-me obrigada a aceitar. Embora, segundo o Fábio, favores não servissem, tenho certeza de que aquele valeria uma estrela (ou quem sabe mais) para a minha caixinha.

Quando movi a cabeça aceitando o pedido, Gabi vibrou, empolgada, e me abraçou mais uma vez, tão apertado que eu achei que ela fosse quebrar todos os meus ossos.

Fábio começou a explicar a tal escala:

— Então, você ficará com os quartos 201 e 205. Meia hora em cada.

— Mas isso só depois do nosso show! — informou Gabi, ainda empolgada.

Estranhei aquele "nosso". Afinal, a artista ali era ela... Porém, minutos depois tudo fez sentido quando me vi sendo decorada com um óculos enorme, uma tiara de anteninhas na cabeça e um boá cor de rosa no pescoço. Senti-me em um baile de carnaval. Fábio também se ornamentou da mesma maneira e, assim, viramos os animadores oficiais da cantora Gabi. Eu continuava completamente tímida e sem jeito, mas as crianças vibravam com a nossa apresentação e eu também me diverti com a alegria deles.

Passado o tempo do show, demos uma pausa de dez minutos para o café sagrado da Gabi e seguimos para o segundo turno de trabalho. Fui até a porta do quarto 201 e respirei fundo antes de abri-la. Aí veio a surpresa. Já era a segunda vez que eu era enganada! Como eu pude me esquecer que aquele era justamente o quarto *daquela* criança?

— Você de novo? — a monstrinha resmungou.

Ao seu lado, diferente dos outros dias, estava a doutora Amanda, que estranhamente sorria, mas fechou a cara logo que me viu. E não é que aquele mau humor dela era realmente algo pessoal comigo?

— Vai ficar sozinha com a Vivi hoje? — ela perguntou, seca.

— Isso foi decisão dos seus amigos — retruquei, amaldiçoando mentalmente aqueles dois.

A médica voltou a olhar para a monstrinha e sorriu.

— Vai ficar bem com ela?

Ei, como assim? Essa pergunta tinha que ser feita para mim!

— Não se preocupe, tia Amanda. Qualquer coisa eu toco a campainha chamando uma enfermeira para vir me salvar.

Ei!!! Quem precisava ser salva de quem aqui?

— Tudo bem, Vivi — As duas continuavam conversando como se eu não estivesse ali. — Antes de acabar o meu plantão de hoje eu passo aqui para me despedir.

— Tudo bem, tia Amanda. Até logo!

Antes de sair, ela parou diante de mim e falou, com a voz baixa:

— A mãe dela está trabalhando, mas não deve demorar para voltar. De qualquer maneira, se ainda não estiver de volta até o seu horário, chame uma enfermeira antes de sair. Não deixe a Vitória sozinha, em hipótese alguma.

Movi a cabeça, concordando. Até porque, sabia bem do que aquela garotinha era capaz e não seria louca de deixá-la desacompanhada. Ela poderia até mesmo colocar fogo no hospital. Não duvidaria que fosse capaz. Dito isso, a médica saiu e eu me vi mais uma vez só, com a monstrinha. Cautelosa, eu me aproximei e entreguei a ela um dos desenhos que Gabi tinha deixado comigo. Ela pegou uma prancheta e um estojo de lápis de cor na mesinha de cabeceira e, ajeitando-se na cama, começou a colorir. Eu me sentei na cadeira ao lado da cama, observando a pintura em silêncio e torcendo para que a hora passasse rápido.

— Pode ir embora, se quiser — ela anunciou, sem tirar os olhos do desenho.

— Não posso. Preciso ficar com você pelos próximos... — Olhei para o relógio de parede. — Vinte e seis minutos.

— Por quê?

— Porque você não pode ficar sozinha.

— É só chamar uma enfermeira. Algumas delas não gostam muito de mim, mas me aturam porque sou paciente. E, como sou criança, acho que não teriam coragem de colocar veneno de rato no meu soro.

— Por que não gostam de você? Também aprontou com elas, como fez comigo?

— Só com algumas, já disse. Elas foram antipáticas, fizeram por merecer.

Lógico. De quem seria a culpa, se não fosse das antipáticas das enfermeiras? A pirralha ainda se achava dona da razão, vê se pode!

— Não vou te deixar com uma enfermeira. Estou em meu horário de voluntariado e vou cumpri-lo.

— Posso mentir dizendo que você ficou comigo o tempo todo. Faço isso pra limpar a sua barra.

Já estava até estranhando tanta boa vontade. Mas tive que recusar a oferta.

— Eu vou ficar com você, já disse. Pelos próximos... — Voltei a olhar para o relógio. — Vinte e cinco minutos.

Daí ficamos em silêncio por exatos dois minutos e quarenta e seis segundos, tempo em que me mantive encarando os ponteiros do relógio de parede, ansiosa pela hora que eu iria embora dali. Até que Vitória, na certa não suportando aquele silêncio aflitivo, resolveu puxar um assunto:

— Conta mais sobre ele?

Tornei a olhá-la, sem entender.

— Ele quem?

— Dá! O garoto que você gosta!

— Por que quer saber sobre ele?

— Não te custa me contar. Você não tá fazendo nada mesmo.

Nesse ponto ela tinha toda a razão. Bem, como eu adorava falar a respeito do Miguel, não fiz mais cerimônias e comecei a contar:

— O Miguel é... perfeito! É alto, tem os olhos azuis como o céu, um cabelo loiro lindo e um sorriso encantador.

— E o que mais?

Com assim "e o que mais"? Ela ainda achava pouco?

— Ele é perfeito, já disse!

— Mas você só falou da aparência dele.

— Bem... Ele também é de uma ótima família. O pai dele é o maior fazendeiro da região.

— E isso é relevante?

O que não era nada relevante era uma criança de oito anos saber o significado do termo "relevância". Mesmo assim, respondi:

— É um fator a mais, embora pra mim não faça muita diferença. Eu amo o Miguel pela pessoa que ele é.

— Sei. Você o ama porque ele é bonito.

— Sim. Digo, não! É claro que não é só por isso. Aff... Que droga! O que uma criança como você sabe sobre o amor?

— Mais do que você, pelo visto.

Criaturinha insolente!

— Claro... Entende tanto que é apaixonada por um cara tão mais velho.

Ela ajeitou os óculos, fazendo pose de intelectual para explicar:

— Paixão platônica, minha cara. Sei que é um amor impossível, porque sou apenas uma criança. Mas é minha função cuidar para que o Fábio não se envolva com nenhuma mocreia. Saberei dar a minha bênção quando ele encontrar a garota certa pra ele. Que, a propósito, não é você!

Credo! E por que seria eu?

Aliás, que raios de vocabulário era aquele para uma pirralha? A monstrinha devia assistir filmes demais, só podia!

— Olha, tudo o que importa é que eu amo o Miguel e que nós vamos ficar juntos. Nós até já nos beijamos.

Ela pareceu se empolgar com a conversa. Tanto que largou o lápis laranja que usava para pintar e olhou para mim, animada.

— Foi o seu primeiro beijo?

— É claro que não! Faço dezesseis anos no final do ano, já sou uma garota bem experiente.

— Sei. Confessa, foi o seu primeiro beijo.

Diacho de garota perceptiva!

— Tá, foi. Mas vê se não conta para ninguém.

— E como foi?

Aquela era uma pergunta que eu sempre fui louca para responder. Só que agora que ela, enfim, era direcionada a mim, eu lamentava não poder dar a resposta que sempre idealizei.

— Na verdade, foi um pouco estranho.

— Deu nojo?

— Não, nojo não. Mas acho que... um pouco de medo, talvez.

— Medo do quê? Não é o garoto que você ama?

— É, mas... Bem, talvez não seja exatamente medo. Talvez seja apenas... insegurança, eu acho.

— Ficou insegura sobre o que sente por ele?

— Acho que não é isso. Eu só... Arg, que droga! Eu não tenho que ficar falando sobre isso com uma criança como você. Além do mais, a verdade é que todo mundo diz que o primeiro beijo é meio estranho mesmo. Mas estou certa de que o nosso segundo beijo será mágico!

— Certo. Então me conte quando rolar o segundo!

Como é? Qual era a daquela pirralha?

— Por que eu te contaria?

— Porque agora nós somos amigas, oras!

Não pude evitar achar graça da afirmação.

— Ué, somos?

— Dã, é claro! Ou você fica contando as suas intimidades pra qualquer um?

Tá... ponto pra ela!

— Não estou certa de que quero ser sua amiga. Ainda não te perdoei por você ter me trancado na sala da doutora Amanda.

— Não seja tão rancorosa. Supera isso, foi só uma brincadeira.

— De muito mau gosto! Mas, vai... eu te perdoo. Mas só porque eu sou legal.

— Você não é muito legal, não.

— Como pode falar isso? Você não acabou de dizer que é minha amiga?

— Por isso. Se uma amiga não for sincera contigo, quem mais vai ser? Mamãe sempre diz que temos que sempre falar a verdade.

— Ah, é? Então por que você disse que mentiria que eu fiquei aqui, caso eu resolvesse ir embora?

— Seria uma mentirinha por uma boa causa. Essas Deus perdoa.

Vencida, fui obrigada a rir. Ela me acompanhou no riso e, após alguns instantes, me pediu para ligar a televisão do quarto. Estava passando um filme e ela, dizendo que já tinha assistido, começou a me contar tudo o que tinha acontecido e o que ainda iria acontecer. Achava graça da forma dramática com que ela descrevia as cenas. Nem reparei quando a nossa meia hora se passou. Acabei passando quinze minutos a mais por lá e só percebi porque a mãe dela, enfim, chegou. Pude sair, com a consciência tranquila por tê-la deixado em companhia da mãe. Além de muito mais leve por ter proporcionado bons momentos à menina... e a mim também, não poderia negar.

Senti que aquilo, sim, valia uma estrela a mais para a minha caixinha. Faria logo que chegasse em casa.

★

Nove dias se passaram e pouca coisa havia mudado. Na verdade, algumas mudanças ocorriam, mas eram tão sutis que eu sequer conseguia percebê-las.

Fábio e eu já conversávamos bem mais do que antes, e até descobrimos que tínhamos alguns assuntos em comum. Ele gostava de músicas mais antigas, que eu também curtia por influência da minha mãe, mas que ele acabou me animando em ouvir mais e, por consequência, curtir mais. Com as crianças do hospital, eu já estava mais solta e até arriscava criar umas coreografias enquanto a Gabi cantava. Já tinha decorado todas as letras também. Doutora Amanda continuava me olhando de cara feia, mas eu já não me importava tanto assim. E o que eu menos imaginava aconteceu: eu agora já gostava do meu trabalho voluntário. Cogitava até mesmo continuar lá por algum tempo mesmo depois que o trabalho fosse entregue à professora.

Mas uma coisa que não mudou é que eu continuava dando um jeito de fugir do compromisso de almoçar todos os dias com as minhas amigas. No fundo, acho que eu sentia vergonha de confessar para elas que estava gostando do voluntariado no hospital e de contar as coisas que fazia para entreter as crianças. Sempre que o assunto era esse, eu desconversava, limitando-me a imitar as respostas das duas: era tudo uma grande chatice, que não víamos a hora de chegar ao fim. E eu também não queria confessar que já estava me dando bem com o Fábio, apesar de o interesse da Nat por ele não ter diminuído nos últimos dias. Aliás, na verdade, tinha até mesmo aumentado. A Daniela se recuperou e fez uma postagem em uma rede social contando o ocorrido. A coisa se espalhou, teve milhares de compartilhamentos e, de repente, apareceram até repórteres na escola querendo entrevistar ela e o seu salvador. Mesmo o Fábio se negando a dar entrevista, saíram matérias sobre o caso em alguns jornais da cidade. Em um lugar interiorano onde nada acontecia, isso já tinha virado o evento do ano. Com isso, claro, Fábio se tornou uma espécie de celebridade. Corria até um boato de que algumas meninas do primeiro ano estavam criando um fã-clube para ele, vê se pode!

Porém, nesse dia eu não consegui escapar de almoçar com as minhas amigas. Por ideia minha, fomos a um restaurante bem próximo à escola e não para o novo *point* do grupinho do Miguel. Depois que ele me contou ter percebido que eu sempre ia para o mesmo local que ele, fiquei morrendo de vergonha e optei por dar um tempo e tentar ser mais discreta. Não foi difícil convencer as meninas, já que as duas adoravam aquele restaurante.

Juliana estava empolgada e falava sem parar sobre os planejamentos para o seu aniversário. Já eu, pensava em centenas de outras coisas que nada tinham a ver com aquilo. Incrível perceber que, há até bem pouco tempo, eu acharia absurda a hipótese de algum dia estar ansiosa para voltar ao hospital. Olhava o tempo todo para o relógio do celular, preocupada em não perder a hora de chegar lá. Sentia saudades das crianças, em especial da monstrinha

Vitória, com quem eu levava altos papos enquanto ajudava a colorir desenhos — coisa, aliás, na qual eu estava melhorando consideravelmente. Fora isso, eu também gostava de ficar na companhia do Fábio. Nunca imaginei que eu e o "novato esquisito e pobretão" pudéssemos ter uma relação pacífica e amigável, mas era justamente o que acontecia. Gostava da presença dele, de conversar, de ouvir sua voz ou de meramente observar enquanto ele divertia as crianças ou conversava com as outras pessoas. Ou mesmo quando estava concentrado, dobrando mais uma de suas estrelinhas de papel.

Aliás, a minha caixa já estava com dezoito estrelas. Faltavam apenas duas para eu ganhar o meu segundo presente. Estava ansiosa por isso!

Pensava nisso enquanto vagava os olhos distraídos através da janela do restaurante, fitando o movimento lá fora. Foi quando, como em um passe de mágica, o protagonista dos meus pensamentos surgiu, na calçada do lado oposto da rua, parado no ponto de ônibus. Sem me dar conta, sorri sozinha ao vê-lo se oferecer para segurar a sacola de compras de uma senhora que estava no mesmo ponto.

— Olha o meu herói ali! — Nat exclamou, empolgada, ao visualizar o mesmo que eu.

Juliana fez uma sugestão:

— Elisinha, bem que você podia falar da Nat com ele, né?

— É verdade! — Natália se animou. — Afinal, você passa tanto tempo com ele.

— Na verdade, nem tanto. O ritmo de trabalho no hospital é bem puxado e a gente quase não conversa. Sem contar que não nos damos muito bem.

Nat suspirou, desanimada, e eu me senti péssima pela mentira. Na verdade, era uma meia verdade. A rotina no hospital de fato era puxada, mas a gente até que conseguia conversar nos intervalos e já não nos dávamos tão mal assim. Minhas amigas sempre me ajudavam muito no caso do Miguel e, agora que uma delas precisava do meu auxílio, eu não era capaz de corresponder na altura certa. E o pior era não entender por que eu agia assim, mas a ideia de juntar o Fábio e a Nat não me soava como uma boa coisa.

Porém, na verdade eu já sabia, no fundo, de um dos motivos. Sem pensar muito a respeito, acabei tirando a prova com a pergunta:

— Por que você gosta dele, Nat?

Ela soltou um suspiro apaixonado antes de responder:

— Você ainda pergunta? Ele é um gato!

— Só por isso? Bem, não que ele não seja bonito, mas eu acho o Miguel muito mais gato do que ele.

— É, mas o Miguel não é um herói.

Juliana concordou:

— Imagina só, Nat, que moral: você saindo com o herói da escola!

— Se bobear, dá até matéria de capa de revista!

As duas riram, mas eu não achei graça. Achava que o Fábio era bem mais do que um garoto bonito e famoso. E, se a Nat não percebia isso, ela não merecia ficar com ele. Por mais que fosse minha amiga e eu a amasse, isso não era justo. Nem com ele, nem com ela, que estava só se enganando. Ela merecia muito mais do que isso. Merecia de fato amar alguém e ser correspondida. Assim como eu merecia que o Miguel correspondesse aos meus sentimentos por ele.

Meus sentimentos?

Só então parei para pensar que a resposta que a Nat deu sobre os motivos para gostar do Fábio era bem parecida com a que eu tinha dado a Vitória, dias antes, quando ela me fez a mesma pergunta com relação ao Miguel.

E, pela primeira vez, questionei a veracidade dos meus próprios sentimentos.

⋆

Como temia, acabei chegando ao hospital bem em cima da hora, mas ainda em tempo de participar de mais da metade do show da Gabi. Em seguida, decidi compensar o meu atraso trocando os dez minutos de descanso (e do café sagrado da Gabi) por dez minutos a mais com a monstrinha Vitória. Ela sempre reclamava quando eu ia embora, por isso decidi passar um tempinho a mais com ela. Quando cheguei, tinha uma enfermeira, já que a mãe novamente precisou sair para trabalhar. Como tinha um horário flexível, Adriana optava por sair nas terças e quintas, porque sabia que a Vitória teria algum tempinho comigo e, portanto, não ficaria tão solitária. Já esperava, ao chegar, ouvir o clássico "Você de novo!" com uma cara fingida de mau humor, mas não foi o que encontrei. Ela estava deitada e com os olhos semiabertos.

Algo que de cara me chamou a atenção é que os cabelos dela estavam mais ralos e curtos, batendo bem acima dos ombros. Ainda pensei em perguntar se ela havia cortado, mas detive-me ao avistar o restante dos cabelos sobre o sofá no canto do quarto. Inúmeras madeixas cacheadas, presas por clips. Eu até então nunca tinha percebido ou sequer desconfiado que toda aquela cabeleira da Vitória fosse apenas um aplique.

Optando por deixar aquilo de lado, aguardei que a enfermeira saísse e me aproximei da cama. Então perguntei, preocupada:

— O que foi?

— Os remédios novos são muito fortes, me deixam com muito sono.

Sabia que ela tomava uma medicação bem forte que a deixava debilitada, mas até então nunca a tinha encontrado tão sonolenta.

— Mas a causa é justa. É para você ficar boa logo.

— Mas, se eu ficar boa, vou voltar pra casa e não vamos mais pintar juntas, e nem você vai me contar sobre o seu segundo... — ela cochichou, como se temesse que alguém ouvisse. — Você sabe o quê!

Ri, embora não sentisse vontade real para isso. Na verdade, estava com o coração na mão por vê-la naquele estado. Mas forcei um bom humor que não existia:

— Quem disse que não? Posso ir te visitar na sua casa, e você pode ir na minha também. Esqueceu que agora nós somos amigas?

— Você acredita mesmo nisso?

— Que nós somos amigas?

— Dã! Não, sua lerda! Acredita que eu vou ficar boa e voltar pra casa?

— É claro que acredito!

Ela não disse mais nada e eu me sentei na cadeira do seu lado. Fiquei em silêncio, apenas olhando-a por alguns instantes, tempo em que minha mente viajou por memórias antigas. Eram coisas que eu gostaria de esquecer, mas, naquele momento, senti vontade de compartilhar:

— Sabe que... uma vez eu também fiquei uns dias no hospital. Devia ter a sua idade, foi logo que meus pais se separaram. Eu tive uma gripe muito forte, mas não tomava os remédios. Fingia tomar, mas jogava fora quando minha mãe e a Joana não estavam por perto.

— E por que você fazia isso?

— Eu achava que... se eu ficasse muito, mas muito doente, o meu pai ficaria preocupado e voltaria para casa. Acabei pegando uma pneumonia e fui parar no hospital. Foram dias bem ruins. Acho que é por isso que eu odeio tanto esse lugar.

De repente, eu me senti péssima, tanto por contar aquela história quanto, principalmente, pela minha última afirmação. Eu dizia odiar hospitais por ter passado cinco dias internada quando era pequena. O que devia sentir a Vitória, que praticamente crescera dentro de um?

— E seu pai voltou pra casa?

— Bem, ele foi me visitar, mas... Não, não voltou para casa.

— Não teve medo que, quando seu pai soubesse que você estava muito doente, ele resolvesse ir pra bem longe e nunca mais voltar nem pra te visitar?

— Não, é claro que não! Que horror! Que tipo de pai faria isso?

— O meu.

Ok, novamente fui uma pessoa horrível. Na verdade, eu me sentia como uma completa idiota pelo meu trauma ridículo de hospital e por quase ter deixado que isso me impedisse de trabalhar ali.

Ia propor-lhe que começássemos a pintar, mas ela pareceu ter lido meus pensamentos e se adiantou:

— Elisa... Eu acho que hoje eu... Não vou querer pintar — Os olhinhos dela começaram a fechar e aquilo fez o meu coração ficar apertado. É claro que ela não podia pintar, embora gostasse tanto.

— Tudo bem. Vou te deixar descansando. Volto na terça, e tenho certeza de que você estará bem melhor.

— Não. Não acabou o meu tempo ainda. Você veio hoje mais cedo pra ficar mais tempo comigo, não é?

— É, sim.

— Porque nós somos amigas, né?

Sorri, fazendo um grande esforço para controlar as lágrimas que senti começando a turvar minha visão.

— É, porque nós somos amigas.

— Então fica mais um pouco, pelo menos até eu dormir.

Concordei. Sabia que ela não demoraria a pegar no sono. Em menos de cinco minutos, já parecia completamente adormecida. Mas não fui embora. Fiquei ali pelo tempo que restava, até chegar o horário de ir para outro quarto. Esperei que uma enfermeira chegasse para, só então, sair. No corredor, apoiei as costas à parede e respirei fundo algumas vezes, até espantar o choro que ainda ameaçava vir à tona. Não havia motivos para isso, eu sabia que a Vitória ficaria bem.

O que eu mais queria naquele momento era que ela melhorasse.

CAPÍTULO DOZE

Lógica não exata

Mais uma vez, eu acabei me rendendo à insistência das meninas e indo almoçar com elas. Com isso, novamente já estava em cima da hora para o meu trabalho das tardes de terças e quintas. O Fábio não tinha ido à escola nessa terça-feira, nem no dia anterior, e confesso que eu tinha ficado um pouco preocupada, pensando que ele poderia estar doente ou coisa do tipo. Mas logo relaxei ao me dar conta de que as pessoas normais faltavam a escola de vez em quando. Nem todo mundo era neurótico com presenças ou notas como eu.

Desci do táxi e me apressei em atravessar a rua. Já me preparava para abrir a porta do hospital quando ouvi uma voz a me chamar pelo nome. Ao olhar e ver quem era, me surpreendi. Parte por ele estar ali, mas muito mais por eu não ter reconhecido na hora aquela voz pela qual eu sempre fui completamente louca. A moto dele estava parada ao seu lado na calçada, o que indicava que ele não estava de passagem, mas tinha ido aparentemente para me esperar.

— Oi, Miguel — cumprimentei, um pouco sem graça pelo meu estado. Na pressa, eu tinha prendido o meu cabelo em um desajustado rabo de cavalo e minha maquiagem estava ainda mais básica do que o padrão.

— Eu estava esperando você — ele anunciou, confirmando as minhas suspeitas. — Tenho uma viagem amanhã e só volto no sábado, por isso troquei o meu dia de escravo para terça.

Não gostei muito do fato de ele ter comparado trabalho voluntário a escravidão, mas não comentei nada. Apenas esperei que ele matasse a minha curiosidade sobre o motivo de ter ido me procurar.

— Já recebeu o convite da Juliana?

Verdade! A Ju tinha chegado no colégio com uma bolsa enorme com os convites para entregar ao pessoal do colégio. Mas acabou não entregando o meu. Na certa tinha esquecido.

— A Ju tem cabeça de vento! — comentei, rindo. — Acabou não entregando o meu.

— Não seja por isso! — Ele colocou a mochila para a frente do corpo e começou a abri-la. — Já sabe do tema da festa?

Bem, a Ju provavelmente tinha me contado, mas como eu andava completamente aérea nas últimas semanas, na certa não tinha dado atenção.

— Olha, ela certamente me contou, mas eu não lembro mais qual é.

— Será no estilo dos bailes colegiais norte-americanos. É por isso que você não recebeu o convite dela, deve recebê-lo do seu par.

Mas que palhaçada era aquela da Juliana?

— Mas ela sabe que eu não tenho um par!

— Agora você tem.

Ele tirou uma caixinha linda da mochila e, quando a abriu, lá dentro havia uma flor de tecido, presa a uma pulseira.

— A não ser, é claro, que você não aceite o meu convite.

Ai... meu... Deus! Eu mal consegui acreditar! O Miguel estava me convidando... estava *mesmo* me convidando para ser seu par na festa da Ju? Nós iríamos juntos, e passaríamos a festa inteira juntos? Juntos? Tive que cerrar meus dentes com força para não deixar escapar um grito de alegria. Tentando me manter calma, consegui responder:

— Eu aceito, sim!

Sorrindo, ele pegou a flor e, delicadamente, prendeu-a no meu pulso. Eu esperava que ele não percebesse o quanto a minha mão tremia descontroladamente.

— Então, te busco em casa no dia da festa, certo?

— Certo... — murmurei, ainda em choque.

Choque este que aumentou quando ele tocou o meu rosto com uma das mãos e me beijou. O tremor maior dessa vez foi nas minhas pernas, que pareciam que iriam desmoronar a qualquer momento.

E não é que era verdade o que diziam? O segundo beijo era mesmo bem melhor do que o primeiro. Dessa vez foi bom. Mas ainda não era mágico. Quem sabe a mágica só viesse no terceiro? Esperava poder descobrir isso muito em breve.

Quando nos afastamos, ele sorriu e voltou a colocar a mochila nas costas, enquanto anunciava:

— Preciso ir para a escravidão. Mas, antes... Vai fazer alguma coisa no sábado?

— Ah... n... não... — gaguejei.
— Quer ir ao cinema comigo?
— Lógico!
A sinceridade impulsiva da resposta o fez rir.
— Bem, te encontro às seis, na entrada do cinema do Shopping. Pode ser?
— Claro. Combinado.
— Bem... no sábado a gente se vê.

Após piscar um dos olhos para mim, ele seguiu pela rua, em direção ao hospital. E eu fiquei ali, parada feito uma boba, sentindo os lábios úmidos e tentando guardar aquela sensação boa do beijo.

Tirei a pulseira e fiquei olhando-a, relembrando o convite que eu mais esperei receber em toda a minha vida. Depois, coloquei com cuidado dentro da bolsa e entrei no hospital. Sabia que já estava atrasada para o show da Gabi, mas eu não iria para a enfermaria. Tinha outro lugar onde eu precisava passar antes de mais nada. Eu tinha prometido para Vitória que contaria a ela sobre o meu segundo beijo, e aquela era a primeira coisa que eu pretendia fazer.

Sem paciência para esperar pelo elevador, subi pelas rampas, com um passo rápido que era quase uma corrida. Ignorei totalmente o protocolo de antes passar pela sala de assepsia. Sem bater, abri bruscamente a porta do quarto 201. Mas, surpreendentemente, não havia nada nem ninguém ali. Nem Vitória, nem a mãe, nem os pertences delas. Só consegui pensar em um significado para aquilo e sorri, emocionada.

— Ela voltou para casa... — falei, sozinha.

Ou não tão só, já que ouvi passos de alguém se aproximando. Ao me virar, deparei-me com Fábio. Vibrei, imaginando que ele certamente já sabia do ocorrido.

— A Vitória voltou para casa? Por que não me contou? Eu teria vindo para me despedir. Fizeram alguma despedida para ela? Foi por isso que você faltou a escola ontem e hoje?

— Elisa... — ele começou a falar. Então percebi que o rosto dele não estava dos melhores. Parecia abatido, angustiado... triste. Senti medo da possível razão para aquilo.

— O que aconteceu, Fábio? A Vitória só voltou para casa, não é?

Ele moveu a cabeça em uma negativa, o que fez com que eu sentisse como se, por um segundo, faltasse ar ao meu redor.

— Não, Elisa. O estado dela começou a piorar, e... No domingo ela foi para a UTI.

— E quando ela volta de lá? — Minha pergunta tinha a inocência de quem sequer cogitava qualquer hipótese diferente daquela. Porque ela apenas não retornaria caso morresse, e essa era uma ideia absurdamente estúpida.

A Vitória era só uma criança e crianças não deveriam morrer. Essa era uma lógica tão aparentemente exata quanto dois mais dois são quatro. Ok, talvez o mundo às vezes não fosse tão exato assim e tal regra não se aplicasse sempre a todas as crianças. Algumas morriam, claro. Mas isso em um mundo supostamente hipotético de tão distante que me parecia até então. Acontecia em livros e filmes... e também o tempo todo nos noticiários de tevê que eu nunca perdia tempo assistindo.

Acontecia, é claro. Mas não na minha vida. Não ao meu redor. Não com alguém que eu amasse. Não com a monstrinha.

— Ela vai voltar, não vai? — perguntei, já com meus olhos começando a transbordar em lágrimas.

Fábio soltou um doloroso suspiro e eu entendi que ele não era capaz de responder àquela pergunta.

Existia outra sala de espera no terceiro andar do hospital, esse que eu até então não tivera coragem de visitar. Ali ficavam parentes dos pacientes mais graves. No caso de Vitória, apenas um familiar: sua mãe Adriana. Porém, ainda assim, tinha um entra e sai bem movimentado. Quem diria que a monstrinha seria tão querida?

Uma vizinha e amiga da Adriana a acompanhava e dava o suporte que ela precisava. Ouvi ela dizendo em certo momento que ainda naquela noite outra amiga viria para trocar com ela, e que as duas vinham fazendo assim, intercalando os turnos para fazer companhia à amiga. Três colegas de trabalho chegaram em determinado momento e ficaram por mais de uma hora antes de irem embora. Também passou por lá uma professora da escola da Vitória. E isso sem contar o telefone celular da Adriana, que não parava de tocar um minuto sequer. Até a cúmplice da monstrinha, a moça da recepção, foi para lá no final do expediente e ficou por umas duas horas antes de ir embora.

As pessoas chegavam e saíam, mas apenas os pais das crianças tinham autorização para permanecerem ali. Claro que existiam exceções, como o caso da amiga que, na falta do marido, auxiliava Adriana naquele momento difícil. Além de outras três exceções.

Gabi e Fábio não pareciam ter qualquer intenção de irem embora tão cedo e, na verdade, eu também não. Já tinha ligado para a minha mãe e avisado que fatalmente não dormiria em casa naquela noite. Disseram que as próximas horas eram cruciais para saber se a menina iria ou não resistir às últimas complicações da sua saúde e eu estava disposta a permanecer ali até que algum médico ou enfermeiro desse a notícia de que aquilo tinha sido apenas um susto e que logo Vitória sairia daquela sala e voltaria para o seu quarto no segundo andar.

As horas foram passando e a boa notícia não vinha. Eram dez da noite quando a doutora Amanda encerrou o seu turno e foi embora. Gabi foi junto, mas o Fábio ficou. Ele era o mais inquieto da sala. Passava algum tempo sentado ao meu lado no sofá, e outro ao lado da Adriana. A amiga dela já tinha pegado no sono há algum tempo. Tinha vezes que ele levantava e saía, para ir ao banheiro ou para comprar um café. Ele sempre se oferecia para trazer algo para a gente, mas não aceitávamos. Eu não estava com a menor vontade de comer, e acredito que a mãe da Vitória menos ainda.

Nem sei que horas eu consegui pegar no sono. Porém, no sofá desconfortável e com aquele turbilhão de preocupações na cabeça, eu tirava breves cochilos, acordando a todo tempo. Fui conseguir dormir um pouco mais — por umas duas horas direto, talvez — já de madrugada.

— Ei, Elisa? Elisa? — A voz suave, juntamente com a mão que delicadamente tocava o meu ombro, me despertou.

Ao abrir os olhos, deparei-me com Fábio, que me oferecia um copo com algum líquido quente e um sanduíche. Ainda meio tonta, aceitei a comida, enquanto perguntava:

— Que horas são?

— Ainda são seis e meia. Mas imagino que você queira ir para o colégio.

Era uma suposição com fundamento. Eu raramente faltava às aulas, era extremamente responsável com relação a isso. Tanto que ainda cheguei a cogitar a hipótese de sair dali e passar rapidamente em casa para colocar o uniforme e seguir para a escola. Porém, logo descartei a ideia ao lembrar exatamente do porquê que eu estava ali. Eu não iria a lugar algum.

— Vou ficar até a Vitória receber alta — afirmei.

Fábio sentou-se ao meu lado e argumentou:

— Talvez isso demore um pouco, e você não pode passar muitos dias aqui no hospital.

— Não posso? — choraminguei, pensando que se tratava de algum tipo de proibição ou regra do hospital.

Ele me olhou e sorriu docemente.

— Até pode, mas não deve. Não é bom para a sua saúde, especialmente para a sua coluna. Quanto tempo acha que aguenta dormindo nesse sofá?

— Você está aguentando, não está?

— Na verdade, eu só dormi aqui na primeira noite, nas outras tenho ido pra casa de noite e retorno na manhã seguinte. Sei que é difícil, mas temos que entender que não ajudamos a Vitória em nada ficando por aqui.

— Mas esta noite você passou aqui também.

Ele desviou o rosto para frente, passando a percorrer os olhos vagos pela sala de espera. Percebi certa timidez na voz quando ele confessou:

— É, mas não foi pela Vitória.

Meu coração disparou, ao mesmo tempo entendendo e não acreditando no que ele tinha dito. Tinha ficado ali por minha causa? Tinha feito aquilo por mim?

Ele voltou a me olhar e a sorrir.

— Anda, coma alguma coisa. Antes que o chocolate esfrie.

Concordei, mais por gratidão do que por fome. O líquido era um chocolate quente, que desceu muito bem no meu corpo frio devido à noite inteira dormindo naquele ar condicionado potente. Quando dei a primeira mordida no sanduíche, achei curioso identificar o sabor. Era de peito de peru com queijo minas, o meu favorito. Como ele poderia saber disso?

Enquanto comia, olhei para Adriana que finalmente parecia ter pegado no sono. Eu tinha acordado várias vezes durante a noite e reparado que ela se mantinha acordada. Pensei na minha mãe e imaginei que se fosse Érica ou eu naquela situação, ela ficaria também completamente arrasada. Mas aquilo ia mudar, porque logo a monstrinha ficaria bem.

— Fábio? — chamei, sem tirar os meus olhos da Adriana. — Você sempre diz coisas que fazem as pessoas ficarem bem, não é? Então... Diz pra mim que a Vitória vai sair dessa?

Ele fez uma pausa, antes de responder:

— Não é assim que as coisas funcionam. Quem dera fosse.

Quem dera fosse...

Como desejei que ele realmente tivesse algum dom mágico que pudesse fazer com que a monstrinha melhorasse.

Quando terminei de comer, liguei novamente para a minha mãe para dar notícias. Ela insistiu para que eu voltasse pra casa, e eu tentei tranquilizá-la garantindo que iria à noite. Queria ficar ali o máximo de tempo possível, para estar por perto no momento em que Vitória acordasse. Mesmo que eu não pudesse entrar na UTI para vê-la, contaria depois que estive ali durante todo o tempo. Embora o pai dela fosse um babaca e tivesse ido embora, ainda tinha várias pessoas esperando e torcendo por ela. E eu lhe diria tudo isso, logo que ficasse bem.

Ainda estava bem cedo quando a Gabi chegou, acompanhada da doutora Amanda. Pelo que ouvi, quarta-feira não era o dia dela no hospital, mas ela tinha trocado para poder acompanhar o caso da Vitória. Após cumprimentarem a Adriana, elas se aproximaram de nós. Ambas pareciam abatidas e cansadas.

— Bom dia... — Gabi mostrava um desânimo que eu até então nunca tinha visto em seu rosto.

— Vocês passaram a noite aqui? — a médica perguntou.

Após um aceno de cabeça de Fábio como resposta, Gabi sugeriu:

— Por que não vão pra casa e descansam um pouco? Nós estamos aqui, qualquer coisa a gente liga.

Nem precisei pensar na proposta.

— Não vou embora. Vou ficar até a Vitória acordar.

— Não adianta nada ficar aqui direto, Elisa.

Forcei um sorriso.

— Não se preocupe, Gabi, tenho certeza de que ela logo vai acordar.

Percebi que a doutora Amanda se preparou para dizer alguma coisa, mas nesse momento uma enfermeira chegou apressada, interrompendo-a, com a voz um pouco aflita:

— Doutora Amanda, pode vir aqui?

A médica a seguiu, ambas indo pelo corredor que dava para as salas de UTI. Gabi deu um passo à frente e seu rosto me dizia que aquilo não parecia ser um bom sinal.

— Sabe o que está acontecendo, Gabi? — perguntei, preocupada.

Ela sequer desviou os olhos do corredor. Apenas moveu a cabeça, enquanto seus olhos rapidamente começavam a transbordar. E sussurrou:

— Que não seja o que estou achando que é.

Quis perguntar o que era, mas simplesmente não tive coragem. Voltei-me para Fábio, e vi que ele também mantinha o olhar fixo no corredor. Vi uma lágrima correndo pelo rosto dele e aquilo fez com que eu, por um instante, me sentisse sufocada. Que reações eram aquelas? Queria sacudir os dois e mandar que ficassem tranquilos, porque a Vitória ia ficar bem, eu sabia que iria. Eu não podia aceitar... nem sequer cogitar nada que fosse diferente disso.

Em alguns minutos, a doutora Amanda voltou, caminhando com passos determinados até Adriana. Algo foi dito, com a voz baixa, de modo que eu não podia ouvir. Mas a reação daquela mãe me esclareceu exatamente o que tinha acontecido. Ela desabou sobre as próprias pernas, tendo seu corpo seguro pela amiga que a amparou. Gabi correu para ajudá-la. Tornei a olhar para Fábio, que se mantinha estático, com os olhos perdidos no vazio. Mais lágrimas corriam pelo seu rosto e ele parecia não ter qualquer intenção em detê-las.

Por que tudo aquilo, de repente? A Vitória não podia estar morta. De jeito nenhum!

— Ela deve estar fingindo, é isso! — falei, alto o suficiente para ser ouvida por todos na sala. — Está só pregando uma peça em vocês, como fez comigo. Mas aquela monstrinha não me engana mais, não mesmo!

Adriana soltou um grito desesperado, em meio a um choro compulsivo. Voltei a falar, na tentativa de acalmá-la:

— Isso não é verdade. Não é!

Doutora Amanda veio até mim e parou na minha frente, encarando-me e ordenando, com a voz baixa:

— Pare já com isso, você não está ajudando.

Eu a encarei de volta e praticamente gritei:

— Pare você de dizer mentiras! Isso já está ficando chato! Que horas a Vitória vai acordar?

Ela respirou fundo, ainda controlando o tom de voz:

— Ela está morta, não vai mais acordar.

A frieza da declaração fez com que, enfim, eu me desse conta de que não era uma peça, nem um pesadelo, nem nada de irreal. O ar voltou a me faltar e minha garganta doeu. Uma dor aguda e angustiante, como se algum corpo estranho tivesse se instalado ali, impedindo que eu respirasse. E aquela sensação só piorou quando a médica continuou a falar:

— Vê se entende: aqui você não vai encontrar crianças buscando atendimento para virose nem pra garganta inflamada. Isso é um hospital especializado em câncer infantil. A barra é pesada, então ou você suporta, ou cai fora. Aqui não é lugar para garotinhas mimadas como você.

Quando consegui responder algo, mal reconheci a minha própria voz, rouca e trêmula:

— Você fala como se não importasse. Se para você isso é corriqueiro, para mim não!

— Eu cuido da Vitória desde que eu era estagiária. Desde que ela mal tinha saído das fraldas. Não venha me dizer que eu não me importo. Eu mal saí da minha residência e já sou chefe do hospital, sabe por quê? Não sou nenhum grande nome na área, sou apenas a que suportou ficar aqui por mais tempo. Não é todo mundo que se anima em ficar em um hospital pequeno no subúrbio de uma cidade de interior, ganhando um salário mais ou menos para ver crianças morrendo. Não se trata de se importar, mas sim de suportar. Existem outras pequenas vidas aqui precisando de mim.

Dito isso, ela virou as costas e foi embora. Olhei ao meu redor, enxergando tudo como um quadro borrado. O desespero da Adriana, a força da Gabi em manter-se firme apoiando-a naquele momento... as lágrimas silenciosas do Fábio. A ausência da Vitória, que seria eterna.

Um forte soluço veio à tona, ao mesmo tempo em que as lágrimas quentes começavam a percorrer o meu rosto.

A dor em meu peito era algo que eu simplesmente não seria capaz de mensurar.

CAPÍTULO TREZE

Lance Mágico

Em toda a minha vida, eu jamais conseguiria imaginar qualquer coisa mais devastadora do que o enterro de uma criança. E eu sabia que fatalmente, por mais que eu vivesse, ainda assim eu nunca veria nada que pudesse ser mais triste. Minha mãe me acompanhou ao cemitério e, mesmo sem ter conhecido a Vitória, chorou o tempo todo, ao mesmo tempo em que tentava me confortar. Todas as vezes que olhava para Adriana, soltava, baixinho, aquela clássica frase: "não há nada mais triste para uma mãe do que enterrar um filho". Eu não tinha filhos e, por isso, talvez não fosse capaz de imaginar a proporção daquela dor. Mas amava muito a minha mãe, por isso pensava no quanto seria insuportável vê-la passar por algo assim. Pensei na minha pequena irmã e meu peito doeu profundamente só de imaginar que poderia ser ela naquela situação. E repensei tantas coisas... Contestei outras... A morte tinha sido na manhã do dia anterior. Há, sei lá... umas trinta horas, talvez. Mas o tempo se arrastava desde então, como se um ano tivesse se passado.

Não falei com ninguém no cemitério. Passei o tempo todo abraçada à minha mãe, mas volta e meia olhava para o Fábio e sentia vontade de me aproximar. Ele passou todo o velório e enterro sozinho, destacado, preso em sua própria dor. Apenas no final, quando todos começavam a ir embora, eu cogitei ir até ele. Mas me contive ao ver que outra pessoa tinha sido mais rápida do que eu nisso. Gabi foi até ele, e os dois trocaram um abraço apertado. Ele já estava ao lado da garota que ele gostava, então não havia o que eu pudesse fazer ali. Como se fosse possível, o aperto no peito aumentou, mas não tive forças para tentar identificar o motivo daquilo. Segurei a mão da minha mãe e pedi para que fôssemos logo embora.

O dia seguinte era uma sexta-feira e eu tentei voltar à minha rotina normal. Acordei cedo, tomei um banho, vesti o uniforme, tomei café, peguei minha bolsa e segui de carona com a minha mãe até a escola. Ela me deixou na calçada em frente ao portão e se foi. Antes que eu entrasse, detive-me ao ouvir risadas infantis. Olhei para a moça que andava segurando nas mãos de um casal de crianças usando uniforme, provavelmente indo para a escola. A garotinha devia ter a idade da Vitória e também usava um par de óculos enorme, como o que a monstrinha costumava usar. Fiquei ali, parada, olhando-a enquanto passava por mim, sem conseguir controlar a emoção.

— Elisa?

Virei-me na direção em que era chamada, deparando-me com Fábio. Quis dizer alguma coisa, mas não consegui. Percebi que já chorava compulsivamente. Ele se aproximou, parando diante de mim. Ficamos em uma troca silenciosa de olhares. Sabia que, por mais que nenhuma palavra fosse dita, compartilhávamos naquele momento da mesma dor.

A mesma insuportável e maldita dor.

Quando ele enfim disse alguma coisa, foi algo que eu jamais esperava ouvir:

— Chama um táxi pelo celular.

— ...Hein? — foi toda a pergunta que eu consegui formular.

— Chama um táxi. Vou te levar a um lugar.

— Que lugar? Tá maluco, Fábio? A gente tem aula agora.

— Eu não estou com a menor cabeça pra entrar nessa escola idiota, com essa gente idiota e assistir a uma aula mais idiota ainda.

Eu jamais chamaria Química de matéria idiota, mas entendi perfeitamente o que ele sentia. Eu também não queria entrar naquela escola. Queria sumir, ir para qualquer local bem longe dali. Algum lugar que fizesse eu me sentir melhor. Sendo assim, peguei o celular, que vinha mantendo desligado desde o dia da morte da Vitória, e o liguei. Usei o aplicativo para chamar um táxi, que chegou em pouco mais de dez minutos. Fábio guiou o taxista até um bairro próximo ao centro. O carro parou diante de algo que parecia um grande galpão. Na frente, uma placa anunciava o nome do local: Recanto dos Anjos. Pelo som dos latidos, logo entendi do que se tratava.

— Legal, você me trouxe para outro trabalho voluntário. Vamos lá, estou louca para me apegar a um cachorro e ele morrer.

Abri a bolsa para pegar o dinheiro e pagar o motorista, mas vi que Fábio já tinha feito isso e agora saía do veículo. Fiz o mesmo e paramos lado a lado diante do portão.

Fábio, então, explicou:

— Não te trouxe para trabalhar, só viemos fazer uma visita.
— E por que me trouxe para visitar um abrigo de animais?
— Porque sempre venho pra cá quando estou mal. Eles têm o poder de nos fazer sentir melhor.

Eu não imaginava como animais abandonados poderiam ajudar alguém a sentir-se melhor. Porém, se tudo o que eu queria era ir para outro lugar, já tinha conseguido. Estar ali ainda era bem melhor do que ter que encontrar concentração para assistir a uma aula de Química.

Entramos no galpão e logo percebi que o Fábio era frequentador assíduo de lá. Chegou na boa, cumprimentou todo mundo e saiu me guiando até a área dos canis. Atrás do que parecia um galpão, havia uma área enorme e gramada, rodeada por canis, onde dezenas de cães latiam e abanavam os rabos. Quando Fábio se aproximou do primeiro deles, onde havia três cachorros de porte grande, percebi qual era a sua intenção e gelei.

— Você vai soltá-los?
— Claro, já passou da hora! Tirando os animais que ainda não foram castrados ou os que estão em quarentena, aqui eles só ficam nos canis durante a noite, para dormir.

E ele, de fato, abriu a grade e os animais saíram enlouquecidos. Primeiro pularam em cima dele, depois correram em minha direção. Gelei ainda mais ao ver aqueles três grandalhões vindo para cima de mim. Juro que cheguei a achar que ia morrer, mas quando o ataque veio, era bem diferente do que eu imaginava. Quase caí quando eles começaram a saltar, abocanhando as minhas mãos e tentando lamber o meu rosto.

— Meu Deus, se acalmem! — gritei.

E meu desespero aumentou quando mais animais começaram a chegar, todos enlouquecidos. Fábio continuava a abrir as grades e a libertá-los. Alguns mal me davam atenção e já iam correr pelo gramado, a maioria aparentemente no desespero de batizar todo o local com o seu xixi matinal. Mas muitos pareciam sedentos por carinho.

Vencida, comecei a rir, enquanto tentava passar as mãos sobre as cabeças de um por um. Eram apenas duas mãos, sendo terrivelmente disputadas por muitos focinhos. Logo que terminou de abrir todos os canis, Fábio se juntou a mim, tentando me ajudar na árdua tarefa de dar atenção a cada uma daquelas bolas de pelos desesperadas. Ele abriu a mochila e pegou uma bolinha. Quando a atirou para longe, quase todos os cães correram em sua direção. Um mais esperto apanhou-a, começando uma corrida alucinada para fugir dos demais, que queriam pegá-la dele a qualquer custo.

Bem, quase todos os animais entraram na brincadeira. Apenas um ficou. Quando olhei, logo reconheci aqueles olhinhos doces. A falta de uma das patinhas traseiras devia deixá-la com medo de se unir à brincadeira bruta dos demais.

— Oi, Brisa! — Fábio falou, confirmando as minhas suspeitas. Sentou-se no chão, começando a fazer carinho na cadelinha. — Seu pelo tá brilhando. Tomou banho esses dias, foi?

— Ela não vai te responder — eu disse o óbvio, como a chata estraga-prazeres que eu era.

Ele me olhou com o canto dos olhos, forçando uma expressão séria:

— Como você pode ter tanta certeza? Quem sabe, um esquisito pobretão como eu não pode entender a língua dos vira-latas?

Arregalei os olhos, assustada com o fato de ele conhecer o termo que eu costumava usar para me referir a ele. Não lembrava de tê-lo usado em sua frente.

Parecendo ler os meus pensamentos, ele explicou:

— Para meninas ricas e educadas, você e suas amigas falam alto demais. Principalmente naquela lanchonete lá perto da escola. Eu estava sentado bem na mesa atrás da de vocês.

Ai, meu Deus! Foi no dia que ele entrou na escola! O que ele estaria fazendo lá na lanchonete? Digo, com tantos lugares para ele ir, tinha que estar bem ali?

— Ai, meu Deus... me desculpe! Eu não devia ter dito aquilo!

Ele sorriu, voltando a concentrar sua atenção na Brisa, que nesse momento já estava deitada de barriga para cima.

— Não deve sentir-se mal por dizer o que pensa ou o que sente. Mas tente filtrar melhor o que vai se passar pela sua cabeça. Você consegue isso reduzindo um pouco os preconceitos.

— Não sou preconceituosa! — argumentei, sentindo-me ofendida.

— Julgar as pessoas pelo que elas vestem ou têm é, sim, uma forma de preconceito.

Eu ia argumentar, mas, por fim, desisti. Talvez ele estivesse com toda a razão, afinal. Ele tinha sido mesmo, alvo dos meus julgamentos. Ele, a Gabi, as crianças do hospital...

Um cachorro voltou trazendo a bolinha na boca. Fábio a pegou dele e saiu correndo, com aquele monte de cães o seguindo loucamente. Fiquei ali, abaixada, fazendo carinho na Brisa, até que ouvi:

— Elisa, pega!

Fui rápida ao me levantar e apanhar a bola que era arremessada na minha direção. Soltei um grito histérico ao ver aquela matilha vindo para cima de mim.

— Joga pra mim! — gritou Fábio, me informando sobre o que eu deveria fazer. Alguns cães já tinham me alcançado e estavam quase me derrubando, quando consegui ter a reação de jogar a bolinha de volta para o Fábio. Então ele voltava a correr, sendo seguido pelos cachorros, até, quando estava já a ponto de ser alcançado, jogar a bola novamente para mim.

A brincadeira me fez relaxar completamente e até esquecer um pouco de toda a tristeza dos últimos dias. Ficamos naquele jogo por cerca de uma hora, até que o Fábio enfim cansou e deixou que os cães resgatassem a bolinha, vindo sentar-se novamente no chão perto de mim. Sentei ao lado dele, observando a cachorrada. Muitos tinham se cansado e agora estavam deitados nas sombras, bebendo água, ou de volta aos canis para uma soneca. Outros mais resistentes continuavam a correr e a brincar. E a Brisa continuava ali, voltando a receber os carinhos do Fábio.

Pensei na conversa tida antes da brincadeira começar. Então indaguei:

— Eu sou uma pessoa ruim, não sou?

Ele não pareceu ter dado muita importância à pergunta.

— Você é uma pessoa. E todas as pessoas têm seu lado bom e seu lado ruim.

— Mas algumas pessoas são mais ruins do que boas, ou vice-versa. Tipo você. Eu não consigo ver algum lado seu que seja ruim.

Ele voltou a me olhar. A princípio sério, mas em poucos instantes sorriu.

— Como não? Eu sou esquisito e pobretão.

— É. E às vezes é um mala também. Lembra do dia que fizemos aquela aposta?

— Claro que lembro. E aí, decidiu desistir e me dar logo o seu iphone?

— Vai sonhando! Já disse que vou vencê-la! Mas... eu disse que um cara como você não tinha nada que eu pudesse querer. Sabe... Eu estava enganada. A verdade é que... eu adoraria ser uma pessoa como você.

— Sério? — Ele riu, parecendo não acreditar.

— Você diz que não, mas... Sei que tem uma espécie de dom de ajudar as pessoas.

— Todo mundo tem esse dom, Elisa.

— Não mesmo! Eu não tenho. Sou só uma garota normal.

Ele ficou em silêncio por algum tempo, ainda fazendo festa na barriga de Brisa. Até que voltou a falar:

— Sabe quais são os erros do que você me disse outro dia?

— O que eu disse quando?

— Sobre os superpoderes do Batman e dos outros heróis da Marvel. — Ele riu, como se aquela fosse uma frase muito engraçada.

É, eu lembrava que tinha dito aquilo. E não demorei para deduzir qual tinha sido o meu erro.

— O Batman não é da Marvel, né?

— Não. E nem tem superpoderes. É só um cara normal com uma máscara.

— Um cara normal?

— Bem... É um cara normal muito forte, milionário e determinado, com uma máscara.

— Eu não sou forte. E também não sou milionária.

— Mas é determinada quando quer. Então é só querer sempre que precisar.

Era incrível como as palavras dele tinham a capacidade de me tocar. Ainda era uma parte daquele dom dele, tinha certeza disso.

— Acho que hoje você já pode dobrar mais uma estrelinha — sugeri.

— Pelo quê?

— Você ainda pergunta? Eu estava tão mal hoje cedo, e... Não entrar na escola foi a melhor coisa que eu podia ter feito para me sentir melhor.

— Bem, por isso eu não sei, não fiz nada demais. Mas acho que mereço sem dúvidas uma estrela em nome da Brisa, olha isso!

Ao olhar para a cachorrinha, comecei a rir. Ela estava com a carinha mais fofa desse mundo, deitada com a barriguinha para cima e super curtindo o carinho que ganhava do Fábio. Quis registrar aquele momento, então peguei o meu celular dentro da bolsa, liguei e acionei a câmera de *selfie*.

— Olha pra cá, Brisa! — chamei, sendo incrivelmente atendida. O Fábio tentou sair do foco da câmera, mas eu o impedi. — Você também, anda!

Sorrimos e eu disparei. No lugar do rabo da Brisa só se via um vulto do movimento que não parava um instante sequer. Mostrei a fotografia para o Fábio e voltei a desligar e a guardar o celular. Aproveitei o momento de distração para retornar ao assunto que ele insistia em desviar:

— Você é um cara legal, que salva pessoas de afogamentos e faz trabalhos voluntários. Mas não é só isso. Você fala com as pessoas e as deixa felizes e otimistas. Como faz isso?

— Não é o que eu falo que deixa as pessoas felizes. É o que elas fazem por si mesmas.

— Mas elas só fazem depois de conversar com você. Anda, me conta! É algum tipo de dom, não é?

— Eu vou te contar. Mas não hoje. Eu preciso ir. — Ele se levantou, começando a sacudir a poeira da roupa.

Fiz o mesmo, só então percebendo que meu uniforme estava imundo por conta de sentar naquele chão sujo. O que tinha dado na minha cabeça? Enfim, tentei não me focar nisso.

— Já temos que ir embora?

— Eu te deixo em casa. Ia direto da escola almoçar com a Gabi, mas não dá pra ir nesse estado, então vou ter que passar em casa, tomar um banho e trocar de roupa.

A Gabi... claro, sempre a Gabi! Por que o espanto? Era a garota que ele gostava e era um ótimo sinal eles estarem sempre saindo juntos. Mal controlando a minha curiosidade, perguntei:

— Vocês estão namorando?

Ele riu.

— Já disse que Gabi e eu somos amigos.

— Mas você gosta dela.

— Eu já gostei, mas passou.

— Paixões não passam tão fácil assim. Vocês andam saindo muito juntos. Quem sabe role alguma coisa?

— A Gabi, além de ser só minha amiga, já é comprometida.

— Não sei como! Ela está sempre na faculdade, ou no hospital, ou com a doutora Amanda, ou com você. Quem é esse namorado que nunca está com ela em lugar nenhum?

— Bem... digamos que não sou eu, nem é ninguém da faculdade. O restante você deduz. Anda, vamos que ainda tenho que me despedir do pessoal.

Ele seguiu de volta ao galpão, onde falou com os funcionários do abrigo. Eu ainda parei na parte que dividia a área gramada e fiz um último carinho na Brisa, antes de ir embora. Na rua, chamei outro táxi e dessa vez ficamos quase meia hora esperando. Quando o carro, enfim, chegou, embarcamos e seguimos quase metade da viagem em silêncio, enquanto eu ainda pensava na charada que ele tinha me deixado. Estava quase convencida de que era tudo uma mentira e que não existia nenhum namorado da Gabi, quando enfim a ficha caiu. De fato, não era um namorado.

— A Gabi e a doutora Amanda? — perguntei de repente.

Fábio riu.

— Você ainda estava pensando nisso?

— Digamos que eu seja uma pessoa curiosa. Mas, é sério... é isso mesmo?

— É isso mesmo.

— Meu Deus, mas a Gabi é uma fofa e a doutora Amanda é... uma chata!

— Olha você julgando as pessoas de novo.

— Como não vou julgar alguém que só me trata mal?

— A Gabi já te falou várias vezes e é verdade: a Amanda é uma pessoa completamente diferente no trabalho. É bem mais séria e mais rígida. Mas, acredite, ela é um doce de pessoa.

Eu não acreditava muito naquilo. Achava que ninguém poderia ser tão diferente assim, mas como ela era amiga do Fábio, decidi não insistir no assunto. Na verdade, havia outro assunto no qual eu queria insistir. E o fiz logo, antes que chegássemos à minha casa.

— E aí, quando vai me contar sobre o seu dom?

— Amanhã, já disse.

— Mas amanhã é sábado, esqueceu?

— Não esqueci. Mas tem um lugar onde eu quero te levar.

— Mais um trabalho voluntário?

— Não. Na verdade, tenho um amigo que quero muito te apresentar.

Ainda pensei em perguntar que amigo seria esse, mas tive que interromper o assunto quando entramos na minha rua, para indicar ao taxista qual era a minha casa. Ele parou em frente ao portão e Fábio anunciou:

— Te pego aqui amanhã às duas, pode ser?

Movi a cabeça numa afirmação e soltei a palavra que estava devendo a ele desde que aquele dia começou:

— Obrigada.

— Está melhor?

A pergunta fez com que as lembranças do que me deixava mal voltassem à minha mente. Porém, naquele momento consegui lidar melhor com elas. Sentia-me mais forte, mesmo estando toda suja e cheirando a cachorro.

— É, estou. E você?

— Vou ficar.

Trocamos um sorriso e eu me despedi, saindo do carro. Fiquei no portão, observando enquanto ele se afastava, até sumir das minhas vistas. Só então entrei em casa, mas não tive muito ânimo para nada. Após um bom banho, tentei estudar um pouco, já que tinha faltado a tantas aulas, mas acabei optando por dormir pelo resto do dia.

⭐

Eram exatamente duas da tarde de sábado quando abri o portão da minha casa. Achei que ainda esperaria alguns minutos, mas em instantes avistei Fábio chegando, de uma forma que sinceramente não imaginava: em uma bicicleta. Quando ele parou diante de mim, não consegui controlar o meu riso incrédulo.

— É sério isso?

— Sobe aí!

É, era real. Acho que nunca na minha vida eu tinha pegado carona na garupa de uma bicicleta, mas, de repente, a ideia me pareceu bem divertida.

Agradeci mentalmente por estar de bermuda e não de saia ou vestido, e subi no assento de trás da *bike*, usando-o para agarrar minhas mãos. Quando Fábio começou a pedalar, eu dei um grito, num misto de medo e diversão. E eu jamais imaginei que pudesse me divertir com algo tão simples e banal.

O caminho era bem parecido com o que eu fazia todos os dias, mas me surpreendi com o tanto de coisas que nunca tinha reparado. As copas das árvores que faziam sombra nas calçadas, as flores que cresciam em canteiros, as crianças que brincavam nas ruas... Ao chegar ao Centro, deixei de focar nas vitrines das lojas para observar a arquitetura da cidade, que mesclava o antigo e o moderno, o ar interiorano das placas de madeira com o desejo de assemelhar-se a uma cidade grande exposto em letreiros luminosos. O mês de novembro tinha acabado de começar, mas, na praça central, funcionários da prefeitura já começavam a decorar as árvores com luzes natalinas, o que me trouxe a repentina felicidade por estar chegando a minha época preferida do ano. Eu tinha nascido no dia 25 de dezembro, então era óbvio que a data era duplamente especial para mim.

A viagem durou menos de dez minutos e paramos em uma rua próxima ao colégio, bem em frente a uma casinha linda feita de madeira. Pelo muro baixo, deu para ver o quintal enorme, todo gramado, com um pequeno e lindo jardim próximo à aconchegante varanda. Fiquei simplesmente encantada.

— Não vai me dizer que você mora aqui? — empolguei-me com a hipótese.

Ele riu.

— Não. Como eu te disse ontem, quero te apresentar a um amigo.

Sem cerimônias, ele passou a mão por cima do muro e abriu o portão por dentro. Enquanto caminhava quintal adentro, senti-me como se estivesse invadindo a casa de alguém.

— Podemos chegar entrando assim? — preocupei-me.

— Relaxa. Já disse que é a casa de um amigo. — Ele parou diante da varanda e eu parei logo atrás. Então, ele gritou. — *Sensei*[3]!

— *Sensei*? — Que raios de nome seria esse?

A pergunta foi respondida quando alguém olhou pela janela. Aquilo era tudo o que eu menos esperava encontrar ali. Não só por ter imaginado um amigo mais jovem, mas por jamais ter imaginado ser alguém que eu já conhecia.

---

3 Professor ou mestre. Sufixo usado depois do nome.

— Fábio-*kun*[4]! Chegou cedo! Ah, olá, Elisa-*san*!

Que diabos estava acontecendo ali? O tal amigo do Fábio era ninguém mais ninguém menos do que o Kazuo, o faxineiro da escola!

— Ué, vocês se conhecem? — Fábio perguntou. Pelo visto eu não era a única surpresa por ali.

Apesar de o espanto dele não fazer o menor sentido.

— Como eu não ia conhecer? — questionei. — Ele trabalha na nossa escola!

E não é que o fato era novo para ele?

— Como é? — Os olhos dele passaram de Kazuo para mim e, daí, de volta para o japonês. — Você já trocou de emprego de novo?

Kazuo sorriu, como uma criança arteira.

— Não te contei? Passei algum tempo por lá, para ficar mais perto de você. Mas não adiantou muito, já que você vive dentro da sala de aula. Pedi demissão ontem.

Levei um susto com a notícia.

— O senhor pediu demissão? Está desempregado agora?

Fábio tratou de me tranquilizar:

— Ele não precisa trabalhar. Já é aposentado e ganha muito bem. Fica pulando de emprego em emprego por puro *hobby*.

Ignorando o assunto, o velhinho voltou a sumir janela adentro, enquanto falava:

— Entrem! Estou preparando um bolo de cenoura para o lanche.

Tentei imaginar o Mestre dos Magos numa cozinha, preparando bolos. Visão inusitada, confesso. Fábio pareceu dar de ombros para toda a sua surpresa pelo fato de o japonês pulador de emprego em emprego já me conhecer, e simplesmente começou a entrar na casa. Sem alternativa, eu o segui.

A sala era pequena, mas confortável. Tinha dois sofás aparentemente bem fofos, uma estante cheia de livros e uma mesa de quatro lugares bem ao centro. Era separada por uma bancada da cozinha mais ou menos do mesmo tamanho, que era onde Kazuo estava no momento, entretido com sua receita de bolo.

Fábio sentou-se em um sofá e eu sentei-me ao seu lado, perguntando com a voz baixa:

— Por que chama ele de *sensei*?

— É "mestre" ou "professor" em japonês.

---

4 Sufixo usado depois do nome, usualmente para se referir a garotos. Denota carinho, afeição e respeito.

Disso eu já sabia. Minha irmã Érica fazia judô e vivia tagarelando em casa sobre os golpes que o "sensei" dela ensinava (e às vezes tentava demonstrar em mim, o que nunca acabava bem). Mas Fábio não parecia ser um praticante de artes marciais.

— Ele é seu mestre de quê, exatamente?
— Olha, eu quero te contar. Mas não sei por onde começar.
— Que tal do começo?
— Do começo de quê, exatamente?
— Do começo de tudo.
— Bem... — ele pensou por um momento. — No começo era o nada, até que Deus disse: "Que se faça a luz!".

Dei um tapa no ombro dele, rindo.
— O começo da *sua* história.
— Bem, meus pais tinham voltado de uma festa, estavam meio bêbados, e então...

Dei outro tapa, dessa vez mais forte.
— Não *tão* começo assim. Vá direto ao que interessa.
— Direto?
— É.
— Direto ao ponto *mesmo*?
— Isso, direto.
— Eu realmente tenho um... como chamar? ...Um "lance mágico".

Voltei a rir, mas parei em poucos instantes ao perceber que ele estava falando sério.
— Que tipo de "lance mágico"?
— Eu consigo ver a alma de algumas pessoas.

Juro que teria voltado a rir se fosse qualquer outra pessoa me dizendo uma insanidade dessas. Mas aquela loucura me parecia incrivelmente possível vinda dele. De qualquer forma, a parte racional da minha mente me alertava que não dava para simplesmente acreditar naquilo dito daquela forma.

— Então... Acho que teria sido melhor ter partido mesmo do princípio.
— Tipo o que tinha na bebida dos meus pais?
— É, talvez isso explicasse alguma coisa.
— Provavelmente eram só uns drinques convencionais mesmo. — Ele fez cara de quem pensava em exatamente de que ponto começaria a explicar aquela loucura toda.

E uma sugestão veio da cozinha, mostrando que não conversávamos com as vozes tão baixas assim.
— Começa falando sobre o Pedro!

— Obrigado, *sensei*! — Fábio rebateu, irônico. Depois respirou fundo, como se o que tivesse para contar fosse bastante doloroso. — Pedro é meu irmão mais velho. Bem, meu único irmão. Tem quatro anos que ele morreu.

— E você se incomoda de eu perguntar de quê?

— Ele reagiu a um assalto. Morreu por causa da porcaria de um celular.

A tristeza e a revolta com que ele contava aquilo fez com que eu me sentisse horrível por ter perguntado. Pensei em tentar dizer algo, alguma palavra de consolo, sei lá... Mas era péssima nisso. A perda da Vitória foi a minha primeira experiência mais próxima com a morte e eu mal conseguia lidar com isso. Para a minha sorte, não precisei dizer nada, pois Fábio voltou a falar:

— Foi o meu irmão que "descobriu" esse meu dom estranho. Kazuo-*sensei* é faixa preta em karatê, tinha uma academia pequena aqui na cidade, com uma meia dúzia de alunos e o Pedro era um deles. Foi pra ele que meu irmão pediu ajuda, porque, obviamente, nossos pais não acreditavam muito nessa loucura toda.

— Kazuo-*san* é bem do tipo que acredita em loucuras.

— Você nem imagina. Meu irmão nos apresentou e Kazuo-*sensei* começou a me ajudar a canalizar isso e aplicar para o bem.

— E como é que ele sabia o que fazer?

— Nem eu sei. A verdade é que... — Ele aproximou o rosto do meu ouvido e falou com a voz bem baixa. — Kazuo-*sensei* é bem esquisito, sabe?

Como se para confirmar, o cara começou a cantar "Garota de Ipanema", enquanto fazia barulho derrubando sei lá o quê na cozinha.

— Ah, não diga! — ironizei.

Fábio prosseguiu:

— Em resumo, eu vejo uma espécie de névoa ao redor do corpo das pessoas. Mas só algumas, as que têm alguma grande frustração por não realizarem algum sonho sempre plenamente possível.

— Então o que você vê não é a tristeza, como eu achava que fosse?

— Na verdade, está mais para frustração. Bem, meu "lance mágico" é basicamente apenas isso. Tudo o que eu faço é conversar com as pessoas.

— Não é só isso. Você motiva as pessoas. Eu mesma, só criei coragem para falar com o Miguel porque me encorajou a isso. E você não disse nada que outras pessoas já não tivessem me dito, mas... foi diferente quando *você* falou.

— Já ouvi coisas assim. Talvez isso de motivação venha junto no pacote do lance mágico.

— E quanto às estrelas?

— Bem, essa parte já veio da loucura do Kazuo-*sensei*. Foi o jeito que ele encontrou para me motivar a usar o lance mágico para o bem. Mas ele afirma que é verdade, que a cada mil se realiza um pedido. Sei lá...

— Você nunca chegou a completar mil?

— Cheguei perto duas vezes. Na primeira, foi durante o tempo em que meu irmão ficou em coma, durante quase um ano. Eu queria salvá-lo, mas... Não consegui confirmar se esse lance das mil estrelas é verdadeiro.

— Não conseguiu as mil?

— Consegui exatas 824. Nunca esqueci esse número. Passava o dia todo na rua, procurando pessoas para ajudar. Mas não é tão simples quanto parece. Eu só consigo ver essa "neblina", como falei, em algumas pessoas. Na nossa escola, por exemplo, eu vi em umas... sei lá... quatro ou cinco pessoas. Incluindo você.

— E a professora Melissa.

— É. Você realmente percebeu.

— E qual foi a segunda vez que chegou perto das mil estrelas?

— Bem, depois que meu irmão morreu, eu me mudei, e desisti disso por um tempo. Não de ajudar as pessoas, mas de dobrar as estrelas. Joguei as do meu irmão fora. Recomecei há pouco tempo, pouco antes de voltar pra Bela Aurora. E aí eu intensifiquei quando cheguei aqui.

— E não dá mais tempo de concluir para conseguir o seu propósito?

— Meu propósito era salvar a Vitória.

Ele abaixou o rosto e percebi a tristeza quase palpável nos olhos dele. Aquilo fez o meu peito apertar. Novamente, não sabia o que dizer, mas ele foi mais rápido em prosseguir:

— De que adianta ter esse poder bizarro, se não se pode salvar as vidas de quem amamos?

— Talvez isso seja outro tipo de lance mágico.

— É. O que a Amanda tem, como médica. Que não é nada de mágico, na verdade.

— Acho que você não é o cara mais indicado para desacreditar em mágica.

Ele sorriu.

— Bem, então talvez essa magia seja sua e não minha.

— Sem chances! Sou apenas uma garota normal. E ainda fútil e egoísta, como você disse uma vez.

— Na verdade, eu disse isso várias vezes. Mas até que você tá melhorando e me surpreendendo.

— Vou encarar isso daí como um elogio, tá?

— Mas é exatamente o que isso é. Não é de todo errado ter defeitos, porque isso todo ser humano tem. É acessório de fábrica. Errado é não tentar melhorá-los.

Pensei sobre aquilo, sendo obrigada a concordar com as palavras dele, embora ainda não me achasse tão superficial como ele dizia que eu era. Ia comentar isso, aliás, mas nesse momento o Kazuo veio da cozinha e sentou-se bem no meio do sofá, entre nós dois. Trazia um grande sorriso entre os lábios.

— O bolo está no forno. Logo ficará pronto. — Olhou para Fábio. — Que bom, trouxe visita!

— Então... eu queria apresentá-la ao senhor, mas não sabia que vocês já se conheciam.

Kazuo olhou para mim e abriu um sorriso. Aquele sorriso cativante, que fez com que eu simpatizasse com ele logo de cara.

— Sabe... É a primeira vez que o Fábio traz uma garota para me apresentar.

Senti meu rosto queimar, mas, ao olhar para o Fábio, tive certeza de que certamente não estava tão vermelha quanto ele.

— Eu nunca trouxe *ninguém* para te apresentar, Kazuo-*sensei*!

— Exato. E isso faz da menina Elisa ainda mais especial, não é?

Especial? Eu? Ok, o rosto do Fábio ficou ainda mais corado, e acredito que o meu tenha ficado também.

— Não é nada do que o senhor está pensando! — Fábio disse. Notei que as mãos dele tremiam, certamente bem constrangido com a situação. — Trouxe a Elisa aqui porque achei que o senhor poderia fazê-la sentir-se melhor.

— Com a minha bênção ao namoro de vocês?

Ai, meu Deus! Qual era o problema daquele velho japonês? Desviei o rosto, quando na verdade queria era encontrar um buraco para me enfiar de tanta vergonha.

— Não! — Fábio praticamente gritou. Então, abrandou o tom de voz — Ela perdeu... na verdade, nós dois perdemos uma pessoa muito especial.

Voltei a olhar para eles e percebi que o tom brincalhão do velho deu lugar a um ar sentido.

— Fala da criança? Vitória, né?

— É, *sensei*. A Vitória. Novamente as malditas estrelas não ficaram prontas a tempo.

Ouvir aquele "malditas" me entristeceu. Eu sabia que as estrelas não eram algo ruim. Dobrá-las sempre fazia eu me sentir bem, e sei que a ele também. Principalmente porque dentro de cada uma delas havia uma história, uma coisa boa. Talvez nas minhas nem tanto, mas nas de Fábio, sem dúvidas. Cada uma delas levava o sonho de uma pessoa. E isso não era algo maldito. E sabia que Kazuo também tinha essa certeza.

Ele apoiou as mãos sobre os joelhos e olhou para o chão. Respirou fundo e eu esperei que dos lábios dele saíssem um pensamento filosófico que fosse capaz de amenizar a nossa dor.

— A vida é mesmo uma bela porcaria. — Porém, não foi exatamente isso que saiu.

Fábio concordou.

— Certo, diga algo que eu não sei.

— Aposto que não sabe qual é a capital da Guiné.

Certamente era para ser uma piada para acalmar os ânimos. Mas eu era a chata que demorava para entender essas tiradas e sempre respondia.

— Conacri. — Os dois me olharam, não sei se frustrados por eu ter tirado a graça do momento, ou se surpresos por eu saber a resposta. — Desculpa, mas eu gosto de Geografia.

Kazuo voltou a olhar para Fábio e deu dois tapinhas no ombro dele.

— Demorou para trazer uma garota. Mas, quando trouxe, escolheu uma bem inteligente, há?

Novamente, o constrangimento. Pelo menos algo deu lugar ao ar de tristeza, enfim.

Kazuo voltou a me olhar e perguntou:

— O que a menina Elisa pensa sobre a vida depois da morte?

Não era um questionamento que eu esperava ouvir, mas fui sincera na resposta:

— Acho que nunca parei para pensar sobre isso. As pessoas vivem e morrem. E, sei lá... Acho que só.

— Então, vou mudar a pergunta... O que você acha da vida antes da morte?

Certo, enfim as longas filosofias teriam início. Eu tirava notas boas em tudo, mas confesso que sempre tive mais afinidade em exatas do que em humanas, então aquele não era o tipo de papo que eu esperava conseguir manter por muito tempo. Ainda assim, tentei responder:

— Acho que... A vida deve ser... boa, feliz e intensa.

— Ótima resposta. Fábio me contou o que a pequena Vitória aprontou com você na sua primeira semana no hospital. Acredite: a menina soube bem como levar a vida de forma boa, feliz e intensa. Vou ver como está o bolo!

E ele simplesmente se levantou e voltou para a cozinha. Tá, cadê os longos discursos filosóficos? Era apenas aquilo que ele tinha para me dizer?

— Sério que me trouxe aqui para que ele fizesse com que eu me sentisse melhor? — indaguei a Fábio.

— Bem... os bolos dele são realmente muito bons.

Eu já estava começando a ficar com fome, então, de fato, talvez aquilo realmente me fizesse sentir melhor, afinal. Embora fosse uma sensação boa apenas momentânea.

Ainda levou uns dez minutos até que Kazuo voltasse, trazendo o bolo e depositando-o sobre a mesa. Fábio e eu nos levantamos e fomos até lá, e daí eu tive a confirmação de que aquilo deveria mesmo fazer com que eu me sentisse melhor. O bolo de cenoura com cobertura de chocolate tinha um cheiro tão inebriante que fez com que a minha fome se multiplicasse. E, quando comecei a comer, pedi internamente perdão à Joana por enfim achar um bolo que fosse mais gostoso do que o dela. Que ela nunca soubesse daquilo!

Eu terminava de comer o meu segundo pedaço quando Kazuo repetiu:

— Fábio-*kun* me contou o que a danada da menina Vitória aprontou com você.

— É — respondi, lembrando daquele momento nada agradável. — Ela era uma pestinha.

Fábio riu, na certa também se lembrando daquela situação mega constrangedora na qual a monstrinha me deixou.

— Juro que não sei de onde aquela menina tirava disposição para aprontar daquele jeito.

Fui obrigada a concordar:

— Eu nem imaginava que a doença dela estivesse tão evoluída assim. Ela parecia tão bem.

Lembrar da doença fez com que os ânimos voltassem a cair. Após um longo e pesaroso suspiro, Fábio declarou:

— Elisa, a Vitória *sabia* que ia morrer.

A informação foi um choque para mim. Fiquei estática, olhando-o e aguardando alguma explicação para aquela afirmação tão pesada. E ele assim o fez:

— Ela passou praticamente a vida dela inteira dentro de hospitais. Chegou a passar algum tempo em São Paulo, tentando tratamentos novos, drogas novas... Mas chegou a um ponto em que o corpo dela simplesmente parou de reagir. Os tratamentos a debilitaram tanto, que os médicos convenceram a mãe a levá-la para casa, deixá-la ter uma vida mais normal possível no que restava do seu tempo. Então ela ficou alguns meses indo ao hospital apenas duas vezes por semana para consultas. Mas as dores aumentaram e ela precisou voltar a ser internada. Ela meio que só estava esperando o momento.

Se a explicação tinha o intuito de fazer com que eu me sentisse melhor, teve um efeito bem oposto a isso.

— Pode até ser que ela soubesse, Fábio, mas... Tudo o que ela mais queria era voltar para casa. Não é porque uma coisa é esperada que ela passa a ser justa.

Kazuo, que até então estava calado, se manifestou:

— Felicidade e intensidade. Não foi o que a menina Elisa disse? Ela precisava fazer a passagem, isso era inevitável. O que importa é como ela viveu.

— Ela viveu pouco! — rebati, revoltada. — Uma vida curta, passada inteira dentro de hospitais.

Kazuo me olhou e moveu a cabeça em uma negativa.

— Eu disse *como*, menina Elisa. Como. Não *quanto* ou *onde*. Ela viveu cercada de amor. E vocês dois fizeram parte disso.

Eu tinha feito parte disso. Aquela frase, tão simples, fez com que meu coração se acalmasse. Senti lágrimas inundarem os meus olhos e, ao olhar para Fábio, percebi que os dele estavam da mesma maneira. Com a voz embargada, lamentei:

— Eu passei tão pouco tempo ao lado dela.

O japonês voltou a tomar a palavra:

— E o que fizeram durante esse tempo?

— Eu a ajudava a colorir desenhos. Às vezes víamos TV. E conversávamos. Ela... me considerava uma amiga.

— Exato. Este é o *como*. E ele é muito mais importante do que o *quanto* ou o *onde*. A missão de vocês dois com ela acabou. Mas foi concluída com sucesso.

No fim das contas, Fábio estava com toda a razão. Realmente, o velhinho conseguiu fazer com que eu me sentisse melhor. Pensar que eu tinha feito parte, de forma positiva, da vida de Vitória me enchia de alegria e, de alguma forma, me confortava.

Depois do bolo, passamos algumas horas conversando. Kazuo-*san* contou um monte de histórias... Da infância no Japão, dos empregos por onde passou e, as melhores, sobre Pedro e Fábio. Eu me diverti com cada uma delas, em especial as que deixavam Fábio constrangido, que eram sempre as mais engraçadas. E a cada novo relato, mais o admirava e gostava dele. Um gostar que não me preocupei em descrever ou analisar. Apenas me sentia bem em sua companhia e ficava com saudades quando não estávamos juntos. Somente algo bom de sentir.

Quando percebi, já era noite e me preocupei com a volta para casa. Fábio disse que me levaria, mas que antes precisava me mostrar mais uma coisa. Ainda perguntou a Kazuo se ele nos acompanharia, mas este alegou estar cansado.

Fábio me levou até a cozinha. Lá havia uma porta que dava para os fundos do terreno. E era bem maior do que a parte da frente. Na verdade, era muito, muito maior. Deviam ter vários terrenos ali aos fundos da pequena casa. E juntos formavam um imenso e lindo jardim. Vi uma flor caída no chão e a peguei, encantada. Mas não passei muito tempo analisando-a, pois fui surpreendida pela mão que segurou a minha, começando a me puxar. Estranhamente, não houve qualquer constrangimento naquele contato. Era algo tranquilo, seguro e surpreendentemente natural, que me trouxe uma inusitada sensação de conforto e paz.

Fui guiada por ele até uma elevação ao final do terreno. Ele subiu na frente e depois me estendeu a mão para me ajudar a fazer o mesmo. O chão era gramado e Fábio se deitou, olhando para o céu. A velha (e chata) Elisa em mim ainda relutou em repetir o gesto, temendo sujar a roupa. Mas deixei que o instinto me guiasse e deitei, ao lado dele, também olhando para o céu. E aquela visão me fez sorrir. A noite estava linda, e juro que nunca havia visto, ou percebido, tantas estrelas.

— Sabe aquilo que Kazuo-*sensei* falou? — Fábio indagou. — Sobre a *passagem*.

— Sei — respondi, embora sinceramente não tivesse prestado muita atenção ao termo.

— É meio loucura, como muita coisa, ou quase tudo, que ele diz. Mas ele conta que as pessoas boas, depois que morrem, viram estrelas.

Olhei mais atentamente para o céu, me permitindo à bizarra suposição de que cada uma daquelas estrelas poderia ser alguém que já tivesse morrido.

— E você acredita nisso? — perguntei, por fim.

— Gosto de acreditar. Não faz qualquer sentido, sei disso, mas... Quando eu estou mal, gosto de olhar para o céu e pensar que lá, em algum lugar, meu irmão pode estar olhando por mim.

Não fazia, mesmo, qualquer sentido. Mas, de fato, era reconfortante. Gostei de pensar que aquilo poderia ser verdade.

— Quer saber? Eu acredito — anunciei, convicta. Depois me virei de lado, apoiando um dos cotovelos no chão e o rosto sobre a mão, — E quer saber de mais uma coisa? Eu acredito no lance das estrelinhas de papel também.

Ele também se virou, ficando de frente para mim. Tinha um ar de incredulidade no rosto, mas sorria.

— Sério que crê nesse monte de besteiras?

— É. E no seu lance mágico também.

— São besteiras demais para alguém tão inteligente como você acreditar.

— A Vitória dizia que eu não era tão inteligente assim, e vai ver ela tinha razão.

— A Vitória dizia que sempre tinha razão.

— E eu não duvido.

Nós dois rimos juntos, e aquilo me encheu de uma inesperada paz. Era a primeira vez que conseguia pensar na Vitória e não sentir uma tristeza imensa.

Era a primeira vez que sorria lembrando dela, e que percebia que a saudade era enorme, mas que era apenas isso: saudade. E, de alguma forma, soube que o Fábio se sentia da mesma maneira.

Aos poucos, o riso foi parando, mas nada era dito. Uma inusitada falta de assunto instalou-se, juntamente a um encontro de olhares. E aquela paz que eu sentia pareceu aumentar, sendo mesclada a uma enxurrada de outros sentimentos bons que eu não seria capaz de descrever.

Como se puxados por algum tipo de atração magnética ou qualquer coisa que deveria ter alguma explicação científica na Física ou na Química, nossos rostos começaram a se aproximar até se unirem em um não planejado beijo.

E meu terceiro beijo, enfim, não era estranho, incômodo e nem meramente "bom".

Meu terceiro beijo tinha sido simplesmente mágico.

Pena que chegou ao fim, de forma totalmente inesperada.

CAPÍTULO CATORZE

Algo de apaixonada

Aquela tinha sido a maior temporada de faltas de toda a minha vida. Claro, tirando a vez em que eu, ainda criança, tive pneumonia e passei alguns dias internada. Foram três faltas seguidas, o que fez com que voltar à escola na manhã daquela segunda-feira me trouxesse certa estranheza. Aliás, tanta coisa tinha acontecido no intervalo de menos de uma semana, o que fazia com que a estranheza começasse por mim mesma. Eu me sentia tão diferente. Não sabia se para melhor ou para pior. Algo de feliz, de melancólica, de maturidade, de insegurança. Algo de calejada pela realidade e de esperançosa pela mágica.

Algo de apaixonada pelo Fábio, e algo de... "Meu Deus, onde eu estava com a cabeça pra não ter percebido isso antes?".

Nosso beijo foi, como já disse, mágico. Mas o que veio a seguir foi puro constrangimento. Foi o Fábio que o interrompeu. Disse que já estava tarde e simplesmente se levantou e informou que me levaria em casa. E assim ele fez. Após me despedir do Kazuo-*san*, aceitei a carona na bicicleta até o portão da minha casa. De lá, o Fábio só disse um "tchau" e foi embora com uma pressa absurda, como se estivesse fugindo de alguma assombração.

Vai ver a assombração era eu. O beijo, certamente, só tinha sido mágico para mim. Para ele, pareceu ter sido assustador.

E, agora, assustador era estar sozinha na sala de aula, voltando à minha rotina de ser a primeira a chegar e pensando em como seria aquele dia de "retorno à normalidade". Não saberia dizer se eu realmente queria voltar a ela.

Decidindo por passar meu tempo como fazia antes, peguei o meu iphone na bolsa e liguei-o. Se há um mês alguém me falasse sobre a possibilidade de eu passar cinco dias sem usar o celular eu naturalmente pensaria em algo tipo tortura medieval, mas a verdade é que eu mal senti falta daquele aparelhinho durante esse tempo. Logo que ele ligou, eu não acionei a internet e nem chequei se tinha alguma ligação perdida. Fui direto para a galeria de fotos. A última fotografia tinha sido tirada na sexta, no abrigo de cães. Fábio, Brisa e eu. Olhar aquilo me fez voltar a sentir vergonha do beijo de sábado, então me apressei em passar para a foto anterior. Mas a decisão não fez com que eu me sentisse efetivamente melhor. Era uma fotografia tirada no hospital. Aquela exibida da Vitória tinha pegado o meu celular e tirado uma *selfie*, fazendo biquinho para a câmera. Sorri, olhando para aquela carinha de arteira, ao mesmo tempo em que sentia o meu coração apertar. A saudade era imensa, e eu pensava em como conseguiria voltar ao hospital no dia seguinte sabendo que não iria mais encontrá-la.

— Elisa!

Assustada com o grito logo de manhã, eu levantei o rosto, deparando-me com Natália e Juliana. Estranhei as duas já estarem ali tão cedo, ainda faltavam uns vinte minutos para começar a aula.

— Bom dia — cumprimentei.

— Que "bom dia" o quê! — retrucou Natália, parecendo revoltada. — Você sumiu por cinco dias! Ficamos desesperadas!

— É! — concordou Juliana. — Você não atende o celular, não responde mensagens... O que deu em você?

Eu tinha deixado o celular descarregado todos aqueles dias. Tinha carregado apenas na noite anterior, mas não me preocupei em ligar a internet para ver se tinha alguma mensagem. Na verdade, nem tinha pensado nisso.

Antes que eu pudesse dar qualquer desculpa, a Ju prosseguiu no sermão:

— Nunca mais faça isso com a gente. Ficamos preocupadas. Estávamos decididas a ir hoje à sua casa.

— Me desculpem... — finalmente consegui falar.

A Ju me lembrou de outro detalhe que eu tinha esquecido completamente:

— Aproveite e peça desculpas para o Miguel também. Ele me ligou no sábado, revoltado porque você o deixou esperando na porta do cinema.

Meu Deus, como eu pude ter esquecido do meu encontro com o Miguel? No entanto, eu me sentia ainda tão fraca que nem mesmo consegui entrar em desespero.

Nat olhou para a tela do meu celular e viu a foto de Vitória.

— Quem é essa criança?

Juliana também olhou, reconhecendo o cenário.

— É do hospital?

Movi a cabeça confirmando.

— Ela faleceu na quarta-feira. O enterro foi na quinta. Na sexta eu cheguei a vir para a escola, mas não consegui entrar. Estava muito mal.

Elas pareceram em choque com a notícia. Compadecidas, Nat segurou as minhas mãos junto às suas e Ju puxou uma cadeira ao lado da minha e sentou-se.

— Sinto muito, Elisinha!

— Foi assim, de repente? Como ela morreu?

Ju se adiantou em responder:

— Se liga, Nat! É um hospital! Todas as crianças de lá estão doentes.

Natália se revoltou:

— Não consigo entender o que a professora Melissa tem na cabeça para nos mandar para esses lugares horríveis. Somos muito jovens para ficar vendo esse tipo de coisa triste.

Analisei a situação por outro ângulo:

— E eles são jovens demais para passarem por essas coisas tão tristes. A vida nem sempre é justa.

Ficamos todas caladas por alguns instantes, até que a Juliana quebrou o silêncio:

— Eu acho que você devia fazer que nem eu, Elisa: não se envolva. O seu hospital é pequeno, mas lá onde eu estou é enorme e morre gente todo dia. Imagina se eu me apegasse a algum dos pacientes? Também estaria sofrendo que nem você.

— É verdade — Nat concordou. — Por isso que eu adorei ter conseguido uma vaga de voluntária na biblioteca pública municipal. Estamos ajudando a digitalizar o acervo, então eu trabalho com papéis e computadores... Sem pessoas doentes, sem coisas tristes! Imagina, ficar se apegando a pessoas que podem morrer a qualquer minuto!

— Eu acho que... — comecei a falar — se tiverem que morrer, isso vai acontecer com ou sem a gente se apegar a eles.

Juliana opinou:

— É, mas se você não se apega, não sofre.

Pensei a respeito daquilo, percebendo que não fazia qualquer sentido. A dor que eu sentia era de fato horrível, mas eu não me arrependia de ter convivido com a Vitória, nem de ter me apegado a ela. Era estranho constatar que eu, mesmo sendo tão egoísta, não me arrependia do meu próprio sofrimento.

Como eu me arrependeria de, ainda que por tão pouco tempo, ter deixado a Vitória fazer parte da minha vida?

— Ai, meu Deus! Ele chegou! — O comentário empolgado da Nat me fez olhar para a porta da sala. E todo o constrangimento da noite de sábado voltou quando dei de cara com o Fábio.

Ele me olhou por um momento, parecendo tão sem graça quanto eu. Daí seguiu para o lugar dele nos fundos da sala e eu tentei disfarçar, mas Nat e Ju o seguiram com os olhos, animadas.

— Vai lá, Nat! — Ju praticamente empurrou a nossa amiga, que sem dizer mais nada foi até ele.

Observei aquilo um tanto intrigada.

— O que a Nat vai fazer?

A resposta da Juliana fez com que o desespero batesse.

— Ela foi convidar o Fábio pra ser o par dela na minha festa, oras!

Espera... O Fábio e a Nat... como par? Não, aquilo definitivamente não podia estar certo!

Sem estômago para presenciar o tal convite, eu me levantei subitamente e saí da sala, anunciando que iria ao banheiro. E foi para onde eu, de fato, fui. Parei em frente ao espelho, encarando o meu próprio reflexo. Percebi que estava a ponto de começar a chorar e me senti ridícula por isso. Eu precisava dar um jeito de reprogramar a minha mente para funcionar como a duas semanas atrás. Era só mentalizar.

Eu não podia gostar do Fábio. O Fábio era um esquisito pobretão, e uma garota como eu merecia algo melhor. Eu gostava do Miguel. Do Miguel, inferno! Desde o meu estúpido oitavo ano. Desde os meus ridículos doze anos. Ele que me deu o meu primeiro (e péssimo) beijo, que era o meu primeiro (e questionável) amor e que me levaria à festa da Ju.

Mentalizei tudo isso, respirei fundo e saí da sala. E, por uma ironia cruel, logo que cheguei ao corredor dei de cara com ninguém mais, ninguém menos do que o Miguel.

Claro que, para tudo o que eu mentalizei voltar a valer, eu antes tinha um pedido de desculpas a fazer. Ele caminhava em direção à sala, mas, ao me avistar, parou. Eu me aproximei e fui direta ao assunto:

— Foi mal por sábado.

— É, foi mesmo — ele concordou. — Podia ter me avisado que não iria.

— É, eu sei. A verdade é que eu esqueci completamente. Perdi uma pessoa próxima na quarta, e... bem, desde então não tive cabeça para mais nada.

Ele até então estava sério, mas pareceu se compadecer da explicação.

— Poxa, sinto muito. Eu... não sabia que era algo tão grave.

— É. Desculpa não ter avisado.

— Bem, de qualquer forma, nosso encontro do próximo sábado continua de pé, não é?

Tínhamos marcado algo para o próximo sábado?

— Desculpe, mas... o que temos no sábado?

— O aniversário da Juliana, esqueceu?

É, eu tinha esquecido. Eu andava tão perdida no tempo que nem tinha me dado conta de que a festa já seria no próximo final de semana.

— Ah, claro! É claro que está de pé!

Ele sorriu e ia dizer mais alguma coisa, mas nesse momento o professor da primeira aula passou por nós e convocou-nos a entrar na sala. Fui direto para o meu lugar, como sempre perto das minhas amigas. Elas estavam bem animadas, mal me sentei e Natália já se apressou em me contar o motivo:

— O Fábio será o meu par na festa da Ju. Não é perfeito?

Não, não era nada perfeito. Estava anos luz de distância de ser perfeito. Virei o rosto para trás, olhando para Fábio. Ao perceber que ele também me olhava, disfarcei, tentando prestar atenção na aula. Uma tentativa completamente em vão, pois não consegui ter atenção a mais nada.

O restante da segunda-feira foi péssimo. Mas consegui fugir do almoço com as minhas amigas e de ter que falar com o Fábio. Porém, no dia seguinte eu sabia que não conseguiria fugir da segunda situação, já que era dia de trabalho no hospital. E, por mais que eu quisesse, não iria fugir das minhas responsabilidades.

Fui no meu horário de sempre e segui direto para a sala da doutora Amanda, onde respirei fundo antes de entrar, me preparando para dar de cara com o Fábio. No entanto, quando entrei deparei-me com apenas uma pessoa.

— Chegou cedo hoje — Gabi sorriu para mim, como sempre fazia, embora dessa vez fosse um sorriso carregado de tristeza.

— Não está cedo. Vim no horário de sempre. Não está ainda pronta para o seu show?

— Esqueci de te avisar que agora o show começará alguns minutos mais tarde. Temos um quarto a menos para visitar, então o nosso cronograma mudou um pouquinho.

Ela não se sentia nada à vontade de dizer aquilo, obviamente. Percebi que estava a ponto de começar a chorar e me aproximei, sentando-me ao lado dela no sofá, embora não soubesse o que fazer ou falar para consolá-la. Ela pegou a bolsa que tinha deixado no braço do sofá e remexeu, procurando por alguma coisa. Quando encontrou, me entregou. Era um uma folha de papel dobrada. Na frente, de lápis de cor laranja, estava escrito, com letras infantis: "Para Elisa".

— A mãe da Vivi esteve aqui hoje cedo e deixou alguns desenhos que ela fez pra gente na semana em que foi pra UTI. Aquela danadinha... parece que já sabia...

— Ela já sabia — declarei, repetindo o que o Fábio tinha me dito.

Gabi forçou um sorriso e apontou para um mural na parede da sala. Levantei-me para olhar melhor. Ali, em meio a um monte de papéis com anotações médicas que eu simplesmente não compreendia, estavam dois desenhos. No primeiro deles estava o que parecia uma mulher com o cabelo preto preso em um coque, óculos no rosto e roupa que lembrava a da mulher-maravilha. Ao lado, estava escrito, com a letra torta: "Super tia Amanda". O desenho ao lado eu não demorei a reconhecer a pessoa desenhada. O cabelo multicolorido e o monte de rabiscos nos braços entregavam quem seria. Ao lado, apenas uma palavra: "Desculpa".

— Contei que a Vivi aprontou muito comigo, não é? — Gabi falou, me explicando a mensagem daquele desenho. — Eu a achava engraçada e esperta, mas não tinha raiva dela. Ela achava que eu tinha algo para perdoar, mas eu não tinha, porque nunca cheguei a ficar chateada de verdade.

E foi aí que a Gabi deixou o choro vir à tona. Continuei olhando para os desenhos e também deixei que as lágrimas corressem pelo meu rosto. Aquilo estava sendo bem mais difícil do que eu poderia imaginar.

E, apenas para tudo ficar ainda mais difícil, nesse momento a porta se abriu. Fábio parou logo que entrou na sala. Trocou um constrangedor olhar comigo, antes de se voltar para Gabi, preocupado com a intensidade do choro dela. Então, apressou-se em ir até ela e abraçá-la. Senti inveja daquilo. Não, não era ciúmes, era realmente inveja por ele saber como lidar com aquela situação. Eu também queria ter ajudado a Gabi de alguma forma, mas simplesmente não tinha conseguido fazer nada, nem um ato tão simples como um abraço. Percebi então que o abismo que me separava do Fábio não era social ou financeiro, mas humano. Ele era uma pessoa infinitamente melhor do que eu.

O nosso trabalho nesse dia foi maçante. A Gabi até que conseguiu tocar e cantar, e o Fábio fez suas brincadeiras com as crianças. Eu me esforcei para sorrir o máximo que conseguia durante o show, e passei meia hora com uma das crianças internadas, fazendo companhia enquanto ela assistia a um filme que eu não conseguia prestar a menor atenção.

Quando terminou o nosso horário, a Gabi continuou no hospital, já que, como sempre, voltaria para casa com a doutora Amanda. Pois é, as duas moravam juntas, fato que eu só vim a descobrir neste dia. Fábio e eu descemos as escadas, em silêncio. Apenas quando chegávamos à recepção foi que ele pareceu vencer o constrangimento para dizer algo.

— Como você está?

Quis perguntar ao que, exatamente, ele se referia. Poderia responder que me sentia perdida com relação à minha nova e inusitada paixão, ou renegada pela forma fria com que ele vinha me tratando desde o nosso beijo. Também poderia tentar expressar o tanto que estava chateada por ele ir à festa da Ju como par da Nat, e como me sentia uma péssima amiga por conta dessa chateação. Outra opção era contar que, mesmo sentindo tudo isso, eu ainda conseguia admirá-lo pra caramba e me sentia triste por não ter sido capaz de consolar a Gabi como ele fez. Eu sentia muitas coisas, para falar a verdade. Porém, deduzi que a pergunta dizia respeito apenas com relação à morte da Vitória.

— Vou ficar bem. Só preciso me acostumar à ausência dela.

Ele apenas balançou a cabeça e não disse mais nada. Já chegávamos à porta de saída quando eu parei bruscamente.

— Espera. Tem algo que preciso falar com você.

Ele parou e pareceu tenso com o que eu tinha para dizer. Não era nada com relação a nós dois. Na verdade, até era, mas provavelmente não da forma como ele imaginava. Abri a minha bolsa e de lá tirei a caixinha com a foto da Brisa, entregando-a a ele.

— Aqui, vinte estrelas.

Ele olhou para a caixa, ainda na minha mão, e sorriu levemente.

— Pelo visto eu te devo um presente.

— Não quero um presente. Quero te dar as minhas estrelas. Para juntar com as que você dobrou pela Vitória, se é que não as jogou fora como fez com as do seu irmão.

— Não joguei, mas... Eu não entendo, por que quer juntá-las? Agora não vai adiantar mais nada.

— Não vai para a Vitória, mas... Podemos fazer um novo pedido.

Ele levou a mão à caixa, mas não a pegou de mim. Ficamos os dois segurando-a, em silêncio, até que ele enfim disse o que estava pensando.

— Os desejos devem ser feitos de todo o coração. E eu não sei se um desejo seu pode ser o mesmo que o meu.

Eu não sabia... na verdade, até desconfiava, mas não tinha certeza... do que ele achava que eu poderia desejar. Então contei, algo que eu acreditava que também pudesse ser um desejo sincero dele:

— Quero que a Brisa seja adotada por alguém que a ame muito.

Ele deixou de olhar para a caixa, finalmente voltando a me olhar nos olhos. Em alguns instantes, voltou a sorrir. Aquele sorriso sincero que eu tanto gostava, embora ainda estivesse envolto a certa tristeza.

— Certo. Eu quero isso também. — Enfim, ele apanhou a caixa. Enquanto a guardava na mochila, eu indaguei:
— Juntando com as suas, quantas ficam faltando para mil?
— Umas vinte... Acho que um pouco menos. Está perto.
Também sorri, esperançosa.
— Então logo vamos testar se esse lance mágico funciona mesmo.
— É, logo saberemos. — Ele fez uma pausa, parecendo criar coragem para a pergunta que faria a seguir. — E... com relação àquele seu outro desejo. Ao seu maior desejo. Algum progresso?

O Miguel, claro! Eu tinha dito a ele que era o meu maior desejo. Embora eu já não estivesse mais tão certa disso.
— Por que pergunta? Pode ver, não é?
— É. Sua neblina continua aí.
— Talvez no sábado ela suma. É a festa da Ju. Bem, você sabe, né... Parece que você vai com a Nat.
— É, a Natália me convidou. Confesso que não queria ir, não sou muito desse tipo de festa. Mas... ela insistiu bastante.

Sabia que ela tinha insistido. E também sabia que não fazia o estilo dele, na verdade, nem eu tinha mais vontade de ir à festa, mas sentia que precisava ir. Talvez eu ainda me sentisse tão mal simplesmente por conta da tal neblina que o Fábio ainda via em mim. Quando eu conseguisse me tornar a namorada do Miguel, meu maior desejo se realizaria, e toda aquela confusão em mim iria chegar ao fim. Era isso que eu esperava.

Acreditando que não existia mais nada a ser dito ali, eu me despedi e saímos do hospital. Na rua, nos separamos, indo ele para o ponto do ônibus e eu para um canto da calçada, onde usei o celular para chamar um táxi.

No dia seguinte o Fábio não foi para a escola, e no próximo também não. Saí de lá determinada a ir diretamente para o hospital, confesso que morrendo de medo de chegar lá e me deparar com outra criança em coma. Afinal, a última vez que ele faltou dois dias seguidos, foi exatamente o que aconteceu. Saí do colégio determinada e achava que nada iria me deter, mas me enganei. Ao chegar à calçada em frente ao portão, encontrei algo curioso demais para não me deter. Ali sempre ficava uns tios com carrocinhas de lanches variados: pipoca, algodão doce, salgados... Nesse dia, um desses tios em especial chamou a minha atenção, pelo fato de eu conhecê-lo bem.

— Kazuo-*san*! — eu praticamente gritei.

Ele me olhou e acenou, alegremente. Fui até ele, olhando a carrocinha cheia de bolos cortados em fatia.

— Está vendendo bolo?

— Fabio-*kun* vive dizendo que meus bolos são uma delícia, então achei que pudesse ser um negócio lucrativo!

Fato. Ele poderia facilmente ficar milionário vendendo aqueles bolos. Aliás, só o cheiro já despertava a minha fome. Porém, aproveitando a presença dele ali, decidi ir para um assunto mais urgente:

— Sabe o que aconteceu com o Fábio?

— Andam acontecendo muitas coisas com o Fábio-*kun*.

Para não correr o risco de começarem as filosofias, fui mais direta na pergunta:

— Ele faltou ontem e hoje. Sabe se aconteceu alguma coisa com alguma das crianças do hospital? Ou mesmo com ele? Sabe se ele está bem?

— Acho que ele está muito bem, embora às vezes ache que não está.

Aquele era um prenúncio de filosofias estilo Mestre dos Magos, eu sabia!

— Kazuo-*san*, sabe por que ele tem faltado às aulas?

— Ah, é isso que quer saber? Eu sei, sim!

Ficamos em silêncio, um olhando para o outro, até eu entender que precisava ser mais direta na pergunta:

— Por favor, Kazuo-*san*, conte o motivo!

— Ele anda ocupado. Tem passado muito tempo pelas ruas, procurando pessoas para... sabe... ajudar daquele jeito que ele ajuda.

— Sei. O lance mágico. Mas por que ele está tão empenhado nisso?

— Ele me contou que você tem um pedido para as estrelas. E que ele quer te ajudar a realizar o mais rápido possível.

Daí fui eu que me vi subitamente sem resposta. Ele estava fazendo aquilo por mim? Sorri sozinha, feito uma boba apaixonada e esperançosa. Será que aquilo queria significar que eu era importante para ele? Sei que o Fábio era uma pessoa boa, e que era bom com todo mundo. Mas o empenho dele para realizar um pedido meu fez com que eu me sentisse... sei lá... especial.

— Bolo? — Kazuo ofereceu, apontando para a vitrine do carrinho.

Continuei a sorrir e movi a cabeça numa afirmação. Eu não resistiria a uma fatia do bolo dele, afinal.

— Vou querer bolo sim, Kazuo-*san*. Quanto está?

— Uma fatia é cinquenta centavos. Cinco é um real.

Franzi a testa, incrédula.

— Não vai ficar milionário desse jeito, Kazuo-*san*.

— Por quê? Devo fazer mais promoções?

Ri, enquanto pegava a carteira dentro da bolsa. Então voltei ao assunto anterior:

— Sabe se o Fábio vai para o hospital hoje?

— Ele me disse que não iria, porque quer terminar as estrelas logo. Mas falou que não tinha problema, que confiava em você para cuidar bem das crianças.

Voltei a sorrir, emocionada com aquele gesto de confiança.

— Quer saber, Kazuo-*san*? Vou levar um bolo inteiro. Na verdade, vou levar dois! As crianças vão adorar! Bem, eu não sei se todos eles podem comer bolo, mas... Eu pergunto para a doutora Amanda antes de servir.

Ele embalou cuidadosamente os bolos para mim. Aliás, em vez de dois, me deu três, insistindo que um deles era brinde da promoção "Pague dois, leve três". Como isso era tudo o que ele tinha levado para vender, foi embora, contando, orgulhoso, que tinha sido um sucesso de vendas ainda no seu primeiro dia como vendedor.

A doutora Amanda até que chiou um pouco, mas por fim liberou os bolos, que fizeram a alegria das crianças, mães e enfermeiras do hospital. Eles tiveram um dia bem feliz, o que fez eu me sentir feliz também.

Na verdade, eu só não me sentia mais porque o Fábio não estava ali.

No dia seguinte, novamente Fábio não foi para a escola. Nat também não foi, alegou estar indisposta, o que era bem comum. Não a indisposição, mas a invenção de motivos para faltar, especialmente às sextas-feiras. Achei que a Ju também não fosse, mas, graças a Deus, ela foi. E meu alívio foi por uma razão muito nobre: o aniversário dela era no dia seguinte e eu ainda não havia comprado um vestido! Depois da aula, a Ju me ocupou durante um bom tempo com um sermão daqueles sobre deixar tudo para a última hora (e não é que o jogo virou? Aquele sermão era meu, e não dela!), em seguida me acompanhou até o shopping. Meu ânimo para compras era zero, por isso precisei muito da ajuda da minha amiga para escolher um vestido e um sapato que combinasse.

Depois das compras, paramos para lanchar na praça de alimentação. A Ju tagarelava sem parar, em uma empolgação frenética pela festa do dia seguinte. Juro que eu tentei prestar atenção, mas simplesmente não consegui. Minha mente estava ainda às voltas com o Fábio. Será que ele tinha conseguido dobrar as mil estrelas? Ele estaria mesmo se empenhando tanto por ter sido um pedido meu? Senti-me uma idiota por pensar nisso. Afinal, se ele gostasse de mim, não teria reagido como reagiu ao nosso beijo e agora não estaria me fazendo sofrer por isso.

— Terra chamando Elisa!

Levei um susto com a mão que Juliana sacudiu diante do meu rosto.

— Ai, Ju, desculpa... O que estava dizendo?

Ela soltou um suspiro e, ficando séria, perguntou:

— Tá legal, Elisinha... O que tá rolando, hein?

— Não está rolando nada. Eu só me distraí. Sabe que eu ando meio pra baixo.

— Sei. Mas também sei que você anda esquisita desde antes de a garotinha morrer. Parece que está chateada com a gente, só não sabemos o motivo.

Eu, chateada? De onde a Ju tinha tirado aquele absurdo?

— Por que acha que estou chateada com vocês, Ju?

— E você ainda pergunta? Pra começar, você não dá a menor atenção para o que a gente fala. Não sai mais com a gente, não quer almoçar junto, não nos conta nada sobre o Miguel...

Certo, agora dava para entender de onde ela tinha tirado aquilo. Não queria que minhas amigas achassem que eu estava chateada com elas, por isso optei por ser sincera.

— Eu ando meio de saco cheio, sabe? Mas não de vocês. Nunca de vocês! Ai, não sei como contar...

— Que tal começar do início?

— Do início? — Sorri sozinha. — Bem, no início era o nada, então Deus disse: "Que se faça a luz!" — Aguardei por alguma reação, mas a Ju continuou me olhando com uma expressão bem séria. — Er... foi uma piada.

— É, eu percebi. E você não é de fazer piadas. Nem sabia que você conhecia alguma piada. Você está me assustando, Elisa, sério.

Ela realmente parecia receosa e não a culpei por isso. Precisava mudar essa situação.

— Na verdade, Ju, eu não quis mais almoçar com vocês porque sabia que iam ficar perguntando sobre o Miguel e queria fugir um pouco do assunto.

— Sério? Mas você nunca fugiu do assunto "Miguel".

— É, eu sei... Mas...

— Não me diga que você deixou de gostar dele?

— Não. Não é isso. É só que... Sabe, eu fiquei com vergonha de contar para vocês, mas... a gente se beijou, e... sabe, não foi legal.

Ela sorriu, compreensiva.

— Ah, Elisinha... mas o primeiro beijo às vezes é meio esquisito mesmo. O segundo é bem melhor.

— É, o segundo foi melhor, mas...

— Peraí, quantos beijos foram?

— Três. Na verdade, no Miguel, apenas dois, e... digamos que não foram o que eu esperava. O segundo foi bom, sabe? Mas... Olha, não é como se os meus sentimentos por ele tivessem mudado, é só que... Acho que me dei conta de que não era o tipo de sentimento que eu achava que fosse.

— Elisa, nada disso fez qualquer sentido!

— É, eu sei... Tá meio confuso, mas... a minha cabeça está assim também.

— Tá, então, em resumo... você não estava mais saindo com a gente porque não queria que ficássemos perguntando sobre o Miguel, é isso?

Bem, já que estava sendo sincera...

— Na verdade não é *só* isso. Eu também me incomodava com... toda aquela tietagem de vocês pra cima do Fábio. Olha, ele é um cara muito, muito legal. Vocês nem imaginam o quanto. E ninguém nunca deu atenção para ele... na verdade, até falavam mal dele, até que ele ficou famosinho e, de repente, todo mundo mudou. E isso me incomodou, muito. Não por terem passado a tratá-lo bem, mas por eu saber que não era de verdade, que era só por interesse. Eu queria que todo mundo o tratasse bem, mas por saber o cara legal que ele é, entende?

Ela continuou séria por alguns instantes até que, por fim, riu. Não compreendi o motivo da graça, mas ela logo explicou:

— Acho que entendi, sim. E entendi, também, em quem você deu o seu terceiro beijo, que não foi no Miguel.

É, ela tinha entendido. E compartilhar aquilo com alguém me livrou de um peso de toneladas. E continuei a desabafar:

— Mas não vai rolar nada, porque... seja lá o que estou sentindo por ele, ele não sente o mesmo por mim.

Novamente, a Ju caiu na gargalhada, enquanto pegava o celular e começava a mexer.

— Está rindo de quê?

— Da sua lerdeza, amiga. Aliás, Nat e eu falávamos exatamente disso no outro dia.

Ela me entregou o celular. Tinha aberto um aplicativo de mensagens, em uma conversa entre ela e a Nat, visivelmente tida em horário de aula. Elas faziam esse tipo de coisa, de um jeito quase ninja para não deixar que os professores vissem. Comecei a passar os olhos pelas mensagens, enquanto as lia em voz alta:

— "July, olha só o jeito como ele olha pra Elisa"; "Eu já tinha reparado. Lembra que eu te disse?"; "E a lerda nem percebe..."... Ei, vocês ficam falando mal de mim pelas costas?

— Não foi pelas costas. Você estava bem do nosso lado. Não temos culpa se prefere dar atenção às aulas de Matemática.

Elas deviam era me agradecer por dar atenção e depois repassar a matéria!

Continuei a olhar as mensagens, mas parei ao perceber que elas logo tinham mudado o assunto. Mas... será que isso era verdade?

— De que jeito o Fábio olha para mim?

— Com cara de bobo apaixonado!

— Desde quando?

— Ah, isso já tem um tempinho. No início ele mal te olhava, e quando o fazia era com cara de: "que garota mais chata!". Mas isso mudou pouco depois que vocês começaram a trabalhar no hospital.

Talvez elas estivessem enganadas. Quem sabe, fosse apenas aquele olhar detector de neblinas que ele tinha. Até porque...

— Não faz sentido, Ju. Olha, depois que a gente se beijou, o clima ficou horrível! Foi ele que nos afastou. E, após isso, a gente mal tem se falado. Ele me evita o tempo todo!

— Deixa eu adivinhar... Você contou a ele sobre o Miguel?

— Bem... digamos que eu tenha mencionado o assunto.

— E o que você queria, Elisa? Ele acha que você gosta de outro cara.

Na verdade, era mais do que isso. Ele não apenas achava, mas tinha certeza disso. E não apenas que eu "gostava do Miguel". Eu disse a ele que ser namorada do Miguel era o meu maior desejo. Eu falei isso para ele: para o cara que tinha o lance mágico de ajudar pessoas a realizar sonhos. Claro! Como eu pude ser tão idiota?

— Você tem razão, Ju... Eu sou uma lerda! O que eu faço agora?

— Aproveite que amanhã você estará linda com o vestido que eu te ajudei a escolher, e se declare!

— Mas... E o Miguel? O que devo fazer? Ele me convidou para ser par dele no seu aniversário, e o Fábio já convidou a Nat.

— Não tem problema, vocês vão todos para o mesmo lugar. Lá você conversa com o Miguel e explica que gosta de outra pessoa.

— Tá, mas e o Fábio?

— Você se declara pra ele, já disse!

— Tá maluca, Ju? E a Nat?

Ela colocou as mãos na cintura e riu.

— Sério que tá preocupada com isso, Elisinha? A Nat é uma versão feminina do Miguel, não está nem aí para relacionamentos sérios. Acha o quê, que ela gosta de verdade do Fábio?

— E se gostar? Como você pode saber?

— Eu sei porque ela disse, e se você parasse de ficar sonhando acordada durante as nossas conversas, teria ouvido também. Ela já até traçou a meta dos dois próximos garotos com quem ela quer ficar depois do Fábio. Aliás, ela falou sobre isso nessa mesma conversa aí! — apontou para o celular.

Voltei a olhar para o aplicativo. Subi a tela, lendo o restante da troca de mensagens.

— Rubens? Aquele feioso do terceiro ano?

— Não soube? A irmã mais velha dele foi chamada para aquele reality show que estreia mês que vem.

— E quem é Danilo?

— Vizinho novo. Ele tem um canal de vídeos na internet com mais de duzentos mil seguidores. Mais alguma pergunta?

Eu não tinha mais perguntas. Estava mais do que convencida. A Nat era exatamente assim. E eu era uma idiota por não ter me dado conta disso. Não existia nenhum empecilho. Portanto, eu estava determinada: no dia seguinte, conversaria com o Fábio.

Sentada na beira da cama, eu analisava a minha imagem refletida no espelho que ocupava quase metade de uma das paredes do meu quarto. Eu até que estava bonita, mas essa não era, nem de longe, uma das minhas maiores preocupações. Na verdade, eu estava mais ocupada em encarar os meus próprios olhos, enquanto perguntava para mim mesma o que faria naquela noite.

Era óbvio que o Miguel esperava que ficássemos. E essa tinha sido exatamente a minha intenção inicial: ficar com ele e aproveitar a oportunidade para declarar os meus sentimentos e, com isso, tentar transformar o simples casinho em algo mais sério. Mas, e agora? Como eu iria desfazer tudo isso? O que diria a ele? E, pior: o que diria ao Fábio?

A Ju poderia ter razão e ele poderia estar se afastando de mim depois daquele beijo porque ele acreditava, como eu também até bem pouco tempo atrás, que meu maior desejo fosse ficar com o Miguel. Mas não era mais, ou talvez nunca tivesse sido exatamente isso, sei lá! Porém, e se a Ju estivesse enganada? E se o Fábio tivesse se afastado por de fato não querer nada comigo? E se ele ainda gostar da Gabi ou estiver a fim de qualquer outra garota? Até mesmo da Nat. Afinal, ele tinha aceitado o convite dela para a festa, não tinha?

Olhei por um instante para o meu mural de fotos, onde há poucos dias tinha colocado o desenho que Vitória deixou para mim, e que eu finalmente tive coragem para olhar. Eram dois bonequinhos de mãos dadas, cercados de corações. Se restava qualquer dúvida de quem seriam, uma letrinha torta formava as legendas em cima de cada um dos personagens: Elisa e Fábio. Não sei como aquela pestinha poderia ter previsto aquilo, mas o fato é que, ao que tudo indicava, ela tinha dado a sua bênção para que eu ficasse ao lado do garoto que ela mais gostava. Nem preciso contar que chorei loucamente quando vi o desenho pela primeira vez. E que, mesmo agora, não conseguia olhá-lo sem sentir um nó na garganta.

Fui arrancada desses pensamentos ao ouvir algumas batidas na porta que, em seguida, foi aberta. Minha mãe entrou no quarto. Parecia ter a intenção de dizer alguma coisa, mas, quando me viu, mudou o assunto para me elogiar.

— Como está linda! Duvido que seu grande amor vá resistir aos seus encantos!

Ah, claro, minha mãe sabia sobre o Miguel. Eu sempre contei tudo para ela, o que, obviamente, incluía a minha paixonite de sempre. Também tinha falado que iria ao baile com ele. Só não tinha contado, ainda, sobre toda a confusão da minha mente envolvendo o Fábio, nem sobre o nosso beijo, nem, claro, sobre o lance mágico e as estrelas de papel.

— Que carinha desanimada é essa? — ela perguntou, vindo sentar-se ao meu lado.

Respirei fundo algumas vezes, tentando pensar em por onde começaria a explicar sem precisar contar a história toda. Faltava uns 15 minutos para o horário combinado e logo o Miguel estaria chegando para me buscar.

— Mãe... Sabe quando você passa um longo tempo tendo certeza de que algo é o seu grande sonho... mas quando está perto de realizar, começa a perceber que pode ter se enganado?

— Ah, filha... Vem falar disso comigo? Eu comecei cinco faculdades diferentes e só me formei em uma!

A grande verdade é que eu não fazia a menor ideia de como a minha mãe tinha conseguido frequentar a mesma faculdade até o fim. Realmente, ela era a pessoa mais adequada para falar sobre aquilo. Ninguém no mundo começava tantas coisas e as deixava pela metade como ela.

— Quando foi que você percebeu que não amava mais o papai?

— Ah, Elisa... Essas coisas são tão complicadas. Quando eu me casei, estava completamente apaixonada. Mas acho que quando é amor de verdade, resiste a tudo.

— Então acha que nunca o amou pra valer?

— Eu sempre admirei muito o seu pai. Às vezes a gente acaba confundindo amor com admiração...

— Ou beleza.

— Bem... Hoje em dia ele está meio detonado, mas seu pai era bem bonitão. — Ela riu e eu também, ignorando o fato de a visão dela andar meio distorcida. Meu pai ainda era bem bonitão, oras! — Aliás, o Miguel também é bem bonito. Não te condeno por ter se confundido.

— E quem disse que eu me confundi?

— Meu sexto sentido de mãe.

— Sem essa, mãe! Você entrou no quarto falando sobre o meu "grande amor".

— É, mas quem disse que eu estava falando sobre o Miguel? Aliás, me conta... o Fábio vai estar nessa tal festa?

Mas como isso era possível? Minha mãe era bem desligada, mas às vezes mostrava ter um radar absurdamente potente no que diz respeito a nos compreender. Vai ver todas as mães já vêm equipadas com um desses.

— É, ele vai. Mas acompanhado por outra garota.

— Duvido que ela seja tão linda quanto você.

— É a Nat.

—... Duvido que ela seja tão estudiosa quanto você.

Daí fui eu que ri. Ela conhecia bem as minhas amigas para saber que gostar de estudar era o meu único atributo que se sobrepunha a elas. Por exemplo, o vocábulo "sobrepor" jamais estaria inserido no vocabulário delas. Talvez nem mesmo a palavra "vocábulo".

Porém, elas eram bem mais bonitas, simpáticas e divertidas do que eu. Os dois últimos atributos, aliás, não eram assim tão difíceis de alguém me superar.

Nesse momento, a campainha tocou. Senti minhas pernas tremerem e minhas mãos começarem a suar. Novamente, não era capaz de entender o porquê de me sentir assim, mas minha mãe, com o radar poderoso dela, percebeu e compreendeu aquilo muito bem. Segurou minhas mãos com as delas e, me olhando, falou:

— Não tenha medo de seguir o que o seu coração diz, meu amor. Tome as decisões que tiver que tomar, sem medo. Só se vive uma vez, não se esqueça disso.

Medo. Era exatamente isso. Medo de chatear o Miguel, de magoar a Nat, de levar um fora do Fábio... Medo de me levantar e descer as escadas para encontrar o meu par para a festa. Mas eu não iria fugir. Dei um beijo no rosto da minha mãe e me levantei, saindo do quarto. Parei no alto das escadas, observando Miguel. Ele estava lindo, ainda mais do que o habitual, usando calça e camisa social. Trazia um buquê de flores em mãos. Atrás dele, Joana parecia empolgada, falando pelos cotovelos. Assim como a minha mãe, ela também sabia sobre a minha paixonite por ele, e, claro, deveria estar super animada por ele ser o meu par para a festa. Por isso ela tagarelava sem parar, fazendo perguntas curiosas como onde ele morava, e preocupadas, sobre quem nos levaria para a festa. Quando ele enfim se virou para ela, a resposta dele foi a menos educada possível.

— Não tenho que dar satisfações da minha vida para uma empregada. Onde está a Elisa?

Ouvir aquilo me doeu, tanto quanto ver o olhar de tristeza de Joana. Eu até poderia ser "riquinha e mimada" como o Fábio já tinha dito, mas eu jamais tratava alguém assim. Muito menos a Joana, que não era uma "empregada". Era a minha segunda mãe.

Ele finalmente olhou para o alto das escadas e me avistou. A expressão no rosto dele mudou totalmente, passando a exibir o sorriso lindo que tanto me encantava. Mas, nesse momento, não houve encanto. Apenas decepção.

Determinada, desci as escadas e o cumprimentei com um beijo no rosto. Apenas educação, sem qualquer ânimo. Ele me fez alguns elogios e seguimos até a porta. Já na varanda, pedi que aguardasse e voltei para dentro de casa. Na sala, percebi que Joana trazia lágrimas nos olhos e, sem pensar duas vezes, abracei-a fortemente.

— Desculpe por isso — pedi, controlando-me para também não chorar.

Após alguns segundos, ela respondeu, irritada:

— Ele é muito mal-educado!

— Eu sei.

— Ele não é o garoto certo para você.

— Eu sei. — Afastei o abraço, olhando-a nos olhos. — Não se preocupe, eu vou fazer a coisa certa.

— Você sempre faz. Está linda demais pra um babaca desses.

— É... eu sei disso também.

Dei um beijo no rosto dela antes de me virar e sair. Um motorista de Miguel já estava a postos na calçada, aguardando para nos levar ao maior salão da cidade, onde estava acontecendo a festa da Ju.

CAPÍTULO QUINZE

A estrela de brilho mais forte

Dizer que a festa da Ju estava um arraso, sinceramente, é ser redundante. Porém, era incrível constatar o quanto ela se superava a cada ano. O salão era enorme e altamente luxuoso, e contava com vários ambientes diferentes.

Logo que chegamos, avistei a dona da festa. Ela estava linda, com um vestido tomara que caia, cor de rosa e rodado, e uma sandália prata com um salto suicida. Conversava com o pai, mas logo que nos viu veio até nós e cumprimentou o Miguel com dois beijos no rosto, e depois me abraçou fortemente.

— Elisinha, como está linda!
— Olha quem fala! — rebati.

A gente se afastou e ela pareceu querer dizer alguma coisa, mas alguém a chamou. Ela disse que logo voltava para falar melhor comigo e foi recepcionar o grupo que chegava.

Miguel e eu fomos nos sentar em uma mesa. Um garçom logo se aproximou, trazendo alguns aperitivos. Enquanto Miguel se servia, eu olhei ao redor, procurando por uma determinada pessoa que, parecendo atender aos meus chamados mentais, chegou ao salão neste momento.

Ele estava simplesmente lindo. Era estranho vê-lo de roupa social, sem o tênis velho e o jeans surrado, e eu me perguntei se ele estaria se sentindo à vontade naquele estilo tão diferente do dele. Mas estava lindo, isso era inegável. A camisa social verde clarinha dava um realce especial aos olhos cor-de-mel. Mas os cabelos ainda mantinham aquele ar rebelde que eu tanto detestei a princípio, mas que agora achava um charme.

Parecendo perceber que estava sendo observado, ele me olhou. E ficamos naquela troca de olhares durante incontáveis segundos. Até que um movimento brusco ao lado dele puxou a minha atenção. Era a mão da Nat, que se movia em um animado aceno. Forcei um sorriso e acenei de volta.

Esqueça qualquer uso anterior que eu tenha feito da palavra "lindo". Em nenhum momento ele seria tão bem empregado do que agora. Isso porque eu não conseguia pensar em nenhum adjetivo melhor para descrever a Nat.

Natália era a mais bonita de nós três, isso era algo que sabíamos desde crianças. E se ela já atraía atenções por onde passasse no dia a dia, imagine vestida daquele jeito. O vestido vermelho feito sob medida caía muito bem no corpo dela, e fazia um contraste lindo com a pele negra. Mas acho que nada superava o sorriso dela. Nat era a simpatia em pessoa. Bem oposta a Elisa rabugenta aqui. Inegável o fato de que ela fazia bem mais o estilo do Fábio do que eu.

— Vamos dançar? — A pergunta repentina me arrancou dos meus pensamentos.

Olhei para Miguel, que sorria, e respondi com sinceridade:

— Eu não sei dançar.

— Não tem problema, sou um ótimo professor. Aliás... — Ele segurou a minha mão por cima da mesa. — Tem várias coisas que pretendo te ensinar essa noite.

Eu entendi o que ele quis dizer e isso fez eu me sentir muito mal. Ele tinha feito todo o curto trajeto da minha casa até ali falando que não pretendia passar muito tempo na festa e que logo me levaria a algum lugar "mais tranquilo" onde a gente pudesse "se conhecer melhor". Independentemente do que pudesse ocorrer entre Fábio e eu, não estava disposta a ir a lugar algum com Miguel. E não iria mais dar a ele falsas esperanças com relação a isso.

— É sério, eu não sei dançar — respondi, firme, enquanto soltava a minha mão da dele. — Mas você pode ir sozinho. Não se prenda por minha causa.

— Imagina se eu vou deixar uma princesa como você aqui sozinha.

Então, ele finalmente fez a sua investida. Contornou a minha nuca com a mão e tentou me beijar. Mas eu virei o rosto, impedindo que conseguisse. Parecia loucura admitir isso, mas o meu estômago revirou. A ideia de beijá-lo não me provocava agora nada além de nojo.

— Desculpa — sussurrei. Mesmo sem olhá-lo, podia sentir que tinha ficado confuso com aquilo. — Eu não posso ficar com você.

A mão dele foi parar no meu queixo, virando delicadamente o meu rosto e, dessa forma, forçando-me a olhá-lo. E ele, de fato, parecia bem confuso.

— Do que está falando?

— Desculpa, Miguel, mas eu... Eu gosto de outra pessoa.

De todas as reações que eu poderia imaginar, a que ele teve foi a mais inesperada possível: ele simplesmente começou a gargalhar.

— Eu não acredito numa coisa dessas... — foi tudo o que ele, enfim, disse.

— Desculpe... — pedi.

— Não vai me dizer que você também ficou deslumbrada com os 15 minutos de fama daquele mendigo?

— Não. Eu gosto dele. De verdade.

Ainda rindo, ele balançou a cabeça em um movimento de negação. Parecia custar a acreditar no que ouvia. E de que forma eu poderia culpá-lo, se tinha custado tanto a acreditar no que eu mesma sentia?

— Mas ele veio pra festa com outra garota — ele lembrou.

— É, eu sei.

— E o que te garante que eles não vão ficar juntos?

— Nada.

— Então, por que não esquece aquele ferrado, só por hoje, e se diverte um pouco comigo?

Eu fiquei parada por alguns segundos, com a resposta óbvia para aquilo pairando sobre a minha mente. Quando permiti que ela saísse através da minha voz, senti o quão libertador era conseguir dizer aquilo ao antigo garoto dos meus sonhos.

— Porque eu não quero ficar com você.

Apesar do surto, coragem não era exatamente o meu forte, e por isso eu me levantei e saí, deixando um aparentemente transtornado Miguel para trás. Ainda sussurrei outro "me desculpe" enquanto passava por ele, rumo à entrada onde tinha visto Fábio e Nat chegando há poucos minutos. Mas é óbvio que eles não estavam mais lá. Já deviam ter ido sentar, ou dançar, ou estavam se pegando em algum canto do salão. Afinal, eu sabia que aquele era exatamente o plano dela.

Saí andando, meio sem rumo, para a área externa do salão, sem saber o que fazer. Uma atitude, com relação a Miguel, já tinha sido tomada, mas a outra seria bem mais delicada e difícil.

Dei a volta pela área externa do salão, chegando à parte de trás que, apesar de bem bonita, estava quase vazia. Tinha um lago com patos, atravessado por uma ponte japonesa e rodeado por um belo jardim. As flores me lembraram o quintal do Kazuo-*san*, o que, naturalmente, me fez lembrar do momento em que me descobri apaixonada pelo Fábio. O momento do nosso primeiro e, infelizmente, único beijo. Fui até a ponte e parei no alto dela, olhando distraída para os patos. Tentei pensar em como chegaria em Fábio naquela noite, até chegar à conclusão de que aquele não era o momento certo para isso. Decidi que iria para casa, chorar por horas na cama até pegar no sono.

Olhei para o céu. Estava uma noite linda e uma estrela parecia ter um brilho mais forte do que as demais. Talvez fosse a Vitória, que lá do alto estava olhando para mim e repetindo que eu era uma babaca.

— Foi mal, monstrinha — sussurrei. — Acho que o seu desenho não vai se tornar real.

Determinada, segui em direção à pequena entrada nos fundos do salão. Iria procurar a Ju para me despedir e pedir desculpas por não ficar até o final da festa. Fui para a área do salão onde, em um palco, uma banda tocava ao vivo. Um grande aglomerado de pessoas pulava e dançava ao som da música, e foi lá no meio dessa gente toda que eu encontrei a Ju, dançando ao lado de uma prima que tinha vindo do Rio de Janeiro apenas para a festa. Quando me viu, Juliana disse algo à prima e veio até mim.

— Elisinha, onde você tava? — ela teve que gritar para que eu conseguisse ouvir em meio ao som alto. — Voltei lá agora há pouco e vi o Miguel sozinho. E ele parecia meio emburrado.

Ok, momento culpa. Não queria chatear o Miguel, não queria mesmo.

— Estou indo pra casa — avisei, também gritando.

Juliana me olhou com uma cara meio brava, meio confusa. Daí ela me puxou para outro ambiente do salão, onde o som da banda chegava com menos intensidade.

— Você já falou com o Miguel?
— Já.
— E com o Fábio?

Suspirei.

— Melhor não, Ju. Hoje, não.
— Ah, não! Você não vai desistir!
— Ele está com a Nat, e ela tá toda feliz. Que tipo de amiga eu seria se fosse me declarar para ele logo hoje? Eu deveria ter conversado antes com ela.
— É, deveria. Mas não conversou, então vai conversar agora. Primeiro com ela, depois com o Fábio. Tá bom assim?
— Não é o local para isso, Ju!
— Qualquer lugar é lugar. Anda, vem!

Ela me agarrou pela mão e, sem mais nem menos, saiu me puxando. Enquanto era guiada por ela, fui insistindo que não queria fazer aquilo, até que ela parou abruptamente. Ainda pensei que ela talvez tivesse atendido ao meu pedido, mas percebi que ela olhava, assustada, para alguma coisa. Segui os olhos na mesma direção e meu susto não foi menor. Tínhamos encontrado Fábio e Natália. Estavam de pé, próximos à uma mesa... E se beijavam.

E minha reação instintiva foi a pior possível. Simplesmente soltei um grito aflito:

— Não!

Ouvindo aquilo, os dois automaticamente se afastaram. Percebi que Fábio pareceu empurrá-la. Os dois me olharam, no mínimo confusos.

E a confusão só pareceu aumentar quando eu, sem conseguir dizer nada, não controlei as primeiras lágrimas que caíram pelo meu rosto. Percebendo o papelão que estava fazendo, dei meia-volta e saí, apressada.

Corri transtornada até a área externa, parando bem diante do lago. Eu só queria chorar, e desaparecer. Ir para qualquer lugar bem longe dali. A cena daquele beijo estava fixa na minha mente, martelando-a compulsivamente, como uma espécie de tortura. Não demorou muito e Juliana foi a primeira a chegar, preocupada.

— Elisa, calma! — Segurou as minhas mãos. — Está gelada, tá tremendo.

Abri a boca para dizer alguma coisa, mas duas vozes se sobressaíram a minha, gritando pelo meu nome. Virei-me, ficando de costas para Fábio e Natália, que se aproximavam.

— Elisa, não é o que você está pensando... — ele começou a explicar, naquela maldita frase clichê de homens canalhas.

Mas ele não era um canalha e eu sabia disso. Nós não tínhamos qualquer relação. Aliás, ele nem tinha motivos para tentar dar qualquer tipo de explicação. Eu estava sofrendo, mas ele não tinha culpa. Não tinha culpa por eu ter me apaixonado, nem pela Nat ter sido bem mais rápida do que eu.

Antes que ele continuasse as explicações, Natália tomou a palavra:

— Ju, leva o Fábio lá pra dentro. Me deixa sozinha com a Elisa, por favor.

— Eu não vou a lugar algum! — Fábio rebateu. E eu não entendi o motivo de ele fazer tanta questão de ficar ali.

— Ah, você vai, sim! — Nat voltou a falar. — Eu preciso ter uma conversa séria com a minha amiga. E a sós!

Hesitante, voltei a me virar, ficando de frente para eles. Os três pareciam preocupados, sendo que a apreensão de Natália era misturada à determinação, e a de Fábio tinha um grande ar de desespero. E eu me senti péssima por aquilo, por deixar cada um deles assim, e por estar fazendo aquele papelão. Não era justo com nenhum deles.

Juliana pediu ao Fábio para acompanhá-la de volta à parte interna do salão, mas ele se negou, olhando para mim como quem espera desesperadamente por um perdão que não tinha razão de existir. Naquele momento eu tive certeza de que estava ainda mais apaixonada do que supunha até então.

— Vai com ela, Fábio — pedi, com a voz sussurrada. — Preciso conversar com a Nat, depois a gente se fala, eu prometo.

Ele não queria ir. Vi nos olhos dele que não queria sair dali, mas o fez apenas para atender ao meu pedido. Acompanhado da Juliana, voltou para a parte de dentro do salão. Aliás, depois de falar com ele, eu também devia um grande pedido de desculpas à Ju por estar fazendo esse papelão na tão esperada festa dela.

Mas o meu assunto, no momento, era com a Nat. E eu não estava menos envergonhada do que tinha feito a ela.

— E aí, vai me explicar ou não? — ela perguntou, cruzando os braços diante do corpo.

Eu até explicaria, se houvesse qualquer explicação a ser dada. Mas a grande verdade é que eu não tinha nenhum direito de ter feito a cena ridícula que fiz. Sendo assim, falei a única coisa que poderia falar naquele momento:

— Desculpe.

— Não, eu não desculpo. Você não tinha esse direito, Elisa. Não tinha.

Meu choro ficou mais intenso e eu abaixei o rosto, evitando olhá-la.

— Eu sei que não, Nat.

— Não, você não sabe. Porque é uma tonta que sequer entende do que estou falando. Você não tinha o direito de não ter me contado que gostava do Fábio. Somos amigas, merda!

Confesso que ouvir a Nat falando um palavrão me deixou bem assustada. Não que ela nunca os falasse, mas apenas o fazia quando estava bem irritada. E ela também estava com a razão quando disse que eu não tinha entendido o motivo da raiva dela. Jamais imaginei que fosse por aquilo.

— Somos amigas, Nat. — Tentei controlar um pouco o choro. — Mas eu sou realmente uma tonta e demorei para perceber o que eu de fato sentia por ele e acabei não conseguindo falar com você antes da festa.

— Sabe que eu não ficaria com ele se soubesse, se ao menos desconfiasse disso, não é?

Tornei a olhá-la e movi a cabeça numa afirmação. Eu não apenas sabia, eu tinha certeza daquilo.

— De qualquer forma, eu não queria... Não queria ter... atrapalhado o seu lance com ele.

Ela riu.

— Elisa, por favor! Depois de um lance, vem outro. Você tinha razão. Eu não percebi o quanto ele é um cara maravilhoso. E, na verdade, nem estava preocupada em perceber. Mas você viu, então não é exatamente você que está atrapalhando alguma coisa. Eu só não vou te pedir desculpas, porque... Por Deus, né? Eu não sou vidente! Olha a situação em que você me enfiou!

Sem mais controlar o choro, simplesmente me joguei em cima dela, abraçando-a fortemente. Ela pareceu se assustar em um primeiro momento, mas enfim correspondeu ao abraço.

— Elisa... ai, meu Deus, fica calma, menina!
— Você não me odeia, não é?
— Claro que não! Só estou com raiva, mas vai passar.
— Jura? Jura que não me odeia?
— Aff... eu beijo o seu novo príncipe encantado e você tem medo de *eu* te odiar?

Ok, lembrar daquilo não era nada agradável. Mas, ainda assim, minha preocupação no momento era outra.

— Ainda somos amigas, não é?
— Ai, Elisa! Como eu falei, depois de um lance, vem outro. Amor e amizade verdadeiros é que são pra sempre.

Eu a abracei ainda mais forte, sentindo-me grata por tudo. E também precisava ser justa:

— Mas... se ele quiser ficar com você... Eu não vou tentar impedir, eu juro.
— Deixa de ser boba, Elisa! Ficar comigo? Eu praticamente o agarrei pra conseguir aquele beijo.
— Está falando sério?
— E você acha que eu inventaria algo desse tipo? Isso acaba com a minha autoestima, imagina?
— Desculpa!

Ela riu e se afastou.

— Deixa de ser boba e para de pedir desculpas. Agora vai lá pra dentro falar com o Fábio!
— Hoje não, Nat. Por favor, não insiste nisso também. Vou pra casa, e... segunda-feira, depois da aula, eu falo com ele... se tiver coragem pra isso.

Ela me observou em silêncio por alguns instantes e eu achei que fosse insistir ou mesmo fazer como a Ju e me puxar à força de volta para o salão. Mas, surpreendentemente, não foi o que ela fez.

— Certo. Eu vou embora também. Vou ligar pro motorista vir pegar a gente e ele te leva em casa.
— Não precisa, Nat. Minha mãe disse que viria. Vou ligar para ela.
— Imagina, não vai incomodar a tia Elisangela. Vou só lá dentro pegar minha bolsa e já volto, me espera aqui!

Antes que eu pudesse dizer qualquer coisa, ela voltou para dentro do salão. Com isso, só me restava esperar. Sentei em um banco do jardim, enquanto esperava. Não tinha passado nem cinco minutos quando alguém chegou. Mas não era a Nat. Que inferno, o que *ele* estava fazendo ali?

— Natália me disse que você queria falar comigo — Fábio informou, explicando a situação.

Aff... A Nat ia me pagar por aquilo!

Comecei a pensar desesperadamente no que iria dizer, até que lembrei de algo. Abri a minha bolsa e peguei o celular, estendendo o braço em direção a ele. Fábio olhou para aquilo sem entender. Engolindo o choro que ameaçava voltar, expliquei:

— Parece que você ganhou a aposta. Miguel e eu não vamos ficar juntos.

Ele não pegou o celular. Ao invés disso, suspirou e sentou-se ao meu lado. Ficamos em silêncio, ambos olhando para a frente, por algum tempo, até que eu tomei coragem para dizer alguma coisa:

— Desculpe pela minha reação ridícula lá dentro.

— Eu é que peço desculpas por estar sendo ridículo agora.

Pisquei algumas vezes, sem entender ao que ele se referia. Ele explicou:

— Como é que eu ia perceber que você gosta de mim? Eu não era apenas um pobretão idiota que não tinha nada que uma garota como você poderia querer?

— Idiota fui eu em te chamar assim. Eu sinto muito, muito mesmo.

— E o Miguel? E o seu maior desejo?

— A Vitória tinha razão quando dizia que eu não entendia nada sobre o amor. Foi só eu conhecer um pouco melhor o Miguel para perceber que não o quero ao meu lado.

— Bem, eu sempre o achei meio babaca.

— E parece que você tinha razão.

Pelo canto dos olhos, percebi que ele virava o rosto em minha direção e me encarava por alguns segundos, antes de voltar a olhar para a frente e perguntar:

— E por que você não me contou que estava sentindo algo por mim?

Tive até vontade de rir diante da pergunta. Eu tinha levado três anos até conseguir falar o meu primeiro "oi" para o Miguel. Coragem e iniciativa não eram o meu forte. Principalmente pelo fato que expressei:

— Como eu iria contar sobre os meus sentimentos para um garoto que depois de um beijo passou a fugir de mim como o diabo da cruz?

— A verdade é que eu me senti péssimo depois daquele beijo.

E eu, agora, me sentia mais do que péssima com aquela declaração. Embora não fosse surpresa para mim.

— É, eu percebi.

— E como eu não ia me sentir péssimo depois de beijar uma garota que eu acreditava que gostasse de outro cara e com quem eu tinha me comprometido a ajudar a ficar com esse sujeito?

— Desculpe por tudo isso, sério.

— E como eu poderia não me sentir péssimo depois de beijar a garota por quem estou apaixonado e acreditar que esse beijo tenha sido um erro?

Virei subitamente o meu rosto em direção a ele, mal conseguindo acreditar que tivesse realmente ouvido aquilo.

— E... eu... eu... — gaguejei. — Acho que não entendi.

Ele riu, também passando a me olhar.

— Para a aluna com a maior média geral do Machado de Assis, você é bem tapada para algumas coisas.

Senti que deveria xingá-lo, mas deixaria isso para outro momento.

— Achei que você me visse como uma garota fútil, mimada, egoísta, esnobe, e... como era mesmo?

— Inacreditável.

— É. E não era num sentido bom.

— Acho que cometemos o mesmo erro. Eu não fui com a sua cara do mesmo jeito que você se apaixonou pelo babaca do Miguel: antes de conhecer. No início, achava que você fosse só mais uma riquinha esnobe. Inteligente e bonita, mas sem simpatia, empatia... Sem conteúdo humano.

— Acho que nunca serei uma pessoa tão boa quanto você.

Ele moveu a cabeça numa negação.

— Você tem muito mais qualidades do que imagina. E tem tudo o que eu achava que não tivesse.

Foi a minha vez de sorrir. Correndo o risco de bancar novamente a fútil, mostrei curiosidade com um ponto em especial:

— Acha mesmo que eu sou bonita?

— Claro. Sempre achei.

— Mais do que a Nat?

Ele bem que podia ter sido romântico e pesado um pouco a resposta. Sinceridade era uma virtude, mas mentiras sociais também eram.

— Também não apela, Elisa! Aquela menina parece uma modelo!

Ok, era minha culpa por ter perguntado. Mas não consegui disfarçar a chateação. Cruzei os braços e fiz bico, irritada.

— Se é assim, por que não pede ela em namoro?

— Porque não é dela que eu gosto. E a menina que eu gosto está nesse momento fazendo ceninha de ciúme.

Vencida, abri um sorriso.

— Fala de novo?
— O quê? Que você tá fazendo cena?
— Não. Que gosta de mim.
— Eu gosto muito de você. Acho que mais do que deveria. Porque não sei se você aceitaria namorar um pobretão.
— Por que você não tenta perguntar?

Ele segurou a minha mão e esse foi o nosso primeiro contato físico nesse dia. Ao contrário do que imaginei, não fiquei tímida, constrangida, aflita... nada disso. Foi tão natural... Como se nossas mãos tivessem sido feitas para se encaixarem uma à outra. Assim como nossos olhos, vagando pelos rostos um do outro. Olhando-o tão de perto e com atenção, achei um absurdo eu ter chegado a achar o Miguel mais bonito do que ele. Existia a beleza física ali, mas os olhos dele transbordavam tanto a mais. Os lábios dele começaram a se mover e, então, eu ouvi aquelas palavras tão esperadas:

— Quer namorar comigo?
— É claro que quero, seu bobo! É só o que quero.

E aí, quem diria... A Elisa covarde e sem iniciativa enfim agiu. Eu praticamente pulei em cima dele, unindo nossas bocas em um beijo. Eu perderia as contas a partir daí, mas fiz a nota mental de que o quarto beijo era ainda mais mágico do que o terceiro. E, daí por diante, todos seriam assim. Com ele, sempre seria mágico.

Quando aquele beijo chegou ao fim, Fábio me olhou de uma forma estranha. Parecia procurar por alguma coisa.

— Sumiu... — sussurrou.
— O que foi que sumiu?
— A sua "neblina". Sumiu.

Sorri, sentindo meus olhos transbordarem a felicidade e a paz que eu agora sentia dentro de mim. E abracei-o, descansando minha cabeça no peito dele e fechando os olhos, enquanto me sentia protegida em seus braços.

Ali, naquele abraço, enfim entendi qual de fato era o meu maior desejo. Eu queria amar verdadeiramente. E sentir que era amada de volta.

Era exatamente como eu me sentia naquele momento.

CAPÍTULO DEZESSEIS

A milésima estrela

Contar para a minha mãe que eu estava namorando foi bem mais difícil do que eu imaginava. Não que ela fosse controladora, autoritária ou coisa do tipo. Na verdade, ela era o mais completo oposto disso. Ela ficou foi empolgada. Muito, aliás. Bem mais do que eu, diga-se de passagem. Primeiro, ela começou a vibrar com os surtos de "eu já sabia!"; depois partiu para os elogios ao Fábio, enfatizando mil vezes o fato de ele ser "um ótimo garoto"; e aí iniciou os planejamentos para um jantar em família, onde ele seria o convidado de honra. Essa parte da conversa envolveu a Joana, que mesmo sem conhecer o Fábio embarcou na empolgação da minha mãe, principalmente depois das descrições feitas, onde ela percebeu que ele era bem diferente do Miguel (que causou uma péssima impressão a ela, obviamente).

Depois de tomar o meu café da manhã, enfim consegui me desvencilhar de toda aquela empolgação generalizada (Até a Érica estava animada. Segundo ela, era uma surpresa eu ter "desencalhado") e saí de casa. A carona deste dia seria diferente. E logo que cheguei ao portão eu o avistei chegando em sua bicicleta. Parando diante de mim, ele desceu da *bike* e me deu um beijo. Eu já tinha me perdido na contagem, mas ainda continuava sendo mágico. Subi na garupa e, dessa vez, fiquei mais à vontade ao me segurar, entrelaçando os braços pela cintura do meu namorado. Logo que chegamos à rua da escola, ele parou e nós descemos, começando a fazer o restante do caminho a pé e sem pressa, assim podíamos conversar mais.

— Minha mãe e a Joana querem porque querem que você vá jantar lá em casa — contei.

— Não seja por isso. Peça para que elas marquem a data, e estarei lá.

— Mas, e os seus pais? Quando vou enfim poder conhecê-los?

Ele pareceu incomodado com a pergunta e, só então, eu me dei conta de que ele nunca falava sobre os pais. Lembrava sempre do irmão com saudades, mas pouco mencionava as outras pessoas da família.

— Tem uma coisa que eu preciso te contar — ele começou, parando a poucos metros do portão da escola.

Senti medo.

— Que coisa, Fábio?

— Te contei que morei alguns anos em outra cidade, não é?

— Sim, contou.

— Quando voltamos para Bela Aurora, já estava decidido que seria só por alguns meses. Meus pais tinham alguns assuntos pendentes por aqui para resolver. Só que tudo foi resolvido bem mais rápido do que imaginávamos, e... Meus pais estão querendo voltar para a outra cidade.

Daí percebi que meu medo tinha todo um fundamento. Eu não tinha gostado nadinha daquela história, óbvio.

— Quando será isso?

— O planejado é apenas esperar o ano letivo acabar.

— Tá, mas... que cidade é essa? Fica muito longe?

— Relativamente...

— Longe quanto? Fica em outro estado, então?

— Talvez um pouco mais longe.

Que agonia! Ia exigir que ele fosse mais direto, mas fui interrompida por gritos animados que pareceram surgir do nada:

— Tão namorando! Tão namorando! Tão namorando!

Nat e Ju saltitavam na minha frente, entoando a musiquinha besta. Fábio riu, mas eu não achei a menor graça.

— Suas loucas, vocês me assustaram!

— Olha que casal mais fofinho, July! — Nat provocou.

— Tô vendo, Nat! Quem diria que a Elisinha ia desencalhar antes de nós.

Até elas com aquele papo de "desencalhar"? Aliás, Nat parecia também não gostar dessa palavra.

— Ei, eu não estou encalhada!

— Você entendeu, Nat! Elisinha agora é a não-solteira do grupo.

— Só espero que ela não se esqueça das amigas só porque tá namorando.

Finalmente me manifestei:

— Suas bobas! Nada vai mudar!

— Como não, Elisa? — Nat ergueu uma das sobrancelhas. — Você já mudou.

Eu realmente me sentia mudada, mas achava que não era nada que fosse assim tão visível.

— Posso saber no quê?

Juliana olhou para o visor do celular, antes de responder:

— No fato de estar três minutos atrasada para a primeira aula... igualzinho a gente!

Com os braços entrelaçados, as duas entraram correndo pelo portão da escola. Levei alguns segundos até processar a informação e surtar. Eu mal tinha começado a namorar e já estava acabando com a minha vida escolar, quem diria!

Segurei a mão do Fábio e comecei a puxá-lo para dentro da escola. Ele parou no pátio para guardar a bicicleta no bicicletário, enquanto eu o apressava com gritos de "vamos logo!". Ele apenas ria, como se tivesse alguma graça em se atrasar (ou na minha reação por estar atrasada). Quando ele terminou de guardar a bicicleta, nos apressamos em ir para a sala. O professor já estava lá e quase morri de vergonha por entrar na aula naquele horário.

E, só para me sentir ainda mais transgressora, aquela foi a primeira vez na vida que fui me sentar na última fileira de carteiras, na famosa (e temida) área do "fundão". Tinha uma cadeira vaga ao lado de Fábio, e foi lá que me sentei. Após pegar o caderno e a caneta para começar a prestar atenção no que o professor falava (ao menos isso não mudaria!) percebi que estava sendo observada. Em um canto da sala, algumas carteiras à frente, vi que Miguel me encarava de maneira nada amigável. Mas logo ele desviou o olhar. E eu me senti péssima com isso.

Aliás, voltei a pensar sobre o Fábio se mudar. Estava determinada a voltar a esse assunto quando a aula chegasse ao fim. Quando chegou, descemos todos juntos – Fábio, Juliana, Natália e eu – até o pátio da escola. Lá, Nat e Ju se despediram, com piadinhas a respeito de não quererem segurar vela, e foram embora. Tomei fôlego para perguntar ao Fábio a respeito da tal mudança, mas ele foi mais rápido em me agarrar pela mão e me puxar até um banco, onde jogou a mochila e começou a abri-la.

— Tenho uma coisa pra te mostrar. — Em poucos segundos, retirou de lá uma caixa de madeira. Sorri deduzindo o que teria dentro dela.

— Não me diga que isso é...

— As mil estrelas. — Ele também sorriu.

— Quando foi que você completou?

— No sábado, depois da festa da Juliana. Sabe, tinha uma garota lá... Uma garota bonita... Ela tinha uma neblina ao redor do corpo, mas agora não tem mais. E está mais bonita ainda.

Não resisti e dei um pulo, agarrando-me ao pescoço dele. Fábio me abraçou forte e nós rimos juntos, compartilhando a mesma felicidade. Na verdade, não sei se ele poderia fazer ideia do quanto aquilo significava para mim. Ele nunca havia chegado à milésima estrela. E eu havia sido a milésima estrela dele. O bem que ele tinha feito à minha vida deveria valer por umas mil estrelas, porque acho que nunca tinha me sentido antes tão feliz.

— E agora, o que fazemos com elas? — perguntei, soltando-o para poder olhá-lo nos olhos.

— Bem, a lenda manda colocar fogo nelas. Pensei em fazermos isso no quintal do Kazuo-*sensei*. Além de ser um lugar lindo, cheio de paz... Ainda foi onde demos o nosso primeiro beijo. Acho que tem uma energia boa lá.

Eu não ousaria discordar. Aquele era o meu mais novo lugar preferido do mundo.

E foi para lá que nós fomos. Kazuo nos recebeu, claro, com mais um dos seus maravilhosos bolos e, depois de um lanche e de muita conversa, Fábio e eu fomos para os fundos do quintal. Mais precisamente para o local onde ficamos juntos pela primeira vez. Embaixo de uma árvore, juntamos todas as estrelinhas e ateamos fogo enquanto, de mãos dadas, mentalizamos o nosso pedido. Ficamos calados, observando até que tudo virasse cinzas.

Apertei a mão do meu namorado com mais força. Meu coração estava reconfortado com a esperança de que a mágica seria real. Brisa encontraria um lar e Fábio uma razão para acreditar. Mas, ao mesmo tempo, senti uma forte tristeza invadir o meu peito. O assunto que tinha ficado pendente pela manhã continuava ali, precisando ser esclarecido.

— E aí, vai me contar agora para onde seus pais querem se mudar? — enfim tomei coragem para perguntar.

Ele ficou em silêncio por alguns instantes, até que declarou:

— Não importa. Eu já disse a eles que não quero ir. Bela Aurora pode ser uma cidadezinha pequena e sem expressão alguma, mas é a minha cidade. Posso não morrer de amores por ela, mas as melhores lembranças da minha infância com o meu irmão estão aqui. E agora que eu e você estamos juntos... Eu não vou deixar que nada nos separe.

Sorri.

— Ainda que você se mudasse, nada ia separar a gente. Nós íamos dar um jeito.

Ele riu, como se achasse graça, o que me fez voltar a pensar que o lugar para onde a família dele pretendia ir, de fato, era bem longe.

— Tem razão. Ninguém vai separar a gente.

Animada, eu o abracei, dando um breve beijo nos lábios dele. Em seguida voltei para o assunto anterior. Mal conseguia conter a minha ansiedade com aquilo.

— Quanto tempo será que vai levar até a Brisa ser adotada?

— Calma, Elisa! A coisa não deve ser tão automática assim. Mas no sábado terá outra feira de adoção na praça. Tenho certeza de que dessa vez a Brisa será escolhida por alguém.

Voltei a olhar para as cinzas que os origamis haviam se transformado e que, agora, começavam a ser levadas pelo vento. Ali, no silêncio daquele fim de tarde e nos braços do garoto que eu gostava, eu de fato acreditei que a mágica aconteceria.

Mal podia esperar para que o sábado chegasse.

★

E o sábado, enfim, chegou. Dessa vez fui cedo para a praça central, ajudar o grupo de voluntários a organizar toda a estrutura da feirinha. Os animais só chegariam lá na parte da tarde, próximo ao horário de início. Terminado o trabalho, Fábio e eu almoçamos em uma pensão ali perto e depois sentamos juntos em um banco da praça, tomando sorvete e conversando.

— Quantos cães têm no abrigo? — perguntei em dado momento.

— Atualmente, acho que pouco menos de quarenta.

— E a Brisa já está lá há muito tempo, não é?

— Desde filhote.

— Não entendo por que nunca a adotaram. Ela é tão linda e carinhosa.

Ele riu. Eu já ia perguntar o motivo, mas ele se adiantou em explicar:

— Você gosta tanto dela... Por que não a adota?

Era incrível, mas o questionamento me surpreendeu. E o motivo disso era o mais estranho:

— Você acredita que eu nem cheguei a pensar nisso? Na verdade, minha mãe não para em casa, eu também não... A Érica é só uma criança, não vai saber cuidar direito de um cachorro.

— E a Joana?

— Eu precisaria falar com ela... ver se ela não se importaria.

— Então fale, oras!

— Faremos o seguinte: confio nas estrelas. Pedimos para que ela seja adotada por alguém que a ame, não é? Então vamos esperar e ver se esse alguém aparece hoje.

— E, se não aparecer, é sinal de que esse alguém é você, certo?

O meu "certo" veio em forma de um selinho. Voltamos a conversar sobre qualquer assunto banal, quando um grupo desordeiro de vozes chamou a minha atenção. Olhando para o outro lado da rua, avistei Miguel e seu grupinho de amigos, com suas motos encostadas na calçada. Eles riam e falavam alto. Em determinado momento, Miguel voltou os olhos em minha direção e a expressão descontraída em seu rosto mudou, mostrando que ele não estava muito feliz em me ver ali, ao lado de Fábio. Mas ele logo desviou o olhar, tentando fingir que não tinha me visto, e puxou pela cintura uma das garotas que estavam com ele, beijando-a. Achei aquela atitude tanto ridícula quanto desnecessária.

— Acho que o babaca tá querendo te provocar — Fábio falou ao meu lado.

— Pois é. Mas acho que ele não está conseguindo.

Rimos juntos e nos levantamos, deixando o Miguel e sua ceninha ridícula de lado para voltar para a praça e ajudar na retirada dos cães do veículo que acabava de chegar. Eu me apressei em pegar a caixa de transporte da Brisa e levá-la até um dos cercadinhos. Quando a soltei, abaixei-me, fazendo carinho, que ela logo correspondeu com um abanar frenético do rabo.

— Ei, garota, sabia que hoje é o seu último dia sem um lar?

— E você sabia que ela não vai te responder? — Fábio bancava o implicante, enquanto colocava outro cachorrinho no mesmo cercado.

— Como você pode ter certeza disso? Jamais vou saber se não tentar.

Continuamos o nosso trabalho e o evento foi simplesmente maravilhoso. Muitos animais foram adotados, mas Brisa foi ficando para trás e, incrivelmente, isso me encheu de alegria porque já programava levá-la para a minha casa. Já ensaiava o que diria à minha mãe e a Joana ao aparecer com um cachorro em casa. No entanto, faltando menos de meia hora para o final da feira, um casal mostrou-se interessado nela. Sei que eu devia ficar feliz com isso, mas acabei me afastando e observando à distância enquanto os formulários de adoção eram preenchidos. Chorei quando eles a pegaram no colo e levaram para o seu carro. E me senti péssima por isso.

— Por que não se despediu dela? — A voz de Fábio me mostrou que ele tinha se aproximado.

— Porque estou com muita raiva de mim mesma por ter deixado que a levassem.

— Pensa que agora ela vai ser feliz. E que o nosso pedido se realizou.

É, o poder das estrelas deveria me parecer real agora. Porém, era como se algo ali não estivesse certo. No fundo, o erro estava apenas em mim: eu ainda era uma garota egoísta. Deveria pensar na felicidade da Brisa, que agora tinha uma família, mas, em vez disso, pensava na minha tristeza porque não iria mais voltar a vê-la.

Abracei o Fábio com força, apoiando a cabeça no ombro dele, enquanto chorava baixinho. Ele apenas me abraçou de volta e não fez qualquer pergunta ou julgamento.

⭐

Foi difícil conseguir deixar de pensar na Brisa o tempo todo. E para isso eu precisei de muita ajuda do Fábio, que se esforçava bastante para me distrair e tentar me alegrar o tempo todo. Por fim, forcei-me a aceitar que tudo tinha acontecido da melhor maneira possível. No domingo ele foi almoçar lá em casa, e a Joana até mesmo trocou o dia da folga dela para poder conhecê-lo. E, aliás, tanto ela quanto a minha mãe o adoraram. E a Érica também, diga-se de passagem.

Na segunda, novamente passei o dia inteiro com ele. Na terça fui recepcionada com uma cena de ciúmes da Ju e da Nat e, com isso, prometi que neste dia iria almoçar com elas depois da aula, antes de seguir para o hospital, onde Fábio me esperaria para mais um dia do nosso trabalho. Despedi-me dele na saída da escola e segui com minhas amigas para uma lanchonete nas redondezas, onde fizemos nossa refeição e colocamos os assuntos em dia. Enquanto era cobrada por estar agora passando menos tempo com elas, lembrei-me que o Fábio tinha me contado que no próximo domingo não poderia ir lá em casa, pois teria um compromisso familiar (que ele não contou qual seria e eu também não perguntei). Por isso, propus que passássemos o dia juntas no shopping. Nat se empolgou com a proposta, ao contrário da Ju.

— Não dá para ser em outro dia? Domingo eu não posso. Meus pais querem me arrastar para um programa chato.

Nat parecia saber do que se tratava:

— Não me diga que é a missa dos Milman?

— Exatamente!

Não precisei fazer muito esforço para identificar o sobrenome de origem alemã. Os Milman não apenas eram a família mais rica de Bela Aurora, como também uma das mais ricas do país. Era simplesmente uma das sócias de uma multinacional do setor alimentício. Mas, até onde eu sabia, já tinha uns três ou quatro anos que eles não moravam mais na cidade.

— Eles não se mudaram para o exterior? — Tentei tirar a dúvida.

As duas me olharam como se eu fosse a maior das desinformadas. Nat, então, contou:

— Mas voltaram, Elisa. Bem, confesso que só fiquei sabendo disso há alguns dias, exatamente por conta das notícias sobre a missa.

— E que missa é essa?

— Quatro anos da morte do filho deles.

Ah, é claro... o filho! Como eu podia esquecer uma coisa que foi tão absurdamente comentada, virou matéria em tudo quanto é mídia e fez Bela Aurora, pela primeira vez em sua quase insignificante existência ser palco de notícia nacional? Naquele fim de mundo pacato onde nada acontecia, um caso tão trágico de violência já era algo alarmante, e a coisa ficava ainda pior com a vítima em questão. Durante meses só se falava nisso. E a família, que via a nossa cidadezinha como um recanto seguro, decidiu se mudar para os Estados Unidos. Era uma surpresa eles terem retornado.

— Aquilo foi tão horrível! — Ju opinou. — Ele era super novo, fazia Medicina, na Federal.

A Universidade Federal de Bela Aurora, um dos poucos orgulhos da cidade. Se não me falhava a memória, era onde a doutora Amanda tinha se formado e onde o irmão do Fábio estudava. Teriam se conhecido?

Aliás... coincidentemente, fazia também quatro anos que o irmão do Fábio tinha morrido. Quando cogitei a hipótese de os dois serem a mesma pessoa, logo me forcei a descartá-la. Seria o mesmo que dizer que o Fábio era um dos Milman. E isso era absolutamente impossível, não era?

...Seria mesmo?

A dúvida martelou em minha mente.

— Meninas, vocês se lembram do nome desse rapaz que morreu?

Elas se entreolharam, parecendo confusas.

— Sabe que esqueci? — Ju fez uma careta de quem se forçava a lembrar. — Era um nome simples, até... Como era mesmo?

— Nossa, esqueci completamente! — após pensar um pouco, Nat arriscou — Paulo? ...Não, espera, não era Paulo! Era...

— Pedro? — indaguei, quase torcendo para receber um "não" como resposta.

No entanto, elas estalam os dedos e responderam juntas, animadas:

— Isso! Pedro Milman.

Ok... Daí já seriam coincidências demais.

Um tanto transtornada, peguei minha bolsa e anunciei que precisava ir para o hospital, embora ainda faltasse mais de uma hora para o meu horário. Preocupadas, Ju e Nat ainda insistiram para eu ficar um pouco mais, mas não dei ouvidos e saí apressada do restaurante, correndo para o ponto de táxi do outro lado da rua.

⭐

Foi praticamente correndo que subi as rampas do hospital, rumo ao segundo andar. Abri abruptamente a porta da sala da doutora Amanda e Fábio já estava lá, sozinho, sentado no sofá. Ele folheava uma revista, mas parou ao me ver chegar. Chegou a esboçar um sorriso, mas logo o desfez ao perceber que eu o encarava de forma bem séria.

— Está tudo bem? — ele perguntou, parecendo preocupado.

Fechei a porta atrás de mim e encarei-o em silêncio por alguns instantes, perguntando-me como ele poderia ter sido capaz de mentir daquele jeito para mim. E por que todo aquele disfarce, afinal? Não era falta de dinheiro que o levava a andar de ônibus, ir para a escola de bicicleta ou se vestir de forma tão desleixada. Eu simplesmente não conseguia entender o que o levava a se portar daquele jeito.

Mas nada, absolutamente nada era pior do que a mentira.

— Quando você pretendia me contar? — questionei, por fim.

— O quê?

— Você sabe muito bem o que está há esse tempo todo me escondendo, Fábio Milman.

Ele apenas fez uma expressão de "Ah, era isso?" e não demonstrou qualquer surpresa pelo fato de eu ter descoberto o segredo.

— Isso faz alguma diferença? — Era realmente tudo o que ele tinha a me dizer?

— Você mentiu para mim, é lógico que isso faz muita diferença.

— Eu nunca menti pra você, Elisa.

— Como não? Eu acreditava que você fosse bolsista.

— E fui eu que te disse isso?

Abri a boca para retrucar, mas vi-me subitamente sem palavras. Ele não tinha dito. Toda essa ideia de "pobretão bolsista" tinha vindo de mim e da minha péssima mania de julgar as pessoas pela aparência. Mas, é óbvio: seria impossível achar que um cara de tênis velho, celular antigo e mochila rasgada pudesse ser um milionário.

— Você se apresentou na escola com um sobrenome falso.

— Não é falso. "Vasconcelos" é o meu primeiro sobrenome, da família da minha mãe. Uso mais ele porque... digamos que seja mais discreto.

— Claro, não tão discreto quanto o jeito com que você se veste.

— E o jeito que eu me visto, Elisa, faz alguma diferença?

— Pelo amor de Deus, Fábio! Não vivemos em um mundo mágico. Você sabe que faz, sim, muita diferença. Sabe o tanto que você foi discriminado quando entrou na escola justamente por isso!

— Eu não me importo que faça diferença para o mundo, Elisa. Eu só não quero que isso faça diferença pra você.

Ele se levantou e ficou parado, diante de mim. Em contrapartida, eu comecei a caminhar de um lado para outro de forma inquieta, enquanto falava:

— Eu entendo que não sou a melhor das pessoas. E entendo, também, que tenha optado por esconder isso de mim quando nos conhecemos, mas... Por que agora? Nós somos namorados, sabe que gosto de você pelo que você é. Por que continuou escondendo isso?

— Eu não escondi nada de você, Elisa. Eu só estava esperando pelo melhor momento de contar.

— Mas por que fazer tanto rodeio? Por acaso sente vergonha de ser um milionário?

— Eu não usaria a palavra "vergonha". Eu apenas não achei que isso fosse algo de relevância suficiente para eu *precisar* te contar.

Parei de andar, encarando-o completamente incrédula. Como ele poderia dizer que algo deste nível não tinha relevância? Aquilo era, sim, algo que ele deveria ter me contado.

Ainda mais nervosa do que antes, passei a falar mais alto:

— Será que não percebe o papel ridículo que você faz se comportando assim? E sem qualquer necessidade disso. Olha para as suas roupas, Fábio, para os seus hábitos... Você é filho de um dos homens mais ricos do país.

— E *você* se envergonha de namorar um cara rico com os meus hábitos e as minhas roupas?

— Não se trata de vergonha! Será que não percebe quanta coisa seria evitada caso você dissesse quem era, desde o início?

— É, eu sei. Você teria me tratado muito melhor.

— Eu não admito que você fale comigo desse jeito!

— O que você não admite, Elisa? Que é uma patricinha fútil e egoísta? Não admite que acredita que um sobrenome e um status social são importantes a ponto de eu ter sido um péssimo namorado por não ter te contado a respeito?

— Eu não sou fútil e egoísta. E você deveria, sim, ter me contado!

— Eu contei para você tudo a meu respeito que eu julgo como verdadeiramente importante. Eu te contei sobre o meu maior segredo, mas você acha que seria muito mais importante saber quantos dígitos têm o patrimônio da minha família. Se isso não te torna uma garota fútil e egoísta, eu não sei que descrição dar a você.

Instintivamente recuei um passo, como se tivesse acabado de levar um tapa na cara ou um soco no estômago. Não conseguia acreditar no que ouvia, que o Fábio poderia estar falando daquele jeito comigo. Minha garganta ardeu, numa súbita vontade de chorar. Mas eu não faria isso na frente dele. Já estava humilhada demais para um dia só.

— Quer saber, Fábio? Vá para o inferno!

Virei-me e, sem dizer mais nada, saí da sala, praticamente correndo em direção à saída do hospital. Sentia muito por aquilo, mas, nesse dia, eu não tinha qualquer condição de trabalhar ali. Quando finalmente parei, já na calçada diante do hospital, senti as lágrimas rolarem sobre o meu rosto. Meu peito doía de raiva e tristeza.

Fábio não tinha aquele direito. Não podia ter agido como agiu. Não podia ter me escondido algo tão importante. E, acima de tudo, não podia ter falado comigo daquele jeito. E eu estava com raiva, mas com tanta raiva, que sequer pensava sobre como ele deveria estar se sentindo com as coisas que eu havia dito.

Talvez, no fundo, ele tivesse alguma razão. Talvez eu ainda fosse uma garotinha egoísta.

CAPÍTULO DEZESSETE

O maior dos superpoderes

— Elisa, desça um pouco aqui, por favor!

Quando o grito de Joana chegou pela segunda vez aos meus ouvidos, eu cobri a cabeça com o travesseiro, tentando abafá-lo. Que droga, eu não queria ver e nem falar com ninguém, qual era a dificuldade em compreender aquilo?

Na verdade, eu sabia que ela estava preocupada. Tanto ela quanto a minha mãe, que tinha saído para o trabalho atrasada depois de passar mais de uma hora comigo no quarto, insistindo para eu contar o que tinha acontecido e checando mil vezes a minha temperatura. Simplesmente dizer que estava indisposta não as convencia. Elas sabiam que uma simples indisposição jamais me faria faltar a escola como eu tinha decidido fazer naquela quarta-feira.

Percebi que Joana não desistiria tão facilmente quando, após duas leves batidas, ouvi o som da porta do meu quarto se abrindo. Descobri o rosto e olhei para lá e, então, levei um certo susto ao perceber que não era a Joana. Eu tinha uma inusitada visita.

— Desculpe, Elisa. A moça lá embaixo me disse que eu podia subir e vir ao seu quarto pra falar com você.

Sentei-me na cama e peguei os óculos na cabeceira, com eles podendo enxergar melhor o rosto da Gabi. O semblante dela parecia um pouco mais sereno do que o habitual. Na verdade, havia um toque de preocupação ali. Eu de fato não queria ver ninguém, mas também não teria coragem de expulsá-la.

— Oi, Gabi — pensei em perguntar como ela tinha descoberto o meu endereço ou o que queria comigo, mas percebi que qualquer uma dessas perguntas soaria um tanto quanto rude e mal-educada. Então deixaria que ela mesma contasse. — Sente-se, fique à vontade.

Ela sentou-se na cadeira da minha escrivaninha, girando-a para ficar de frente para mim. Mexeu na bolsa e tirou de lá uma caixinha, que jogou para mim. Eu a apanhei no ar e, quando abri, fiquei surpresa ao me deparar com um par de pequenos brincos.

— Ia te entregar isso ontem, mas acabei não te encontrando no hospital. Fui cedo lá na sua escola para te entregar antes da aula, fiquei esperando, mas você não apareceu. Liguei para o hospital e a Amanda pegou para mim o seu endereço na ficha dos voluntários. Espero que não tenha sido muito invasiva.

Na verdade, naquele momento nada disso importava. Estava intrigada demais com aquele presente. Gabriela pareceu perceber isso, pois tratou de explicar, enfim:

— A Adriana, mãe da Vivi, esteve segunda no hospital e levou algumas coisinhas para nós. E... ela queria que você ficasse com esse brinquinho, que era da Vivi.

Sem nem me dar conta, acabei sorrindo ao ouvir aquilo. Voltei a olhar para o pequeno par de brincos e, sem pensar duas vezes, coloquei-os nas minhas orelhas, sentindo-me feliz pelo presente. Guardaria aquela lembrança com muito carinho.

— Obrigada, Gabi. Mas... não precisava ter vindo até aqui apenas para isso. Sei que falhei ontem com você e com as crianças do hospital, mas na quinta-feira eu estarei lá fazendo o meu trabalho, pode ter certeza.

— É, eu sei. Mas eu fiquei preocupada por você não ter ido à aula e quis ver se estava bem.

Voltei a sorrir, agradecida pela preocupação.

— Desculpe ter te preocupado, Gabi. Foi apenas uma indisposição.

— É, eu sei. O Fábio também anda com essa mesma indisposição.

Seria ingenuidade da minha parte achar que ela não iria tocar no assunto. Gabi era a melhor amiga do Fábio, e é claro que estaria disposta a defendê-lo, ainda que na mentira. Aliás, quando lembrei a origem da amizade dos dois, uma ideia me veio à mente e eu não me contive em expô-la:

— Você também deve ser podre de rica, né? Já que era vizinha do Fábio, devia morar também naquele condomínio de mansões.

Em cidade pequena, todo mundo sabia da vida de todo mundo, mesmo que não se conhecesse pessoalmente. Bem, ao menos com relação às pessoas mais importantes. E os Milman moravam em um condomínio pequeno, fechado, onde só vivia gente muito, mas muito rica. Eu estudava em uma escola cara, junto a outros filhos de pessoas com uma ótima condição financeira, mas... particularmente, eu ainda não tinha conhecido ninguém que morasse naquele condomínio. Nem mesmo o Miguel (e olha que o dinheiro da família dele não era pouco, não).

A Gabi riu e, parecendo um pouco sem graça, explicou:

— Eu já morei lá, sim. Meus pais ainda moram, aliás, mas eu me mudei ano passado.

Ah, é claro. Ela agora morava com a doutora Amanda.

— Sabe aquele dia em que eu estava meio pra baixo e o Fábio pediu para você ficar com a Vitória para poder conversar um pouco comigo? — Movi a cabeça em uma afirmação. — Então, naquele dia a minha mãe tinha me procurado e insistiu para que eu voltasse para casa. Digamos que meus pais não aceitam muito bem o rumo que tomei na minha vida.

Voltei a balançar a cabeça, numa forma de dizer que eu compreendia, embora, no fundo, eu não fosse verdadeiramente capaz de entender. Mas isso me fez admirar a Gabi ainda um pouco mais do que eu já a admirava antes.

— Mas, então... quando você e o Fábio vão dar um fim a essa indisposição?

A admiração caiu alguns níveis.

— Foi ele quem te mandou vir aqui?

— É claro que não. Consegue imaginar o Fabinho mandando alguém fazer qualquer coisa no lugar dele?

De fato, eu jamais imaginaria algo assim. Era o tipo de coisa que, talvez, *eu* faria. Não ele.

— É, ele não faria isso.

— Eu, o Pedro e o Fábio crescemos juntos. Mas o Fabinho... ele sempre foi o mais diferente de nós três. Apesar de ser o mais novo, sempre foi tão maduro e responsável... E ficou ainda mais depois que o Pedro se foi. Ele parece ter uma espécie de dom... Porque, de alguma forma, ele sempre sabe quando estamos com alguma preocupação. E também sabe exatamente o que dizer para nos fazer sentir melhor.

Era mais do que um dom. Era o "lance mágico", que, ao que parecia, de fato apenas eu e o Kazuo-*san* sabíamos. Pela primeira vez, pensei no peso que aquela responsabilidade deveria trazer ao Fábio. Mas isso não alterava os fatos. Ele tinha mentido para mim, e não era algo que eu pudesse perdoar com tanta facilidade.

— Ele mentiu para mim, Gabi. Se gostasse de mim de verdade, não teria feito isso.

— Como assim mentiu, Elisa? Ele nunca disse que era um aluno bolsista, você é que deduziu isso.

— E como eu não iria "deduzir" algo assim? Eu juro que não consigo entender porque toda essa besteira de se vestir daquele jeito e de esconder de todo mundo... e de esconder de mim... sobre sua família.

— Elisa... você sabe por que o Pedro morreu?
— Ele reagiu a um assalto.
— Na verdade, apesar de o assassino ter sido preso e ter confessado que queria apenas o celular... Até hoje ainda paira uma dúvida se seria realmente apenas isso. Se era só um assalto ou uma tentativa de sequestro. Mas, que diferença isso faz agora? O fato é que ele morreu pela ganância de outra pessoa pelas coisas que ele possuía.

Ouvir aquilo fez o meu coração doer, apenas de pensar na dor que o Fábio deveria carregar por isso. Mas isso, ainda, não explicava tudo.

— Eu entendo que o Fábio não ligue para etiquetas, marcas ou rótulos, não goste de ostentar... eu juro que entendo e respeito tudo isso, Gabi, mas... Precisava ir tão longe? Aquele tênis horrível, aquela mochila velha e rasgada...

— Elisa... Por que mesmo você está usando esse brinco na sua orelha?

Que diabos de pergunta era aquela? E por que aquela mudança tão súbita de assunto?

— Oras, era da Vitória!
— É, eu sei, mas... Olha, não querendo parecer fútil nem nada do tipo, mas... Entendo um pouco de joias e esse brinco me parece ser, no máximo, um banhado a ouro bem barato.

Instintivamente, levei uma das mãos à orelha, passando delicadamente os dedos pelo brinco. Não me importava do que fosse feito. Era precioso para mim. E expliquei os motivos óbvios disso:

— Não me importa quanto ele vale. Era da Vitória e vale muito para mim.
— Não perguntei de quem era ou quanto vale, mas por que está usando.
— É uma forma de eu me sentir ainda próxima a ela.
— Eu entendo. Então entenda, também, o quanto deve ser importante para o Fábio se sentir próximo ao irmão. Ainda que seja por um par de tênis velho e uma mochila rasgada.

Novamente, a dor no peito. Mas, dessa vez, ela veio ainda mais forte, numa sensação horrível de culpa. Os tênis e a mochila eram do Pedro, e por isso o Fábio fazia tanta questão de usá-los? Aquelas coisas que para mim eram apenas "trapos velhos" eram verdadeiramente importantes para ele. E eu era uma idiota que não tinha sido capaz de sequer pensar nisso.

Ele tinha razão, no fim das contas. Eu não passava de uma egoísta.

Gabi se levantou.

— Bem, mas eu só vim mesmo para trazer o brinco e ver como você estava. Tenho aula na faculdade e já estou meio atrasada.

Levantei-me também, acompanhando-a quarto afora, até o portão de casa. Paramos uma de frente para a outra e Gabi sorriu mais uma vez.

— Sei que já falei mais do que deveria, Elisa. Mas... O Fabinho é um garoto incrível, único... E gosta muito de você. Ele está sofrendo com essa briga de vocês.

— Ele disse alguma coisa?

— Sabe que não, né? O Fábio é muito fechado, quase não fala sobre o que sente. Mas dá pra ver que ele está sofrendo, e que você também está. Sei que também gosta dele, então... Pensa se vale a pena colocar tudo a perder por algo tão banal. Ele não mentiu para você.

Eu podia, agora, até aceitar que ele não tinha mentido, mas... não era apenas isso. Tinha também as coisas que ele me disse. Chamou-me de fútil, egoísta...

Mas... Não era exatamente isso que eu era?

Gabi tinha razão quando disse que o Fábio era um garoto muito maduro para os seus dezesseis anos. E, talvez, essa maturidade incluísse o fato de nem sempre ter paciência o suficiente para lidar com infantilidades como as minhas.

Porque era o que eu parecia: uma garotinha mimada.

Percebi que Gabriela ficou um pouco surpresa com a forma como eu a abracei de súbito. Um abraço apertado, no qual eu queria transmitir toda a gratidão pelo que ela tinha feito. Pela visita, pelo presente da Vitória... e pela conversa rápida e sincera que serviu para que eu percebesse o quanto estava sendo idiota.

— Obrigada, Gabi. — Quando enfim consegui agradecer, senti que ela me abraçou de volta.

— Por nada, querida. Apenas fique bem, tá?

Quando ela foi embora, voltei a entrar e encontrei com Joana na sala. Ela parecia se preparar para sair.

— Sua amiguinha já foi? Ela é diferente, né? Aquele monte de tatuagens e aquele cabelo todo colorido... Digo, ela é muito bonita, mas é tão diferente de você, que fiquei na dúvida se estava mesmo falando a verdade quando disse que era sua amiga.

Sorri, compreendendo a surpresa de Joana. Afinal, A Gabi de fato era muito diferente das minhas outras amigas, já que eu nunca tinha sido o tipo que faz amizade com pessoas muito diferentes de mim. Eu antes não fazia ideia do quanto as diferenças eram algo bom, no fim das contas.

— Vai sair? — Mudei o assunto, curiosa.

— Vou ao mercado. Está bem para ficar sozinha?

— Estou ótima. Não se preocupe.

Após me dar um beijo no rosto, ela saiu e eu me joguei no sofá, recapitulando as coisas que Gabi tinha me dito. Apesar de ter garantido a Joana que estava bem, a verdade é que agora eu me sentia ainda pior do que antes. Sentia-me uma pessoa horrível pela forma como eu havia lidado com a descoberta sobre a família do meu namorado. Afinal, que diferença fazia o sobrenome de Fábio, seu real status social ou as roupas que ele usava? Ele ainda era o mesmo garoto... Aquele cara legal, que tinha um "lance mágico", que ajudava as pessoas, e por quem eu tinha me apaixonado.

Pensei em ligar para ele, mas, pelo horário, achei melhor esperar até que a aula terminasse. Ele devia estar na escola e eu não queria atrapalhá-lo. Aliás, faria melhor do que ligar: iria até a escola e esperaria no portão até que ele saísse, para que pudéssemos conversar pessoalmente. Estava tão ansiosa que queria ir para lá naquele exato momento, mas detive-me ao olhar para a mesinha de centro e encontrar as chaves de casa. Joana havia esquecido e, portanto, eu teria que esperar que ela voltasse para, então, poder sair. Mal tive esse pensamento e a campainha tocou.

— Ela sentiu a falta da chave!

Levantei-me em um pulo e corri até o portão. Já o abri me preparando para fazer alguma brincadeira com o esquecimento da Joana, mas não era ela quem estava ali.

— Você?

Fábio estava com a cabeça abaixada e, quando me olhou, vi que seus olhos estavam vermelhos e úmidos. Se antes eu achava que precisaríamos ter uma longa e pesada conversa para voltarmos a ficar bem, nesse momento descobri que nenhuma palavra seria necessária. Sem precisar de qualquer pedido, nós nos abraçamos com força. Percebi que o corpo inteiro dele tremia e isso me preocupou. Puxei-o até a varanda e nos sentamos no degrau. Passei as mãos pelo rosto dele, secando as lágrimas, e percebi que eu também tremia pela aflição em vê-lo naquele estado. Pior: sentia-me terrivelmente culpada por aquilo.

— Me desculpe por ter sido uma idiota.

Ele pegou a mão que eu ainda mantinha no rosto dele e beijou-a. Senti um carinho quase palpável naquele gesto.

— Você é que tem que me desculpar por não ter te contado a verdade.

Balancei a cabeça, finalmente compreendendo o quanto aquela minha exigência tinha sido ridícula.

— Não teria muita lógica você chegar para mim, do nada, e dizer: "Ei, te contei? Eu sou um milionário!".

— Você ia acreditar se eu contasse dessa forma?

— É claro que não. Acharia que é mais uma daquelas piadas das quais eu não acho graça porque... você sabe...

— É, você não gosta de piadas.

— Porque eu sou uma chata...

Ele abriu um leve sorriso e aquilo me tranquilizou profundamente.

— Você não é chata, Elisa. Você é séria, responsável, centrada...

Foi a minha vez de rir.

— É... A Ju e a Nat classificam isso como chatice.

— Já disse que você não é chata. É inteligente, doce, linda... E sei que tem um bom coração aí dentro.

Se eu vinha me mantendo forte até então, tudo se perdeu. Senti meus olhos começarem a transbordar e apertei a mão dele com mais força.

— Como você consegue, Fábio?

— Como eu consigo o quê?

— Ver tantas coisas boas em mim.

— Consigo ver a sua alma.

— Mas você não disse que a minha "neblina" tinha sumido?

— Não é a ela que me refiro. Eu não preciso de nenhum dom especial para isso.

Ele disse isso enquanto aproximava o rosto do meu, e foi apenas a proximidade que faltava para que enfim nos beijássemos. Quando o beijo chegou ao fim, continuamos com os rostos próximos e nossos olhares ligados um ao outro.

— Então, está tudo bem entre nós dois? — sussurrei, ainda um tanto insegura.

Fábio passou a mão em uma mecha mais rebelde do meu cabelo.

— Entre nós, está.

— E com você? Não quer me contar o que está te machucando?

— Como você sabe que tem algo me machucando?

— Acha que é só você que consegue ler almas?

Ele esboçou um sorriso. Depois soltou um suspiro e se afastou um pouco, apoiando as costas na mureta da varanda, parecendo criar coragem para contar o que o afligia.

— Eu não quero ir à missa de domingo.

Aquela afirmação me pegou de surpresa.

— Mas é em homenagem ao seu irmão.

— É só uma formalidade impessoal. Vai estar cheia de pessoas que, em sua maioria, sequer conheciam o Pedro. Sabe quantos amigos dele, de verdade, estarão lá?

— Bem... suponho que, além de você, pelo menos duas: Gabi e a doutora Amanda.

Ele riu. Um riso nervoso.

— Elisa, elas provavelmente não irão. Meus pais não as suportam.

— Mas como alguém pode não gostar da Gabi? — precisava concordar que não gostar da doutora Amanda era relativamente fácil.

— A Gabi é uma garota maravilhosa, mas sempre teve o mesmo defeito que eu: não se encaixar adequadamente ao que a alta e hipócrita sociedade esperava dela. A forma e o motivo que a levaram a sair de casa ainda conseguiram piorar muito a situação. Já a Amanda...

— Nem precisa falar. Ser a companheira da Gabi já diz tudo.

— Bem, mesmo antes de o relacionamento delas ser publicamente assumido, tanto os meus pais quanto os da Gabi sempre consideraram a Amanda diferente de nós.

— Diferente como?

— A Amanda era bolsista na nossa escola. Ainda trabalhava de tarde para ajudar em casa. Você não faz ideia do tanto que ela se esforçou para conseguir se formar e realizar o sonho de ser médica.

Estranho como, àquela altura, eu ainda conseguia ver alguns pré-conceitos meus sendo quebrados. Nunca imaginei que algum dia eu poderia vir a achar aquela médica antipática uma pessoa admirável. Assim como eu também jamais imaginaria que alguém tão gente boa como o Fábio pudesse ter pais tão babacas.

— Entende porque eu não quero ir a essa missa, Elisa? Meu irmão era um cara muito mais sociável do que eu. Vivia indo a festas e viagens com "amigos". Mas quando ele ficou em coma, sabe quantos desses amigos nos procuraram para dar apoio ou para saberem a respeito dele? Ninguém além da Amanda e da Gabi. Mas os meus pais estão tão habituados a darem valor às coisas e às pessoas erradas, que simplesmente não conseguem enxergar o óbvio.

— Tudo bem, então. Nós vamos passar o domingo de alguma outra forma, tá? E juntos.

Dessa vez fui eu que me aproximei, depositando um selinho nos lábios dele. Depois o abracei, aconchegando-me entre os braços que me acolheram.

— Eu não quero nunca mais brigar com você — ele sussurrou.

— Eu também não. Desculpe por ter sido tão babaca. Eu ainda estou aprendendo aos poucos a deixar de ser a garota fútil que você conheceu. Você está me ajudando a me tornar uma pessoa melhor.

— Você acha que eu te ajudo a ser uma pessoa melhor... quando, na verdade, é você que me ajuda a me sentir uma pessoa de verdade. A voltar a me sentir vivo.

Eu não concordava, mas compreendia. Vinha sendo uma cega até então, por não perceber como aquela carga que o Fábio carregava era extremamente pesada para um garoto de dezesseis anos. Não era só nos discursos e nas atitudes que ele mostrava maturidade, mas na sua história de vida e no dom que carregava consigo. Ele via frustrações nas pessoas e era capaz de ajudá-las. Mas quem o ajudava com suas próprias dores?

Eu queria ter algum tipo de superpoder para ser capaz de ajudá-lo. Porém, tudo o que eu tinha era um sentimento forte, que, agora, eu já sabia que poderia chamar de amor.

Mas, talvez, esse fosse justamente o maior dos superpoderes.

CAPÍTULO DEZOITO

Só porque eu amo você

— Eu não sou mais tão inteligente assim.

Eu poderia dizer que tinha alguma coisa errada com o universo, que existia um complô contra a minha pessoa, que houve um grande erro coletivo na soma das notas ou que os professores simplesmente não iam mais com a minha cara. Eu poderia inventar muitas e muitas suposições diferentes, mas a autoflagelação me parecia bem mais apropriada àquele momento único na história da minha vida escolar em que o meu nome aparecia em quarto lugar no ranking das melhores notas do Ensino Médio. Aquele quadro tão orgulhosamente exposto no hall de entrada do Colégio Machado de Assis costumava exibir o meu nome em seu topo a cada bimestre. Mas agora, ele tinha desabado... não para segunda ou para terceira, mas para a quarta colocação.

Não importava os discursos que Ju e Nat usavam para tentar me consolar. Que éramos centenas de alunos, que nossas provas realmente estavam a cada dia mais difíceis, que eu agora também fazia o trabalho voluntário em um horário em que eu costumava estudar. Nada me convencia, nada amenizava. Aquela era a maior derrota da minha vida.

— É claro que você ainda é inteligente, Elisa. Para de drama!

E foi com o maior tom de bom humor do universo que o Fábio me dizia aquilo. Praticamente o fuzilei com os olhos.

— E a culpa disso é toda sua!

Entendendo que a coisa ia ficar feia, Natália e Juliana simplesmente saíram correndo, deixando nós dois a sós.

— Como assim a culpa é minha?

— Estou chegando atrasada todos os dias, porque você vem pedalando como quem está fazendo um passeio de domingo!

— Nós não chegamos atrasados, Elisa. Chegamos sempre dentro do horário.

— "Dentro do horário" não é o suficiente! Eu sempre cheguei com no mínimo vinte minutos de antecedência. E você também me distrai nas aulas. Fica querendo conversar!

— Eu nunca converso durante as aulas!

— Como não? Ontem mesmo, você veio tentar puxar assunto!

— Assunto? Mas eu só te pedi licença porque minha borracha tinha caído e você estava com o pé em cima.

— A borracha poderia esperar. A minha atenção à aula, jamais!

Ele riu. O filho da mãe riu, como se eu tivesse dito algo engraçado!

— Relaxe, minha garota inacreditável! — É, ele tinha voltado a me chamar assim. Mas, dessa vez, a palavra tinha uma boa conotação. Ou ao menos parecia ter. — Quarto lugar não é tão ruim assim.

— É o pior resultado da minha vida!

— Você foi a melhor aluna da nossa turma.

— Não quero ser a melhor da turma. Quero ser a melhor da escola, da cidade... talvez até do país! É para isso que meus pais pagam essa mensalidade cara, para eu ser a melhor!

— Sua mãe mesmo diz que você estuda demais.

— A minha mãe é louca, Fábio. Nunca reparou?

— Elisa, relaxa. Essa é a última semana de aulas. Não vale a pena se estressar por pouca coisa.

Não era pouca coisa, e o Fábio sabia disso. Porém, eu também sabia que ele não falava por mal, apenas queria arrumar um meio de me animar e eu decidi valorizar isso e não mais insistir no assunto, embora, por dentro, continuasse a remoer aquela queda imperdoável no meu rendimento escolar. O sinal tocou e nós seguimos em direção à sala, para a segunda aula do dia. Estávamos na última semana de aulas e seriam dias bem leves para quem, como eu e o Fábio, tinha passado em todas as matérias. Os demais, como a Ju e a Nat, ainda teriam que fazer algumas provas de recuperação. Hoje certamente seria o último dia que eu precisaria ir à escola, apenas para verificar o resultado final e para a aula de História, em que a professora Melissa solicitou a presença de todos para conversarmos sobre os nossos trabalhos.

Mas, a minha tranquilidade era apenas com relação à escola, porque, apesar de o trabalho de História já ter sido finalizado, Fábio e eu ainda continuaríamos com o nosso voluntariado no hospital, inclusive com dias extras, já que estávamos envolvidos na preparação da festa de Natal das crianças, que seria na semana seguinte. E em alguns dias, também, seria o meu aniversário, mas eu nunca fazia festa, já que todo mundo sempre estava ocupado no dia 25 de dezembro, comemorando o Natal com suas famílias. Portanto, minha comemoração era sempre em casa, com minha mãe e irmã, e em janeiro eu costumava comemorar com o meu pai em alguma viagem à minha escolha. Com as amigas eu costumava comemorar no dia 26 de dezembro, em algum passeio. Ainda que não tivesse festas, eu gostava desse esquema de comemoração tripla. E esse ano a primeira delas seria especial, já que o Fábio passaria o Natal com a minha família, lá em casa.

A aula da professora Melissa foi uma delícia. Fizemos todos uma grande roda e conversamos sobre os trabalhos voluntários que fizemos. Foi um clima total de descontração e de depoimentos emocionados. Quem se esquivou o tempo todo de falar foi a Ju, e isso era reflexo direto da nota 5,0 que ela e Miguel tiraram no trabalho. A professora devia ter algum tipo de radar ou coisa parecida, para saber que os dois simplesmente não tinham feito nada. Foi a menor nota da turma e os únicos dois alunos que ficaram em recuperação na matéria.

Por falar em Miguel, nesse dia ele não foi à aula, o que era um grande alívio para mim. Não voltamos a nos falar, mas ele sempre me encarava de uma forma bem agressiva. E isso, confesso, me trazia um certo medo.

Quando acabou a aula, Fábio e eu seguimos direto para o hospital. Meu mau humor do momento do resultado escolar retornou com força total pelo fato de, já pela terceira ou quarta vez, o Fábio ter conseguido me convencer a pegarmos um ônibus.

Logo no primeiro solavanco que nos fez pular do banco e quase bater com a cabeça no teto, eu já comecei a reclamar:

— Juro que jamais vou conseguir entender como é que você pode gostar de andar nisso!

— Acabei me acostumando.

— Mas pode desacostumar, oras! Você me contou que começou a andar de ônibus para poder ver as "neblinas" das pessoas e tentar ajudá-las. Mas você não tem visto mais nada, então não tem mais a necessidade disso.

Mal acabei de falar e já me arrependi das minhas próprias palavras. O semblante de Fábio se tornou triste e fiquei com raiva de mim mesma por ter lembrado daquilo. A verdade é que, desde que dobrou a última estrela, feita depois de ter me ajudado com o meu grande sonho, o Fábio não conseguia mais ver aquela tal neblina ao redor das pessoas. Era como se o poder dele tivesse simplesmente ido embora. E isso bem que poderia tê-lo deixado feliz, mas, ao contrário, deixou-o um pouco frustrado.

— Por outro lado... — Tentei remediar a situação. — Talvez seja apenas temporário, então vamos continuar usando transporte público e indo a lugares movimentados, porque pode ajudar!

Ele me olhou em silêncio por alguns instantes, até que sorriu.

— Obrigado. Mas prometo que vamos voltar de táxi, sei que você não está muito habituada a pegar condução.

— Ah, imagina, é tudo questão de costume. Não é tão ruim ass... — Vi-me interrompida por mais um solavanco. Dessa vez foi dos fortes. — Mas que inferno! Essa joça velha não tem suspensão não, é?

Fábio riu, como se achando graça da minha total falta de jeito e paciência. Decidi deixar aquilo de lado e voltar ao assunto que importava no momento:

— Se você pensar bem, talvez isso seja um bom sinal. Seu poder desapareceu porque você já cumpriu a sua missão.

— É, talvez você tenha razão. Talvez a minha missão tenha sido justamente encontrar você.

Ele sem dúvidas sabia ser fofo! Derretida pela declaração, fiz um biquinho e me aproximei para beijá-lo. Mas antes que meus lábios encontrassem os dele, o ônibus passou por mais um buraco e o solavanco foi tão forte que eu quase caí do banco.

— Prometo que vamos voltar de táxi — ele garantiu, parecendo se esforçar para não rir.

Movi a cabeça em uma afirmação e, mais uma vez, retornei ao assunto:

— Acho que você deveria conversar com o Kazuo-*san* a respeito disso. Talvez ele tenha alguma ideia do que está acontecendo.

A sugestão me parecia óbvia, mas pelo visto o Fábio não tinha pensado nisso.

— Você realmente é um gênio, sabia?

— Não sou, não. Sou apenas a quarta mais inteligente do colégio.

Ouvimos um som de um "bip". Era o celular do Fábio, anunciando uma mensagem recebida. Quando ele pegou e leu, abriu um sorriso. Fiquei curiosa, mas nem precisei fazer qualquer pergunta, pois ele logo guardou o aparelho e me contou:

— Não teremos aula amanhã, mas não marque nada. Vamos sair juntos, tenho uma surpresa para você.

— Ah, não! Sou curiosa demais para surpresas! Precisa me contar o que é!

— Você vai saber amanhã.

— Mas eu preciso saber para me preparar. Por exemplo: que tipo de roupa eu devo vestir? Vamos a um clube? A uma festa? A um restaurante?

— Vista algo simples, que não tenha pena de sujar.

— Vamos ao abrigo visitar os cães? — Fiquei empolgada com a ideia. Mas quando o Fábio riu, percebi que não era exatamente isso, apesar de certamente ter alguma ligação. — Anda, me conta! Eu mereço saber, não é?

— Tá, tudo bem! O pessoal do abrigo costuma fazer visitas de rotina aos cães que foram adotados, para verificar se estão sendo bem tratados e tudo mais. Amanhã é o dia da primeira visita a Brisa, e eu pedi para que nós dois fôssemos juntos.

Senti que minha boca se abriu de surpresa. Uma surpresa tão boa, que tive até medo de não ser verdade.

— E eles deixaram?

— Acabaram de me responder. Vamos poder ir junto!

Joguei-me em cima dele, abraçando-o com uma força que seria capaz de sufocá-lo. Apenas o soltei quando ele se levantou e, em meio ao riso, informou que estava chegando o ponto onde iríamos descer.

Logo que chegamos ao hospital, fomos direto à lanchonete, já que não tínhamos ainda almoçado. E eu passei toda a refeição falando sem parar sobre as expectativas para o dia seguinte. Não me aguentava de felicidade por saber que iria rever a Brisa.

O show da Gabi, neste dia, durou mais do que o habitual. Comemoramos a alta do Gabriel, um garotinho de sete anos que voltaria para casa. Eu já estava bem mais descontraída nas dancinhas e conhecia todas as crianças pelos seus nomes. O hospital tinha se tornado uma segunda família para mim, por isso, mesmo que o trabalho de História já tivesse finalizado, eu não pretendia parar. E como o Fábio, também, não mostrava essa intenção, creio que Gabi continuaria com seus dois assistentes de palco das tardes de terça e quinta-feira.

Quando o show chegou ao fim, seguimos para a sala da doutora Amanda (e que também já tinha virado nossa sala). Fábio ficou para trás, no corredor, atendendo ao celular que tocou, enquanto Gabi e eu entrávamos conversando, animadas. Ela me contava de algumas aventuras vividas pelo grupinho deles, na época da escola.

— ... Daí o Pedro e a Amanda saíram correndo. Eu, por ser mais nova, era menor do que eles, e bem mais lerdinha também. Acabei ficando pra trás e fui pega pelo diretor.

— Vocês jogaram uma barata em cima da filha do diretor?

— Era de borracha!

— É horrível do mesmo jeito! A menina deve quase ter morrido do coração!

— É. E foi muito engraçado. Ela era uma nojenta!

Vencida, acabei rindo. Era engraçado imaginar a cena, ainda mais da forma como Gabi gesticulava e arregalava os olhos.

— E aí, o que aconteceu quando te pegaram?

— Bem, eu até tentei assumir a culpa sozinha. Até porque, a Amanda era bolsista e não podia ter advertências por mau comportamento. Mas aquela garota nojenta acabou contando pro pai que fomos nós três... E aí foi um problema sério. Ganhamos advertência, suspensão... e por muito pouco a Amanda não perdeu a bolsa.

— Vocês são loucos!

— Só se é jovem uma vez na vida. Não faz mal aprontar um pouco de vez em quando. Desde que ninguém se machuque... Ou seja expulso...

Eu não concordava muito com aquela forma de "viver a juventude", mas confesso que, pelo relato, pareceu ter sido bem divertido. E a menina bem que mereceu!

— É uma pena o Fábio não ter feito o Ensino Médio com vocês, por ser o mais novo. Ou melhor... talvez nem tanto, porque ele na certa não teria topado participar de uma maldade dessas. Uma maldade engraçada e merecida, mas, ainda assim, uma maldade.

— Ah, mas ele participou, sim! Embora indiretamente. De quem você acha que era a barata de plástico? O Pedro catou dos brinquedos do irmão!

Gargalhamos juntas. Nesse momento, Fábio chegou à sala. Já o olhei abrindo a boca para falar a respeito da história que tinha acabado de ouvir, mas calei-me ao perceber que ele parecia aflito. Ia perguntar o que aconteceu, mas ele se adiantou em começar a contar:

— Era do abrigo, Elisa. As notícias não são boas.

— Ai, não... Não vão nos deixar ir junto para visitar a Brisa, é isso?

Ele moveu a cabeça numa negativa, o que me fez entender que a notícia era um pouco pior do que essa.

— Eles ligaram para os novos donos para agendar a visita, e... Foram informados que a Brisa fugiu.

— Fugiu? — Minha voz quase não saiu, tamanho era o meu choque.

⭐

— Malditos irresponsáveis!
— Calma, Elisinha!

Arranquei o papel que Juliana me entregava, já com a parte adesiva destacada, e o fixei em um poste.

Mais um poste. Não fazia ideia em quantos já havíamos colado.

Logo que recebi a notícia, fui para casa com o Fábio e ele me ajudou a montar no computador alguns cartazes de "Cão perdido", e também a espalhar o anúncio em redes sociais. Um dos negócios do pai da Nat era uma gráfica, a maior da região, e ela conseguiu que os banners fossem impressos para serem entregues no dia seguinte, ainda bem cedo. A Ju se prontificou em sair com a gente ainda de manhã para colarmos os anúncios. Como Nat tinha prova de recuperação neste dia, iria nos encontrar no horário do almoço e nos ajudar na parte da tarde.

O Fábio foi direto para o bairro onde ficava a casa de onde Brisa fugiu. Enquanto isso, Ju e eu fomos para o bairro vizinho, onde ficava o abrigo, e para onde ela poderia ter tentado ir.

— Como eu posso ficar calma? A Brisa não sabe viver na rua, estava no abrigo desde filhote. E não tem uma das patinhas! Como vai sobreviver assim?

— É, eu sei — Ju destacou a parte adesiva de mais um dos panfletos e me entregou logo que chegamos ao poste seguinte. — Foram muito irresponsáveis mesmo.

— E já tem duas semanas que ela fugiu. Duas semanas! Os filhos da mãe nem ligaram, sequer avisaram o pessoal do abrigo. Como eu pude deixar que eles ficassem com a Brisa?

— Fica calma, Elisinha. Nós vamos encontrá-la! Estamos oferecendo uma recompensa legal, quem encontrá-la vai entrar em contato.

Concordei, tentando acreditar que aquilo, de fato, aconteceria.

Juliana destacou mais um dos adesivos e estendi a mão para apanhar. No entanto, alguém foi mais rápido em puxá-lo. Tanto eu quanto a Ju levamos um susto, e a coisa não amenizou muito quando reconhecemos quem tinha feito aquilo.

— Quem é o *vira-lata*? — Miguel pronunciou a última palavra como se fosse a pior das ofensas. Mal sabia ele que cachorros são muito mais legais do que muitas pessoas.

Eu ainda pensei em responder educadamente. Afinal, eu nunca havia brigado com o Miguel. Sabia que ele estava com raiva de mim, mas não queria alimentar isso ainda mais. Contudo, Juliana foi bem mais rápida e menos sutil do que eu:

— Isso não te interessa. — Os dois, em contrapartida, já haviam brigado. E bem feio, pelo que eu estava sabendo. Tiveram inúmeros problemas no trabalho voluntário em dupla.

Ele continuou a olhar o banner, indo direto com os olhos nos telefones de contato ao final.

— Contatos com Elisa ou Fábio? E não é que aquele pobretão realmente virou a sua cabeça?

Novamente, Juliana manteve a discussão:

— Pobretão é você perto dele, meu querido! Ainda não sabe que ele é um Milman?

— Ju! — eu praticamente gritei, surpresa por ela ter revelado aquilo justamente ao Miguel!

Primeiramente, ele fez uma cara de assombro. Depois riu por alguns segundos, até que percebeu que nós duas continuamos sérias.

— Isso é uma piada, não é?

— Piada alguma, meu querido. Não está sabendo que eles voltaram pra cidade?

Miguel continuou a encarar a Ju por algum tempo, até que voltou a me olhar, parecendo me odiar ainda mais do que antes.

— Agora tudo faz sentido. Foi por isso que desistiu de ficar comigo, não é?

Ergui as sobrancelhas, tentando achar algum sentido naquela frase.

— Como é?

— Descobriu que o cara era podre de rico e correu para os braços dele.

Apenas quando o grito de assombro da Ju chegou aos meus ouvidos foi que eu me dei conta do que tinha acabado de fazer. Eu nunca fui uma pessoa violenta, por isso nem mesmo saberia dizer como consegui dar aquele tapa na cara de Miguel. Foi tudo tão rápido, tão automático, que o que sei é que meu sangue naquele momento fervia como nunca. Foi pior do que receber qualquer insulto. Eu até poderia admitir que ele me chamasse de interesseira, mas era insuportável ouvir a insinuação de que eu não me apaixonaria pelo Fábio se não fosse pelo seu dinheiro. Porque o Fábio era uma pessoa muito, muito melhor do que aquele... babaca!

— Pois eu não ficaria com você nem por todo dinheiro desse mundo! — gritei, antes de dar meia volta e sair andando a passos rápidos e furiosos.

Ju me seguiu, empolgada.

— Caramba, Elisinha! Você deu um tapão nele! Gente, que máximo!

— Como é que eu pude algum dia achar que estava apaixonada por aquele *babaca*? — Eu não cansava de enfatizar aquele insulto com o qual o Fábio costumava chamá-lo.

— Bem, você achou isso por um longo tempo, né? Mas que bom que deixou de achar.

— E você, Ju? Por que tinha que contar a ele sobre o Fábio?

— O quê? Que ele é milionário? Ah, qual é? O Miguel acha que aquela fazendinha do pai dele é grande coisa e faz dele o maior partido da escola. Precisava ter essa lição!

Na verdade, a "fazendinha" do pai do Miguel era, sim, uma coisa bem grande. Mas isso não vinha ao caso.

— Não entende, Ju? Agora o Miguel vai pegar no pé do Fábio, ainda mais! E se ele tentar alguma maldade?

— Ih, agora já foi. Mas ele não vai fazer nada. O último louco que se meteu a besta com um dos filhos do Milman acabou preso com pena máxima. O Miguel não é burro o suficiente de tentar alguma coisa contra o Fábio.

— E se for? E se tentar?

— Qualquer coisa o Fábio passa a andar com segurança.

Eu não conseguia imaginar o Fábio tendo um segurança. Mas também não achava que o Miguel fosse louco a ponto de tentar algo grave. Ou, ao menos, esperava que não fosse.

Pensei em voltar ao trabalho de prender cartazes quando meu celular tocou anunciando uma mensagem. Era da Nat, dizendo que estava saindo da escola em direção a um *fast food*, onde combinamos de comer alguma coisa antes de iniciarmos o segundo turno de buscas. Mandei uma mensagem para o Fábio, pedindo para que também fosse para lá.

Quando estávamos os quatro reunidos ao redor de uma mesa, contei o que a Ju tinha aprontado. Nat pareceu tão preocupada quanto eu, mas o Fábio, em compensação, estava bem tranquilo.

— Em algum momento ele iria descobrir, Elisa. Além do mais, não é um segredo mortal.

Nat também opinou:

— Eu também não confio muito no Miguel. Mas é exatamente por isso que eu acho que quem deve tomar mais cuidado é você, Elisa.

— Eu?

— Claro. Você *bateu* nele! O que deu em você? Endoidou?

— Ela tem razão. — A tranquilidade do meu namorado deu lugar a um ar de preocupação. — Sei que ele fez por merecer, mas você não devia ter feito isso. E se ele revidasse? Quem iria defender você? Não faça mais algo impensado assim.

Como uma criança levando uma bronca, fiz bico e agarrei-me ao braço dele, encostando a cabeça em seu ombro. Na verdade, eu não estava muito preocupada com o que Miguel poderia fazer para se vingar do tapa. Minha maior preocupação ainda era o sumiço da Brisa.

Parecendo perceber o meu desânimo, Juliana mudou de assunto:

— Como vocês vão passar o Natal deste ano?

Natália pareceu não gostar muito da pergunta. Mexia no celular nesse momento, mas o largou sobre a mesa para responder:

— Em mais uma daquelas festas cheias de velhos, para onde meus pais sempre me levam!

— Ah, Nat, acho que eu preferia uma festa cheia de velhos do que passar o Natal na casa do novo namorado da minha mãe.

— Quer ir pra festa comigo, July?

— Ah, super topo! Pelo menos faremos companhia uma à outra.

Fábio apresentou uma ideia melhor:

— Por que vocês não passam com a gente? É aniversário da Elisa, mas só estaremos nós dois, a mãe e a irmã dela. Digo, se sua mãe não se importar, Elisa.

— Claro que não! — respondi, embora ainda sem muita empolgação. — Elas sabem, minha mãe adora receber visitas.

— Que ótima ideia! Vamos fazer uma festa pra Elisinha! — Juliana vibrou com a sugestão.

Natália voltou a pegar o celular e digitou rapidamente alguma coisa. Depois o largou de volta na mesa e sorriu.

— Avisei os meus pais que já arrumei um programa melhor do que a festa de velhos deles!

Fábio apoiou o queixo no topo da minha cabeça.

— E aí, o que a minha garota inacreditável vai querer de presente?

Nem pensei muito antes de responder:

— Não se preocupe com isso. Não quero que gaste dinheiro comigo.

Minhas amigas arregalaram os olhos, encarando-me como se eu tivesse dito a maior das aberrações. É, às vezes eu esquecia que meu namorado não tinha qualquer problema financeiro. Era meio difícil me acostumar com isso. Contudo, ainda assim, eu não mudava muito a minha resposta:

— A única coisa que eu queria de presente é a Brisa de volta.

Senti um beijo sendo depositado no topo da minha cabeça e me aconcheguei melhor no ombro dele, tentando prolongar aquela sensação de proteção e paz que só ele conseguia me passar. Ele sussurrou que tudo iria dar certo e eu quis acreditar naquilo. Ju e Nat voltaram a falar sobre as ideias para a minha festa de aniversário, mas eu não consegui prestar mais qualquer atenção. Continuei a tentar absorver a paz de Fábio e a me forçar a acreditar que tudo ficaria bem.

Embora algo dentro de mim gritasse o contrário.

O dia 24 de dezembro tinha chegado sem que encontrássemos a Brisa, e tanto Fábio quanto eu nos mantínhamos ainda esperançosos nas buscas, apesar de as minhas amigas e até mesmo a minha mãe tentarem nos preparar para o fato de que talvez não voltássemos a vê-la. Eu simplesmente não podia acreditar, por isso seguia à procura.

Na parte da tarde tivemos a festa de Natal das crianças no hospital. Fábio ainda ficou por lá, auxiliando os outros voluntários e funcionários a limpar a bagunça pós-comemoração, enquanto eu corria para casa, já que precisava organizar a outra festa que ainda teria. Nat e Ju já estavam lá, enchendo balões e decorando a casa com objetos natalinos misturados a "feliz aniversário". Já eram quase sete da noite quando terminamos tudo e eu subi para o meu quarto. Minhas amigas me acompanharam para me ajudarem a escolher o que vestir, ambas assombradas por eu não ter comprado um vestido novo especialmente para aquela noite. Não tive cabeça para aquilo.

Porém, estavam todos tão esforçados para me animar...

Meu namorado mais fofo do mundo, minhas melhores amigas, minha mãe... e até mesmo aquela malinha da Érica até estava implicando menos comigo. Todos me ajudavam com as buscas pela Brisa e se empenhavam em preparar uma festa para me alegrar. Ao menos naquela noite eu precisava ficar feliz. Por eles.

Permitindo-me um pouquinho de futilidade, transferi meu desânimo para o fato de não encontrar nada que eu quisesse vestir naquela noite. Ia tirando as roupas do meu closet e mostrando para as minhas amigas, que sempre movimentavam a cabeça em uma negativa, volta e meia fazendo careta. Ia, então, jogando as peças sobre a cama, cada vez mais chateada.

— Elisinha, precisamos ir urgentemente ao shopping — Ju opinou.

Deixei-me cair deitada sobre a pilha de roupas.

— Pelo amor de Deus, é só uma reunião em casa! Qual é o problema com as minhas roupas?

— Elisa! — Nat parecia prestes a me dar um sermão. — É Natal, e é seu aniversário! Vamos tirar foto, colocar nas redes sociais... não pode estar com um vestido repetido ou algo fora de moda! Vamos, tem que ter alguma coisa aí dentro que sirva!

— Já tirei as minhas melhores roupas, Nat.

— Tire tudo, e vamos tentar montar um look ao menos agradável.

O que não seria nada "agradável" era ter que guardar tudo aquilo de volta no armário.

Um grito da minha mãe, vindo do andar de baixo, chamou a minha atenção. Ela anunciava que tinha um telefonema para mim e, já imaginando que seria o Fábio, saí correndo do quarto, descendo rapidamente as escadas. Minha mãe estava arrumando a mesa, mas Erica estava bem à toa, deitada no sofá assistindo TV, e me perguntei o que lhe custaria ter levado o telefone para mim. Atendi a ligação. Era mesmo o meu namorado atrasado.

— Onde você está? Só pretende chegar na hora da ceia?

— Daqui a pouco estarei aí. Dei uma passada aqui na casa do Kazuo-*sensei*. Apesar de ele ser budista, quis desejar um feliz Natal.

— Ah, diga a ele que também mandei um feliz Natal!

— E ele te mandou um feliz aniversário. Aliás, cismou que deveria mandar um bolo para você, de presente. Por isso ainda estou aqui, esperando terminar de assar.

Achei graça, mas perdoei o atraso. Se era para trazer um bolo feito pelo Kazuo-*san*, eu poderia esperar um pouco mais. Jamais dispensaria um bolo feito por ele.

— E como estão as coisas por aí? Tudo pronto para a festa?

— Quase tudo, menos eu. Não consigo decidir que roupa vou usar.

Ouvi o riso dele do outro lado da linha e pensei que ele deveria estar pensando no quanto eu ainda era uma garotinha fútil. Porém, o que ele disse foi bem diferente disso.

— Talvez eu possa te ajudar. Eu te autorizo a abrir o meu presente. Mas apenas o de Natal, hein? Dizem que dá azar abrir o presente de aniversário antes do dia certo.

E ele nem precisava falar duas vezes. Fui até o pinheiro decorado, lotado de presentes. Além dos de Natal que trocaríamos todos à meia-noite, tinha alguns a mais, que eram os meus de aniversário. Olhei as etiquetas de todos os embrulhos, até achar os dois que eram do Fábio para mim. Em um estava escrito "Feliz Aniversário" e, no outro, "Feliz Natal". E foi este último que, como uma criança empolgada, comecei a abrir. Dentro de uma delicada caixa, encontrei uma peça de roupa azul-escura. Segurei o telefone junto ao ouvido com o ombro e, sem muita desenvoltura, usei as duas mãos para retirar da caixa aquilo que revelou ser um lindo vestido.

— Elisa? Ainda está aí? Não vai me dizer que odiou o presente?

— Quem te ajudou a escolher? — foi a primeira pergunta que consegui formular. Afinal, meu namorado não parecia ser um grande entendedor de moda.

— Depende... Você gostou?

— Se eu gostei? É lindo demais!

— Então eu escolhi sozinho.

— Mentiroso!

— Certo... A Amanda e a Gabi me ajudaram a escolher o modelo. Mas a cor foi por minha conta, viu?

— A cor é linda... o modelo é lindo... É perfeito! E agora já tenho o que usar!

— Você ficará ainda mais linda com ele.

— Posso abrir o outro presente agora?

— De jeito nenhum! Só amanhã!

— Mas tem um envelope preso no embrulho. Posso ao menos ler o que tem dentro?

— Deixe de ser curiosa e aguarde até amanhã. Daqui a pouco estarei aí. Beijo!

— Espera! — gritei, antes que ele desligasse. — Obrigada pelo presente. Amei. Muito mesmo!

— Não precisa agradecer.

— Preciso sim. E não só pelo presente, mas... por tudo. Eu te amo.

Prendi a respiração por alguns segundos. Era a primeira vez que dizia que o amava e, claro, fiquei um pouco tímida com isso.

E ele também pareceu surpreso, pois ficou em silêncio por alguns instantes. Quando voltou a falar, no entanto, seu tom de voz trazia descontração:

— Poxa vida... E é pelo telefone que você diz isso?

— Não pode dizer pelo telefone que ama o namorado?

— Não pela primeira vez. Pessoalmente deve ser mais legal.

— Desculpe...

— Eu te desculpo. Mas só porque eu amo você.

Dessa vez, fui eu que fiquei sem fala por uns dez segundos. Daí tentei, também, agir com naturalidade e bom humor:

— E você, por que não deixou para me dizer isso pessoalmente?

— Vou dizer pessoalmente também, não se preocupe.

Após uma breve despedida, desliguei o telefone e, mais animada do que nunca, subi correndo as escadas, levando o meu valioso presente junto comigo. Entrei no quarto e passei direto pelas meninas, indo me trancar no banheiro. Elas ainda perguntaram o que tinha acontecido, mas não contei. Queria que fosse uma surpresa, tanto quanto foi para mim. Coloquei o vestido, fiz uma rápida maquiagem, soltei os cabelos e calcei um par de sapatos pretos que já tinha deixado separado no banheiro, pois era a única coisa que eu já tinha programado para usar nessa noite. Quando abri a porta, vi a expressão de surpresa e admiração nos rostos das minhas amigas.

— Elisinha do céu! — Ju se assombrou. — Você está linda!

— De onde saiu esse vestido lindo? — Nat indagou.

— Foi presente do meu namorado igualmente lindo. Ele me ligou e, quando eu disse que não tinha o que vestir, me liberou para abrir o meu presente.

— Nossa, ele tem muito bom gosto!

Concordei com a Nat. Claro, escondendo o fato de que ele não tinha escolhido o presente sozinho.

Começamos a guardar as roupas de volta ao closet quando o meu celular emitiu o alerta de mensagem. Olhei ao redor do quarto, já que nunca lembrava onde o deixava, encontrando-o sobre a escrivaninha. Quando o peguei e abri o aplicativo de mensagens, já imaginei que fosse algum colega, ou até mesmo o meu pai, mandando Feliz Natal. Contudo, quando abri, minhas mãos começaram a tremer e, por pouco, não deixei o celular cair.

Era uma foto. Uma foto da Brisa.

Logo abaixo, um texto curto, direto e cruel. Uma ameaça.

CAPÍTULO DEZENOVE

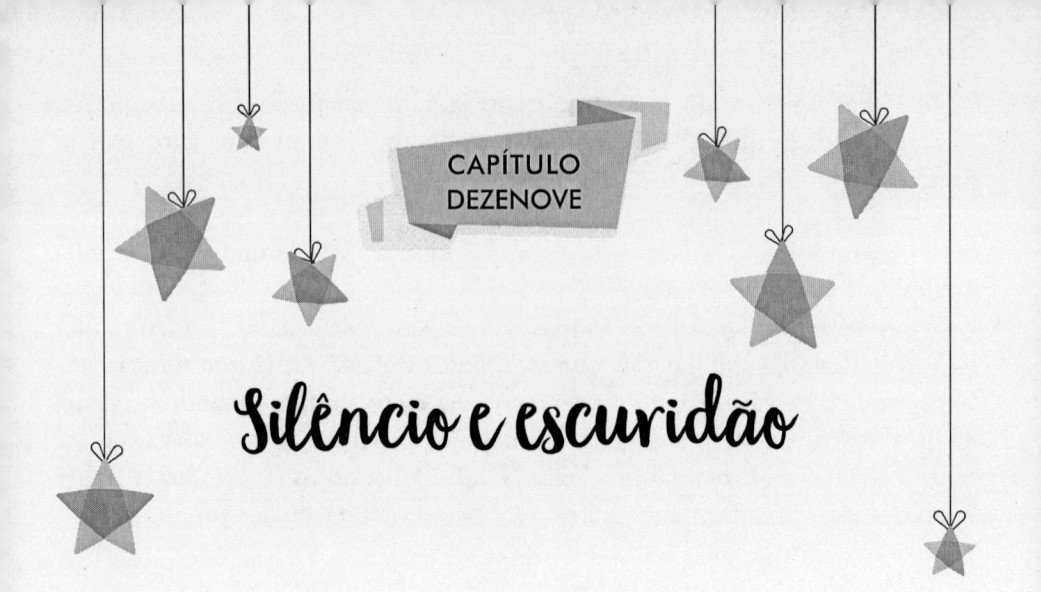

Silêncio e escuridão

Parte I - Elisa

Se eu contasse que agi com coragem, estaria mentindo. Cada músculo do meu corpo parecia tremer em um pavor extremo. Acho que o taxista que me guiava pelas ruas quase desertas daquela noite de Natal percebeu o meu nervosismo, tanto que me perguntou inúmeras vezes se eu estava *mesmo* bem. Disse que estava, embora estivesse no mais completo oposto daquilo. Mas que saída eu teria? A mensagem era clara: ele estava com a Brisa e a devolveria para mim naquela noite, se eu fosse até lá buscá-la. Sozinha.

Ju e Nat acabaram vendo a mensagem e tentaram me deter. Mas eu insisti, implorei a elas que me deixassem ir. Garanti que nada de ruim aconteceria e as fiz prometer que não contariam nada para o Fábio ou para a minha mãe.

Mas elas não deixaram tão facilmente, nem tampouco me prometeram qualquer coisa. Tinha certeza de que não diriam nada a minha mãe, para não preocupá-la, mas também poderia apostar qualquer coisa que contariam tudo para o Fábio logo que ele chegasse lá.

Entretanto, se eu fosse rápida, talvez isso nem precisasse acontecer. Era só pegar a Brisa e voltar para casa. Seguiria todas as orientações que me foram enviadas por uma segunda mensagem: ia descer na avenida principal, uma quadra antes da rua combinada – que, aliás, ficava no bairro de Santa Luzia. Era a rua atrás do hospital infantil. E chegaria lá a pé e sozinha.

Claro que, quando desci, tive a precaução de pedir ao taxista que me aguardasse por uns vinte minutos. Não pretendia demorar mais do que isso, e também precisava ter um meio de voltar para casa. Àquela hora da noite, numa véspera de Natal, ficar parada em um bairro do subúrbio de uma cidade pequena esperando por um táxi não seria uma atitude muito inteligente. Ou, no mínimo, seria um ótimo exercício de paciência (e talvez de fé).

— Está mesmo tudo bem, menina? — o taxista ainda perguntou, logo que lhe paguei e desci do carro. — Não é bom andar sozinha por aqui a essa hora. Não passe por aquela rua ali atrás do hospital. Lá costuma ficar um grupinho de baderneiros, fazendo rachas de moto.

Forcei um sorriso, tentando passar para ele uma segurança que nem eu mesma sentia.

— Está tudo bem, sim. Me aguarde por vinte minutos, por favor. Não devo demorar mais do que isso.

— E se você não voltar em vinte minutos, devo fazer o quê? Ir embora ou chamar a polícia?

— Talvez o senhor deva fazer as duas coisas.

Sorri de forma nervosa, tentando dar um ar de brincadeira a uma precaução que eu mesma não sabia se deveria ser levada a sério. E fui caminhando, sozinha, a passos firmes, em direção justamente à rua onde o taxista tinha me recomendado não ir. Meu celular estava na minha mão e, devido à escuridão da noite, a luminosidade silenciosa dele chamou a minha atenção. Olhei para a tela, que piscava exibindo a foto de Fábio. Ele estava me ligando. Era bem provável que, àquela hora, já soubesse de tudo. Mas eu tinha esperanças de que conseguiria resolver a situação em alguns minutos, e logo ligaria de volta para ele, tranquilizando-o e contando que já estava a caminho de casa, levando Brisa comigo.

A rua era bastante larga e deserta, o que se tornava atrativo para a prática dos tais rachas. O grupo de motoqueiros baderneiros já estava lá. Um bando de moleques babacas de Ensino Médio, sendo liderados pelo mais babaca de todos.

Meu coração pareceu parar por um instante quando bati os olhos na cachorra presa por uma guia à grade de um portão velho. Ao me ver, Brisa abanou aflitamente o rabo, e teria latido se não fosse por uma focinheira. Estava bem mais magra e com falhas no pelo, mas estava viva. Aquela visão, por um momento, confundiu os meus sentimentos, me dando uma vontade de rir e chorar ao mesmo tempo. Eu só queria pegá-la e ir embora dali. E era o que eu teria feito, se Miguel não tivesse bloqueado o meu caminho.

— Devagar aí. Por que está com tanta pressa?

— Só vim pegar o meu cachorro e já vou embora. — Tentei desviar, mas Miguel continuou a me impedir de passar.

— No anúncio de busca pelo vira-lata constava uma recompensa em dinheiro. Onde está?

— Você passa os seus dados bancários que em algumas horas o dinheiro estará na sua conta. Agora me devolve a Brisa!

— Desculpe, mas só aceito pagamento à vista. Se não trouxe dinheiro, terá que me pagar de alguma outra forma.

Ele deu um passo à frente, a mesma distância que eu recuei, assustada. Mas lutei para me manter firme e não fraquejar ou desviar o olhar do dele.

— O que você quer comigo, Miguel? Por que essa raiva toda? Eu passei anos querendo ficar com você e sendo completamente ignorada, e agora você age como se eu tivesse ferido os seus sentimentos ou coisa do tipo.

— Ah, mas você feriu. Feriu o meu orgulho quando me trocou por aquele favelado. Digo, "favelado" não, né? O sujeito mostrou que no fim das contas é um ótimo partido.

— Favelado ou milionário, ele é o garoto que eu amo.

Ele gargalhou, e esse riso se espalhou por seus amigos. Permiti-me dar uma olhada ao redor e contá-los. Eram sete, além do Miguel, e cada um estava ao lado de uma moto. Talvez dois ou, no máximo, três deles fossem maiores de 18 anos. Os outros não tinham sequer idade para terem habilitação. Pensei em como algum dia na vida pude achar o máximo o fato do Miguel ter uma moto. Agora, eu só o achava um babaquinha mimado e irresponsável.

— E aí, vamos?

Senti minha testa franzir. Do que aquele idiota estava falando?

— "Vamos" para onde?

— Para um lugar mais tranquilo, assim você paga a minha recompensa e eu libero o vira-lata.

— Já disse que deposito o dinheiro na sua conta.

— E eu já disse que só aceito pagamento à vista.

Eu novamente tentei desviar, mas ele continuava a bloquear o meu caminho. Minha irritação aumentou.

— Eu não estou brincando, Miguel! Me deixa pegar a Brisa e ir embora daqui. Senão eu vou gritar, vou fazer um escândalo.

— E o que acha que vai acontecer?

— O motorista que me trouxe... Eu disse para ele chamar a polícia caso eu não voltasse logo.

Ele começou a rir. Novamente os outros idiotas pareceram se contagiar, pois também riram.

— Polícia, Elisa? A polícia não se mete aqui na nossa... "recreação". Além de eu ser menor de idade, todo mundo nessa merdinha de cidade sabe quem é o meu pai.

A petulância e a certeza de impunidade dele não só me irritavam, como me deixavam ainda mais temerosa. Maldita hora em que eu tinha sido burra o suficiente para cair naquela armadilha. Logo eu, que tanto me orgulhava da inteligência, tinha me saído a maior das burras!

— Não me importa de quem você seja filho. Eu não vou a lugar algum com você.

Os olhos azuis, aqueles mesmos que eu já tanto admirei, de repente transbordaram uma profunda ira. Minha única reação foi gritar quando ele levou as mãos aos meus seios e, agarrando o decote do vestido, puxou violentamente em direções opostas, abrindo um rasgo no tecido. Tentei me afastar, mas ele me segurou pelos cabelos.

— Deixei reservado um cantinho especial para nós dois. Mas não me importo em receber o meu pagamento aqui mesmo.

Agindo por um instinto de sobrevivência que nem eu mesma sabia possuir, cerrei os punhos e, num movimento rápido e com toda a força que eu tinha – que não era muita – eu o acertei bem no meio do rosto. Certamente não foi o suficiente para quebrar o nariz ou fazer qualquer hematoma, mas era o bastante para fazê-lo me soltar e levar as mãos ao próprio rosto. Aproveitei esse descuido para correr em direção à Brisa. Pretendia soltá-la daquela maldita coleira para fugir com ela de lá, mas vi o meu caminho sendo impedido por duas motos que pararam bem na minha frente. O som irritante das motocicletas me fez olhar ao redor e ver que eu estava cercada.

Virei-me, ficando de frente para Miguel, que vinha andando em minha direção, parecendo ainda mais furioso do que antes. Quando parou diante de mim, foi a minha vez de me ver atingida por um soco no rosto. Mas, diferente de quando eu o bati, dessa vez havia muita força no golpe. Foi tão forte, que fez com que eu me desequilibrasse e caísse sentada no asfalto quente.

Olhei para o alto e me vi diante do maior pavor que já sentira na vida. Miguel começou a tirar o cinto, ainda me encarando com profundo ódio. Sabia o que ele pretendia fazer comigo e meu desespero chegou a um nível que o grito de socorro que saiu da minha garganta era muito mais potente do que cheguei a imaginar que pudesse conseguir.

Quis voltar no tempo e não ter feito aquela burrice de ter ido sozinha para lá. Queria voltar ainda mais e apagar o dia em que vi Miguel pela primeira vez e me achei apaixonada por ele. Quis voltar toda a minha existência, se fosse preciso. Porque, naquele momento, eu preferia estar morta a permitir que ele tocasse em mim.

E mais um grito escapou, desaparecendo no silêncio da noite.

Miguel virou-se quando outra voz foi ouvida, em um grito que chamava pelo meu nome. Uma voz familiar, que me trouxe um misto de alívio com um aumento súbito de preocupação. Eles eram muitos. Fábio não teria qualquer chance contra todos eles.

Parte II – Fábio

Já fazia alguns meses desde a última vez em que eu tinha sentido raiva da Elisa.

Quando a conheci, juro que tentei ser meramente indiferente, mas ela parecia fazer o possível para me provocar. Como quando decidiu sozinha todo o nosso trabalho que deveria ser em dupla, quando deu crises de garotinha mimada naquele primeiro dia no hospital... e no caminho para o hospital... e na saída do hospital. A verdade é que, no início, eu não gostei nadinha dela. E nem sei dizer quando exatamente comecei a gostar, nem quando percebi que tinha me apaixonado.

Porém, quando cheguei à casa dela naquela véspera de Natal e recebi de Natália e Juliana a notícia aflita do que Elisa tinha feito... Daí eu voltei a experimentar uma breve sensação de raiva pela atitude completamente estúpida que ela tinha tomado. Raiva da inocência dela, que não a deixara pensar sobre as atrocidades que aquele maldito poderia fazer com ela.

Elisa era simplesmente o tipo de pessoa que não entendia muito sobre a vida. Era tudo muito simples para ela: a escola, as notas, o clube, as séries de TV, as conversas fúteis com as amigas... Ela pouco sabia sobre dores, perdas, sofrimento... ou sobre a maldade das pessoas. Ela já estava, por meio do trabalho no hospital, conhecendo as três primeiras coisas. Mas a última delas... Juro, desejei que ela jamais conhecesse.

Mas a raiva foi tão fraca quanto momentânea. O que eu sentia agora era nada mais do que o puro desespero. Pedi emprestado o carro da dona Elisângela e senti que ela percebeu que era realmente uma emergência, pois me entregou as chaves sem fazer maiores perguntas. Obviamente, eu não tinha habilitação para dirigir no Brasil, mas tirei carteira nos Estados Unidos logo que completei dezesseis anos, sabia dirigir bem, embora não fosse algo que eu de fato gostasse de fazer.

Pegando o carro, segui enlouquecido para o bairro Santa Luzia. Natália e Juliana não lembravam o nome da rua, mas lembraram da Elisa ter dito que era próximo ao hospital infantil. No caminho, ligava sem parar para o celular de Elisa, mas sempre tocava até cair na caixa postal. E a cada vez que ouvia aquela gravação solicitando que deixasse uma mensagem meu desespero aumentava ainda mais, pensando no que poderia ter acontecido a ela.

Apenas desacelerei quando cheguei à rua do hospital, olhando atentamente as calçadas, os becos, as estreitas ruas residenciais... tudo. Ao final da rua, no acesso para a principal, tinha um táxi parado. O motorista estava do lado de fora do veículo, parecendo esperar alguém. Aquilo acendeu em mim um alerta de que ele poderia me oferecer uma pista. Parei diante dele e, pela janela, comecei a perguntar, sem ao menos me preocupar com "boa noite" e "por favor".

— Estou procurando uma pessoa...

— Graças a Deus! — ele me interrompeu, parecendo preocupado. — Você conhece a menina? Ela me pediu para esperar, mas já tem uns quinze minutos que ela foi e ainda não voltou.

Sem pensar muito, desci do carro.

— Pra onde ela foi?

— Ela seguiu por aqui e eu a vi virar lá na frente. Disse para ela não ir lá, tem sempre uns baderneiros fazendo...

Nem esperei que ele terminasse e já me virei para correr na direção em que ele apontava. No entanto, o homem me segurou.

— Espera! Em que tipo de encrenca vocês estão metidos? Ela me disse que eu devia chamar a polícia se ela não voltasse, devo mesmo fazer isso?

Sim, ele deveria. Mas era um fato que as autoridades já sabiam da baderna que aquele grupinho fazia ali e, provavelmente, nenhuma viatura seria enviada para lá. Porém, se o Miguel tinha as chamadas "costas quentes" eu também tinha. Jamais usava o nome da minha família para obter privilégios, mas não deixaria de usar se disso dependesse que a justiça fosse feita. Meti a mão do bolso da minha calça e, de dentro da carteira, peguei minha identidade, entregando-a ao taxista.

— Sim, ligue para a polícia, e diga que quem está em perigo é o dono dessa identidade aqui.

Deixando o documento com ele, segui correndo na direção em que ele me indicava. Não foi difícil descobrir que as coordenadas estavam certas quando comecei a ouvir o ronco dos motores de motocicletas. Se antes já julgava correr o máximo que minhas pernas aguentavam, praticamente dobrei a velocidade ao ouvir o grito feminino.

— Elisa! — eu berrei de volta, já me aproximando da rua indicada.

Soube que meu grito foi um erro quando virei na rua e já encontrei Miguel me aguardando.

— Fábio! — gritou Elisa, aflita.

Segui meus olhos pela rua escura até avistá-la. Estava caída no chão, com a parte de cima do vestido rasgada e um rosto que transbordava medo. Meu sangue ferveu e eu voltei a encarar aquele que me impedia de ir até a minha namorada, e que também era o responsável por ela estar daquele jeito. O barulho das motocicletas se tornou ainda mais insuportável. Mesmo sem olhar ao meu redor, percebi que tinha sido cercado pelos amigos de Miguel.

— Se vocês pararem com isso agora, talvez ainda dê tempo de fugir. A polícia já foi chamada e em alguns minutos estarão aqui.

O maldito riu, certo da impunidade.

— Polícia? Sério, cara, você sabe quem é o meu pai?

— Não sei. Mas provavelmente você sabe quem é o meu. — Olhei rapidamente ao redor, tentando deixar o grupinho de motoqueiros a par da situação. — É claro que vocês lembram do Pedro Milman, meu irmão. E da repercussão extremamente negativa que o caso dele deu à essa cidade e à polícia daqui. Ninguém está a fim de assumir os riscos de ter o outro filho da família sendo vítima de outro caso de violência, então seria bem prudente pra vocês darem o fora daqui enquanto há tempo.

Ouvi um murmurinho preocupado, demonstrando que eles definitivamente não queriam assumir aquele risco.

— Eu tô indo nessa, Miguel! — anunciou um deles, seguido por um coro de "eu também".

— Não sejam idiotas! Vocês estão comigo!

— Sem essa, Miguel! — reclamou um deles, já virando a moto na intenção clara de ir embora. — Você tem as costas quentes, a gente não!

Os outros concordaram e, numa debandada, fugiram como ratos. Mas o mais repulsivo deles continuou ali, bloqueando o meu caminho. Percebi que os olhos dele estavam vermelhos e as mãos tremiam um pouco, o que fez com que eu me perguntasse se ele teria bebido ou usado algum tipo de droga.

— Agora que seus amigos já foram, que tal também ir para casa, passar o Natal com a família? A família e as amigas da Elisa estão nos esperando para isso, aliás. — Ouvi um latido vindo da calçada e, só então, avistei a Brisa presa por uma guia às grades de um portão. Com uma das patas dianteiras ela conseguia tirar o que parecia uma focinheira e, agora, começava a latir sem parar.

— Ela não vai a lugar algum. Não sem antes pagar a dívida dela comigo!

Eu não sabia de que raios de dívida ele estaria falando. Mas sabia exatamente o que queria com a minha namorada. E tive que fazer um enorme esforço para manter a calma e não partir para cima dele.

— Que graça pode ter em agarrar uma garota à força, cara? Ela não te quer, supera isso!

Ele gargalhou de forma descontrolada e, então, eu tive ainda mais certeza de que ele não estava nada sóbrio.

— Como assim à força? Essa garota vivia se jogando em mim desde que eu entrei na escola.

— E você nunca quis nada com ela. Agora ela tá em outra. Acabou.

— Só que quando eu coloco uma coisa na cabeça, meu irmão, ninguém tira. Fui naquela festa ridícula pra transar com ela. E ela não pode me atiçar e depois vir dizendo não.

"Não" parecia exatamente o tipo de palavra que Miguel não estava acostumado a ouvir. E eu tinha certeza de que, apesar da pose de garoto rebelde, o tapa que ganhara da Elisa provavelmente tinha sido o primeiro de sua vida. E só serviu para aumentar ainda mais a raiva dele.

— Ela pode dizer "não" a hora que ela quiser. Agora eu vou levá-la para casa e você vai embora daqui enquanto a polícia não chega. Ao menos passe o Natal com a família antes de ser levado para a delegacia amanhã.

Ah, é claro... Porque eu convenceria Elisa a denunciar aquele infeliz. E eu iria junto, para garantir que o "sobrenome de respeito" da família de Miguel não o impedisse de ser chamado para depor.

Calmamente, tentei desviar para ir até Elisa, mas o idiota tirou um estilete do bolso, passando a me ameaçar com ele. Quando percebeu que eu não parecia inclinado a recuar, avançou em mim. Tivemos um breve embate, em que, enquanto eu tentava desarmá-lo, acabei tendo o prazer de dar um soco bem certeiro no meio da cara daquele infeliz. Eu realmente não era adepto à violência, mas estava até então sendo bem controlado diante do que ele tinha feito a Elisa. E, principalmente, do que ele ainda viria a fazer caso eu não tivesse chegado a tempo de detê-lo. Ele revidava um tanto sem jeito, mas a lâmina em sua mão lhe dava uma certa vantagem e, com isso, acabou conseguindo me ferir, o que me deteve por um instante. Numa atitude instintiva, levei as mãos à barriga, sentindo o sangue que começava a escorrer pelo ferimento. Analisei que não tinha sido profundo o suficiente para me matar, mas era o bastante para provocar uma dor dos infernos.

Mas a dor não era nada perto do que eu viria a sentir a seguir, quando ele, aproveitando a minha reação de defesa, correu até Elisa e a agarrou, encostando a ponta da lâmina ao pescoço dela. Quando ela gritou, ele tapou a boca dela com a mão que a segurava.

— Já falei que vou levar ela comigo, cara. Dá o fora!

Levantei as mãos, tentando mostrar que não reagiria. Apavorei-me diante do que ele poderia vir a fazer. Miguel não me parecia ter qualquer tendência homicida. Era um moleque mimado, acostumado a ter todas as suas vontades satisfeitas e que não admitia receber um não. Mas eu não sabia até onde iria aquela birra dele, ainda mais por ele estar visivelmente chapado. Não iria pagar para ver. Ainda mais com a vida de Elisa em risco.

— Solta ela. Vamos resolver isso nós dois.

— Nós dois? — Ele soltou um riso histérico. — Foi mal, cara... eu prefiro ela, sabe como é, né?

— Mas ela não quer nada com você. Aceita isso.

— Cala a boca e sai da minha frente, ou eu furo ela, já disse!

Ele começou a puxá-la em direção à única das motos que permanecera ali. Eu pensava no que fazer, mas Elisa foi mais rápida, bem como mais irresponsável. Em uma situação menos tensa, talvez fosse até engraçado ver a cara de dor que Miguel fez quando os dentes de Elisa foram cravados em sua mão, fazendo com que ele a soltasse. Porém, enquanto ela corria para se afastar, acabou sendo atingida no braço pela lâmina do estilete. Só quando chegou a mim foi que ela levou a mão ao local ferido e soltou um gemido de dor. Apressei-me em olhar o ferimento.

— Está tudo bem? — perguntei, aflito.

Ela balançou a cabeça, embora o seu corpo trêmulo me desse uma dica de que aquilo não era bem verdade.

Assustados, voltamos ambos a olhar para Miguel no momento em que o ronco do motor da moto foi ouvido. Ele subia no veículo e percebemos que pretendia vir em nossa direção. Não perdemos tempo para confirmar. Agarrei a mão de Elisa e saímos correndo o máximo que nossas pernas conseguiam. Logo ouvimos a moto se aproximar e consegui sentir o vento enquanto ela passava a poucos centímetros de nós, deslocando-se à nossa frente. Paramos de correr quando o vimos dar a volta no final da rua, mostrando que pretendia, novamente, vir em nossa direção. Dando meia volta, tornamos a correr.

Quebrando o silêncio da noite, ouvíamos o som perturbador do motor da motocicleta misturado aos latidos assustados de Brisa, às gargalhadas histéricas de Miguel e aos gritos apavorados de Elisa. Se prestasse mais atenção, seria capaz de ouvir o meu próprio coração bater acelerado.

Miguel novamente passou diretamente por nós, voltando a nos perseguir no sentido oposto. Ele parecia se divertir naquela brincadeira macabra e, embora eu soubesse que a intenção dele fosse a de nos assustar, sentia medo de que tudo aquilo terminasse muito mal.

E esse medo apenas aumentou quando, no meio da corrida, a mão de Elisa soltou-se subitamente da minha. Ao parar e olhar para trás, percebi que ela tinha caído no chão. Apressei-me em ajudá-la a se levantar e, quando o fiz, ela trouxe uma pedra em mãos. Não era uma boa ideia, mas não tive tempo de detê-la quando ela jogou a pedra, acertando o rosto de Miguel.

O que veio a seguir foi tão rápido, que mal tive tempo de raciocinar. Apenas percebi que Miguel perdia completamente o controle e tudo o que consegui fazer foi empurrar Elisa, jogando-a em direção à calçada. Ainda consegui virar o rosto em sua direção, para ter certeza de que eu tinha usado força o suficiente para afastá-la o máximo possível, mas de forma com que ela não se ferisse ao cair.

Depois, veio a força do impacto e a sensação do meu corpo voar sobre a moto e cair mais adiante. Senti uma forte dor na cabeça e tudo escureceu.

Ouvi, em um grito angustiado, a voz de Elisa a chamar o meu nome. Se tivesse controle do meu corpo naquele momento, sei que teria sorrido por constatar que ela estava bem. E continuaria bem, pois também distingui, ao longe, o som de sirenes da polícia.

Tudo ficaria bem. Elisa estava a salvo. Era tudo o que importava.

Então, vi-me mergulhado no mais profundo silêncio e escuridão.

CAPÍTULO VINTE

Nossa nova contagem

As sirenes... A polícia, a ambulância... Os latidos... As perguntas...

A visão um pouco turva devido à ausência dos meus óculos que eu não sabia onde ou em que momento de todo aquele inferno eu tinha deixado cair.

O rosto do Fábio... pálido, desacordado. As mãos que o afastaram de mim, colocando-o na ambulância que percorreria pouco mais do que a distância de uma quadra até o hospital.

Não me deixaram entrar junto. Fizeram-me um monte de perguntas, as quais eu respondi em meio a soluços, lágrimas, e aos pedidos para que me deixassem ir ao hospital ver como ele estava. Outro choro forte era ouvido e vinha de Miguel. E ele logo, também, foi levado para o hospital, com uma fratura horrível no braço, vários ferimentos e arranhões pelo corpo, além do rosto sangrando pela minha pedrada. Enquanto o levavam, gritei xingamentos que eu nunca havia antes usado para ninguém, disse que era tudo culpa dele e que desejava que ele morresse. E ele chorava e repetia que não teve culpa, que não quis machucar ninguém e que tudo era para ser apenas uma brincadeira. Que ele só queria me assustar, nada mais do que isso. E ouvir isso me fez insultá-lo ainda mais. Os policiais ainda ficaram quase uma hora me fazendo perguntas que eu me esforçava para responder. Quando permitiram que eu também fosse para o hospital cuidar do meu braço ferido (para o inferno com o ferimento! Eu só queria ver o Fábio, nada mais do que isso!) eu primeiro corri diretamente para libertar a cachorra que já estava há horas presa àquele portão. Quando desamarrei a guia da grade, ela avançou sobre mim, lambendo aflitamente o meu rosto. Pensei em brigar com ela, dizer que era uma cachorra malvada, que tinha fugido da casa nova, deixando que o Miguel a encontrasse e ocasionado todos aqueles problemas. Mas eu sabia que essa não era a verdade. A culpa era toda minha. Mesmo Brisa, só tinha passado por aquilo graças a mim. Pensando assim, eu a abracei e me dei ao direito de chorar ali com ela por mais alguns minutos, antes de puxá-la pela guia até o hospital.

Não me deixaram entrar com ela, o que rendeu mais um pequeno escândalo da minha parte. Mas uma senhora que sempre vendia doces e biscoitos em frente ao hospital viu o meu desespero e se ofereceu para olhar a Brisa para mim, apenas pedindo para que eu retornasse para pegá-la antes das onze da noite, que era o horário que ela costumava ir embora.

Entrei, pedi informações, e ninguém me ajudou. Tinha perdido o meu celular (devia ter caído como os meus óculos, na rua durante o ocorrido e eu, incrivelmente, nem percebi) e precisei chorar muito com o rapaz da recepção para que ele me deixasse ligar dali para o hospital infantil que era filiado a ele e que ficava ao final da mesma rua. Sabia que Amanda estava de plantão e, com sorte, consegui falar com ela e pedir ajuda. Não demorou cinco minutos para que ela chegasse lá, acompanhada por Gabi. E, menos de meia hora depois, eu já estava na sala de espera da UTI de emergência, para onde Fábio tinha sido levado, e uma enfermeira já tinha limpado e feito curativos no ferimento do meu braço.

Pedi desculpas quando me dei conta da força com que eu apertava a mão da Gabi, que me fazia companhia na sala de espera. Foi um verdadeiro alívio ter alguém ao meu lado para acompanhar todo aquele martírio. A Amanda (é, eu já ignorava o "doutora", embora ainda não pudesse afirmar que éramos amigas. Ela ainda parecia não ir muito com a minha cara) correu direto para a ala de emergência, para onde meu namorado tinha sido levado. Gabi ficou comigo, tentando me acalmar, embora ela própria também estivesse aflita.

— E a cachorrinha, onde está? — Gabi perguntou de repente, parecendo ao mesmo tempo tentar puxar algum assunto e se lembrar do rápido relato que eu havia dado sobre como tudo aquilo tinha acontecido.

Expliquei sobre a moça que se prontificou em cuidar dela e sobre a questão do horário. Então, olhei para o relógio de parede. Eram dez e vinte da noite. Gabi percebeu a minha preocupação.

— Calma. Daqui a pouco sua mãe chega aqui, então decidiremos um lugar para levar a cachorrinha.

Movi a cabeça em uma negativa aflita.

— Será só por esta noite. Depois disso ela vai ficar comigo. Amanhã o Fábio já deve estar melhor, então levaremos ela pra minha casa.

A Gabi sorriu, mas percebi em seus olhos a tristeza daquilo que ela não teve coragem de dizer: que não acreditava que no dia seguinte o Fábio já estaria bem.

— Claro, Elisa. Só me explique onde esse senhor mora, e eu a levo lá, sim.

Concordei. Quando me dei conta, percebi que voltava a apertar a mão de Gabi e, mais uma vez, pedi desculpas. Estava agoniada e ansiosa para que alguma coisa acontecesse. Queria que minha mãe chegasse logo lá, embora eu nem imaginasse como iria explicar a minha total falta de responsabilidade daquela noite, que ocasionou aquela grande tragédia. Queria que a doutora Amanda voltasse logo lá de dentro, trazendo notícias de Fábio. Queria, mais do que qualquer outra coisa, que ela me dissesse que ele estava bem e que eu poderia ir vê-lo.

Alguém chegou, mas não foi nem a minha mãe, nem a doutora Amanda. Era um casal, que parecia aflito. A mulher devia ter uns quarenta e poucos anos e era lindíssima. Loira, com os cabelos lisos e bem compridos e olhos tão familiares que me fizeram de imediato reconhecê-la como mãe do Fábio. O homem devia estar beirando os sessenta, mas também era um tipo charmoso. Reconheci em seu rosto muitos traços em comum com o Fábio.

Logo que bateram os olhos em mim, eles vieram decididos em minha direção. E a mulher logo perguntou:

— Você é a tal Elisa, não é? Foi você que o meu filho veio salvar?

Movi a cabeça em uma afirmação. O homem, então, tomou a palavra.

— Esses nossos filhos... Sempre com um dedo podre para escolher as companhias.

Senti-me estremecer e ameacei recuar, mas as mãos de Gabi firmaram-se em meus ombros, ao mesmo tempo me detendo e me passando confiança.

— Não tem o direito de falar assim com ela, senhor Milman.

— Não se meta nisso, sua depravada. O que está fazendo aqui?

— O hospital é público, senhor. — A voz de Amanda invadiu o ambiente, enquanto ela se juntava a nós, ficando também de frente para o casal. — E devo adverti-los que desacatar funcionário público em local de trabalho é crime, então ou vocês dois falam baixo comigo, ou posso chamar a segurança para tirar vocês daqui, ou até mesmo a polícia para levá-los presos.

Eles pareceram engolir a raiva. Sabia que não gostavam de Amanda, mas a situação em que se encontravam a colocava, para o desespero e surpresa deles, em uma posição superior.

A mulher segurou o seu orgulho para perguntar:

— Como está o meu filho?

Amanda apontou para o homem de jaleco branco ao final do corredor.

— Só estou auxiliando o caso. O médico responsável é o doutor Henrique. Peça informações a ele.

Os dois se apressaram em ir até o médico e, quando enfim se afastaram de nós, senti que voltava a respirar normalmente, embora ainda tensa.

— Fica calma, Elisa — Gabi massageou os meus ombros. — Não é nada pessoal, eles apenas são intragáveis assim mesmo.

Aquilo era chocante, de verdade. Por mais que o Fábio falasse que seus pais eram pessoas difíceis, eu jamais me imaginei sendo tratada por eles daquela maneira. Mas isso não era o que mais importava no momento. Olhei para Amanda e ela compreendeu o que eu precisava saber.

— As notícias não são boas. Ele teve traumatismo craniano severo e o estado dele não é nada bom.

— Ele vai sobreviver?

— Não temos como saber. A equipe está fazendo o possível. Ele teve uma parada cardíaca e por pouco nós não o perdemos... — ela engasgou. Percebi o quanto era difícil para ela fazer parte daquilo.

— Eu posso vê-lo? Por favor!

— Agora não, Elisa. Prometo que farei o possível para que você possa vê-lo logo, mas... por enquanto, deixe a equipe médica cuidar disso.

Nesse momento, minha mãe chegou, acompanhada por Érica, Juliana e Natália. Fui abraçada por todas, enquanto chorava. Não estava conseguindo raciocinar direito, mas todas elas conversavam entre si e conseguiram decidir algumas coisas. Nat levaria minha irmã e a Brisa para dormirem na casa dela, já que minha mãe passaria a noite comigo no hospital. Ju ainda insistiu em ficar também, mas minha mãe a convenceu a ir com Nat e Érica, prometendo que mandaria notícias. Gabi se prontificou em levá-las, e depois voltaria, mesmo com Amanda pedindo que fosse para casa descansar. Amanda teve que voltar para o hospital infantil, mas retornou três ou quatro vezes no decorrer da noite, sempre indo vê-lo no CTI. Na última vez que fez isso, saiu de lá chorando e passou por nós sem dar maiores explicações, apenas assentiu quando eu perguntei se ele estava vivo e seguiu diretamente para a saída do hospital.

E a Gabi também chorou, inúmeras vezes. Por mais que tentasse conter-se para me manter confiante, ela estava devastada. Volta e meia repetia que não suportaria perder mais um amigo daquele jeito. E isso só fazia a dor no meu peito aumentar. A culpa era minha.

A droga da culpa era inteiramente minha.

Voltar para casa no final da tarde do dia seguinte não tinha sido uma opção minha, mas fui praticamente obrigada pela minha mãe, auxiliada pela insistência da Gabi e da doutora Amanda. Talvez eu insistisse para continuar lá, não fosse pelo mal-estar que eu sabia estar causando nos pais de Fábio. Eles me olhavam com muita, mas muita raiva, além de jogarem alguns comentários maldosos quando eu passava por eles para ir ao banheiro ou ao bebedouro. Chegaram, aliás, a reclamar na administração sobre eu não ter direito de estar ali, por não fazer parte da família. E eu teria sido expulsa se não fosse pela influência da Amanda lá dentro.

Porém, logo que entrei no carro a caminho de casa, tive uma crise de choro de arrependimento e pedi mentalmente perdão ao Fábio por ficar longe dele durante aquelas horas, até a manhã seguinte quando minha mãe prometeu me deixar voltar ao hospital.

Era feriado e Joana não deveria ter ido trabalhar, mas logo que soube do ocorrido – no início da tarde, quando ligou para me desejar feliz aniversário – foi buscar Érica e Brisa na casa da Nat e depois seguiu lá para casa, preparou um jantar especial para mim e me aguardou na sala para me receber com um abraço carinhoso. Chorei mais uma vez nos braços dela e pedi desculpas por ter que recusar o jantar feito com tanto carinho. Eu não conseguiria comer. Só queria tomar um bom banho, deitar na minha cama e apagar, só acordando na manhã seguinte para poder voltar ao hospital. Esperava e *precisava* ser recebida com boas notícias.

Logo que abri a porta do meu quarto e acendi a luz, percebi que não ficaria tão sozinha assim. Ao lado da minha cama havia uma grande almofada cor de rosa, dessas para cachorros. Só depois saberia que tinha sido um presente da Nat e da Ju. Deitada em cima, estava Brisa, que abanou calmamente o rabo ao me ver. Fui até ela e me abaixei ao seu lado, abraçando-a enquanto mais uma vez começava a chorar. Quantas lágrimas ainda derramaria? Já estava tão esgotada, que nem sei de onde ainda tirava forças para aquilo.

Peguei Brisa no colo e a levei para a minha cama, onde deitei, abraçando-a enquanto continuava a chorar. Senti que ela cheirava a talco de neném e que seu pelo estava macio, e concluí que Ju e Nat certamente a levaram para um bom banho num petshop. Minhas amigas tinham cuidado de tudo durante a minha ausência. Não só elas, como a minha mãe, a Joana... e até a Érica estava bem preocupada comigo. Mesmo a Brisa parecia entender que havia algo triste acontecendo, pois ficou ali ao meu lado durante toda a noite, quietinha, volta e meia me fazendo um carinho por meio de uma lambida na mão.

Uma noite nunca tinha sido tão longa quanto aquela.

Voltei ao hospital na manhã seguinte, acompanhada pela Ju e pela Nat, mas nada tinha mudado. O estado de Fábio ainda era grave e não permitiram que eu o visse. Para a minha sorte, os pais dele tinham ido para casa pouco antes de eu chegar, então pude passar o dia sem olhares tortos ou ofensas. Amanda também tinha ido embora apenas de manhã, mas voltou por volta das duas da tarde. Apenas quando ela chegou eu consegui ter um pouco mais de informações sobre o quadro, embora nem ela tivesse conseguido que eu fosse autorizada a vê-lo. Apenas médicos e pessoas da família. Mas ela, como médica, pôde entrar na UTI e verificar se ele estava sendo bem atendido. Como os Milman voltariam na parte da noite, Amanda insistiu para que eu fosse para casa, garantindo que me ligaria caso tivesse alguma mudança no quadro. Ela nos acompanhou até a saída do hospital e quando eu já estava prestes a me despedir ela pareceu tomar coragem para me dizer algo importante:

— É melhor você já ter ciência sobre isso, Elisa... Provavelmente o Fábio será transferido para um hospital particular.

Balancei a cabeça, pensando que aquilo não seria bom por eu não poder mais contar com a Amanda para me passar informações. Mas não achei que fosse algo tão ruim assim, até que ela completou:

— Para um hospital em São Paulo.

Uma sensação de vertigem fez com que tudo de repente começasse a girar. Os questionamentos de espanto e incredulidade vieram das minhas amigas, porque eu me via confusa demais para conseguir pronunciar qualquer coisa.

— É, São Paulo. Eles têm residência lá. E, de fato, será melhor para ele. A equipe médica daqui é ótima, mas... Nossa estrutura hospitalar nem se compara a de uma metrópole. Foi exatamente a mesma coisa que aconteceu com o Pedro.

Finalmente consegui dizer alguma coisa.

— Mas... como eu farei para estar por perto, para ter notícias... como eu vou vê-lo quando as visitas forem liberadas?

— Provavelmente, a intenção é exatamente que você não o veja, Elisa. Acho que já deu para perceber que eles não gostam de você.

— Mas qual é o problema com a Elisa? — Juliana se revoltou.

— Os pais do Fábio têm problemas com o mundo. Eles veem qualquer um que não seja da mesma posição social deles para cima como pessoas que só se relacionariam com os filhos deles por questões de interesse. Sempre foram assim, e a coisa apenas piorou depois que o Pedro morreu.

Fiz um som parecido com um riso. Tensa, irônica.

— Quer dizer que no fim das contas eu é que virei a pobretona, então?

— A essa altura, Elisa, você poderia ser filha do presidente dos Estados Unidos... Ainda assim não te deixariam se aproximar por te considerarem culpada pelo que aconteceu ao filho deles.

— Mas ela não teve culpa nenhuma! — Nat rebateu.

— Não quero defendê-los, de forma alguma... Mas levem em consideração o fato de que já perderam um filho em situação igualmente devastadora. Talvez, eleger um culpado amenize um pouco a dor. Ou os ajude a esquecer que nunca foram realmente próximos aos seus filhos.

Eu compreendia, tanto a revolta quanto a necessidade de se eleger um culpado, porque eu mesma fazia isso comigo. Sabia que eles tinham razão e que a culpa era toda minha e seria capaz de fazer qualquer coisa para me redimir pelos meus erros, mas... que me punissem de qualquer forma, mas não tirando Fábio de perto de mim. Qualquer coisa, menos isso.

— E quando será essa transferência?

— Essas coisas levam um pouco de tempo... no mínimo alguns dias. Mas pense que talvez isso realmente seja melhor para ele.

— Mas talvez nem seja necessário, né? Talvez ele melhore antes disso.

Ela ficou em silêncio por alguns instantes, o que fez com que eu desmoronasse por dentro. Senti como se uma eternidade tivesse se passado até que ela voltasse a falar:

— Como médica, eu não gostaria de te dar grandes esperanças. Se a melhora ocorrer, não será em tão pouco tempo assim.

— Esqueça a médica por um momento, Amanda. Você conhece o Fábio há muito mais tempo do que eu. Fale um pouco como amiga dele... só por esse momento, ao menos.

O esboço de um sorriso surgiu no rosto dela, ao mesmo tempo em que os olhos brilharam em decorrência das lágrimas que começaram a se formar. Após respirar profundamente, ela finalmente disse:

— Acho que o Fabinho simplesmente é capaz de qualquer coisa, por mais surpreendente que seja.

Movi a cabeça em concordância e aí algo inusitado aconteceu. Amanda me abraçou. Correspondi ao abraço, pensando que finalmente estava conhecendo a "pessoa completamente diferente" que tanto Fábio quanto Gabi sempre afirmaram que ela era do lado de fora do hospital infantil.

Quando saí de lá, não fui para casa. Havia outro lugar aonde eu queria ir.

★

Nunca pensei que fosse dizer isso, mas, naquele dia, o bolo do Kazuo-*san* não tinha mais o mesmo sabor de antes. Não saberia dizer se a culpa era do meu paladar ou, como ele mesmo disse, por não ter sido preparado com a mesma alegria dos outros. Kazuo estava abalado com tudo aquilo. Não me disse nada a respeito, mas fiquei sabendo, por intermédio da Amanda, que ele tinha ido ao hospital na noite anterior e tinha sido praticamente expulso pelos pais de Fábio. Pois é, também não gostavam dele por ser, em suas próprias palavras "um velho maluco que ficava colocando ideias erradas na cabeça do filho".

Kazuo estava estranhamente pouco falante nesse dia, o que me deixava ainda mais agoniada. Tinha ido até lá para desabafar e pedir conselhos, ainda que fossem aquelas orientações estilo Mestre dos Magos. Mas ele só movia a cabeça e emitia alguns sons de concordância conforme eu contava sobre como tudo havia acontecido e sobre a notícia de que Fábio seria transferido para São Paulo. Quando terminei de falar, houve um silêncio de uns dois ou três minutos, enquanto só se podia ouvir o som dos talheres sobre os pratos de bolo, partindo e jogando de um lado para o outro. Nenhum dos dois parecia com muito apetite nesse dia.

Suspirei, deduzindo o que ele poderia estar pensando.

— Também acha que eu sou a culpada, não é?

— Não acho. Fui eu que errei a mão na receita.

— Não estou falando do bolo, Kazuo-*san*. E sim do Fábio.

— A culpa do mal é de quem faz o mal. De mais ninguém.

Pensei no Miguel e me dei conta de que não sabia o que tinha acontecido com ele. Sabia que ele tinha passado a noite do dia 24 para o dia 25 de dezembro no hospital, em observação. Mas, de lá, não sei se foi para a delegacia ou direto para casa. Ele era menor de idade, tinha ótimos advogados a dispor de sua família, então era certo que dificilmente teria alguma punição. Mas esperava que tivesse vivido pelo menos o susto de passar horas dando depoimentos. Bem, eu não sabia e, sinceramente, não queria gastar o pouco de energia que me restava para tentar saber. Eu só queria que o Fábio acordasse daquele coma. Era a única coisa que eu desejava e na qual eu concentrava os meus pensamentos. E isso precisava acontecer logo, antes que os pais levassem adiante aquela história de transferência.

— Sabe, Kazuo-*san*... Estou me sentindo tão fraca.

— Não pode enfraquecer agora, Elisa-*san*. Fábio-*kun* precisa muito de você nesse momento.

Eu quase ri.

— Ele precisa é de um milagre.

— Então seja o milagre dele, da mesma forma que ele foi o seu e de tanta gente.

— Ele é diferente, o senhor sabe disso.

— Diferente por quê? Tem nariz, olho e boca, que nem você.

— Mas ele tem... aquele lance mágico. Ou, pelo menos, tinha... Já faz mais de um mês desde a última vez que ele conseguiu ver a alma de alguém.

— E ele parou de fazer o bem?

Até parece que ele pararia. Fábio nunca parava. Desde ajudar velhinhos a atravessar a rua, até seu jeito tranquilo e compreensivo de conversar, onde sempre conseguia inspirar as pessoas de alguma forma e fazê-las sentirem-se melhor... sentirem-se capazes do que quisessem ou precisassem fazer. Lembrei que uma vez ele passou horas conversando com a Ju sobre alguns problemas que ela vinha tendo com a mãe. Dias antes de entrarmos de férias, ele também teve uma conversa com a Nat sobre levar os estudos a sério. Os dois diálogos surtiram efeito, pois não apenas a Ju se entendeu com a mãe, como a Nat por algum milagre conseguiu tirar, na prova de recuperação, a nota 9,5 que precisava para passar em Matemática. O Fábio era quase um anjo, enquanto eu era apenas uma garota normal e cheia de defeitos.

— Não, ele não parou de fazer o bem. Mas paramos com as estrelas.

— Então acho que seria uma boa hora para você recomeçar. Já sabe até o que pedir.

— Kazuo-*san*, não me leve a mal, mas... Talvez essa coisa das estrelas seja bem motivacional e até uma terapia bem desestressante, mas... Essa coisa de mágica não existe.

— Vocês não realizaram o pedido que fizeram?

— É, pedimos para a Brisa ser adotada por alguém que a amasse, e ela foi levada por um casal de irresponsáveis que sequer se importou quando ela fugiu. Não foi isso o que pedimos!

— E onde está a Brisa agora?

— Na minha casa. Sendo bem cuidada, enfim!

— E o que pretende fazer com ela?

— Vou ficar com ela, claro!

— Porque você a ama?

— Sim, porque eu a amo.

— Então, ela foi adotada por alguém que a ama. Não foi exatamente o que vocês pediram às estrelas?

Abri a boca para retrucar, porém, nenhum som saiu. Queria dizer que ele estava errado, mas não tinha argumentos para isso, o que me fez pensar se, na realidade, ele não teria razão.

Aquilo me deixou confusa e eu odiava essa sensação.

— Ainda que o poder das estrelas seja real, eu vou levar anos para conseguir juntar mil.

— Bem, adotar a cachorrinha já te faz merecer a primeira estrela.

— Ainda faltam novecentas e noventa e nove.
— Já é menos de mil.

Ele calmamente se levantou, começando a recolher os pratos e talheres para levar de volta à cozinha. Ainda fiquei ali sentada, as palavras martelando na minha cabeça, até que me levantei e, após uma breve despedida, fui embora.

Amanda tinha me dito que ligaria caso houvesse alguma novidade e por isso eu quase tive um ataque cardíaco quando o meu celular tocou às sete e meia da manhã. Minha mãe já tinha saído para o trabalho, Érica tinha passado a noite na casa de uma amiguinha e só voltaria depois do almoço e eu estava no sofá da sala, sentada ao lado de Brisa, tomando (forçada) uma caneca de leite quente que Joana levou para mim quando o telefone novo emitiu um toque padronizado bem diferente das minhas músicas favoritas que eu costumava usar para configurar os toques do meu desaparecido iphone. Meu celular novo, comprado em caráter emergencial, era de um modelo simples e barato e eu não me importava a mínima com isso. Cheguei a pensar, por mais de uma vez, no que Fábio falaria a respeito disso. Diria que eu estava mudada? Faria uma piada? Ou apenas me olharia com aquela cara de análise, recusando-se a me contar o que tinha pensado?

Minha voz quase não saiu quando eu atendi a ligação. Era um misto de medo e esperança. Amanda não me ligaria àquela hora da manhã caso não houvesse, de fato, uma novidade. E, na minha mente, só havia duas novidades possíveis. Ou o Fabio tinha despertado do coma, ou acontecera outra coisa que eu sequer conseguia verbalizar.

Mas não era nenhuma das duas coisas. O estado dele se mantinha o mesmo. Mas a novidade trouxe uma centelha de alívio ao meu coração.

— Os pais dele acabaram de sair, mas foram apenas em casa tomar um banho e trocar de roupa e logo estarão voltando, acredito que em duas ou no máximo três horas. Você precisa vir rápido.

Ela não precisava dizer duas vezes. Levantei-me em um pulo, pensando por um instante no que eu deveria fazer. Percebi que Joana permanecia parada diante de mim, fitando-me com preocupação.

— O que houve, Elisa? Ele acordou?

Movi a cabeça em uma negação, mas sorri de leve.

— Vão me deixar vê-lo, Joana! Mas eu preciso ir rápido. Só vou trocar de roupa, chamar um táxi, e... — pensei melhor. — Você poderia me levar ao hospital?

Ela piscou, parecendo levar alguns segundos para acreditar que eu estava mesmo pedindo aquilo. Joana já tinha me oferecido carona em algumas outras ocasiões. Inclusive há dois anos, quando ela conseguiu comprar o tão sonhado carro, saiu junto com a minha mãe e a Érica para darem uma volta pela cidade, minha mãe super orgulhosa por ter sido a pessoa que a ensinou a dirigir. E eu, claro... fui a babaquinha que não quis ir junto. Recusei-me a fazer parte daquele momento tão feliz na vida de alguém que tinha praticamente me criado, porque sentia vergonha de que alguém me visse andando em um carro velho.

E agora, quem diria... o carro velho era exatamente a minha salvação para conseguir chegar ao hospital o mais rápido possível. Isso é, se a Joana, depois de todos os meus anos de babaquice, aceitasse me dar aquela carona.

— É claro que posso, meu amor. Anda, vá logo se trocar!

Abracei-a rapidamente e voei para o quarto. Arranquei meu pijama, peguei a primeira roupa que encontrei no closet e saí. Graças à carona, cheguei rapidamente ao hospital (apesar de aqueles poucos minutos terem parecido uma eternidade) e Amanda já me esperava na recepção. Após fazermos a assepsia das mãos, ela me levou até o quarto onde Fábio estava. Parei ainda perto da porta e ela se aproximou, fitou-o por um rápido momento e saiu. Ao passar por mim, não disse nada... nem uma mísera orientação. Era estranho perceber que ela confiava em mim o mínimo possível para não achar que eu fosse fazer alguma grande besteira. Afinal, eu parecia ser uma especialista nisso.

Meu coração estava tão acelerado que tive que permanecer parada ainda por alguns instantes, tentando recuperar o fôlego e criar coragem para me aproximar. Conforme fui dando meus passos lentos em direção à cama, os meus batimentos cardíacos pareciam aumentar de uma forma dolorosa. Tudo aquilo me fazia um mal que eu nem conseguiria descrever. O cheiro hospitalar, o som intermitente dos bips emitidos por inúmeros aparelhos, o ar gelado... Tudo aquilo me trazia agonia, mas nada se comparava à visão de alguém que eu tanto amava inconsciente sobre aquela cama, com a pele assustadoramente pálida e ligado a várias máquinas que o mantinham vivo. Pensei imediatamente que Amanda era louca por me deixar ali sozinha sem qualquer orientação, porque toda a vontade que eu tinha era a de sacudi-lo fortemente e gritar o seu nome até que ele abrisse os olhos e se levantasse daquele maldito leito.

Parei ao lado dele, sentindo um grande nó na garganta. Lembrei-me de uma das perguntas que eu tinha feito a Amanda enquanto ela me guiava até o quarto: se ele conseguia ouvir o que falávamos com ele. Ela disse que era pouco provável, já que o estado de coma dele era daqueles bem profundos, e explicou com uns termos técnicos que eu não fiz um grande esforço para entender. Já sabia o que precisava saber: que *pouco provável* não era sinônimo de *impossível*. Se havia, ainda que mínima, a possibilidade de Fábio poder me ouvir, eu não desperdiçaria aquela chance de fazê-lo saber que eu estava ali.

— Ei, sou eu! — sussurrei, tocando levemente a mão dele com as pontas dos meus dedos — A sua "garota inacreditável"... Aquela que só faz besteiras, e que dessa vez fez uma tão grande que você acabou se machucando desse jeito.

Sentei-me na cadeira ao lado do leito, sem deixar de tocar a mão dele com a minha.

— Sei que o que eu fiz foi completamente idiota. Eu me arrisquei e coloquei você em risco. Eu queria fazer a coisa certa, mas acabei fazendo tudo errado. E quase que eu me dei muito mal, mas... Mas tudo acabou bem porque você apareceu para me salvar.

Sorri, embora algumas lágrimas já rolassem pelo meu rosto. Lembrei da primeira vez que vi Fábio como um herói, quando ele pulou na piscina para salvar a aluna que estava se afogando. Com ou sem os seus superpoderes, ou o seu "lance mágico" como ele costumava definir... Ele era o meu super-herói. Mesmo antes de me salvar de Miguel... mesmo antes de me empurrar e ser atingido por aquela maldita moto... muito antes disso. Praticamente desde que cruzou o meu caminho o Fábio começou a salvar a minha vida. O amor que eu sentia por ele era a minha própria salvação.

— Sabe... Seus pais querem te levar para longe de mim. Mas eu sei que você não vai, porque você vai acordar logo, bem antes que consigam agilizar essa tal transferência. O seu presente de Natal ainda está lá em casa, você precisa abri-lo. E eu ainda não abri o meu presente de aniversário, quero fazer isso ao seu lado. Quem sabe na virada do ano? Vamos passar o ano novo juntos, não é? Eu não me importo que seja aqui no hospital, porque sei que ainda vai levar algum tempo para você poder voltar para casa. Mas você precisa estar acordado até lá, viu? Então melhore logo, e... volte logo para mim.

Delicadamente, fechei minha mão em torno dos dedos dele. Debrucei-me, depositando um leve beijo na sua testa, e em seguida voltei a sussurrar:

— Eu sei que você pode me ouvir. Eu te amo. E estou dizendo isso pessoalmente dessa vez.

E continuei ali, com a mão dele encaixada tão perfeitamente na minha, desejando que por aquele contato ele fosse capaz de sentir o meu amor por ele.

Porque, mesmo desacordado, ele conseguia me fazer sentir o dele por mim.

Eu odiava ter que voltar para casa todos os dias. Sentia como se estivesse abandonando o Fábio sozinho naquele hospital. Ainda mais depois te ter passado aqueles preciosos minutos ao lado dele. De ter segurado sua mão... ter que ir embora me deixou com um gosto amargo na boca, uma sensação de estar cometendo o maior erro da minha vida. Era como se algo de muito ruim fosse acontecer se eu não estivesse lá.

No dia seguinte, para a minha felicidade, novamente pude ficar com o Fábio. Um pouquinho mais, dessa vez. Amanda não estava lá, mas os médicos já me conheciam e, a pedido da colega, abriam essa exceção para que eu, mesmo sem fazer parte da família, pudesse visitá-lo. Contei a ele sobre as coisas que estavam acontecendo... que o pessoal da escola estava em peso me deixando mensagens nas redes sociais para desejar força e perguntar como ele estava. Contei que a Brisa agora estava morando lá em casa, e que já parecia muito bem adaptada, não tentou fugir nem uma única vez. Contei que minha mãe, Érica e Joana tinham mandado um beijo para ele, e que meu pai tinha me ligado na noite anterior e me pedido para avisá-lo que ele deveria melhorar logo, para que os dois pudessem enfim se conhecer. E então, pelos dois dias seguintes o mesmo aconteceu... Eu tinha muito para contar ao Fábio, todos os dias. Só falava das coisas boas, porque queria que isso desse forças para que ele acordasse logo. Porque eu tinha a total certeza de que ele era capaz de me ouvir.

Depois do tempo que passava com ele, eu nunca queria ir embora. Mas precisava ir, em nome da paz naquele hospital. Os pais de Fábio não me queriam por lá, então eu precisava me limitar a ir apenas nos horários em que eles estariam em casa. E como isso sempre acontecia pela manhã, esse já tinha virado o meu horário padrão.

Até que chegou aquele dia.

Dia trinta e um de dezembro. O dia em que tudo, paradoxalmente, chegava ao fim para, então, recomeçar.

Cheguei por volta das sete da manhã, como vinha fazendo nos últimos dias. Logo na recepção, deparei-me com os pais de Fábio, que liam e assinavam alguns papéis. Prestei bastante atenção às fisionomias deles. Estavam abalados, mas na mesma medida dos últimos dias. Não tinham uma tristeza mais profunda, o que me trouxe o alívio de descartar a hipótese de que o pior pudesse ter acontecido. Mas, também, não estavam felizes, o que indicava que aqueles não eram papéis de alta.

Sem que me vissem, corri até o corredor que levava para o setor de emergência. Não havia nenhum rosto conhecido na sala de espera. Segui em direção às UTIs, olhando ao redor à procura de algum médico ou enfermeiro conhecido e levei um susto ao reparar que a porta do quarto de Fábio estava apenas encostada e não fechada, como era o padrão. Sem ninguém que pudesse me deter, fui até lá e, lentamente, empurrei a porta. Por uma pequena fresta identifiquei Amanda sentada na cadeira ao lado do leito, com a cabeça abaixada. Abri um pouco mais e meu coração pareceu parar por um instante quando vi que a cama estava vazia.

— Cadê ele? — usei um tom de voz um pouco mais alto do que o que deveria ser usado em um hospital, mas não me importei com isso.

Amanda levantou o rosto, finalmente me avistando ali. Meu desespero aumentou ao perceber seus olhos vermelhos, úmidos e inchados.

— Cadê o Fábio? — repeti, ainda mais alto.

Ela moveu a cabeça, parecendo desorientada. E, com a voz baixa, respondeu.

— Eu não sabia que a transferência seria hoje. A pedido da família, a direção do hospital agilizou tudo em sigilo.

— Não podem levá-lo assim!

— Já o levaram, Elisa. Cheguei há cerca de meia hora, e a UTI móvel já tinha saído daqui há algum tempo, e...

Não esperei que ela terminasse de falar. Voltei correndo até a recepção, chegando no momento em que o pai de Fábio parecia terminar de assinar o último dos papéis. Eles mal me olharam, mas não me importei e comecei a falar, tentando controlar as lágrimas para que soasse firme:

— Não podem fazer isso! Aqui ele está tendo todo o suporte que precisa. Mais do que terá em qualquer hospital de luxo! A doutora Amanda trabalha na rede, está dando todo o apoio ao caso... Ela é amiga dele, nenhum médico terá mais carinho por ele do que ela. Dinheiro nenhum no mundo pode comprar isso!

Entregando a papelada à recepcionista, os dois seguiram caminhando em direção à saída do hospital, ainda me ignorando. Mesmo assim, continuei a falar, enquanto os seguia:

— Não entendem? Em Bela Aurora estão os amigos dele, as lembranças do irmão... É em Bela Aurora que eu estou. Eu o amo e ele me ama. Ele precisa de mim!

Já na calçada, eles pararam diante do carro estacionado ali na frente, onde um motorista os aguardava, abrindo a porta de trás para que entrassem. O homem começou a entrar, mas a mulher voltou-se para mim, enfim me encarando e dizendo alguma coisa:

— O meu filho não precisa de você. Não precisa de nada que venha dessa cidadezinha maldita! Quero você, aquelas duas depravadas que se dizem amigas dele, aquele japonês maluco e todos dessa cidade bem longe do meu filho!

Ela ameaçou entrar no carro, mas eu praticamente me joguei na frente dela, impedindo-a. Já não conseguia mais conter as lágrimas.

— Por favor... — praticamente implorei. — Não tirem o Fábio de perto de mim, por favor!

Ela me encarou em silêncio por alguns instantes e juro que, por um momento, cheguei a acreditar que ela pudesse se compadecer e ao menos dizer que pensaria no meu pedido. Mas ela não disse absolutamente nada. Apenas me empurrou e entrou no carro.

Fiquei ali, parada, olhando o veículo se afastar e sentindo as lágrimas caindo pelo meu rosto; sentindo como se um pedaço do meu coração estivesse indo embora.

Horas depois, os fogos a colorir o céu anunciavam que um ano tinha chegado ao fim e outro se iniciava. Eu não sorria, não comemorava e não recebia de ninguém os votos de Feliz Ano Novo. Tinha pedido muito à minha mãe que me deixasse sozinha e que não cancelasse a festinha que já vinha há semanas programando com as amigas. Podia ouvir, embora abafado, o som da música que tocava no andar de baixo e tinha certeza de que minha mãe deveria estar com o coração na mão, ansiosa para entrar no meu quarto e me arrastar dali para fora. Mas ela não faria isso, pois tinha prometido respeitar a minha solidão. Sentada no parapeito da janela, eu olhava a explosão de fogos com todos os meus pensamentos fixos em Fábio. Como ele estaria, na solidão fria de um leito de hospital, tendo sua virada de ano embalada pelos bips eletrônicos das máquinas que o mantinham vivo? Eu deveria estar lá, ao lado dele, segurando sua mão, desejando feliz ano novo e convencendo-o de que logo aquele sofrimento acabaria e ele abriria os olhos.

Mas ele estava a centenas de quilômetros de distância. E, com isso, eu sentia que precisava pensar nele com muito mais força, para que meus pensamentos fossem capazes de chegar até lá. Para que, de alguma forma, ele pudesse me sentir ao seu lado.

Voltei os olhos para dentro do quarto, focando no embrulho acima da minha escrivaninha. O presente de aniversário que Fábio deixara para mim permanecia ali fechado, intocado, até então aguardando para que eu o abrisse em sua companhia. Mas eu não sabia quando voltaria a tê-lo ao meu lado e sentia que precisava abrir o embrulho. Porque era um presente dele para mim. Porque, fosse o que fosse, seria meu amuleto de força dali em diante.

Levantei-me, apanhei o embrulho, juntamente com o envelope preso a ele, e voltei para a janela. Primeiramente, abri a carta. Apenas visualizar a letra dele marcada no papel já me obrigou a fechar as pálpebras por alguns instantes, tentando recuperar a visão embaçada pelas lágrimas. Por baixo dos óculos, passei as mãos pelo rosto, secando-o. Assim, consegui iniciar a leitura.

> *Minha garota inacreditável,*
> *Sinto que esta, que deveria ser uma carta de parabéns, na verdade será uma carta de agradecimento. E já até sei o que você vai falar agora: que você é que deveria me agradecer por ter se tornado uma pessoa melhor por minha causa. Você já me disse isso tantas vezes, e em todas elas eu tive vontade de te sacudir para te mostrar o quanto você estava enganada.*
> *Eu nunca fiz você se tornar uma pessoa melhor. Porque essa pessoa doce e sensível sempre existiu. Isso sempre esteve em você, na certa escondido, com vergonha de se mostrar. Nunca escondi que, quando nos conhecemos, de cara te achei completamente insuportável. Mas eu vi a sua alma, Elisa. Dentre tantas pessoas naquela sala de aula, foi a sua alma que eu vi. Eu nunca fui capaz de decifrar o que essas "neblinas" de fato dizem sobre as pessoas, mas eu sei que nunca consegui ver isso em alguém que não fosse uma boa pessoa. Juro que cheguei a pensar que você tivesse sido o meu primeiro grande engano. Afinal, era estranho aquele brilho tão intenso ser de um sonho tão banal, de namorar um cara babaca. Mas o engano, quem diria, não era meu, mas da menina mais inteligente da escola. Seu sonho não era aquele. Era algo muito maior e muito mais bonito. Você sonhava com o amor, e isso tornava o brilho da sua alma tão vibrante e tão especial. A última alma que vi, era justamente a mais linda de todas.*
> *Como você sugeriu, eu fui conversar com o Kazuo-sensei sobre o meu lance mágico ter desaparecido. E ele, como não deveria deixar de ser, fez toda aquela cena estilo Senhor Miyagi (karate kid, já assistiu? Não posso esquecer que sempre preciso te explicar as referências), mas, no fim, eu consegui compreender a resposta. Talvez, se encontrasse alguma outra pessoa nesse mundo que tivesse o mesmo dom que eu, e ele olhasse para mim, veria, também, uma neblina. E, talvez, a minha missão fosse justamente fazê-la desaparecer. Porque eu sei o quanto passei a ser mais feliz ao seu lado. A missão foi cumprida. Por mim, por você ou por nós dois.*

> *E é por isso que te agradeço. Por me ajudar a cumprir a minha missão. Depois da morte do meu irmão, sempre achei que esse meu dom fosse a única coisa que me dava alguma razão de existir, que dava sentido aos meus dias e que me trazia alguma vontade de levantar da cama pela manhã. Mas, agora, vou todas as noites me deitar torcendo para que o dia seguinte chegue logo e eu possa ver o seu sorriso. Você fez com que eu voltasse a me sentir verdadeiramente vivo.*
>
> *Bem, mas preciso explicar o presente, não é? Caso você tenha controlado a sua ansiedade e começado a ler a carta antes de rasgar o embrulho para ver o que tem dentro, pode dar uma pausa na leitura e abrir o seu presente. Depois, volte a ler. Anda, vá! Abra!*

O desejo de continuar a ler aquelas palavras escritas – que eu tanto torcia para que nunca chegassem ao fim – era enorme, mas atendi ao pedido e parei a leitura. Então, com cuidado para não danificar o embrulho, abri o presente. Era um pote de vidro bem grande, do tamanho de um desses que se usa na cozinha para guardar coisas como açúcar ou pó de café. Ele era todo decorado com uma linda pintura de uma lua cercada por dezenas de estrelas. Olhando através do vidro, identifiquei algo ali dentro. Havia uma pequena e solitária estrela de origami. Ansiosa para compreender o significado daquilo, retornei à leitura da carta.

> *E então, já abriu? Aposto que está confusa, não é?*
>
> *Sei no que deve estar pensando, mas, não, o meu dom não voltou. Eu apenas aprendi a ver a vida de forma diferente. E, sabe de uma coisa? Foi você que me ensinou isso também. Quando te contei sobre a lenda das estrelas e disse que te daria um presente caso você conseguisse dobrar as primeiras cinco, juro que imaginei que você levaria meses para conseguir tal feito. Vai, não fique brava comigo! Você ter me dito que tinha dobrado uma estrela por emprestar uma caneta e outra por auxiliar a Joana a arrumar a mesa ajudaram a reforçar em mim a ideia de que você não tinha muita experiência – ou noção – nisso de ajudar as pessoas. Mas você me provou duas coisas: não apenas que eu estava enganado com relação a você, mas com relação à minha visão de mundo. O que eu fazia, no fim das contas, não era nada de tão especial assim. Era simplesmente algo que todo ser humano seria capaz de fazer. Talvez com outros métodos, talvez de forma mais difícil. Mas todos nós podemos ser super-heróis, no fim*

das contas. Então, Elisa, eu não preciso desse lance mágico. Nós dois não precisaremos disso para dobrarmos outras mil estrelas. Com elas, faremos um novo pedido, que será realizado assim como o último. A Brisa sumiu, mas tenho certeza de que logo a encontraremos e, assim, ela será adotada por você. Nosso desejo foi realizado. Que tal já começarmos a pensar no próximo?

    Mais um ano está prestes a começar. E começará também a nossa nova contagem. Nós dois, juntos.

    Parabéns pelo seu aniversário. Em cada estrela que eu dobrar, depositarei um pouquinho do amor que sinto por você.

    Havia uma despedida no final, mas não consegui ler. Em uma carta de aniversário, aquilo deveria significar apenas um "até logo", mas, nas condições atuais, parecia dizer um adeus. E eu não aceitava dizer esse adeus.

    Abracei a carta e o presente junto ao peito, voltando a olhar para o céu através da janela aberta. Os fogos tinham parado, fazendo com que o brilho das estrelas voltasse a ser visível. Uma, em especial, tinha uma luz mais forte que as demais, e voltei a pensar se não seria a Vitória, lá de cima, me passando uma mensagem de força. Sabia que ela também brilhava no céu do local que o Fábio agora estava, e que também estava passando aquela força para ele, embora ele não pudesse vê-la. Mais do que à carta ou ao pote de vidro, era àquela força que eu iria me agarrar.

    Um novo ano começava. E uma nova contagem também começaria.

    E eu não tinha qualquer dúvida de qual seria o meu desejo. Não importava quanto tempo levasse, tinha certeza de que iria conseguir.

CAPÍTULO VINTE E UM

Viva e seja feliz

Anos depois...

999...

Respirei profundamente enquanto depositava a última estrela dobrada dentro do pote de vidro. Novecentas e noventa e nove. Faltava uma, apenas uma. E confesso que, apesar da ansiedade, eu sentia um tanto de medo de chegar às esperadas mil estrelas. Porque, por mais que eu quisesse muito acreditar que algo pudesse acontecer, sabia bem que a maior possibilidade era de ocorrer um simples nada.

Eu não tinha mais dezesseis anos. Ainda era jovem, mas as coisas que vi na vida acabaram por destruir um pouco da magia em que Fábio tinha me ensinado a acreditar. Permaneci durante esse tempo auxiliando no hospital, e tinha visto várias outras crianças seguirem o mesmo caminho da Vitória. O hospital tinha se expandido, agora já possuía o triplo de leitos e se tornara referência, recebendo inclusive pacientes de outras cidades da região. Isso significava mais recursos, mais vidas salvas... e também mais mortes. Continuava a auxiliar nas feiras mensais de adoção, e tinha presenciado tantas histórias de abandono e maus-tratos de animais... que muitas vezes cheguei a me questionar se o ser humano de fato merecia ser ajudado, se valia mesmo a pena isso de boas ações. Mas era só voltar ao hospital e me deparar com aqueles pequenos guerreiros sorrindo e lutando pela vida, que minha fé na humanidade era subitamente restaurada.

E eu, justo eu, que há alguns anos tanto declarava odiar hospitais, quem diria... estava para iniciar o quarto período da faculdade de Medicina.

Meus inúmeros testes vocacionais sempre me indicaram uma aptidão para áreas exatas... Engenharia e Física eram as carreiras que disputavam nas minhas prováveis opções futuras. Mas o trabalho no hospital aos poucos foi me transformando... passei a sentir menos aflição de agulhas, sangue ou ferimentos. Minha participação foi aumentando, passei a observar melhor o trabalho dos médicos e enfermeiros e fui aos poucos contagiada com a magia de salvar vidas. E, claro, mesmo à distância, Fábio teve uma participação fundamental naquilo. Li inúmeros artigos sobre traumatismo craniano, seus graus de intensidade, possíveis sequelas, sobre tipos de coma e chances de recuperação.

Fechei o pote e deixei o meu corpo escorregar um pouco sobre o banco, pondo-me a olhar o céu. Confortava-me pensar que o céu de Bela Aurora era o mesmo de São Paulo e, ainda que deitado no leito de um hospital e com os olhos fechados, Fábio era encoberto pelas mesmas estrelas que eu agora olhava.

O celular tocou, fazendo com que Brisa despertasse sobressaltada, assustada com o toque. Acariciei-lhe o pelo para acalmá-la, enquanto atendia a ligação. Era a Ju, ligando diretamente do Canadá, onde estudava há pouco mais de um ano.

— Elisinha!

Sorri, sentindo minha saudade confortada ao ouvir a voz da minha amiga, depois de tanto tempo.

— Oi, Ju! Já era hora, hein? Achei que tivesse esquecido de mim!

— Ai, Elisinha... andei tão enrolada nesses últimos dias. Mas, enfim, estou de férias! Agora é só alegria!

— E como foram as provas?

— Sério que você quer falar de provas? Tenho muita coisa muito mais legal para te contar!

E ela começou... falou de um monte de coisas, menos das benditas das provas. Contou sobre o novo ficante, sobre a fofoca a respeito de um caso de uma professora com um dos alunos, sobre os planos de passeios para as férias... Tudo o que, na visão dela, era realmente importante. Passamos quase uma hora conversando. Quando desliguei o celular, constatei que já eram quase oito da noite. E para confirmar que já estava na hora de "crianças" irem para a cama, Brisa deitou com o focinho em cima do meu joelho, me olhando com seus olhinhos de sono. Percebi que, além disso, ela também tremia um pouco. Estava começando a esfriar.

— O que foi, hein? Está com frio e quer entrar, não é? Por que não vai sozinha?

Ela continuou a me olhar e a abanar o rabo, como fazia sempre. Mas de uma forma muita estranha, eu – e acho que todo mundo que tem e ama seus cachorros – conseguia identificar exatamente o que ela estaria me dizendo, caso soubesse falar. Ela queria companhia para voltar para dentro de casa. Brisa, como a maioria dos cães, odiava ficar sozinha. Mesmo que eu estivesse a apenas uma parede de distância.

— Certo, vamos entrar. A senhorita está cada dia mais preguiçosa!

Com um pouquinho de esforço devido à falta da patinha traseira, Brisa se levantou. Juntas, entramos dentro da pequena casa. Deixei o pote de estrelas sobre a mesa de jantar e sentei-me no sofá. Brisa deitou-se em sua caminha e não demorou meio minuto até que pegasse no sono. Olhei as horas no relógio de parede. Eram oito e dez da noite. O dia tinha sido tão cansativo que imaginei que fosse bem mais do que isso. Durante as férias da faculdade, trabalhava ajudando a minha mãe com os negócios. A joalheria tinha crescido, aumentado o número de funcionários, fornecedores, clientes, e, logicamente, de trabalho. E por isso minha mãe precisava de uma ajudinha para administrar tudo. Há alguns meses que eu já não morava mais com ela e com a minha irmã. O senhor Kazuo tinha voltado ao Japão, com a previsão de passar um ano por lá, resolvendo alguns problemas familiares. Enquanto isso, tinha deixado a casa (e as inúmeras plantinhas) dele aos meus cuidados. Eu gostava de ficar ali. Paradoxalmente, a mesma casa que me trazia tantas lembranças do Fábio também me proporcionava uma profunda paz. De alguma forma, fazia com que eu me sentisse próxima a ele.

Quando a campainha tocou, eu me esqueci completamente do cansaço e levantei-me em um pulo, correndo quintal a fora para atender o portão. Quando o abri, praticamente me joguei sobre as duas, abraçando-as. Apesar de a visita não estar marcada para aquele dia, eu sabia exatamente quem era.

— Achei que só viriam amanhã!

Tanto Gabi quanto – pasme – Amanda, riram da minha empolgação e me abraçaram de volta. Depois as guiei para dentro de casa, onde elas foram diretamente, como já era de costume, brincar com Brisa.

— Realmente, meu voo estava agendado para amanhã — Amanda explicou, enquanto fazia carinho na minha cachorrinha, que parecia ter perdido o sono e estava muito animada com as atenções que recebia. — Mas consegui antecipar para hoje. Liguei para que Gabi fosse me buscar no aeroporto.

— E você, Elisa, como está? — Gabi sentou-se no sofá.

— Ansiosa por notícias.

Algumas semanas depois da transferência de Fábio para São Paulo, Amanda descobriu, por meio de seus contatos médicos, o hospital para onde ele tinha sido levado. E isso foi fundamental para que eu conseguisse me libertar da depressão que me assolava e me enchesse de esperança. Nada me aliviava a dor da ausência dele, mas ter notícias me consolava e me dava forças. Amanda tinha contato direto com um amigo de dentro do hospital, que lhe dava sempre um panorama da situação. E, de tempos em tempos, ela ia até São Paulo para vê-lo. Por todo o suporte que ela tinha dado ao Fábio quando ele esteve internado em Bela Aurora (e ao Pedro também, diga-se de passagem), os pais dele passaram a tolerar que ela – e apenas ela – o visitasse. Eu tinha insistido muito para ir junto, mas fui convencida de que não seria uma boa ideia. Os pais de Fábio (ainda) me odiavam, e até mesmo mandavam, volta e meia, um recado por Amanda, dizendo que não permitiriam a minha presença no hospital de maneira alguma.

Quando Amanda parou de brincar com a Brisa e se aproximou, notei que seu semblante estava sério, daquele jeito que sempre ficava quando ela estava no hospital, ou quando as notícias não eram boas. Isso me desesperou.

— Por favor, me diga que ele está bem.

— Ele está bem, Elisa. Na verdade, acredito que ele esteja muito bem.

Soltei o ar dos pulmões, ao mesmo tempo em que parecia liberar duas toneladas de peso das minhas costas. Mas uma palavra ali, em especial, chamou a minha atenção.

— Porque "acredita"? Você não o viu?

— Não, Elisa. Ele não está mais no Brasil. Os pais dele resolveram voltar para os Estados Unidos e ele foi transferido para um hospital de lá.

Em silêncio, apenas movi a cabeça em concordância, tentando assimilar o que tinha acabado de ouvir. Era difícil conectar as palavras ao seu real sentido. Oras, São Paulo ou Estados Unidos... Meu coração só compreendia o "longe", sendo a distância física real quase irrelevante. Meu coração só compreendia a saudade daqueles quase cinco anos sem ouvir a voz que mais me fazia bem, sem segurar a mão que mais me trazia paz.

Porém, logo o lado racional do meu cérebro entrou em ação, compreendendo o que aquilo de fato significava. O "longe" de agora era, sem dúvidas, imensamente maior ao de antes. Significava que eu não teria mais notícias periódicas dele através de Amanda. Significava que eu não saberia mais como ele estava e não poderia mandar por ela recados sobre o quanto eu o amava e ainda esperava por ele.

Enfim, consegui formular alguma coisa para dizer. Minha voz saiu apática, já sem forças para extrapolar o vulcão de emoções que me corroía por dentro.

— Mas como o transferiram para tão longe? Isso não é arriscado? Ele não corre riscos com isso?

— É por isso que eu acredito que tenha havido alguma melhora no quadro dele. Os pais já estavam querendo fazer essa transferência há muito tempo, mas os médicos não autorizavam. E jamais fariam isso caso ainda houvesse algum risco.

— Então ele acordou do coma?

— Eu não sei, Elisa. Não permitiram liberar esse tipo de informação. Era mais fácil quando o meu amigo ainda trabalhava lá, mas faz dois meses que ele foi transferido para outro hospital.

Deixei-me cair sentada no sofá, ao lado de Gabi, e senti a mão dela sobre o meu ombro ao mesmo tempo em que as lágrimas turvavam a minha visão. As duas começaram a falar alguma coisa para me consolar, mas eu simplesmente não prestei qualquer atenção. Não conseguia assimilar nenhuma palavra dita e sabia que nada faria com que eu me sentisse melhor. Meu peito ardia, sentindo a dor forte que a ausência do Fábio me causava, junto à preocupação insuportável de a qualquer momento poder perdê-lo para sempre. Ainda que ele estivesse longe, ainda que eu jamais voltasse a vê-lo, mas se eu ao menos tivesse certeza de que ele ficaria bem.

Era a dor de uma saudade insuportável em meio à total escuridão.

★

No dia seguinte, eu mais parecia um robô. Não sabia que horas Amanda e Gabi tinham ido embora, nem quanto tempo demorei para pegar no sono. Na verdade, acho que nem saberia dizer se tinha dormido. Passei a noite entre lágrimas e devaneios que não sei se eram sonhos ou pensamentos fantasiosos da minha cabeça. Dormindo ou acordada, minha noite foi embalada por sonhos e pesadelos envolvendo Fábio. Ele bem, ao meu lado, revivendo tantos momentos que passamos juntos. E ele na cama do hospital, sofrendo calado, enclausurado em seu coma e sendo levado para longe de mim, onde eu não poderia saber, nem ao menos, se ele continuava ou não a respirar.

Para mim, era como se o ar não existisse mais.

Não consegui ir ao hospital pela manhã. Liguei para Gabi e pedi desculpas. Tomei um café amargo, dei comida e um pouco de carinho para Brisa e, de tarde, segui para a joalheria e fiquei enfurnada no pequeno escritório, afundada em trabalhos internos, dizendo a todos que estava muito ocupada, numa forma de reduzir as perguntas que minha mãe fatalmente faria sobre o que tinha acontecido. Ela as fez, de fato, mas logo entendeu que era algo relacionado ao Fábio e aceitou o meu pedido para que não falássemos sobre o assunto. Acredito que ela concordou por puro medo de insistir muito e acabar recebendo uma notícia que não saberia como lidar.

Durante os períodos de férias de faculdade, eu geralmente ficava lá até umas 18 horas. Porém, neste dia eu não aguentei. Minha cabeça doía horrores e, apesar de eu saber que acabaria passando mais uma noite chorando sozinha em casa, decidi ir embora mais cedo. Por volta das 4 da tarde, eu disse para minha mãe que não estava me sentindo bem e fui embora. Eu tinha perdido certos hábitos, como o de pegar táxis para as distâncias mais ridículas, e agora fazia trajetos curtos a pé. A casa do Kazuo ficava a uns quinze minutos da loja e eu sabia que andar poderia me fazer bem naquele dia. Fui caminhando distraída pela calçada do centro comercial, quando esbarrei meu braço ao de alguém. Murmurei um pedido de desculpas e continuei a seguir em frente, mas parei quando uma voz masculina chamou o meu nome. Virei-me para ver quem era, e meu coração parou por um instante quando reconheci aquele rosto.

Um rosto pelo qual, durante anos da minha vida, eu tinha sido completamente apaixonada. Mas que, depois disso, me proporcionou os maiores momentos de medo e ódio que eu já havia sentido. Depois de anos sem vê-lo, agora eu voltava a ficar frente a frente com Miguel.

— Oi, Elisa.

O cumprimento tinha um ar de timidez, algo que eu jamais tinha sonhado ver no rosto do maior playboyzinho da cidade. Cinco anos tinham feito uma diferença significativa nas feições dele. Ele ainda era, assim como eu, muito jovem, mas havia agora em seus traços uma maturidade que eu jamais imaginaria ver. E eu não saberia dizer se aquela seria apenas uma impressão minha, mas ele já não me parecia mais tão bonito como fora na adolescência.

Mas o que mais me surpreendia é que, apesar do incômodo que senti em sua presença, o ódio que nutri por ele pelo mal que ele tinha feito a Fábio agora já não parecia mais tão forte assim. Tinha perdido força nos últimos anos, dando espaço aos sentimentos que mais me dominavam, como a saudade e a preocupação com a saúde do garoto que eu amava. Não restava muito espaço para mais coisas. Mesmo assim, o rancor ainda estava ali, dilacerando-me por dentro.

— Oi — sussurrei em resposta, um tanto atordoada com aquele súbito encontro. — Achei que tivesse ido embora de Bela Aurora.

— É, eu fui. Voltei há alguns dias. — Ele ficou em silêncio, e eu considerei aquilo como a deixa para eu me virar e seguir o meu caminho, como se aquele encontro nunca tivesse acontecido. No entanto, ele pareceu perceber a minha intenção e segurou a minha mão. Eu o repeli. — A gente pode conversar?

— Não sei se quero falar com você.

— Mas eu preciso falar com você. Por favor.

Havia sinceridade no pedido dele e eu acabei concordando. Seguimos até a praça central e sentamos lado a lado em um banco, com eu tomando o devido cuidado de colocar a minha bolsa entre nós. Não queria mais qualquer contato físico com ele. E confesso que, apesar do jeito brando e até educado que ele usou para falar comigo, eu ainda sentia medo.

— E aí, como ele está? — a primeira pergunta dele fez com que a tal raiva escondida voltasse a tomar conta de mim.

— Ele não está nada bem, graças a você.

— E você?

— O que você acha? Estou péssima. Você acabou com a minha vida!

— Eu vim pedir o seu perdão.

A frase foi dita como se ele tivesse acabado de pisar no meu pé ou de derrubar algum objeto meu no chão. Ele tinha simplesmente destruído a minha vida e acreditava mesmo que agora era só me pedir desculpas que tudo ficaria bem?

Parecendo ler os meus pensamentos, ele completou:

— Eu já paguei pelo que eu fiz.

Revirei os olhos, ainda mais revoltada. Meu tom de voz se elevou um pouco mais.

— É, eu soube. Alguns meses supostamente preso em uma medida socioeducativa ridícula, e depois uma pena de prestação de serviços à comunidade, convertida em algumas cestas básicas.

E isso apenas porque a família de Fábio era mega influente e o caso teve repercussão nacional. Senão, provavelmente nem essas penas ridículas ele teria.

— Não foi só isso, Elisa. Eu tenho me torturado todo esse tempo pelo que aconteceu. Eu não quis fazer mal a ninguém

— Ah, não me diga? — Levantei-me, revoltada, ficando bem de frente para ele. — Você pegou a minha cachorra, usou a pobrezinha para me ameaçar, tentou me agarrar à força, jogou uma moto contra duas pessoas indefesas... E aí tudo acaba de forma trágica, mas você não quis fazer mal a ninguém, não é mesmo?

— Você tinha me trocado pelo Fábio. Eu fiquei louco com isso.

— "Trocado"? Você nunca gostou de mim! Passei anos correndo atrás de você, e nunca recebi a mínima atenção!

— Eu me senti menosprezado quando você preferiu outro cara a mim.

— Isso porque você é um merda de ser humano!

— É, eu era mesmo!

A voz dele saiu em um grito, ainda mais alta do que a minha, e isso fez com que eu me calasse repentinamente. Ele continuou, com os olhos azuis fixos ao meus.

— Eu não posso tentar justificar o que fiz, porque não tem justificativa. Eu errei e as consequências disso foram muito maiores do que eu imaginava. Eu fazia muita merda, mas nunca pretendi tirar a vida de uma pessoa.

— Não tirou a vida dele! — rebati, furiosa. — Ele não está morto! E nem vai morrer! Esse gostinho você não terá!

— Eu não quis que nada disso acontecesse, Elisa. Eu estava desnorteado. Estava drogado! Eu era, como você mesma disse, um merda de ser humano!

— Você É um merda de ser humano!

— Eu mudei, Elisa!

— Ninguém muda tanto assim!

Ele fez menção de que iria dizer alguma coisa, mas se calou, como se refletindo sobre a minha última frase. Então riu. Aquilo me deixou ainda mais revoltada.

— Do que está rindo, seu imbecil?

— É sério que você acredita que as pessoas não são capazes de mudar? Você não era tão menos babaca e mimada do que eu. Olha pra você agora!

Foi a minha vez de perder subitamente as palavras. Fazendo literalmente o que ele disse, eu abaixei a cabeça e vaguei os olhos pelo meu próprio corpo, como se fazendo um raio-x da minha alma. Minhas maiores mudanças estavam dentro de mim. A Elisa de cinco anos atrás não se importava com as pessoas e não costumava ver nelas nada além da aparência física e status social. Preocupava-se mais com notas em provas escolares do que com aprendizados a respeito da vida. Ela não sabia o que era verdadeiramente amar alguém e ser amada de volta, tanto que este, mesmo sem que ela se desse conta, era o seu maior desejo na vida. A Elisa de cinco anos atrás jamais estaria chamando de "merda" um garoto rico, bonito e de família importante. Essa Elisa não sabia nada, absolutamente nada da vida. E, certamente, também não sabia perdoar.

Será que eu tinha aprendido esse último item?

O fato é que eu estava mudada. Então, por que Miguel não poderia estar também? Mesmo que não estivesse... mesmo que ele não merecesse o meu perdão... Eu merecia me livrar daquele peso. Perdoá-lo não iria mudar o passado, não traria Fábio de volta... Mas libertaria a minha alma de um rancor que eu não queria mais sentir.

Quando voltei a olhar para Miguel, respirei fundo, começando a dizer:

— Você tem razão. As pessoas podem mudar. Mas o que me garante que você mudou?

— Se eu não tivesse mudado, não teria voltado aqui só pra isso.

— Veio a Bela Aurora só para pedir o meu perdão?

— Eu precisava fazer isso. Desde que meu pai morreu que eu...

— Espera! — Eu o interrompi, surpresa. — Seu pai morreu?

— É, há dois anos. E ele nunca me perdoou pelo que eu fiz. Eu tinha, e ainda tenho, muitos defeitos. Mas eu amava demais o meu pai. E ter que conviver com o fato de tê-lo desapontado foi e é a maior das penas que eu poderia ter cumprido.

Enfim, eu fui capaz de entender ao que ele se referia quando disse que já tinha pagado pelo seu erro. De repente, tudo ficou muito óbvio para mim. Se o meu perdão podia fazer com que ele se sentisse melhor, o que eu ganharia negando isso a ele?

Movi a cabeça em uma afirmação e disse, somente:

— Eu te perdoo.

Simples assim, embora as palavras tenham engasgado um pouco. Não por relutância em dizê-las, mas apenas por não ser algo que eu estava de fato acostumada a falar. Aquelas palavras tinham um peso tão grande, que agora, uma vez arrancadas de dentro de mim, faziam com que eu me sentisse bem mais leve. Até mesmo a minha dor de cabeça pareceu aliviar consideravelmente.

Peguei a minha bolsa no banco e já ia embora. Mas, antes que o fizesse, olhei para Miguel e me assustei ao perceber as lágrimas que caíam pelo rosto dele. Ele se levantou e, com a cabeça baixa, aparentemente se sentindo envergonhado pela emoção, murmurou um "muito obrigado" e foi embora, me deixando ali sozinha. Aquilo me deu um aperto no peito, que, estranhamente, era algo bom. Como se o bem causado a ele por aquela simples frase, também estivesse, de alguma forma, me trazendo um bem ainda maior.

Lembrei das palavras que Fábio me disse certa vez, sobre a tal lei do retorno. Sobre o bem que sentimos quando fazemos algo bom. E era essa a sensação que me guiava agora. Era ela o parâmetro para cada nova estrela que eu dobrava.

E ali, eu soube... Aquela era a minha milésima sensação de paz. Talvez a mais forte dos últimos anos.

Aquela era a ação que me faria dobrar a minha milésima estrela.

★

999...

Devia fazer quase uma hora que eu encarava a tira de papel na minha mão. Estava sentada no gramado dos fundos do quintal. Ao meu lado, o pote de estrelas, um frasco de álcool e uma caixa de fósforos, já preparados para o desfecho pelo qual eu trabalhei nos últimos cinco anos. Cada uma das estrelas ali dobradas representava uma vida, uma pessoa à qual, de alguma forma, eu tinha sido capaz de ajudar. Faltava apenas uma para eu completar as mil que, segundo a antiga lenda contava, deveriam ser incineradas para que um pedido fosse realizado.

Acho que eu poderia afirmar que, apesar de todas as mudanças, eu ainda não acreditava muito em lendas. Mas acreditava no Fábio. Acreditava no "lance mágico" que o fez ajudar tanta gente. E acreditava que aquelas estrelas poderiam, sim, trazê-lo de volta. Porém, apesar de acreditar, eu ainda tinha medo. E era esse medo que me travava e me impedia de dobrar a última das estrelas.

Respirei fundo e comecei a dobrar. Um nó no início da tira. Uma sequência de voltas. A marcação das laterais. E a estrela estava pronta. A última delas, que representava o meu perdão a Miguel. Mas ela não foi para dentro do pote. Foi diretamente para o chão, onde as outras 999 também foram depositadas. Joguei um pouco de álcool e, enquanto riscava o fósforo, comecei a balbuciar uma espécie de oração, repetindo o meu maior desejo. Queria Fábio de volta, vivo e bem. Queria matar a dor daquela ausência. Precisava dele ao meu lado, para que minha vida voltasse a ter o brilho que experimentei durante os meses em que ficamos juntos.

O fogo alcançou o papel e uma pequena labareda surgiu, começando a consumir rapidamente as delicadas estrelas. Ouvi um barulho vindo de dentro de casa e meu coração parou por um instante.

— Fábio... — murmurei.

Levantei-me num pulo e, tão rápido quanto minhas pernas eram capazes de correr, entrei em casa. Só percebi que sorria quando senti o sorriso aos poucos começar a se desfazer quando cheguei a sala e avistei o motivo do barulho. Eu tinha esquecido um prato com algumas sobras de pão sobre a mesa de centro, e Brisa, em uma de suas famintas travessuras, tinha derrubado tudo no chão, numa tentativa de roubar o pão que sobrara. Agora, o chão estava cheio de cacos de vidro, e a cachorra me olhava assustada, já ciente de que tinha feito algo errado.

Mas ela jamais poderia fazer ideia do tamanho daquele erro. Da esperança estúpida que aquele barulho causou ao meu coração. Já tinha até mesmo imaginado o Fábio chegando, parado na sala me esperando, sendo recebido por beijos e abraços aflitos e apaixonados. Quanta estupidez!

— Por que fez isso, Brisa? — repreendi, irritada. — Sua cachorra malvada, por que fez isso?

Eu nunca tinha falado daquele jeito com ela, e isso a assustou. Senti-me péssima quando ela, choramingando e encolhida, saiu pela porta dos fundos, indo para o quintal. Suspirei profundamente, antes de segui-la. Quando a avistei, novamente o meu coração doeu. Ela estava deitada no gramado, próxima ao fogo, parecendo observar a pequena fogueira que tanto significado tinha. Fui até ela, sentando-me no chão e puxando-a para o meu colo. Meu pedido de desculpas veio por meio do carinho que comecei a fazer nela. Mas o único som que saiu da minha boca foram os soluços de um forte choro que veio à tona. Pensei que eu ainda era uma péssima pessoa para tratar Brisa daquele jeito. E, não apenas por isso, mas também pelo desejo feito às estrelas.

No fundo, eu ainda não passava de uma grande egoísta. Eu não deveria querer o Fábio ao meu lado, mas ele bem, seja lá onde estivesse. Ele tinha ido para o exterior, provavelmente para um hospital de referência mundial, onde receberia o melhor tratamento possível. E eu cheguei a querer que ele continuasse no hospital municipal de uma cidadezinha como Bela Aurora, onde, apesar de contar com ótimos médicos, não tinha os melhores dos recursos. Agora, ele tinha chances de ficar bem, de acordar do coma, de se recuperar... Quem sabe conhecesse alguma outra garota por quem se apaixonasse? Quem sabe ela também o amasse, *quase* tanto quanto eu? Porque amar o Fábio era algo bem simples, mas eu não conseguia acreditar que alguém pudesse amá-lo tanto quanto eu. Aquele amor que, agora, fazia com que eu me desprendesse das amarras do egoísmo e passasse a desejar apenas, e somente, que ele ficasse bem. Que ele fosse feliz. E que conseguisse realizar o maior de seus sonhos.

Olhando para aquela já pequena chama que terminava de queimar os pequenos pedaços de papel, eu achei que ainda teria tempo de mudar o meu pedido. Então mentalizei o quanto queria que o Fábio vivesse e fosse feliz.

CAPÍTULO VINTE E DOIS

Talvez me bastasse respirar

Fábio

Não sabia há quanto tempo estava mergulhado naquela escuridão. Sentia-me como se estivesse completamente amarrado, amordaçado e vendado, incapaz de me mover, enxergar ou de soltar o grito sufocado em minha garganta. Porém, também não havia dor, fome, frio, ou mesmo qualquer pensamento coerente. Apenas sentia, forte, a mais completa e plena solidão.

Às vezes, eu também não conseguia precisar há quanto tempo e por quanto tempo isso ocorria, era capaz de ouvir ao meu redor um burburinho de vozes desconexas e tumultuadas, que pareciam ecoar na minha mente. Inconscientemente, tentava identificá-las. Mas não havia associação. Não havia identificação. Eu já não sabia, nem mesmo, quem eu era.

Em determinado momento, em meio a tantas palavras, enfim reconheci uma, aquela que se repetia mais vezes.

"Fábio"...

Sim, eu reconhecia tal palavra. Esse era o meu nome. Um nome pequeno, simples... e meu, com certeza meu. Embora minha mente estivesse tomada por uma névoa, que me impedia de saber ao certo quem eu de fato era, agora, ao menos, eu tinha um nome. Mas ainda me sentia incapaz de, até mesmo, simplesmente existir. Talvez tudo ficasse mais fácil quando eu fosse capaz de... como era mesmo a palavra? ...Acordar.

A-cor-dar...

Isso não deveria ser um ato banal e corriqueiro? Não é o que se faz sempre, quando se está dormindo?

Mas... Quanto tempo fazia desde a última vez em que eu fui dormir?

Quando tentei recordar, foi como se tudo ao meu redor girasse. Aquele tudo que nada mais era do que a mais completa escuridão. Foi então que os sons de uma lembrança pareceram ressoar em meus ouvidos.

Barulho de motores de motocicletas. Latidos. E uma voz feminina a chamar desesperadamente por aquele que, agora eu sabia, era o meu nome.

Uma voz doce, que fez o meu coração apertar em angústia. Queria respondê-la. Queria abrir os olhos, ver o seu rosto e dizer-lhe que estava tudo bem.

Não sabia quem era a dona da voz das minhas lembranças. Mas sentia uma urgência vital de responder aos seus chamados. Mas não pude. Estava ali... amarrado, vendado e amordaçado, em meio ao escuro. Por quanto tempo eu ainda ficaria assim?

Que fosse breve. Por tudo o que fosse mais sagrado, que eu conseguisse reunir a força necessária para sair dali. Alguém me chamava e eu precisava ir até ela.

Talvez só me bastasse respirar. Então tudo daria certo.

5 meses depois...

Elisa

As luzes de natal não me cativavam mais. Dezembro tinha se tornado o pior dos meses para mim, mas isso não significava que eu não deveria me esforçar para tentar torná-lo melhor para outras pessoas. E é por isso que, como em todos os anos, eu auxiliava na festinha de Natal do hospital, que ocorreu na manhã do dia 24 de dezembro. Neste ano, no entanto, eu poderia dizer que a festinha teve um quê especial. Recebíamos sempre a visita de parentes, voluntários e mesmo de ex-pacientes: várias crianças que eu vi se recuperarem ali, hoje já eram adolescentes. Revê-los sempre me emocionava. No entanto, a visita que mais me emocionou este ano não foi exatamente de um ex-paciente, mas de uma mãe. Adriana estava lá, exibindo uma linda barriguinha que mostrava a reta final de sua gravidez. Ela tinha se casado novamente e decidido se dar uma nova chance de ser mãe.

Não trocamos muitas palavras, mas um longo e apertado abraço. Não falamos sobre a Vitória, sobre o Fábio, sobre perdas, doenças ou ausências. Mas aquele abraço que encheu os nossos olhos de lágrimas já disse tudo o que precisávamos. Que a vida tinha que continuar.

E continuaria.

Adriana bem que poderia dobrar uma estrela, pelo bem que sua presença me fez. Ver que ela estava recomeçando a vida me trouxe um novo sopro de esperança.

Ah, é claro! As estrelas. O mais engraçado é que eu continuava a dobrá-las.

Não com a mesma ânsia ou a mesma urgência de antes. Mas eu me sentia bem ao dobrá-las, ao pensar no motivo de existência de cada uma delas. Lá estava eu, recomeçando a contagem. Não sabia o que pediria, nem se pediria alguma coisa. Teria alguns anos ainda para me decidir.

Ao final da festa, dei um abraço em cada uma das crianças e dos pais, na equipe do hospital e nos colegas voluntários, e fui para casa. Kazuo-san ainda levaria alguns meses para voltar do Japão, então eu continuava morando temporariamente na casa dele.

Minha mãe e Érica tinham viajado, com o novo namorado da mamãe. Ele morava em uma cidade vizinha e era um dos fornecedores de joias da loja. Foi assim que se conheceram e começaram a namorar, há quase um ano. Ele convidou a gente para passar o Natal na casa dele, mas eu não quis ir, e isso quase fez com que minha mãe desistisse também. Insisti muito, até que chegássemos a um meio termo: ela iria alguns dias antes do Natal, passaria a noite do dia 24 para 25 lá, e então voltaria para ficarmos juntas no almoço de Natal e do meu aniversário.

Entrei correndo em casa, fugindo dos primeiros pingos de chuva que começavam a cair. A previsão era de um Natal inteiramente chuvoso. Deixei minha mochila no chão, ao lado do sofá, para brincar com o furacão canino que me recebia sempre com festa. Dei comida a ela e sentei-me no sofá, com o notebook sobre as pernas, decidida a me distrair com trabalho para tentar esquecer do que aquela data representava na minha vida. Fiquei no computador organizando algumas planilhas de orçamentos da joalheria e, na sequência, acabei emendando o trabalho aos estudos. E foi assim que passei minha véspera de Natal: trabalhando, estudando e me alimentando de sanduíches e biscoitos, embalada pelos sons das trovoadas que pareciam sacudir o céu. Apenas percebi que já passava das oito da noite quando meu celular tocou, causando-me um sobressalto. Foi até um pouco de surpresa ver que era o meu pai. A frequência das ligações dele para mim vinham reduzindo com o decorrer dos anos, apesar de nossas pensões e mesadas serem sempre depositadas rigorosamente em dia. Acho que isso dava a ele a ilusão de ser um excelente pai.

— Liguei para a sua mãe agora há pouco e ela me disse que você ficou sozinha em Bela Aurora. Por que não veio passar o Natal comigo?

Acho que nem ele, nem a minha mãe tinham entendido muito bem a questão de eu realmente *querer* ficar sozinha.

— Eu estou bem, pai. E não estou exatamente sozinha, estou com a Brisa.

— Quem?

— ...A minha cadela.

Ele fez um som de concordância, mas logo foi interrompido por uma tosse forte e seca. Pensei se deveria comentar a respeito, repetindo pela milionésima vez todo aquele discurso de que ele deveria parar de fumar, mas me poupei, já sabendo o quanto aquilo era inútil. Meu pai tinha dois grandes vícios na vida: o cigarro e o trabalho. Sempre que eu pensava nisso, chegava à conclusão que o divórcio dos meus pais tinha sido a melhor decisão que eles puderam tomar, já que eram tão diferentes. A minha mãe, além de seguir a linha natureba e simplesmente odiar cigarro, gostava do trabalho dela. Já o meu pai, gostava de ganhar dinheiro, por isso nunca se cansava de trabalhar. Ele tinha perdido muita coisa das nossas vidas – minha e de Érica. Esperava que ele se desse conta disso enquanto ainda havia tempo de acompanhar a infância de seu caçula, meu irmãozinho de dois anos, fruto do atual casamento dele.

Quando conseguiu parar de tossir, ele voltou à conversa, perguntando o que eu tinha feito durante o dia.

— De manhã foi a festa das crianças do hospital. De tarde adiantei alguns trabalhos da joalheria e estudei um pouco.

— Na véspera de Natal? Achei que estivesse de férias da faculdade.

— Estou. Mas o senhor me conhece, né? Eu realmente gosto de estudar. Para mim, é como ler um livro de ficção ou assistir a um filme, é um lazer.

Ele fez uma pausa, o que me fez perceber que parecia pesar as palavras antes de iniciar um assunto mais sério.

— Estava pensando, Elisa... Você devia fazer uma faculdade melhor.

Um assunto tanto sério quanto inusitado, diga-se de passagem.

— Achei que gostasse da ideia de ter uma filha médica.

— Não digo sobre o curso. Mas sobre o local onde você estuda.

— Pai, eu estudo na melhor faculdade de Medicina da região. — E a única da cidade, emendei mentalmente.

— E desde quando você precisa se prender à região? Pode estudar na capital. Posso pagar um apartamento pra você.

A ideia poderia soar tentadora a qualquer jovem da minha idade. Para mim, soava absurda.

— Estou feliz com a minha faculdade, pai. E aqui eu ajudo a minha mãe com a loja, cuido da casa do senhor Kazuo, e tem também o trabalho no hospital.

— Sua mãe pode contratar mais funcionários. E, quanto ao hospital... Deve ter muitos outros voluntários por lá.

— É, mas eu gosto de trabalhar lá. E eu queria, realmente, não ter que discutir isso por telefone, ainda mais no dia de hoje.

De fato, eu não queria. Mas o meu pai parecia ter vontades bem diferentes das minhas:

— Escuta, Elisa... Esse seu amigo japonês que te deixou cuidando da casa dele... Ele volta em breve, não é? Quando voltar, onde você pretende morar?

— Vou voltar a morar com a mamãe, como antes. Esse sempre foi o combinado.

— Estive pensando... O que você acha de vir morar comigo? Pode trancar a faculdade por algum tempo, se quiser, para pensar melhor no que você quer da sua vida.

Proposta estranha essa de parar a faculdade, para quem iniciou a conversa justamente tentando me convencer a ir para uma "faculdade melhor". Aliás, tudo naquela conversa estava muito estranho. Lembrei do quanto o meu pai tinha ficado feliz quando eu contei que passei para Medicina. Nem a minha faculdade, tampouco os meus planos profissionais nunca pareceram ser um problema para ele.

— Por que isso agora, pai?

— Acho que seria ótimo para você passar algum tempo longe de Bela Aurora.

— Não quero sair de Bela Aurora.

— Você sempre detestou essa cidade.

— Mas não detesto mais, e isso já tem muito tempo.

— Que tal passar uma temporada, um ano, talvez, na casa do seu avô na Região dos Lagos? Você sempre adorou praia!

Até então, estava sentada no sofá. Mas levantei-me bruscamente, mal conseguindo controlar a minha irritação com aquele assunto.

— Você não entende? Eu não posso ir a lugar algum. Preciso estar onde ele possa me encontrar.

Pude ouvi-lo suspirar do outro lado da linha. E, então, percebi que aquele era exatamente o ponto onde ele queria chegar.

— Andou conversando com a minha mãe a respeito disso, não é?

— É, nós hoje tivemos uma longa conversa. Ela está muito preocupada com você, filha. E eu também estou.

— Vocês não têm motivos para preocupação.

— Como não vamos nos preocupar? Filha, você precisa seguir a sua vida.

— Estou seguindo! Estou estudando, trabalhando...

— Não, Elisa. Você precisa seguir por completo.

— O quê? Quer que eu arrume um namorado? Não é você que sempre me disse que queria que eu focasse minha vida nos estudos e não em namoros?

— Não quero que você arrume um namorado. Quero que você pare de esperar por aquele garoto. Precisa entender que ele não vai mais voltar.

— Você não o conheceu. Não sabe do que ele é capaz.

— Ainda que ele desperte do coma, filha... Ele vai seguir a vida dele. Você precisa seguir a sua.

Abaixei a cabeça em silêncio, deixando que aquelas palavras fossem digeridas. Talvez eu de fato devesse seguir a minha vida. Mas eu não queria, não podia, não conseguia. Porque uma vida sem ele jamais seria o suficiente para mim.

— Eu estou bem, pai, já disse. Agora preciso desligar. Está na hora de dar comida para a Brisa.

— Pense bem em tudo o que eu te disse. A ideia de vir morar comigo, ou mesmo de ir morar com o seu avô... Não é ruim, não é?

Suspirei, cansada de tudo aquilo. Além de eu já ser maior de idade, o meu pai tinha sido ausente a minha vida inteira, por isso eu poderia muito bem ser um pouco mais enérgica e dizer que ele não tinha qualquer moral para querer dar palpites na minha vida. Mas eu estava cansada demais para isso. Eu o amava e o respeitava. E sabia que, apesar de todos os defeitos, ele também me amava. Tanto que eu não tinha dúvidas de que ele, de fato, estava preocupado comigo. E minha mãe também deveria estar em desespero para alugar o meu pai em uma véspera de Natal e chegar a sugerir que ele me chamasse para morar com ele.

Senti a minha garganta arder e, antes que caísse no choro, encerrei a conversa:

— Feliz Natal, pai.

— Feliz Natal, filha. Eu ligo de novo amanhã, para te desejar feliz aniversário. Cuide-se.

Largando o telefone sobre a mesa de centro, eu de fato fui fazer o que disse que faria: colocar ração no pote de comida da Brisa. Enquanto ela comia, fui até a janela e a abri, sentindo o cheiro da terra molhada e sentindo o vento fresco da chuva que, agora, tinha dado um tempo. Fiquei percorrendo meus olhos pelo quintal, não conseguindo controlar as lembranças boas que aquele local me proporcionava. No entanto, logo vi minha mente invadida pelas recordações daquele maldito dia há exatos cinco anos. Lutava para me manter bem até então, mas acabei, enfim, desabando em um choro intenso.

Talvez meus pais tivessem razão e eu precisasse, mesmo, colocar uma pedra em cima de tudo aquilo e seguir a minha vida. Mas esse dia não seria hoje. Ainda não estava preparada para isso. Algo dentro de mim ainda gritava que Fábio iria voltar, e eu não conseguia ignorar aquela voz.

Voltei até o sofá e sentei-me, encolhida, abraçada ao meu próprio corpo. Brisa logo veio para junto de mim e eu a peguei no colo, abraçando-a, sentindo que apenas ela era capaz de me compreender.

A luz acabou, mas eu não me incomodei em me levantar para pegar uma lanterna ou acender uma vela. Fiquei ali, iluminada apenas pela tênue luz que entrava pela janela, certamente vinda de algum ponto da rua onde havia eletricidade. Porque o céu estava escuro, encoberto, sem ao menos uma única estrela. Era como se também chorasse, relembrando comigo aquela ausência.

E foi com a imagem de Fábio em minha mente que eu lentamente adormeci. Despertei horas depois, já no início da manhã, com o som da chuva forte caindo. Quando abri os olhos, deparei-me com a água entrando pela janela que eu deixei aberta, encharcando todo o piso. Coloquei a Brisa no chão e me levantei em um pulo, correndo para fechá-la.

— Que merda!

Olhando para o chão molhado, percebi um pequeno ponto colorido em meio à água. Abaixei-me para pegar, intrigada. Era uma das minhas estrelas de papel. Um pouco mais adiante, havia outra, e mais outra...

— Ai, de novo não! — resmunguei, já imaginando o que teria acontecido.

Fui até a minha mochila e apalpei a parte de baixo, constatando que o último reparo que eu tinha feito nela havia, mais uma vez, descosturado. E bem no bolso da frente, onde eu andava guardando a minha última leva de estrelinhas. Abri o zíper e contei quantas ainda existiam ali: pouco mais de vinte. Tinha, dessa forma, perdido quase trinta estrelas. Constatar isso me causou mais um terrível nó na garganta e aumentou a angústia que eu trazia em meu peito. Por mais que eu não contasse mais em fazer outro desejo, aquelas estrelas tinham um significado e um valor muito especiais para mim. De alguma forma, elas me ligavam ao Fábio. Era o que tinha me restado dele, junto à minha amada Brisa que ele tinha trazido para a minha vida, e aquela mochila velha que agora era a responsável pelo meu choro.

Porque, sim, lá estava eu chorando novamente! Em parte, pela raiva do ocorrido. Em outra, de cansaço. E muito pela solidão que a ausência dele me causava.

Vagando os olhos pelo nada, avistei mais uma das estrelas. Fui até ela e, ao abaixar para apanhá-la, vi mais uma. E mais três que, como uma trilha, me levavam até a porta de casa. A mochila devia ter rasgado enquanto eu chegava, derrubando as estrelas uma a uma, como o caminho de migalhas feito por João e Maria.

Recolhi todas elas e abri a porta, na esperança de haver mais algumas na varanda. E não deu outra: lá estavam mais sete estrelas. A oitava delas estava no degrau, já na parte não coberta, encharcada pela chuva que caía forte. E tinham outras pelo quintal, fazendo uma trilha até o portão. Na verdade, nem dava mais para chamá-las de estrelas. Agora, eram apenas bolinhas de papel encharcadas e eu devia deixá-las para lá.

Só que cada uma delas tinha uma história. Cada uma representava uma ação, uma atitude, uma pessoa. E, destruídas pela chuva ou não, queria resgatar todas. E foi movida por esse impulso idiota que eu, descalça, desci o degrau da varanda indo para o quintal. A água gelada caía sobre o meu corpo, misturando-se às minhas lágrimas e lavando um pouco da tristeza da minha alma.

— Eu não vou desistir de vocês! De... nenhuma... de... vocês!

Foi ainda olhando para o chão que eu abri o portão e, como uma pessoa de sanidade mental contestável, fui apanhando mais algumas estrelas pela calçada, traçando um sinuoso caminho que certamente terminaria onde o táxi que peguei do hospital até a casa tinha parado para eu descer, no dia anterior. Ironicamente, terminou exatamente onde agora havia mais um carro parado. Ainda abaixada, vi quando a porta de trás do veículo se abriu. Senti que a chuva parava de cair sobre mim, embora ainda continuasse a ouvir o seu barulho, mas não me importei com isso. Tentei apanhar a última das estrelas ao mesmo tempo em que outra mão fazia o mesmo. O leve encontro dos meus dedos aos daquela pessoa pareceu ter ocasionado uma corrente elétrica que percorreu todo o meu corpo em milésimos de segundo.

— Não é possível... — sussurrei. O rosto ainda abaixado. Os olhos fixos àquela mão próxima à minha. — Não é possível...

— Se você continua a dobrar as estrelas, é porque não acredita em "impossível".

Aquela voz...

Estava um pouco pausada, num ritmo um pouco diferente do que eu conhecia. Mas era aquela voz.

Observei enquanto a mão apanhava a estrela e lentamente a levantava. Levantei os olhos junto e meu coração pareceu parar por um instante quando avistei aquele rosto. Parei de respirar por alguns segundos, para então reiniciar de forma tão aflita e acelerada quanto passou a bater o meu coração.

— Você é real? Está mesmo aqui?

A pergunta era tão besta quanto necessária. Enfim o semblante dele alterou-se e um leve sorriso surgiu em seus lábios, enquanto uma das mãos segurava um guarda-chuva, usado para nos proteger, e a outra tocava levemente o meu rosto encharcado.

— Você continua linda...

Era como se uma paralisia tomasse conta dos meus músculos, mantendo-me ali abaixada, estática. Tinha medo até mesmo de piscar e deixar de ver aqueles olhos que se mantinham cravados aos meus. Tinha medo de descobrir que era tudo um sonho ou uma alucinação. Mas a presença de outra pessoa fez com que a noção de realidade retornasse. E de forma assustadora, quando o motorista se aproximou, trazendo uma cadeira de rodas, que colocou bem ao meu lado, próximo à porta do carro, antes de se afastar. Olhei para aquilo e mal tive tempo de raciocinar a respeito, quando Fábio voltou a falar:

— Já tem alguns meses que eu acordei, mas o meu corpo ainda não voltou completamente ao normal. Eu consigo andar, não se preocupe. Mas tenho dificuldades, por isso a cadeira.

Voltei a olhá-lo, intrigada com uma parte do que tinha sido dito.

— Meses?

— É. Mas a recuperação foi um pouco lenta. Passei muito tempo desnorteado, sem me lembrar de nada que não fosse... o fato de eu ter que voltar a algum lugar.

Mordi os lábios e fechei os olhos, emocionada. É claro que ele tinha um lugar para onde voltar. Ele tinha alguém para quem voltar.

— Eu estava mesmo te esperando... — sussurrei. E voltei a abrir os olhos. — Estive te esperando e te chamando esse tempo todo.

— Eu ouvi. E foi a sua voz que me manteve vivo. De alguma forma, mesmo que inconsciente, eu sabia que precisava me manter vivo. Quando eu não tinha forças para mais nada, eu sentia que talvez só me bastasse respirar... até que chegasse o momento de despertar e voltar para você.

Movi a cabeça em uma afirmação.

— O que importa é que chegou a tempo do meu aniversário.

— Me atrasei uns bons cinco anos.

— É, atrasou. Tanto que até já abri o seu presente.

— Será que pode me perdoar por isso?

Mal fez a pergunta, e ele foi vencido pelo choro. E eu também desabei, ao mesmo tempo em que venci a inércia que me segurava, enfim me jogando nos braços dele. Ele me abraçou com força e choramos juntos todas as lágrimas acumuladas em exatos cinco anos de separação.

Apesar da chuva fria que, mesmo com o guarda-chuva ainda conseguia atingir as minhas costas, os braços dele traziam calor ao meu corpo, aquecendo bem mais do que a minha pele, mas a minha alma e o meu coração, e reconstruindo os pedaços de mim que se despedaçaram no desespero daquela ausência de meia década.

Eu estava novamente completa.

E o nosso primeiro beijo depois de tanto tempo teve gosto de lágrimas. Não das amargas lágrimas do sofrimento, mas daquelas doces do reencontro.

Voltamos a nos afastar um pouco, percorrendo os olhos um pelo outro. Tentava absorver em minha visão cada traço daquele rosto, cada contorno, cada nova e antiga marquinha... cada detalhe. E percebi que ele fazia o mesmo comigo.

— Tenho tanto pra te contar — falei, enfim. — Tanta coisa aconteceu.

— Acho que tenho muito o que tentar recuperar. Inclusive o ano escolar que eu perdi por causa do acidente.

— Eu te ajudo com isso. Sua namorada costumava ser a melhor aluna da escola, sabia?

Ele riu e isso me deixou intrigada.

— O que foi?

— Gostei de ter ouvido isso.

— Que eu era a melhor aluna?

— Não. Que você ainda é a "minha namorada". Não sabe o medo que tive de chegar aqui e te encontrar comprometida com algum outro cara.

— Eu nunca deixei de ser a sua namorada. Nunca deixei de acreditar, por mais que eu até quisesse, por medo de me enganar... mas eu sempre tive certeza de que algum dia você iria voltar.

— Sempre soube que você também tinha um lance mágico.

— Não tenho. Sou apenas uma garota normal.

— Não. Você é a minha garota inacreditável.

Rimos juntos, como dois bobos. Como os dois apaixonados que ainda éramos e sempre seríamos. E, ainda tendo a chuva como nossa testemunha, unimos nossos lábios em mais um beijo. Mais um dos muitos que ainda viriam.

As estrelinhas resgatadas tiveram que ser refeitas. A partir daquele dia, eu teria ajuda para continuar a dobrá-las. Para as próximas mil, não houve um desejo. Apenas um agradecimento.

Já tínhamos realizado o maior dos nossos pedidos.

Fim

Agradecimentos

A Bia Carvalho, por não me deixar desistir desta história. E por ser a melhor amiga-irmã do universo;

Aos meus pais, Marilza e Mailton, por serem minha força, meu suporte e minha fortaleza;

Às minhas leitoras-beta, Camila Araújo e Luísa Lopes, pela ajuda essencial do início ao fim;

À minha editora, Simone Fraga, por mais uma vez confiar no meu trabalho;

E à toda a equipe da Qualis Editora, pelo trabalho primoroso.